DU CABINET DES LIVRES
DE VADENCOUR,
A MONSIEUR LE MARQUIS
DE LA PLESNOYE.

LES AMERICAINES,

OU

LA PREUVE

DE LA RELIGION

CHRETIENNE

PAR LES LUMIERES NATURELLES.

Par Mde. LE PRINCE DE BEAUMONT.

TOME I. PREMIERE PARTIE.

PREMIERE EDITION, *faite aux dépens de l'Auteur.*

A LYON,

Chez PIERRE BRUYSET PONTHUS,
acquéreur de l'Edition & propriétaire du
Privilége, *rue S. Dominique, prés des*
RR. PP. Jacobins.

M D C C L X X.

Miſs DOROTHÉE.

Miſs PRÉJUGÉ.

Lady INCONSÉQUENTE.

Lady ME'RY.

Lady LOUISE.

Miſs CHAMPETRE.

Miſs SOPHIE.

Lady CHARLOTTE.

La BONNE.

Lady VIOLENTE.

Miſs. MALY.

Miſs BELOTTE.

Lady SPIRITUELLE.

Mr. BELESPRIT.

A SON ALTESSE ROYALE

MADAME

LA DUCHESSE

DE SAVOIE

M ADAME,

F ILLE du Roi très Catholique, arriere-petite-fille du Roi très Chrétien, le ciel dès le moment de la naissance de Votre A. R. lui a imposé l'obligation de protéger la Religion. Il n'en eut pas fallu davantage pour m'encourager à Vous offrir un Ouvrage fait pour l'inculquer & la défendre. Mais combien d'autres motifs doivent étayer ma hardiesse ! Le Ciel a continué de manifester la vocation dont il a favorisé V. A. R. dès sa naissance, en Vous faisant devenir la fille d'un Roi dont la piété fait le caractere distinctif, & l'Epouse d'un Prince dont la Religion la plus vive caractérise toutes les démarches. A ces motifs qui fondent ma confiance, Vous en avez joint un autre

DÉDICATOIRE.

qui fait disparoître ma crainte. Votre A. R. s'est faite Elle-même & par choix la Protectrice de la Religion & de la piété, en même tems qu'Elle en est devenue le modele. Plus respectable par ses vertus, que par tant de titres réunis qui La rendent une des plus grandes Princesses du monde, Son Auguste Nom ne peut que donner un grand poids à un Livre fait pour procurer, non seulement la gloire de Dieu, mais encore le bien de l'Etat; car ce n'est que parmi les bons Chrétiens qu'on doit espérer de trouver les bons Sujets: heureuse si ce foible hommage de mes talens, offert à Dieu & à

EPITRE

Vous, Madame, peut être ac-
cepté comme une preuve du pro-
fond respect avec lequel Je suis

MADAME

DE VOTRE ALTESSE ROYALE

La très humble
& très-obéissante
servante
DE BEAUMONT.

AVIS DE L'AUTEUR.

Uelques Perſonnes dont je reſpecte les lumieres, ont cru que la lecture de cet Ouvrage devoit être précédée d'un mot d'Avis.

Bien des Gens qui ignorent que le doute méthodique eſt permis, pourroient être ſcandaliſés de voir la Bonne l'exciter dans ſes Ecolieres. Elle prie le Lecteur de ſe ſouvenir qu'elle parle à des Perſonnes de la Religion proteſtante ; que le fondement de cette Religion eſt la liberté d'examiner les points les mieux décidés, parce que ne reconnoiſſants point de Tribunal infaillible ſur la terre, chacun de ceux qui la profeſſent, eſt en droit de s'en rapporter à ſes lumieres, & de les préférer à celles de tout ce qu'il y a eu & aura d'Hommes ſavants, parce qu'après tout ils

font faillibles, & qu'on ne doit une
foumiffion aveugle & abfolue qu'à une
autorité divine. Il convenoit donc à la
Bonne de prendre la feule voie qui
convint à fes Eleves, qui eft celle de
l'examen, toujours permis jufqu'à ce
qu'on foit convaincu qu'on fe foumet à
la vérité infaillible & éternelle, incapable de fe tromper & de nous tromper.

Noms des Messieurs qui paroîtront dans ce Volume.

Un CALVINISTE Rigoriste & Ministre.

Un Ministre ARIEN.

Un Ministre LUTHÉRIEN.

Un Ministre ANGLICAN.

Un Ministre TOLÉRANT.

Lady S.

Un RABBIN.

Un ARMINIEN.

Les Interlocutrices ordinaires.

LES
AMERICAINES
OU
LA PREUVE
DE LA
RELIGION CHRÉTIENNE
Par les lumieres naturelles.

PREMIERE PARTIE.

LA BONNE.

LA Providence, Mefdames, qui difpofe tout avec fageffe & avec bonté, me permet encore de vous entretenir après une longue abfence. Pour mettre à profit l'avantage qu'elle me procure, j'ai réfolu, Mefdames, d'employer tous les momens que nous devons paffer enfemble à des études infiniment fupérieures à celles que nous avons faites les années

Tom. *I.* prem. *Part.*   A

paſſées : il eſt queſtion de nous rendre raiſon à nous-mêmes de notre foi, d'en examiner les fondemens. Pour comprendre la néceſſité de cette étude, rappellez-vous, je vous prie, ces paroles de Jeſus-Chriſt : *Celui qui aura la foi & qui ſera baptiſé, ſera ſauvé : celui qui n'aura pas la foi, ne peut être ſauvé* : Elles ſont ſi poſitives, qu'il faut bruler les Ecritures, en nier la vérité, renoncer à croire la divinité de Jeſus-Chriſt, ou dire avec lui : *La foi eſt d'une abſolue néceſſité pour être ſauvé.* Mais qu'eſt-ce que cette Foi, dont la néceſſité eſt ſi abſolue qu'elle ne peut être ſuppléée par rien ? C'eſt ce qui fera le ſujet de notre étude & de nos converſations. C'eſt dans ce moment, Meſdames, que nous avons beſoin plus que jamais des lumieres du Saint-Eſprit. Saint Pierre parla à une multitude de Juifs aſſemblés ; quatre mille ſe convertirent, & les autres perſévérerent dans leur incrédulité. La grace fut préſentée, offerte à tous ceux qui écouterent les paroles de Pierre, & ces quatre mille furent les ſeuls qui daignerent la recevoir : les

autres la rejetterent, & les paroles
de cet Apôtre ne furent à leur égard
que de vains sons qui frapperent leurs
oreilles sans toucher leur cœur. La lumiere fut suffisante pour tous, je le
répete, & ce petit nombre seulement
ouvrit les yeux : tremblons qu'un pareil malheur ne nous arrive ; conju-
rons l'Esprit Saint de dissiper les ténebres de notre entendement, de fondre la glace de nos cœurs, d'arracher
le funeste bandeau qui nous cache
des vérités nécessaires, des vérités absolument nécessaires, des vérités seules nécessaires. Oui, Mesdames, vous
pouvez ignorer tout le reste sans danger : il n'y a que la science de la Religion qu'il faut posséder pour entrer
dans le Ciel, & sans laquelle on ne
peut espérer d'y entrer. Donnez-moi
donc l'attention la plus réfléchie, l'esprit le plus docile, & le cœur le plus
décidé à céder aux lumieres du Très-
haut quoiqu'il nous en coute.

Miss PRÉJUGÉ.

Ces Dames m'ont appris, ma
Bonne, qu'une de vos conventions

étoit de laisser à celles qui vous écoutent la liberté de vous interroger, de vous contredire même, & de ne jamais céder qu'à la raison. Je vais profiter de ce privilege & vous faire mes objections contre le genre d'étude que vous nous proposez. Convient-il aux personnes du sexe? Une foi simple, n'est-elle pas notre partage? N'y a-t-il point de danger à examiner ce que nous devons croire aveuglément sur la parole de Dieu.

La BONNE.

Et qui vous assure, Madame, que votre foi est fondée sur la parole de Dieu? Un Turc m'en diroit autant, le croiriez-vous autorisé à me proposer cette objection? S'il me prenoit envie de vous nier la vérité de la révélation, pourriez-vous résister aux tentations auxquelles mes mauvais raisonnemens vous exposeroient, surtout si je vous les faisois dans un temps où l'intérêt d'une violente passion vous feroit souhaiter de trouver ces raisonnemens justes? assurons-nous par les lumieres de la raison que Dieu a parlé, alors nous pourrons fermer les yeux en toute sûreté, & croire aveuglément tout ce qu'il nous aura dit : jufqu'à ce moment doutons de tout, * (*Voyez la Préface.*) la prudence nous en fait une loi que nous ne pouvons violer fans rifque.

Lady INCONSÉQUENTE.

Je crois bien, ma *Bonne*, que l'étude que vous nous propofez, eft très belle ; cependant je crains de la faire, & voici pourquoi. La Religion chrétienne me paroit confolante, elle me promet des fecours, des adouciffemens dans les fituations facheufes de cette vie, & un bonheur éternel dans l'autre ; où pourrai-je trouver rien de pareil ? J'avoue que ces fecours, ces confolations, ce bonheur éternel, je les efpere fur la foi d'autrui, & je ne me diffimule pas combien ce fondement eft foible : on ma bercée de ces idées dès l'enfance, & je crois que je ne les ai adoptées qu'à force de les entendre répéter ; mais qu'importe la maniere dont cela eft entré dans mon efprit ? Je crois, & cela me tranquillife : que feroit-ce fi un examen feve re me montroit que je fuis dans l'erreur ? Il faudroit donc renoncer malgré moi à tous les biens que je poſſede !

La B O N N E.

Vous ne poſſédez rien, ma chere, puiſque vous n'êtes pas ſûre de votre poſſeſſion & que vous craignez que l'on vous la raviſſe : vous me paroiſſez comme un homme qui ayant paſſé deux jours ſans manger, rêveroit qu'il eſt dans un feſtin où il ſe raſſaſieroit à ſon gré, & qui craindroit d'être réveillé, de peur d'être arraché à cette douce illuſion pour faire un repas réel. Ou la Religion Chrétienne a des fondemens ſolides, & eſt divine, ou elle ne peut pas nous donner les biens ineſtimables qu'elle nous promet : ſi elle nous trompe, nous ne pouvons trop ſouhaiter d'être réveillées pour chercher à la place des biens trompeurs, qu'elle nous offre en vain, un bonheur ſolide. Au lieu de craindre d'être détrompées, hâtez-vous de vous aſſurer la poſſeſſion de ces biens ineſtimables s'ils exiſtent : s'ils n'exiſtent pas, je ne vous ôterai rien, je vous le répete, en

vous en privant ; au contraire , je vous
guérirai d'une erreur , & une erreur
quelconque eſt toujours un mal.

Lady MÉRY.

Pour moi j'ai une objection à vous
faire qui me paroit plus réelle. Je conçois la beauté , le ſatisfaiſant de la
ſcience de la Religion , je ſuis charmée de pouvoir m'y appliquer toute
entiere ; mais cette étude eſt-elle auſſi
eſſentielle que vous avez voulu nous
le faire entendre ? ſi cela étoit , que
déviendroient tant de pauvres gens ,
qui n'ont ni le temps , ni les occaſions
ni la capacité néceſſaire pour cette
étude. En Angleterre par exemple , je
ſuis aſſurée que ſur cent perſonnes il
n'y en a pas deux qui puiſſent la faire ,
c'eſt je crois la même choſe en France : un Marchand occupé de ſon commerce , un Domeſtique de ſon ſervice ,
un Payſan de ſon travail ; tous ces gens
la , dis-je , n'ont pas le tems néceſſaire pour s'inſtruire : le plus grand nombre de ces perſonnes manquent de
capacité quand même elles auroient
du temps : d'ailleurs qui auroit la pa-

tience de les inftruire ? Il faudroit donc qu'un Miniftre ou un Curé n'eut que cela à faire ? N'eft-il pas plus avanta-geux qu'ils s'attachent à leur procu-rer de bonnes mœurs que de grandes lumieres , qu'ils leurs apprennent à bien vivre , plutôt qu'à bien croire.

La BONNE.

Voilà une objection , ou plutôt des objections qui méritent une atten-tion particuliere : fi elles ne font pas juftes , au moins ont-elles de la vrai-femblance. Vous me dites , ma chere *Méry* , qu'un grand nombre de Mar-chands , d'Artifans , de Domeftiques & autres n'ont pas le loifir de s'appli-quer à l'étude de la Religion , parce qu'ils doivent apprendre le commerce, le fervice , leur profeffion , & que lorfqu'ils la favent , tout leur temps doit être employé à l'exercer. Je con-viens que toute la perfection , toute la fainteté des hommes confifte à bien remplir les devoirs de leur profeffion: mais quelle eft cette premiere & ef-fentielle profeffion des hommes ? c'eft d'être Chrétiens. Il n'eft pas abfolument néceffaire qu'ils foient Marchands, Artifans, Domeftiques, Laboureurs, & il eft effentiel qu'ils foient Chrétiens. Pardonneroit-on à ce Marchand d'ignorer l'arithmétique & le prix de fes marchandifes? A ce Domeftique de négliger d'apprendre la maniere dont il doit remplir fon fervice? A cet Artifan de ne pas connoitre les outils de fa profeffion? Que penferiez-vous d'un Medecin qui vous diroit qu'il n'a pas eu le tems d'étudier l'anatomie, de lire des livres de medecine, de fréquenter les hopitaux? vous le traiteriez d'infenfé. Il n'y a donc que la fcience du Chriftianifme qu'il foit permis d'ignorer fans honte? quel aveuglement! Mais, dites-vous, les Curés & les Miniftres n'ont ni le temps ni la patience de les inftruire; quelle horreur! Ils ont bien le temps de manger, de boire, de dormir, de fe divertir : or ces chofes font moins néceffaires que l'inftruction de leurs Paroiffiens; car il n'eft pas effentiel qu'ils vivent, & il eft effentiel qu'ils fe fauvent : or ils ne peuvent fe fauver qu'en fe confacrant tout entiers à l'in-

A 5

struction de leurs Paroiſſiens. Au lieu d'employer pluſieurs jours à compoſer un ſermon éloquent, qu'ils faſſent quatre Catéchiſmes. Qu'ils s'appliquent avec autant d'ardeur à trouver les moyens d'inſtruire leur troupeau, qu'ils en apportent à recevoir leurs revenus. *Lady Mery* ajoute qu'il vaut mieux leur apprendre à bien vivre qu'à bien croire ; & moi je lui réponds que Jeſus n'a pas été de ce ſentiment, qu'il a mis la Foi pour premiere condition du ſalut : j'ajoute que les mœurs des hommes ſont en proportion de leur foi. Le plus ſtupide Payſan qui auroit eu le malheur de commettre un crime, ne manque d'aucune lumiere pour le cacher & l'excuſer ; que dis-je, la crainte d'être pendu rend ces Ruſtres fideles. Pourquoi cette crainte les empeche-t-elle de voler ? c'eſt qu'ils ont une parfaite conviction que la Juſtice des hommes ne fait aucune grace ſur ce crime & qu'il conduit à la potence. Cette idée a la force de réprimer leur cupidité. Si on pendoit ceux qui s'enivrent, qui diſent des paroles deshonnêtes, qui médiſent

& déchirent la réputation du prochain; l'ivrognerie, l'impudicité, la calomnie feroient auffi rares que le vol: la crainte du châtiment fufpendroit les effets de toutes ces paffions, qui ne font pas plus violentes, que celle de fe mettre à fon aife en s'appropriant le bien d'autrui. Qui leur donne le courage néceffaire pour réfifter à ce dernier penchant? l'appréhenfion du fupplice. La crainte d'une éternité malheureufe opéreroit un effet auffi heureux par rapport à tous les vices, fi elle étoit bien réelle, & elle le deviendroit fi un Pafteur zélé avoit foin de l'inftruction de fes Ouailles & daignoit defcendre à leur portée par des inftructions familieres. J'avoue qu'il eft des efprits plus épais que les autres: ne croyez pourtant pas que le nombre en foit auffi grand qu'on le fuppofe communément, parcequ'il eft plus aifé de fe perfuader qu'ils font incapables d'inftruction, que de fe donner la peine néceffaire pour les inftruire. Tous les hommes, à l'exception d'un très petit nombre, font capables d'exercer des profeffions qui demandent une certaine intelligence ; le temps, la patience du maître viennent à bout de furmonter les plus grands obftacles & qu'on auroit regardé d'abord comme invincibles. Si un Curé fe donnoit la moitié de la peine pour former des Chrétiens, qu'un Cordoñier pour apprendre à fon apprentif à faire un foulier, affurément il y réuffiroit. Enfin Dieu ne nous demandera qu'à proportion de nos lumieres, il fera content des efforts que nous aurons fait pour nous inftruire, quand bien même ces efforts auroient été infuffifants, pourvu que nous y ayons employé tout ce qui dépendoit de nous pour bien étudier, au lieu que nous ferons criminels de notre ignorance, fi nous n'avons pas fait tout ce qui dépendoit de nous pour la détruire.

Lady L O U I S E.

Enforte qu'un Païen qui auroit fait ce qu'il auroit pu pour s'inftruire, ne feroit pas coupable de fon idolatrie ?

La BONNE.

Lady Louise a oublié que nous avons traité cette matiere à fond. Elle suppose l'impossible, qui est qu'un homme qui auroit cherché à connoître l'auteur de son être, ne l'eut pas découvert par ses ouvrages. Nous autres qui le connoissons & qui voulons nous instruire de sa sainte Loi, souvenons-nous que pour réussir dans cette étude, il faut deux choses. Demander à Dieu ses lumieres, purifier ses mœurs pour attirer sa grace ; je devrois en ajouter une troisieme : c'est un grand amour pour la vérité, & une volonté déterminée à la suivre, quand on la connoitra, quoiqu'il en coute.

Miss BELOTTE.

Je n'entends pas bien ce que vous voulez dire, que nous serons punies pour avoir manqué d'accomplir des devoirs que nous ne connoissons pas. Cela me paroit injuste. Par exemple, je me suis sentie une sorte de mauvaise humeur, lorsque vous avez proposé de nous déveloper nos devoirs par rapport à la religion. Voici comme je raisonne. De plus d'un million de personnes qui sont dans la Ville de Londres, il n'y en a peut-être pas mille qui soient instruites, comme vous voulez que nous le soyons : il seroit cruel de penser qu'il n'y auroit que ces milles personnes qui puissent espérer le Ciel. Parmi la multitude des autres, il y en a beaucoup qui manquent de bonne foi à des devoirs essentiels, parcequ'elles les ignorent : elles ne pechent pas, car elles ne croyent pas pécher. Pourquoi augmenter leurs devoirs en leur donnant de nouvelles lumieres auxquelles elles ne répondront pas probablement ? Il me semble avoir lu dans St. Paul, que c'est la loi qui fait le péché ; *car*, dit-il, *ou il n'y a pas de loi, il n'y a pas de péché.* Pourquoi cherchez-vous à le multiplier, en nous découvrant de nouvelles loix ? Vous les créez pour nous, puisqu'elles n'existent & ne sont obligatoires à notre égard qu'au moment où nous les connoissons. Laissez nous dans notre ignorance, &

n'augmentez pas nos obligations.

La BONNE.

Véritablement, ma chere, cela feroit fort commode. Une ignorance invincible fur nos devoirs nous en difpenferoit fans doute ; mais cette forte d'ignorance eft la chofe impoffible : c'eft un être de raifon pour tous les hommes en général & fur-tout pour nous qui fommes en état de nous inftruire. Il n'eft pas queftion dans l'étude que nous allons faire de nous découvrir nos devoirs : ils font écrits par le doigt de Dieu même au fond de notre ame ; je ne veux que fortifier les motifs d'obéir à cette premiere loi & par conféquent vous en faciliter la pratique. Oui, Mefdames, fi nous fommes affez heureufes pour apprendre la fcience de la religion comme il faut, toutes les difficultés, ou du moins la plus grande partie des difficultés que nous trouvons à accomplir la loi naturelle, qui n'eft autre que la loi divine, difparoitra.

Lady MÉRY

C'eſt à dire , ma *Bonne* , que nous allons prendre une leçon de Géométrie , de Logique , j'en ai une grande joye. La Philoſophie n'entrera-t-elle pas auſſi dans votre plan ? cela me rendroit bien attentive.

La BONNE.

Ce que dit *Lady Méry* , paroit ſingulier & eſt pourtant vrai. La foi doit être précédée de la raiſon , c'eſt à dire qu'avant de croire , nous devons avoir des motifs raiſonnables de croire : je dis plus. Des perſonnes telles que nous , doivent avoir de telles preuves de la vérité de la religion , qu'elles ſoient démontrées géométriquement, enſorte qu'il ſoit impoſſible d'en douter. C'eſt pour chercher ces preuves claires & qu'on ne puiſſe conteſter , que je vous ai raſſemblées. Je ne veux laiſſer aucun ſoupçon , aucun nuage ſur ce que vous devez croire ; car je le répete , votre eſprit étant une fois bien convaincu , il ſera plus aiſé de toucher votre cœur : la conviction produit l'acte, presque nécessairement. Je vais d'abord réfuter l'objection de *Miss Belotte*, & ensuite je vous exposerai le plan que nous devons suivre dans les leçons que nous prendrons sur cette utile science.

Elle prétend que nos devoirs ne commencent qu'au moment où nous sommes instruites ; elle se trompe : c'est du moment où il nous a été possible d'être instruites, que nos devoirs deviennent obligatoires. L étendue de cette instruction doit se mesurer sur l'étendue de nos lumieres, de notre temps , & des facilités que la Providence nous ménage à cet égard. Il est hors de doute que les personnes dispensées du soin de gagner leur vie par un travail assidu , ont plus de moyens de chercher la vérité & la conviction : cette étude doit être beaucoup plus approfondie par elles, parce qu'elles ont plus de tentations contre la Foi , & qu'elles ont plus de dangers de la perdre , que les pauvres.

Miss PRÉJUGÉ.

Pourrois-je vous demander d'où

naissent ces tentations & ces dangers
que vous supposés.

La BONNE.

Je ne suppose rien, Mesdames, ils
n'existent malheureusement que trop.

Les obstacles à la Foi consistent
plus dans les penchans du cœur que
dans les lumieres de l'esprit ; mais
quand ces deux sortes d'obstacles se
réunissent , il faut un miracle pour
que la Foi n'en soit pas détruite ou
du moins altérée. Les vérités spécu-
latives ne sont pénibles à croire qu'à
une Secte de prétendus beaux esprits
qui se qualifient mal-à-propos du titre
d'esprits forts , & qui veulent tout
mesurer à leur raison & à leurs lumieres , sans penser que le premier
effet d'une raison saine , est de connoître ses bornes , qui sont assurément
très étroites. On m'a dit que cette
Secte s'appelloit les *Rationalistes*. Parmi ceux-la, il s'en trouve plusieurs
qui n'ont d'autres défauts que l'orgueil , & dont les mœurs sont pures ;
mais ce n'est que par un hazard qui
tient aux circonstances dans lesquelles
ils se trouvent.

Le refte des hommes fe foumet volontiers fans motif, avec indifférence à des vérités qui ne les engagent à rien. Que la Ste. Trinité foit un Dieu en deux perfonnes, ou en trois, cela ne les embarrafle gueres ; elle n'exige pas plus d'adoration d'une maniere que d'une autre : leurs paffions laifferont paffer tout ce qui n'aura pas un rapport immédiat aux mœurs. Mais une religion qui les condamne à combattre leurs paffions, depuis le matin jufqu'au foir, à facrifier leurs penchans les plus doux ; qui les menace d'une éternité de fupplices, s'il refufent de remplir cette condition de falut. *Renoncez à vous même, portez votre croix.* Cette religion, dis-je, leur paroit difficile à croire, & ils feroient charmés d'avoir des raifons d'en douter. Quelques uns plus hardis que les autres, hazardent à ce fujet des conjectures fi frivoles, qu'on les fiffleroit, s'ils raifonnoient auffi mal dans les affaires les plus communes pour lefquelles on feroit de fang froid ; cependant quelque dénuées de vraifemblance que foient ces conjectures, quelques contradictoires mêmes qu'elles paroiſſent à l'examen le plus ſuperficiel, on ſouhaiteroit qu'elles euſſent de la probabilité, & dès-lors òn touche au moment de leur accorder de la réalité. Cette tentation eſt ſur-tout celle des riches & des heureux du ſiecle. Nager au milieu de l'abondance & des plaiſirs, & conſerver la pauvreté d'eſprit, la mortification du cœur, des ſens, & la pureté des mœurs ; oh que cela eſt pénible ! Les pauvres, les artiſans au contraire, s'accommodent bien mieux d'une religion qui condamne des plaiſirs qu'ils ne peuvent goûter, qui aſſervit les riches à les ſoulager dans leurs beſoins, à les ſupporter dans leurs maladies, dans leurs peines, à adoucir le joug dont ils ſont accablés. Donc les riches ſont plus expoſés que les pauvres, à ſouhaiter que la religion ſoit fauſſe ; donc ils ont beſoin de plus de lumieres que les autres pour être entrainés & comme forcés par la conviction à ſe ſoumettre aux vérités pratiques, qui ne

paroiſſent à leurs yeux que des obſtacles au bonheur qu'ils cróyent pouvoir ſe procurer par la jouiſſance des
biens dont ils regorgent.

D'ailleurs, c'eſt parmi les grands
& les perſonnes riches, que ſe trouvent les rationaliſtes, grands prêcheurs
de leur métier, & qui courent après
les proſélytes. L'oiſiveté des grands
leur laiſſe le temps de leur débiter
leur doctrine, & leur ignorance ſur
la religion rend leur défaite aiſée.
C'eſt donc une néceſſité pour eux de
proportionner leurs armes défenſives
aux offenſives qu'on emploie à leur
égard. L'inſtruction eſt donc néceſſaire à tous, mais principalement aux
perſonnes de votre état, Meſdames,
premiérement, parce qu'elles ont le
temps & les commodités de s'inſtruire; ſecondement, parce que leurs
beſoins à cet égard ſont plus grands
que ceux des autres,

Je reviens à *Miſs Belotte*, qui avoue
franchement qu'elle craint des lumieres qui lui découvriroient un plus grand
nombre de devoirs à remplir. Apprenez, ma chere, que le pareſſeux ne

gagne rien à ſes ténebres volontaires.
Vous dites qu'il ne pourra être damné
pour n'avoir pas rempli des devoirs
qu'il n'a jamais connus ; ſachez qu'il
le ſera pour avoir négligé de s'en inſtruire, & que cette connoiſſance ſerve à vous déterminer à employer tout
ce que vous avez d'eſprit pour devenir habiles dans la ſcience du ſalut,
puiſqu'elle eſt, comme je vous l'ai
déja dit, la ſeule importante & néceſſaire.

Je répete auſſi à *Lady Méry*, que
nos converſations ſeront préciſément
ce qu'elle les ſouhaite. C'eſt un cours
de Logique, Meſdames, que nous
allons faire enſemble. Pour apprendre à bien croire, nous allons douter
de tout.

Suppoſez donc, Meſdames, qu'élevées dans les forêts de l'Amérique,
chacune en votre particulier, on vous
tranſporta dans cette Ville. Je ſuppoſe
encore que vous euſſiez un eſprit naturellement juſte, comme l'auroient le
plus grand nombre des hommes qui
ne ſeroient point gâtés par le préjugé :
dans cet état vous auriez une juſte dé-

fiance, qui fe fait toujours fentir quand on offre à notre crédulité des chofes qui paroiffent bleffer la vraifemblance, & que nous n'avons pas une confiance aveugle pour ceux qui nous les propofent. Si après vous avoir inftruites des mœurs & des ufages de la nation au milieu de laquelle vous auriez été tranfplantées, je voulois entreprendre de vous faire connoître ce que vous êtes, d'où vous venez, pourquoi vous êtes, ce que vous deviendrez ; vous fentez, Mefdames, qu'il faudroit tout prouver, tout démontrer, que vous feriez autorifées à mettre les chofes extraordinaires que je voudrois vous faire croire, au nombre des chofes incertaines & problématiques, jufqu'à ce que je les fiffe paroître à vos yeux, accompagnées de l'évidence qui fait toujours difparoître le doute.

Lady VIOLENTE.

Ah ma *Bonne* ! je conçois que s'il n'y a rien de plus utile que ces leçons, il n'y a rien non plus de fi amufant. Quel plaifir de voir croître fes idées, d'en développer la source. D'ailleurs je fais une réflexion : cet état dans lequel vous nous supposez, nous l'avons toutes éprouvé. Dans la premiere enfance, n'étions nous pas au dessous même de ces jeunes Sauvages? Lorsque nous avons été en état d'entendre, on a fait raisonner des sons à nos oreilles, sans jamais, ou presque jamais parler à notre raison. *Il y a un Dieu. Le loup vous mangera, si vous êtes méchante. Mon petit doigt m'apprend tout ce que vous faites. Dieu entend tout ce que vous dites. Le nés vous rougira si vous mentez. Vous irez en enfer, si vous êtes désobéissante.* Ces grandes vérités & ces fadaises nous ont été dites du même ton, ont fait sur nous la même impression, & ces impressions n'ont été gueres plus durables les unes que les autres. J'avoue qu'à mesure que nous avançons en âge, on réitere les leçons qui regardent Dieu, & on se mocque avec nous de la crédulité que nous avions, quelques années auparavant, pour les contes bleus dont on nous berçoit. Mais si je me rappelle bien ce qui se passoit

alors

alors en moi, voici comme je raifon-
nois. On m'a trompé quand j'étois petite à certains égards ; fuis-je bien af-
furée qu'on ne me trompe point encore? Il eft peut-être des illufions pour
tous les âges: dans le premier, on
m'a fait des menfonges qui n'avoient
pas le fens commun ; on m'en fait
aujourd'hui fur des matieres beaucoup
plus graves , & qui n'ont pas plus de
probabilité à mes yeux que le refte
n'en avoit alors , & dont fans doute on fe mocquera avec moi dans mes
dernieres années.

Lady INCONSE'QUENTE.

Ah Madame ! comment pouviez-
vous penfer ainfi ? Ne voyez-vous pas
tout d'abord que ce qu'on difoit de
Dieu étoit véritable.

Lady VIOLENTE.

Non en vérité , ma chere , permettez-moi le mot, j'avois trop d'efprit
pour cela , & ma raifon au contraire
m'autorifoit à croire qu'en cela comme dans tout le refte, ma Gouver-

Tome I. prem. Part. B

nante avoit de bonnes raisons pour chercher à me tromper.

Lady INCONSE'QUENTE.

Et vous appellez cela avoir de l'esprit? Je remercie Dieu de ne m'en avoir pas donné un de cette espece. Pour moi je vous le répete, j'ai d'abord connu que tout ce qu'on me disoit par rapport à Dieu, étoit véritable.

Lady VIOLENTE.

Me diriez-vous bien, Madame, pourquoi vous avez toujours cru les choses qu'on vous disoit par rapport à Dieu.

Lady INCONSE'QUENTE.

Et mais, ma chere, je l'ai cru.... parce que cela étoit vrai; je n'en puis donner autre raison.

La BONNE.

Voyez-vous, ma chere, vous ne manquez pas d'esprit, vous passez même pour en avoir beaucoup, & ce jugement est fondé pour ceux qui vous connoissent à fond. Malgré votre esprit naturel, une personne qui ne jugeroit de vous que sur vos discours, seroit autorisée à douter de votre jugement. Vous n'avez jamais raisonné, réfléchi, & cela fait à peu de chose près, le même effet que si vous manquiez de bon sens. Ne vous fâchez pas, je vous prie : ces Dames ont eu la bonté de me permettre de leur dire librement ma pensée, & de leur côté elles ont droit de me dire mes défauts sans que je m'en fâche : cette méthode a été fort utile & à elles & à moi. Il ne tient qu'à vous d'entrer en participation de cet avantage. Avant de rien décider, forcez-vous à peser, à comparer. Apprenez à poser un principe, à en tirer des conséquences, à nier tout ce qui sera contradictoire à ce principe, & à l'abandonner, à recevoir comme vrai au contraire tout ce qui en sera une conséquence. Vous ignorez ces grands mots, Madame : je vais vous les expliquer dans un moment par ce qui va se passer entre vous & *Lady Violente* : je connois

la marche de fon efprit , & je vois où
elle en veut venir, permettez-lui de
vous interroger.

Lady VIOLENTE..

Mille pardons , Madame , de la
liberté que je vais prendre. Hélas,
ce fervice que je vais vous rendre , ma
Bonne me l'a rendu en fon temps ,
& il lui en a beaucop plus couté pour
me corriger d'un grand nombre de
défauts , qu'il ne lui en coutera pour
vous donner l'habitude de raifonner
jufte. Dites-moi , Madame , votre Gouvernante avoit-elle des défauts.

Lady INCONSE'QUENTE.

Dix milles. Tous ceux que peut
avoir une Fille d'un efprit borné , dont
l'éducation avoit été abfolument né-
gligée , & qui malgré ces défavan-
tages avoit un cœur excellent , & beaucoup de religion.

Lady VIOLENTE.

Encore une fois , Madame , Pardon. Mais voilà des contradictoires.
Si cette fille avoit dix milles défauts ,

elle ne pouvoit avoir un bon cœur & beaucoup de religion. Ces deux dernieres qualités louables devoient détruire les qualités contraires, elles ne peuvent subsister ensemble. Ceci mériteroit une discussion que j'abandonne pour ne pas sortir de mon sujet. Entrons, je vous prie, dans quelque détail sur les défauts de votre Gouvernante, étoit-elle médisante ?

Lady INCONSE'QUENTE.

Au superlatif. Comme elle étoit en même temps très ignorante & fort babillarde, il falloit bien parler du Prochain faute de savoir dire autre chose. Vous allez encore penser que ce que je vais vous dire, est contradictoire, & il n'en sera pas moins vrai; c'est que ce n'étoit point chez elle la suite d'un méchant cœur : elle ne haïssoit pas celles qu'elle déchiroit, au contraire, elle apprenoit à toute une compagnie les défauts de Madame une telle pour avoir le plaisir d'en gémir, de la plaindre, de rejetter les fautes sur ses parens, ses amis, sur tout le genre humain; ce

qui amenoit nécessairement des portraits qui n'étoient pas à la louange
de ceux dont elle parloit.

Lady VIOLENTE.

Et cette bonne fille qui aimoit
tant à gémir sur les défauts du prochain, se mettoit-elle en colere? a-
voit-elle beaucoup de respect dans
l'Eglise? n'y parloit-elle jamais? obéis-
soit-elle aux ordres de Madame votre mere? disoit-elle toujours la vérité?

Lady INCONSE'QUENTE.

Oui & non : elle étoit fort violente & en convenoit de bonne foi ;
mais comme elle disoit elle même ;
*tournez la main, il n'y paroissoit
plus.* Elle gardoit le silence à l'Eglise quand elle y dormoit (ce qui lui
arrivoit souvent) ou quand elle n'é-
toit pas à côté d'une personne de connoissance ; elle obéissoit à *Mylady*,
dans toutes les choses dont on pouvoit s'appercevoir, & faisoit à sa tête toutes les fois qu'elle espéroit n'en
recevoir aucune répréhension. Elle

murmuroit contre Maman , quand on m'empéchoit de lui faire de petits préfents , ou qu'on faifoit fervir une de mes robes pour deux deuils : elle mentoit fouvent pour m'excufer ou pour s'excufer elle même , & ajoutoit que ces menfonges étoient de petites fautes , puifqu'ils ne faifoient mal à perfonne.

Lady VIOLENTE.

Cette femme ne vous a-t-elle jamais lu la Sainte écriture ? Ne vous a-t-elle pas fait remarquer que Jefus le plus doux de tous les hommes chaffa du Temple ceux qui y vendoient les chofes néceffaires aux Sacrifices ? Ne vous a-t-elle pas dit que Dieu préfent par tout écrivoit , pour ainfi dire, toutes nos paroles, & qu'il nous demandera un compte rigoureux de celles que nous aurons dites inutilement ; à plus forte raifon de celles qui bleffent la charité, la vérité ? Ne vous a-t-elle pas fait lire St. Paul, qui nous avertit d'obéir à nos maîtres , parce qu'ils nous tiennent la place de Dieu ?

Lady I N C O N S E' Q U E N T E.

Je dois lui rendre cette juſtice, elle m'a relu ces choſes tant de fois que je les ſais par cœur.

Lady V I O L E N T E.

Et aviez-vous la bonté de croire toutes ces choſes, qu'aſſurément elle ne croyoit point elle-même?

Lady I N C O N S E' Q U E N T E.

Ah Madame! c'eſt une calomnie, elle croyoit tout ce qu'il falloit croire & étoit très bonne Chrétienne.

Lady V I O L E N T E.

Si elle vous eut défendu de boire du vin, en vous diſant que c'étoit du poiſon qui donnoit la mort, & que dans le même temps vous lui en euſſiez vu boire avec plaiſir, qu'auriez-vous cru, Madame?

Lady I N C O N S E' Q U E N T E

J'aurois cru, ou qu'elle étoit laſſe de la vie & qu'elle vouloit mourir, ou que le vin n'étoit pas du poiſon,

& comme elle aimoit beaucoup à vivre & qu'elle avoit bien peur de la mort, j'aurois regardé ce qu'elle me difoit fur le vin comme une plaifanterie. J'aurois pu croire encore qu'elle avoit quelques raifons pour chercher à me dégouter du vin.

Lady VIOLENTE.

Je lui aurois dit, moi, lorfqu'elle m'auroit fait lire la Sainte écriture : c'eft par plaifanterie que vous me dites que l'ancien & le nouveau Teftament ont été dictés par le Saint Efprit, & que Dieu jettera dans l'enfer ceux qui ne conforment pas leur vie à la morale, qui eft renfermée dans ces livres que vous appellez divins. Si vous le croyez véritablement, vous cefferiez d'être médifante, colere, avare, défobéiffante à vos maitres & menteufe : ces livres ne contiennent que des fables, ou du moins vous les regardez comme tels, & vous cherchez à m'en impofer : j'en devine la raifon. Il eft de votre intérêt que je pratique toutes les vertus comman-dées dans ces livres, car mon éducation en déviendra plus aifée : vous ne me croyez pas affez complaifante pour chercher à les pratiquer feulement pour vous éviter la peine de lutter contre mes paffions ; pour m'engager à les vaincre & rendre ma fociété plus douce, vous compofez ou plutôt vous adoptez un Roman fait par des perfonnes qui avoient comme vous intérêt d'engager les hommes à détruire ou modérer des penchants qui choquoient les leurs , & qui s'ils vivoient comme vous vivez , ne croyoient pas un mot de ce qu'ils ont écrit.

Mi*s* INCONSE'QUENTE.

J'admire comme *Lady Violente* a arrangé tout cela , & m'a convaincue que ma docilité étoit une fottife: j'aurois juré qu'elle n'en pourroit venir à bout ; cependant il n'eft pas en mon pouvoir de me refufer à ce qu'elle vient de dire.

La BONNE.

C'eft qu'il n'eft pas poffible de réfifter à l'évidence. Et bien , Mefdames, voilà comme quoi nous devons étudier la religion, il faut suivre la même méthode. *Lady Violente* a commencé par poser un principe; *la conviction, quand elle est parfaite, produit l'action qui lui est conséquente.* Ainsi elle dit si vous êtes fortement persuadées que ce vin peut vous empoisonner & que vous n'ayez pas envie de mourir; vous n'en boirez pas. Si vous en buvez, ou vous ne croyez pas qu'il soit poison, ou vous voulez mourir.

Lady SPIRITUELLE.

Ma *Bonne*, faites nous de cela un Syllogisme, je me meurs d'envie d'en savoir faire un & je n'en ai pas même une idée bien juste.

La BONNE.

Je suis logée au même endroit, ma chere, je n'ai jamais eu l'esprit d'en retenir les regles, quoiqu'on me les ait expliquées plusieurs fois. J'en vais risquer un sans vous répondre qu'il ait les qualités réquises.

Le vin est un poison qui fait mourir.

B 6

Voilà la majeure.
Vous ne voulez pas mourir.
Voilà la mineure.
Donc vous ne boirez pas de ce vin.
C'est la conséquence.

Lady SPIRITUELLE.

En vérité je le crois bon, toujours est-il sûr qu'il ne m'est pas possible de nier cette conséquence.

La BONNE.

Remarquez, *Lady Inconséquente*, que si ces deux premieres propositions font vrayes, il seroit absurde & ridicule de nier la conséquence. Si vous buvez de ce vin, il faut nécessairement ou que vous ne le croyez pas poison, ou que vous soyez résolue à vous empoisonner : cela est clair, le concevez-vous, ma chere ?

Lady INCONSE'QUENTE.

Assurément, ou je serois bien stupide : j'avoue que je l'ai été jusques à présent ; car jamais je n'ai rien comparé, rien pesé, rien examiné. Il est pourtant bien agréable d'avoir une regle fûre pour difcerner le certain d'avec l'incertain, le vrai du faux : on ne rifque plus d'être la dupe de ces beaux difeurs de rien, qui avancent hardiment, & qui feroient bien embarraffés fi on procédoit avec eux comme vous venez de faire avec moi ; j'aime cette méthode.

Miss PRÉJUGÉ.

Pour moi je la trouve fort incommode. N'eft-il pas vrai, ma *Bonne*, que fur la plûpart des chofes, il eft indifférent d'être trompé ou non? Que la terre tourne ou que ce foit le foleil, que m'importe à moi ? Dans les chofes qui intéreffent les hommes de plus près, tant de gens d'efprit les ont examinées : la religion, par exemple, nous payons des Miniftres & vous des Prêtres, pour l'étudier & nous en inftruire. Qu'ai-je à faire d'examiner leurs décifions ? Ai-je plus d'efprit qu'eux ? Ont-ils quelque intérêt à me tromper ? S'ils me trompent, ferois-je refponfable de leur mauvaife foi ? Car enfin, je dois les croire, J. C. les a établis pour cela. S'ils fe trompent, à plus forte raison me tromperai-je. Je connois beaucoup de gens qui à force de chercher la vérité, font parvenus à ne rien croire du tout, & à n'avoir plus de religion : n'eft-il pas plus aifé & plus fûr de s'en tenir à celle de fes peres, à celle qui eft établie dans le Royaume où l'on vit, & dans laquelle on eft né ? J'avoue de bonne foi, que fi j'étois venue au monde à Conftantinople ou dans les Indes, on auroit eu bien de la peine à me faire Chrétienne, parce que j'ai une grande répugnance à m'occuper de ces fortes de chofes. De plus, j'ai oui dire à de très habiles gens, qu'un honnête homme ne change jamais fa religion telle qu'elle foit : c'eft l'opinion de toute notre famille, & vous concevez bien qu'une fille doit penfer comme fes parens qui en favent plus qu'elle.

La BONNE.

C'eft bien dommage, ma chere, que Dieu vous ait donné un entendement : celui des autres feroit fuffifant pour vous. Il y a pourtant du vrai & du faux dans tout ce que vous venez de nous dire , & il faut le démêler.

J'avoue qu'il est mille choses sur lesquelles il n'est pas fort dangereux d'être trompé : je dis fort dangereux; car il y a toujours du péril à l'être , cela nous rend l'esprit faux & peut influer beaucoup sur les choses qu'il nous est essentiel de savoir sûrement ; il est disgracieux d'être le jouet de l'erreur même dans des bagatelles.

Vous dites par rapport aux connoissances utiles & nécessaires , que les habiles gens les ont examinées. Mais si elles sont telles , que notre bonheur en cette vie & en l'autre dépende de leur connoissance ; comme je suis sûre que le plus grand nombre de ces habiles gens se sont trompés , c'est une nécessité absolue pour moi, d'examiner entre leurs opinions qu'elle est la seule véritable , je ne serois pas sensée si j'agissois autrement.

Miss PRÉJUGÉ.

Et pourquoi dites vous que le plus

grand nombre des habiles gens se
font trompés ? Comment pouvez-vous
en être fûre ? Pour moi je fuis bien
loin de cette certitude, & je me regarderois comme téméraire, fi j'ofois
porter un tel jugement: il me femble qu'il faudroit avoir plus de fcience que n'en ont , & que n'en doivent
avoir les femmes , pour parler ainfi.

La B O N N E.

Etes-vous bien fûre , Madame ,
qu'il faut avoir beaucoup d'efprit &
de lumiere pour décider fans appel,
que fur toutes fortes de fciences, fur
la religion même , le plus grand nombre des hommes eft dans l'erreur?

Mifs P R É J U G É.

Affurément, ma *Bonne*, je fuis fûre, que fi je difois cela , je ferois
une impertinente; car je fuis trop
jeune & trop peu inftruite.

La B O N N E.

Nous fommes donc d'un fentiment
contraire ; car je foutiens moi que la
plus ignorante eft auffi en état de por-

ter cette décision que la personne la mieux instruite. *Lady*, dites-moi, je vous prie, qu'elle est la couleur de votre ruban.

Mi*s* PRÉJUGÉ.

Je dis qu'il est couleur de pourpre, cela est bien aisé à décider à moins qu'on ne soit aveugle.

La BONNE.

Comment pouvez-vous dire que ce ruban est pourpre, Madame? je soutiens qu'il est bleu. *Lady Violente* vous dira qu'il est blanc, & *Mi*s *Dorothée* qu'il est jonquille .... je vais prendre *Mi*s *Francisque* pour Juge.. N'est-il pas vrai, ma chere, que nous avons toutes raison sur la couleur de ce ruban?

Mi*s* FRANCISQUE.

Vous badinez, ma *Bonne* : assurément *Lady Inconséquente* a raison, son ruban est couleur de pourpre.

La BONNE.

Mais si *Lady* a raison, nous avons

donc tort , nous foutenons que ce
ruban eft de plufieurs autres couleurs. Prenez bien garde à ce que
vous allez dire , ma chere : fi vous
affuriez que nous nous trompons ,
nous dirions que vous êtes une impertinente , que vous avez mal aux
yeux, & que par conféquent vous ne
pouvez pas décider des couleurs.

Miſs F R A N C I S Q U E.

Et quand même je ferois aveugle ,
ma *Bonne* , cela ne m'empêcheroit
pas de décider que de vous quatre,
il y en a fûrement trois qui fe trompent. Ce ruban ne peut pas être de
quatre couleurs à la fois, à moins qu'il
ne foit rayé. Un aveugle pourroit donc
dire que fi une de vous a raifon ; les
autres ont tort , qu'elles difent une
chofe fauffe , un menfonge ; car vous
nous avez fait voir que le contraire
d'une vérité eft une chofe fauffe , un
menfonge , & quand vous ne l'auriez
pas dit , nous le favions bien.

La B O N N E.

Etes-vous bien fûre , ma chere ,

que toutes les fois qu'une perſonne dit la vraye couleur d'un ruban, toutes celles qui ſont d'un autre avis, ſe trompent?

Miſs FRANCISQUE.

J'en ſuis ſi ſûre, ma *Bonne*, que quand tous les hommes enſemble viendroient me dire que ce ruban eſt tout à la fois blanc, pourpre, jaune ou violet, ils ne pourroient me le perſuader; c'eſt comme ſi on m'aſſuroit que vous êtes la meilleure & la plus méchante perſonne du monde, je dirois à ceux qui me tiendroient ce diſcours qu'ils ſont foux; car ſi vous êtes très bonne, vous ne pouvez pas être très méchante; & ſi deux perſonnes ſoutenoient chacune une de ces deux choſes, je dirois : Il y en a une qui ſe trompe.

La BONNE.

Vous voyez, *Lady Préjugé*, que *Miſs Franciſque* eſt plus hardie que vous ſans pouvoir être taxée d'impertinence. Vous avez raiſon ſur la couleur de votre ruban, par conſéquent

tous les autres ont tort : de même,
quand fur la religion, les fciences ou
autre chofe, les hommes ont des fentiments différents , vous pouvez juger
à coup fûr que s'il y en a un feul
qui ait trouvé la vérité , tous les autres fe trompent & font dans l'erreur;
car ils ne peuvent avoir raifon tous
à la fois en foutenant des chofes différentes. Concevez-vous cela , Madame ?

Mifs PRÉJUGÉ.

Oui, ma *Bonne* , mais ce que je
ne conçois pas , c'eft ma fottife. Cela eft fi clair , pourquoi ne l'ai-je pas
compris par moi-même ? Pourquoi
à préfent que je le vois, en ai-je une
forte de dépit , comme fi on m'avoit
fait grand tort en m'ouvrant les yeux ?
Je le vois : non feulement je fuis dans
l'erreur à bien des égards , & ce qu'il
y a de pire , c'eft que j'aime mes
erreurs.

La BONNE.

Voila l'effet du préjugé , Madame :
nous adoptons par pareffe des fenti-

ments tout faits, parce que nous ne voulons pas nous donner la peine de réfléchir pour en avoir un à nous; & puis, quand certaines opinions qui favorisent nos penchants, nous ont été données dès l'enfance, elles tiennent comme la peau. Il est donc prouvé que le plus grand nombre des hommes se trompent par rapport à la religion : car si les Turcs ont raison d'être Turcs, les Chrétiens ont tort aussi bien que les Juifs de ne pas se faire Turcs, & il est question d'examiner si nous pouvons sans présomption espérer de trouver la vérité qui a échappé au plus grand nombre.

Une de vos difficultés par rapport à l'étude est celle-ci. Tant d'habiles Gens se trompent, donc je puis me tromper. Cette objection a plus d'apparence que de réalité. Ou les vérités que vous examinerez, seront essentielles & absolument nécessaires, ou elles ne le seront pas : dans le second cas, vous ne risquez pas beaucoup de vous tromper. Dans le premier, vous ne pouvez vous tromper si vos recherches sont sinceres & faites com-

me il faut. Dieu ne peut pas vous a-
voir fait une loi qu'il vous feroit impoſſible de remplir. Jeſus-Chriſt a engagé ſa parole qu'il donneroit le bon
eſprit à ceux qui le demanderoient
en ſon nom : demandez-le & il vous
ſera accordé. Mais , ajoutez-vous ,
les Prêtres & les Miniſtres ſont payés
pour étudier la religion & nous l'en-
ſeigner ; nous devons les en croire
ſur leur parole , puiſque J. C. les a
établis pour cela. On nous l'a dit ainſi, mais on ne nous en a pas donné la
preuve, & c'eſt pour avoir cette preuve ou renoncer à l'avoir comme impoſſible , que nous ſommes aſſem-
blées. Où la chercherons-nous ? Dans
les livres de la Ste. écriture ; Mais
qui nous aſſure que les livres que nous
appellons ainſi, ſont divins? C'eſt encore de quoi nous devons nous aſſurer. Je commence par ne rien croire pour m'aſſurer de tout. Je ſuis fortement déterminée à m'en rapporter
à ma raiſon pour connoître la divinité des écritures. Auſſitôt que la
raiſon m'aura prouvé que tout ce
qu'elles contiennent, a été dicté par

l'esprit de Dieu, je fermerai les yeux sur ce qu'elles m'offriront à croire de plus incompréhensible & je l'adorerai sans le comprendre. Si ma raison me prouve qu'il faut s'en rapporter à ce que me diront les Prêtres & les Ministres, je le croirai sans hésiter. Vous voyez, ma chere *Lady*, que je ne risque rien avec de telles dispositions, & que je puis étudier en assurance sans crainte d'altérer mon respect pour la religion si elle est divine ; au contraire, ma conviction l'augmentera.

Enfin vous me dites qu'une honnête personne ne doit point changer sa religion, & qu'ainsi il est inutile qu'elle l'examine. Si le monde eut été de votre avis, Madame, nous adorerions Jupiter & les autres Dieux du Paganisme en dépit du bon sens. Pour moi je suis dans un système bien opposé. Je suis chrétienne, non parce que je suis née dans un pays où l'on professe le christianisme, mais parce que je crois avoir des preuves certaines que la vérité ne se trouve que dans la religion chrétienne. Si on pouvoit me prouver le contraire, je l'abandonnerois dans l'inſtant ; car je ne tiens qu'à la vérité : c'eſt dans cette diſpoſition que toute perſonne raiſonnable doit être. Quoi donc, ſi vous étiez née dans l'ancienne Egypte, auriez-vous voulu adorer les Crocodiles & les oignons ? Si vous étiez née Juive & que je vous prouvaſſe que Jeſus eſt le Meſſie, voudriez-vous le renier comme l'ont fait ceux de cette malheureuſe nation ? Cet attachement machinal à une religion de convenance, eſt un préjugé, une ſottiſe, mais elle a quelquefois un prétexte ſpécieux. Tant de gens changent de religion par des vues baſſes & intéreſſées, que cela a jetté un odieux ſur ce changement qui n'a rien que de glorieux & d'eſtimable, quand on le fait en connoiſſance de cauſe. Et vous, *Miſs Dorothée*, vous ne dites rien ! que penſez-vous de nos leçons ou plutôt du plan de nos leçons ?

Miſs D O R O T H É E.

Je le trouve admirable, j'aurai le plaiſir de contredire tout à mon aiſe. Apprêtez-

Apprêtez votre patience, ma *Bonne*, je ne vous laisserai rien passer qui ne soit bien prouvé, je vous en avertis de bonne foi, & vous me connoissez assez pour me croire personne à m'acquitter fidelement de cette promesse.

La BONNE.

Vous ne m'effrayez point, ma chere, j'ai du courage, & ne demande pas de quartier. Au reste, Mesdames, si vous connoissiez *Miss Dorothée*, vous me trouveriez téméraire ; née Logicienne une contradiction la blesse, comme une dissonance offense l'oreille d'un Musicien ; ainsi vous pouvez vous en rapporter à elle sur l'exactitude, & je dois me tenir sur mes gardes. Commençons. Remarquez, je vous prie, que nous sommes convenues d'oublier tout ce que nous savons ; que vous sortez des forêts de l'Amérique, & que voulant vous former une foi, vous la voulez sûre ; ainsi il faut abandonner toutes les connoissances qui vous viennent par les sens, & qui pourroient vous induire en erreur.

Tome I. prem. Part.   C

Lady LOUISE.

Je n'entends pas bien cela, ma *Bonne*. Mes yeux me découvrent mille objets, mes oreilles font frappées des fons, & mes autres fens me produifent des connoiffances qu'il feroit trop long de détailler. Pourrois-je douter de ce qu'ils me découvrent ?

La BONNE.

Peut être bien, Madame. Dites-moi, je vous prie, vos fens ne vous ont-ils jamais trompée ?

Lady LOUISE.

Quelque fois, mais c'eft par accident. Si j'ai la jauniffe, tous les objets me paroiffent jaunes. Si j'ai la fievre, le fucre me paroit amer & le bouillon déteftable ; fi je fuis enrhumée, les fleurs me paroiffent fans odeur. C'eft la jauniffe, la fievre & le rhume qui dépravent mes fens.

La BONNE.

Et qui vous a dit que vos fens ne font pas toujours affectés de quelque maladie qui vous eſt inconnue, & qui les déprave à votre inſçu ?

Miſs SOPHIE.

Quelle ſinguliere imagination, ma *Bonne!* à ce compte il faudroit douter de tout, où en ſerions nous ?

La BONNE.

Oui, Meſdames, il faut douter de tout juſqu'à la preuve. Voyons s'il y a quelque choſe dont nous ne pouvons douter quand bien même nous le voudrions. Exiſtez-vous, *Miſs Champêtre?* Pouvez-vous m'aſſurer que vous êtes quelque choſe ?

Miſs CHAMPETRE.

Oui, ma *Bonne*, je penſe, donc je ſuis : car ſi j'étois le néant qui n'eſt rien, je ne pourrois rien produire.

La BONNE.

Voilà une vérité, une choſe ſûre. Le néant, c'eſt le rien, qui n'a rien, qui ne peut rien produire ; cela eſt clair. Ma penſée eſt un effet: elle doit avoir une cauſe, qui ſoit elle-même exiſtante. Concevez-vous cela , *Miſs Dorothée* , ſi on vouloit vous le diſputer? Que penſeriez-vous des perſonnes qui l'entreprendroient?

Miſs D O R O T H É E.

Vous ſavez que je ſuis ſans compliment , ma *Bonne*. Je les envoyerois tout de ſuite aux petites maiſons : car on ne peut nier cela , & conſerver la raiſon.

La B O N N E.

Et bien , Meſdames , je vous le répete , je ne veux vous obliger à croire que ce qui ſera auſſi clair que cette propoſition , & qui en deviendra une conſéquence. Allons , *Miſs Dorothée* , voyons ſi vous pourrez découvrir auſſi ſûrement la maniere dont vous exiſtez.

Miſs D O R O T H É E.

Cela me paroit facile , je ſens que je ſuis & je l'aſſure parce que je penſe. Comment ai-je tiré de ce que je penſe la preuve de mon être , c'eſt que je me ſuis faite une idée de l'être. Voyez-vous , ma *Bonne* , toutes ces choſes ſont bien claires dans ma tête ; cependant j'ai peine à trouver des termes pour vous exprimer ce que je ſens. Je vais tâcher de le faire par une comparaiſon. J'examine le feu qui brule ce bois, & je penſe qu'il exiſte, car il a des qualités qui tombent ſous mes ſens & que je crois appercevoir d'une maniere très diſtincte. Puiſqu'il a des qualités, il doit être quelque choſe : car ces qualités doivent tenir à un ſujet réel ; ce qui n'eſt rien n'a point de qualités....Oh ! cela m'impatiente, je ſens que je m'exprime, on ne peut pas plus mal ; m'entendez-vous, Meſdames ?

Lady MÉRY.

A peu près, ma chere. La blancheur eſt une qualité. La rondeur une autre qualité. Le rien n'eſt ni blanc ni rond. Toutes les fois que je trouverai des choſes dont je pourrai diſcerner ou ſentir les qualités. Je déciderai que le ſujet auquel ces qualités tiennent, eſt quelque choſe d'exiſtant ; car elles ne peuvent tenir en l'air ſans tenir à aucun ſujet. Eſt-ce cela, ma *Bonne* ?

La BONNE.

Oui, ma chere, tout ce qui a des qualités essentielles ou accidentelles, existe. Tout ce qui n'a pas de qualités, est le néant.

Lady LOUISE.

Il me semble, ma *Bonne*, que vous employez des mots vuides de sens. *Le néant, le rien.* Pourquoi faire des êtres de choses qui n'existent pas. Cela me paroit ridicule.

La BONNE.

Non, Madame, il n'y a rien de ridicule à cela. Pour éclaircir & rendre nos idées par rapport aux choses qui existent, nous créons pour ainsi dire, nous donnons des noms aux contraires de ces choses qui n'existent pas. Ainsi pour rendre le mot *existence* plus sensible, nous supposons le néant pour le mettre vis à vis de l'être, pour ainsi dire. Il est pourtant certain que nous ne pouvons avoir aucune idée de ce qui n'est pas, de ce qui n'a aucune qualité; car nos idées par rapport aux objets ne se forment que fur leurs qualités , & nous n'en formons qu'à mefure que nous les appercevons & fentons. Nous ne pouvons donc avoir aucune idée du néant , mais bien de *l'être* , & nous concevons très bien que l'être fait difparoître le néant , difons mieux. *Le néant eft la négation de l'être* , *le contraire , l'abfence de l'être.* Ainfi la laideur eft la négation de la beauté. L'abfence , la négation de la préfence ; le menfonge , la négation de la vérité ; la malice , la négation de la bonté. M'entendez-vous , Mefdames ?

Mi*ſs* Inconse'quente.

A merveille , ma *Bonne* , mais permettez moi de vous faire une remarque. Vous nous aviez promis de nous prouver la vérité de la religion chrétienne , & puis tout d'un coup vous paffez à autre chofe , & encore à quoi : à des chofes puériles , ou du moins très inutiles ; car nous favons très bien que nous fommes quelque chofe & que le néant n'eft rien. A quoi bon perdre le tems à nous le répeter ? quel rapport cela peut-il avoir avec la religion ? pardonnez-moi ma franchise ou si vous voulez, mon impertinence : vous avez exigé que nous parlassions librement, & je suis exacte à vous obéir.

La BONNE.

Vous me faites plaisir, Madame, & pour vous encourager à continuer j'userai de la même franchise à votre égard. La preuve du besoin que vous avez de ce que nous avons dit jusqu'à présent, c'est l'opinion où vous êtes que nous parlons de choses puériles & inutiles : tout ce qui doit suivre aura pour base cet axiome. *On ne peut donner ce que l'on n'a pas.* Rien de plus trivial en apparence que cette assertion : qui a jamais pensé, me direz-vous, à nier cet axiome ? Un enfant de quatre ans en conviendroit. Avant qu'il soit peu, vous le nierez, ma chere, & d'habiles gens l'ont fait comme vous sans s'en appercevoir. Ecoutez-moi bien, Mesdames. Je vais avancer une proposition finguliere. Notre fiécle regorge de beaux Efprits, de Savants, de Philofophes qui fe piquent de nier les vérités révélées. Je me fens en état, moi qui fuis une ignorante, de leur prouver qu'ils ne le peuvent qu'en niant cet axiome : *On ne peut donner ce que l'on n'a pas.* Je veux former une chaine d'idées claires, nettes, infaillibles & juftes fur la religion, & en voici le premier chainon. Donnez-vous patience, ma chere *Lady*, & vous verrez d'autres chainons qui vont venir d'eux-mêmes s'attacher à celui-là, & y tenir fi ferme, qu'on ne pourra les en détacher fans l'anéantir. En voici un qui s'y eft déja placé. *Je penfe, donc j'exifte* ; il eft une fuite naturelle du premier. S'il eft vrai qu'on ne peut donner ce que l'on n'a pas, il eft impoffible que je fois le néant ; car le néant, qui n'a pas l'exiftence, ne peut la donner à ma penfée : il faut que ce qui la produit, poffede l'être qu'il lui donne. *Mifs Dorothée* continuez à nous dire ce que vous concevez fur la maniere dont vous exiftez.

C 5

Miſs DOROTHE'E.

J'ai connu mon exiſtence en examinant les qualités de l'être, & je me ſuis dit : *Je penſe, donc j'exiſte ; car ſi j'étois le néant qui n'a rien, je ne pourrois rien produire, & moi je produis la penſée.* Qu'ai-je fait en faiſant cette comparaiſon ? Deux choſes. D'abord j'ai apperçu l'*Etre*, & puis je lui ai oppoſé un Etre de raiſon qui eſt le *néant* pour en remarquer les différences. Je ſuis donc un Etre capable *d'appercevoir* pluſieurs objets, *de les comparer*, pour en remarquer les différences. *Appercevoir, comparer.* Voilà deux qualités de mon Etre, deux qualités que je poſſede.

La BONNE.

Cette faculté que vous avez d'appercevoir les objets, de les comparer enſemble pour en remarquer les différences, nous la nommerons *Entendement.* Mais dites moi, ma chere, ce raiſonnement ; l'avez-vous fait librement ? Pouviez-vous vous empêcher de le faire ?

Miss DOROTHE'E.

Diſtinguons, ma *Bonne*. Je pouvois fort bien m'empêcher de réfléchir fur ces choſes ; je n'avois qu'à m'occuper de mon habit, d'un bal, d'un ruban, auſſi bien que de l'être & de ſa négation le néant ; mais au moment où j'ai comparé ces deux choſes, je n'ai plus été la maîtreſſe de mon jugement, je n'aurois pas pu dire : *Je penſe , donc je ne ſuis rien.* Il m'eut été abſolument impoſſible de conclure cette extravagance, mon eſprit ne peut admettre l'abſurde.

La BONNE.

Je vois par là , ma chere, qu'outre l'entendement, vous poſſedez encore une autre puiſſance ; c'eſt la liberté de réfléchir , ou de ne pas le faire. Cette ſeconde puiſſance, je l'appellerai volonté. Je remarque que la volonté eſt libre , & que l'entendement ne l'eſt pas ; & cette différence que je remarque entre ces deux puiſſances, me fait voir qu'elles ne ſont pas les mêmes, parce qu'l'une peut

ce que l'autre ne peut pas. Que conclure de ceci, *Lady Violente* ?

Lady V I O L E N T E.

Que notre entendement n'étant
non plus libre d'acquiefcer à l'abfurde, que de fe refufer à la vérité, il
ne faut que vouloir réfléchir comme il
faut, pour connoître & difcerner le
vrai du faux.

Lady L O U I S E.

Je conçois cela parfaitement; cependant l'expérience eft contraire à
la conviction que j'en ai : car enfin
tous les hommes réfléchiffent peu ou
beaucoup; & pourtant fur les plus
petits objets, les hommes ont des
opinions différentes, & même abfolument contradictoires : donc le plus
grand nombre fe trompe. Donc la
vérité n'eft pas le fruit de la réflexion.

La B O N N E.

Voilà des *donc* que je ne vous pafferai pas, ma chere *Lady*, ce font
des conféquences d'un principe abfolument faux, & il faut de toute né-

cessité que les filles ressemblent à leur Pere.

Vous supposez gratuitement que les hommes réfléchissent avant d'embrasser une opinion; vous supposez encore qu'ils réfléchissent comme il faut, & il m'est aisé de vous prouver ou qu'ils se déterminent sans réfléchir, ou qu'ils réfléchissent mal.

Remarquez, Madame, que pour bien connoître un objet afin d'en décider comme il faut, il est nécessaire d'en connoître les qualités. Si par exemple mon goût est dépravé par une maladie, je deviens incapable de décider par ce sens que le sucre est doux & l'absinte amere. De même, si je fais une pilule de sucre & une d'absinte, & que je l'avale avec une telle dextérité qu'elle ne touche ni à ma langue ni à mon palais, je ne pourrai assûrer laquelle des deux est douce ou amere, quoique mon goût soit sain. Enfin pour pouvoir apprécier un aliment, il ne faut point que mon imagination soit blessée & prévenue : car cette partie de nous-même a la force de dénaturer les objets.

Vous avez pris une medecine extrêmement dégoutante & qui vous a beaucoup tourmentée : ſoyez ſûre que tout
ce qu'on vous préſentera à tître de
remede vous dégoûtera, vous fera ſou-
lever le cœur, quand même cela n'auroit rien de déſagréable.

Appliquons ces comparaiſons à notre ſujet. Tous les hommes, dites-vous,
réfléchiſſent, & cependant ils tombent dans l'erreur à quelques égards;
c'eſt qu'ils ont une volonté dépravée
qui les empêche de bien connoître
les qualités de la choſe qu'ils exami-
nent. C'eſt qu'ils réfléchiſſent en l'air
pour ainſi dire, ſans bien mâcher le
ſujet qu'ils veulent connoître. Enfin
c'eſt qu'ils apportent des préjugés
dans l'examen, & cherchent moins
à connoître la vérité, qu'à ſe tranquil-
liſer dans des erreurs qu'ils aiment,
& à ſe fournir des prétextes pour ſe
refuſer à des vérités qu'ils regardent
comme une medecine déſagréable.

Lady L O U I S E.

Je conçois que ce n'eſt pas la faute
de la vérité ſi elle n'eſt pas découverte,

l'erreur ne doit être attribuée qu'aux défauts de l'examen. Mais, ma *Bonne*, vous venez de dire que pour réfléchir comme il faut fur un objet, il falloit d'abord en bien connoître les qualités: expliquez cela par un exemple.

La BONNE.

On me préfente un diamant bien brillanté, gros comme une lentille, & un caillou gros comme une noix; je choifis le brillant & un Jouaillier choifiroit le caillou, parce qu'en l'examinant il auroit découvert que c'eft un diamant brut beaucoup au deffus de la valeur du diamant travaillé. Vous concevez que j'aurois fait un mauvais choix, pourquoi? Parce que j'aurois porté un jugement faux, fondé fur l'ignorance des qualités de ce caillou. Voilà la caufe pour laquelle le plus grand nombre des hommes agit mal. C'eft que prefque tous jugent mal, faute de bien connoître ce dont ils jugent. Nous avons remarqué, Mefdames, que l'entendement ne veut rien, fon unique emploi eft d'examiner & de connoître. Remarquons encore que la volonté ne voit rien, & qu'elle ne peut que vouloir. Elle charge l'entendement du soin d'examiner les objets & choisit en aveugle sur son rapport : ainsi il est pour nous de la derniere conséquence que ce rapport soit juste.

Miss D O R O T H E'E.

Il me vient une singuliere idée, ma *Bonne* ; c'est que la volonté n'est pas libre. Je m'explique. Lorsque mon entendement apperçoit une vérité prouvée, il ne peut se refuser à la lumiere, il faut qu'il croye malgré lui. De même, lorsque la volonté apperçoit le bien, elle est forcée de le choisir. On me présente ces deux diamans : il est certain que j'aurois choisi le diamant brut si je l'eusse connu tel qu'il étoit, & à moins d'être folle, je n'aurois pu agir autrement.

La B O N N E.

Cela est bien vrai, ma chere ; mais par malheur nous sommes souvent folles. Un voleur sait fort bien qu'il fera pendu tôt ou tard , & cela ne l'empêche point de voler : un petit avantage présent l'emporte sur la crainte d'une mort ignominieuse. Une passion violente entraine souvent la liberté ; mais elle ne la violente pas : il est peu de personne qui n'en ait fait l'expérience, & surtout vous, ma pauvre *Miss Dorothée*, qui connoissez le bien sans le suivre toujours.

Miss DOROTHE'E.

D'accord , ma *Bonne* , je conçois que je suis folle , je préfere ce qui est un bien imaginaire à un bien réel : mais dans le moment de la passion, ce mal me paroit un bien , sans quoi je ne le choisirois pas.

La BONNE.

Et n'êtes-vous pas libre de réfléchir ? Je vais vous montrer par un exemple, que nous sommes toujours coupables de nos mauvais choix. Il est sûr que si nous nous sommes bien convaincues que c'est dans la religion que nous trouverons le moyen d'être heureuses en cette vie & en l'autre , nous pratiquerons cette religion ; car nous voulons être heureuses, c'est l'unique vœu de l'homme. J'offre cette conviction à vous & à tous les hommes, qui ont chacun une portion de lumiere à cet égard, égale à leurs besoins. Mais si quelques-unes de vous trouvoient ces leçons trop graves, & qu'en conséquence elles n'y revinssent plus, elles resteroient dans l'ignorance ; leur foi foible ne leur fournissant que de foibles motifs de faire le bien, leur volonté ne se porteroit au bien que foiblement, & on diroit volontiers qu'elles ont manqué de secours puissans qui les auroient déterminées comme invinciblement, en sorte qu'elles n'eussent pu sans les plus grands efforts se refuser à leurs propres lumieres. Il n'en faudroit pas inférer qu'elles ne le pourroient pas absolument, mais seulement que cela seroit d'une si grande difficulté qu'il ne seroit pas probable qu'elles commissent le mal avec cette conviction parfaite. Cette grande difficulté de faire le mal qu'elles pouvoient acquérir, qu'est-ce qui les en auroit privées ? Ne seroit-ce pas

leur volonté, & ne feroient-elles pas
refponfables des fuites de leur pareffe?
Ne feroit-ce pas volontairement que
les autres auroient furmonté leur dégoût pour acquérir des lumieres &
des motifs capables de tenir leur volonté comme enchainée au bien.

Mifs DOROTHÉE.

A vous entendre, ma *Bonne*, on diroit qu'il ne tient qu'à nous feules de
devenir comme impeccables.

La BONNE.

Souvenez-vous, ma chere, que nous
ne fommes que Philofophes, & encore, que nous n'avons fait que les
premiers pas dans le chemin de la
Philofophie. Un plus long examen fur
nous-mêmes nous fera comprendre
que notre ame a une maladie qui a
dépravé fes goûts, & qu'elle peut dire avec un ancien.

Je vois le mieux, & je choifis le pire.

Mais nous ne devons pas aller fi
vîte, nous qui ne connoiffons encore
prefque rien de notre Etre. *Lady
Violente*, ayez la bonté de nous ré-

capituler ce peu que nous ſavons.

Lady VIOLENTE.

J'exiſte, je ſuis un Etre capable d'appercevoir, de comparer, de juger & de choiſir. C'eſt-à-dire que je poſſede un entendement & une volonté.

La BONNE.

Il eſt tard, Meſdames, nous continuerons la premiere fois.

SECONDE JOURNÉE.

La BONNE.

Nous avons dans notre derniere leçon conſtaté la réalité de notre exiſtence, & la maniere de notre exiſtence. Nous ſommes des êtres capables de connoître & de vouloir, nous en ſommes ſi ſûres, que toutes les créatures réunies ne pourroient nous perſuader le contraire; mais nous ne ſavons encore que cela, de cette ſcience abſolue qui exclut le doute. Tâchons par ces deux vérités d'arriver à quelques autres connoiſſances. *Miſs Maly*, avez-vous toujours exiſté?

Miſs MALY.

Du premier mot je vous aurois répondu que non : mais en réfléchiſſant, je vous dirai que je crois que non ſans en être certaine, ou plutôt que j'ignore abſolument quelles ſont les bornes de la durée de mon être.

Miſs INCONSÉQUENTE.

Quelle imagination ! Comment Madame, vous ne ſavez pas que vous n'étiez rien avant votre naiſſance? Pour moi j'en ſuis ſi aſſurée, que je pourrois en faire le ſerment.

Lady PRÉJUGÉ.

C'eſt la premiere choſe qu'on m'a appriſe, & je me ſouviens fort bien du temps où j'ai commencé d'être, ou du moins de celui où j'ai commencé à penſer, qui étoit voiſin de ma naiſſance. Je ſuis auſſi ſûre de cette vérité que je la ſuis de vous voir ou de vous parler.

Miſs M a l y.

Pour moi, Madame, je n'oſerois en dire autant : car je ne ſais encore que deux vérités. Du reſte, je ne nie rien, je n'affirme rien ; je ne voudrois pas dire que je ſuis ſûre de vous voir & de vous parler. Je le crois, mais pourtant je n'en ſuis pas ſûre, je pourrois fort bien me tromper.

Lady P r é j u g e'.

En vérité vous dites là une choſe qui me paroît une extravagance ; qu'en penſez-vous, *ma Bonne* ?

La B o n n e.

Je ne me mêle point du tout de cela, ma chere, apparemment que *Miſs Maly* a de bonnes raiſons pour appuyer ſon ſentiment, c'eſt à elle à vous les dire & à le juſtifier ; entre vous le combat, Meſdames.

Miſs M a l y.

Ma chere *Lady*, n'avez-vous ja-mais rêvé que vous parliez ou écou-tiez quelques perſonnes ? que vous étiez en certains lieux ? Que vous faisiez telle ou telle chose ? Cela étoit-il réel ?

Lady PRE'JUGE'.

Quelle comparaison ! On sait bien qu'un songe est un mensonge & qu'il n'a rien de réel, mais présentement je suis éveillée.

Miss MALY.

Et qui vous a dit que vous ne rêvez pas actuellement ? Quand vous rêvez, vous ne vous en doutez pas, vous êtes la dupe de vos songes. Encore une fois, qui vous a dit & prouvé que vous ne rêvez pas toujours ?

Lady VIOLENTE.

Prenez garde, ma chere, vous voilà Pyrrhonienne. J'appliquerai votre raisonnement à ce que nous avons dit auparavant, & je dirai. Mon existence & la maniere dont je crois exister, est peut-être un songe.

La BONNE.

Non, ma chere *Lady*: vous ne rai-

fonnerez point fi mal. Rêver eſt un
acte, qui ne détruiroit pas la certitude de votre exiſtence, au contraire
il la conſtateroit: car ce qui ne feroit
rien, ne pourroit produire un acte.
J'approuve la circonſpection de *Miſs
Maly* qui eſt bien loin de l'excès
dont vous l'accuſez. Etre Pyrrhonienne, c'eſt aſſurer qu'on ne peut rien
prouver, & qu'en conſéquence on doit
douter de tout. Elle, au contraire, demande des preuves ; donc elle croit
qu'il y en a.

Miſs DOROTHE'E.

Les Pyrrhonniens ſont de droles de
gens, qui diſent le oui & le non dans
le même temps. Lequel faut-il croire?

Lady INCONSÉQUENTE.

Je ne comprends pas cela, mais je
commence à voir que mon défaut de
compréhenſion n'eſt pas tant dans les
choſes que je n'entends pas, que dans
le défaut de mes lumieres. Prêtez-
vous donc s'il vous plait, Madame, à
mon incapacité.

Miſs

Miſs D O R O T H E'E.

Plut - à - Dieu, ma chere, que je ſuſſe moins raiſonner, & que je puſſe imiter la bonne foi avec laquelle vous convenez de vos défauts ; je gagnerois au change ; il faut eſpérer que cela viendra. Je dis, Madame, que ceux qui diſent qu'il faut douter de tout, ſoutiennent deux choſes contradictoires, & prononcent le oui & le non tout à la fois ; & voici comme je le prouve. Un homme de bon ſens ne peut pas dire, je doute de cela à cauſe de rien ; mais il dit : Je doute de cela par telle & telle raiſon. On m'a dit ce matin que ma *Bonne* étoit à la Campagne, j'en ai douté, pourquoi ? C'eſt que hier au ſoir elle étoit déterminée à reſter à la Ville, & qu'elle étoit très malade. Voilà des raiſons qui juſtifient mon doute. Je demande aux Pyrrhoniens, pourquoi dites-vous qu'il faut douter de tout, ſur quoi appuyez-vous votre doute ? Ils me répondent : c'eſt qu'il n'y a rien de certain, l'expérience nous l'apprend. Je leur réponds. Vous êtes ſurs qu'il n'y a rien de certain : mais voilà une certitude, vous avez donc tort de soutenir qu'il n'y a rien de certain. S'il y a une certitude, il peut y en avoir mille. Convenez donc que vous dites qu'il n'y a rien de sûr sans raison suffisante, ou que si vous parlez en conséquence de cause, vous assurez que vous avez la certitude qu'il n'y a rien de sûr, & cela est contradictoire.

La BONNE.

Vous avez bonne mémoire, *Miss Dorothée*, nous avons lu cela ensemble l'hiver passé, & ce raisonnement est sans replique. Concevez, Mesdames, qu'on peut suspendre son jugement sur tout, sans être Pyrrhonienne. Ce n'est point là un doute, au contraire, c'est sagesse : On s'arrête jusqu'à ce qu'on soit bien instruit, qu'on ait suffisamment examiné. *Miss Maly* a donc répondu sagement qu'elle ignoroit les bornes de son existence, c'est à dire, combien de temps elle a existé. Il est vrai que *Miss Préjugé* se souvient de ses premieres années, & que dès-là elle est sûre d'avoir existé en ce temps ; mais il en est un dont elle ne se souvient pas, où elle existoit pourtant à ce qu'elle croit : c'est celui de sa naissance. Qui empêche de penser qu'elle existoit long-temps auparavant, de toute éternité même, sans en avoir aucune connoissance ; nous l'examinerons. Toujours est-il certain qu'elle est sûre de la réalité de son être, du moment où elle a commencé à penser & à vouloir. Elle a donc eu alors une maniere d'être, un mode qu'elle n'avoit pas auparavant, Ce qu'elle a eu alors, lui manquoit dans les temps qui ont précédé ; retenez le bien, Mesdames : elle est un être sujet au changement. Qui lui a donné cette nouvelle maniere d'exister ? Qu'en pensez-vous, *Lady Préjugé* ?

Lady PRE'JUGE'.

Votre question suppose que je sais penser par moi-même. Or vous êtes dans l'erreur à cet égard ; je ne sais que ce que j'ai entendu dire ; j'ai pris tout ce que j'ai entendu pour bon, & pourvu qu'il n'y eut rien qui me choquat trop sensiblement, il m'a paru plus aifé d'y acquiefcer que d'en faire l'examen. Je n'ai jamais entendu raifonner fur cette matiere ; donc je ne fais rien & ne penfe rien à ce fujet, & il feroit auffi aifé de me mettre dans l'efprit que j'ai exifté de toute éternité fous une autre forme ou mode, que de me faire croire que j'ai eu un commencement.

Lady INCONSE'QUENTE.

Pour moi j'ai réfléchi quelquefois fur le changement que les années ont fait fur moi, & j'ai cru en trouver la raifon dans l'accroiffement de mon corps, & dans les difcours que j'ai entendus. Ils faifoient naître mes réflexions.

La BONNE.

Les Nourrices ont habitude de parler aux enfants depuis le matin jufques au foir ; ils ne font pas fourds, un grand bruit les éveille. Pourquoi donc les difcours qu'on leur fait alors, ne produifent-ils aucune idée dans leur cerveau, du moins qu'ils fe puiffent rappeller par la fuite ? Vous di-

tes que vous avez attribué le changement qui s'eſt fait en vous à l'accroiſ-
ſement de votre corps ; mais un arbre eſt auſſi nourri, prend de l'ac-
croiſſement : cependant vous ne croyez
pas qu'il ait des idées.

Lady INCONSE´QUENTE.

Non aſſurément, ma *Bonne* ; mais
un arbre eſt d'une autre nature que
moi.

La BONNE.

Dépendoit-il de vous de naître fille, arbre, brebis, fleur ou autre
choſe ?

Lady INCONSE´QUENTE.

Non, avant d'être je ne pouvois
rien déterminer ſur mon exiſtence,
puiſque je n'étois rien. Cela s'entend
tout ſeul.

La BONNE.

Il faut donc que ce qui a déterminé votre être ou votre maniere d'être,
ſoit quelque choſe, qu'il exiſtat avant
vous.

D 3

Lady INCONSÉQUENTE.

Je vous répondrois bien que nos peres & meres nous ont donné l'existence & qu'ils étoient avant nous ; mais il y a quelque chose là dedans qui me tracasse. Bien des gens souhaitent d'avoir des enfants & n'en ont point ; il faut donc qu'il ne dépende point d'eux d'en avoir. Cela m'engage à penser qu'il y a un autre principe de notre être qui est plus puissant qu'eux. Tenez, ma *Bonne*, je suis toute glorieuse d'avoir fait ce raisonnement, il faut me passer cette vanité, c'est le premier de ma vie.

La BONNE.

Votre remarque est juste, Madame ; si vous continuez je changerai votre nom pour son contraire. J'entrevois comme vous qu'il y a quelque chose que nous ne connoissons point, qui a présidé à nôtre être, ou du moins à cette maniere d'être que nous connoissons ; car je n'ose encore rien décider sur ce qui n'a pas été soumis à l'examen, & tel est mon état au moment de ma conception & de ma naiſſance ; voyons ſi j'aurois plus de lumieres ſur ce que je ſuis actuellement ou du moins ſur ce que je crois être. Je me trompe, Meſdames, je ſuis ſûre d'être une choſe penſante & voulante, je devois dire, ſur ce que je crois des autres qualités de mon être que j'ignore encore, pour celles-là j'en dois parler avec doute.

J'examine différents objets, je les compare ; je m'affectionne à l'un, je déteſte l'autre. Je trouve qu'il eſt déſagréable de rencontrer en ſon chemin des choſes qui déplaiſent ; il me ſemble que je devrois chercher à les détruire, à les anéantir, à les métamorphoſer en des choſes qui me ſoient plus agréables. Je crains beaucoup le ſoleil à midy dans l'Eté : ne-pourrois-je pas le forcer à reſter toute la journée ce qu'il eſt à ſon lever ? Qu'en penſez-vous, *Miſs Sophie* ?

Miſs SOPHIE.

Cela ſeroit fort commode ſur-tout pour moi, mais malheureuſement c'eſt la choſe impoſſible. Il n'eſt pas en mon pouvoir de rien changer dans la plupart des choses qui me déplaisent. Mon pouvoir & le vôtre sont très bornés.

La BONNE.

Expliquez-moi, ma chere, ce que vous entendez par les bornes de votre pouvoir ?

Miss SOPHIE.

C'est-à-dire, ma *Bonne*, qu'il y a mille chose que je voudrois faire, & qui sont au dessus de ma puissance, je me trouve arrêtée tout court, & je sens que tous les hommes ensemble ne pourroient les exécuter.

La BONNE.

Croyez-vous que ces choses qui vous sont impossibles, le soient en elles-même, ou seulement par rapport à vous?

Miss SOPHIE.

Toutes les choses qui sont, sont possibles, puisqu'elles ont été faites ; mais elles sont impossibles pour moi

& pour toutes les puissances dont j'ai l'idée, & voilà ce que j'énonce, quand je dis que mon pouvoir & celui des hommes sont bornés.

La BONNE.

Je vous entends, ma chere. Vous m'exprimez deux choses. Une impuissance dans les êtres semblables à vous. La puissance dans un être que vous ignorez; puissance que vous pouvez apprécier par l'examen de ses ouvrages. Il me semble que vos idées à cet égard sont deux nouvelles vérités que nous pouvons ajouter à celles que nous possédons déja. *Mon pouvoir est borné. Il y en a un au dessus du mien.*

Lady CHARLOTTE.

Il me semble qu'il ne faut pas une grande application pour découvrir cela, ce sont des vérités qui se font sentir à tous momens. Si les hommes pouvoient tout, nous verrions de belles choses. D'abord ils ne mourroient pas.

D 5

La B O N N E.

Eſt-ce que nous mourons malgré nous, ma chere *Lady?*

Lady C H A R L O T T E.

Apparemment vous voulez vous a-muſer en me faiſant cette queſtion. Aſſurément nous mourrons, malgré nous ; nous ne pouvons reculer d'un inſtant celui de notre mort. Nous ne pouvons pas davantage en détermi-ner la maniere & les circonſtances.

La B O N N E.

Voilà un de nos doutes parfaite-ment éclairci. *Miſs Maly* n'oſoit rien décider ſur la durée de ſon être, elle le peut faire ſûrement & ſe di-re à elle même. Je ne ſuis pas la Maitreſſe de mon être, je ne puis reculer les bornes de ma vie : donc je n'ai qu'une exiſtence dépendante de celui qui me l'a donnée : j'ai com-mencé, cela eſt certain. Si je m'é-tois donné l'être, je me le ferois don-né à ma fantaiſie, & *Lady Charlotte* aſſure que cette fantaiſie dans tous les hommes eut été de ne point mourir. Il me semble aussi que si je m'étois donné l'être, j'aurois choisis le plus parfait, accompagné d'un pouvoir sans bornes.

Miss DOROTHE'E.

Avec votre permission, ma *Bonne*, il me semble que vous déraisonnés. Que voulez-vous dire avec cet être que vous vous seriez donné à votre fantaisie? N'avons-nous pas remarqué qu'avant *d'être* vous étiez le néant qui ne peut rien produire. Il faut de toute nécessité que ce qui existe, soit éternel, ou qu'il n'ait qu'une existence bornée; le reste est absurde.

La BONNE.

Vous avez raison, ma chere, il est absurde de supposer un être quelconque qui se soit donné sa propre existence avant d'exister & cela me donne lieu de découvrir une nouvelle vérité. La voici. *Il y a des êtres, Donc il y en a un éternel :* mais il faut prendre garde à ne nous servir d'aucun mot dont nous n'entendions le sens.

Que veut dire celui-ci, *Eternel?*

Miſs MALY.

Il veut dire qui n'a jamais eu de commencement, & qui n'aura point de fin, un être infini en durée.

Miſs DOROTHE'E.

Expliquez - nous, ma *Bonne*, ce que vous entendez par ce terme, *Infini.* Quand je veux l'examiner, il me ſemble que je jette les yeux ſur une grande mer. Je vois un amas d'eaux qui n'ont point de bout pour ma vue, & qui me paroiſſent immenſes. Après avoir regardé, examiné quelque temps, mes yeux ſe fatiguent, s'épuiſent, il faut les baiſſer. De même quand je veux penſer à l'infini, mon eſprit s'épuiſe, je deviens comme ſtupide, & il faut bien vite me diſtraire ſur un autre objet.

La BONNE.

Voilà encore une choſe qui nous prouve bien clairement les bornes de notre être. L'infini eſt une choſe qui n'a point de bornes, dont on ne peut

trouver le bout parce qu'il n'en a point.
Or notre efprit eft le contraire de l'infini ; il a des bornes. Pourriez - vous
entrer dans ma tabatiere , *Mifs Fran-
cifque* ?

Mifs FRANCISQUE.

Non affurément, ma *Bonne* ; votre
tabatiere eft trop petite, & moi je fuis
trop grande; or il eft impoffible qu'une
grande chofe puiffe être renfermée
dans une autre qui feroit plus petite
qu'elle.

La BONNE.

Voilà , Mefdames , pourquoi il eft
impoffible que l'infini puiffe jamais entrer dans votre efprit: il eft trop petit,
& l'infini eft trop grand pour lui : Il eft
donc conftaté que nous fommes le contraire de l'infini; ainfi nous avons commencé d'être comme nous le difions
il n'y a qu'un moment. Nous n'avons
pû nous donner l'être avant d'exifter;
donc il y avoit quelque chofe avant
nous qui nous l'a donné. Comme on
ne peut donner ce que l'on n'a pas ,
l'auteur de notre être poffédoit l'exif-

tence ; mais quelle est la maniere de son existence ? Est-il fini? Est-il infini? Q'en pensez-vous, *Miss Dorothée ?*

Miss DOROTHE'E.

Que celui qui m'a donné l'être soit fini ou infini , cela revient au même. Toujours sais-je bien qu'il doit y avoir un être infini.

Lady LOUISE.

Comment pouvez-vous concevoir cette nécessité , ma chere, je vous prie de me l'expliquer.

Miss DOROTHE'E.

Nous voyons couler la Tamise ou quelques autres Rivieres, & nous pensons bien que cette eau qui coule sans cesse sous nos yeux, vient de quelque endroit. Il seroit absurde de dire, cette riviere vient de rien. Je sais à n'en pouvoir douter qu'un ruisseau doit avoir une origine , une source. Il n'est pas nécessaire qu'il y ait un ruisseau; mais sitôt qu'il y en a un, il est nécessaire qu'il ait une origine. Ce ruisseau est *un effet*, il faut qu'il ait *une cause.*

Mi/s BELOTTE.

Expliquez - moi s'il vous plait ces deux expre/fions, *une cau/e*, *un effet.*

La BONNE.

Le jour qui nous éclaire, e/t quelque cho/e. La chandelle qui nous éclaire, e/t au/fi quelque cho/e. Il /eroit ridicule de dire que ces deux cho/es viennent de rien : dès-là qu'elles exi/tent, il e/t /ûr qu'elles doivent être produites. , Si je demande à *Mi/s Franci/que*, quelle e/t la cau/e du jour. Elle me répondra le /oleil. Si je lui demande, quelle e/t *la cau/e* pour laquelle votre chambre e/t éclairée pendant la nuit. Elle me répondra, la chandelle & la bougie. Si j'ajoute & quel e/t l'effet du /oleil & de la bougie. Elle n'aura pas be/oin de réfléchir pour me dire, c'e/t la lumiere. De même un rui/feau e/t un effet dont la /ource e/t la cau/e. Que voulez-vous conclure de cette vérité, *Mi/s Dorothée ?*

Miſs DOROTHE'E.

Je poſſede l'Etre, c'eſt un ruiſſeau; donc il doit avoir une ſource. C'eſt un effet que mon être, il lui faut une cauſe. Si le principe de mon être l'a reçu de quelqu'un ; il eſt borné , il n'eſt qu'un ruiſſeau qui aura lui-même une ſource. Quand nous paſſerions le reſte de notre vie à remonter de ruiſſeau en ruiſſeau , il faudroit enfin trouver la ſource de tous ces ruiſſeaux ſucceſſifs. Je ne ſais ſi je m'explique clairement: M'entendez-vous , Meſdames?

Lady VIOLENTE.

Je crois que oui. Il y a des êtres. Donc la ſource des êtres doit être quelque part. Cette ſource, ce prin-cipe des êtres doit être éternel: car s'il étoit fait , je demanderois , quel eſt le principe de ſon principe? J'ex-pliquerai ceci par une comparaiſon. Il y a un homme. Cet homme a eu un pere, celui-ci un autre. Je remonte juſqu'au premier homme que je pouſſe auſſi loin qu'on le voudra. Alors il faut de trois opinions en prendre une. *Ce*

premier homme est éternel. Voici la
premiere. *Il s'est fait lui-même avant
d'exister.* Voilà la seconde. *Il a été
fait par un être qui subsistoit avant lui.*
Voici la troisieme. Appliquons au premier Etre ce raisonnement. Nous ne
pouvons pas dire qu'il a été fait par
quelque chose qui subsistoit avant lui ;
car il ne seroit plus le premier être,
& nous ne parlons que de celui - là.
Il n'est pas possible non plus de dire
qu'il s'est fait lui-même avant d'exister, cela seroit absurde. Il faut donc
dire qu'il est éternel, c'est-à-dire infini
en durée, & par conséquent infini en
tout : Car ce qui seroit borné en puissance, doit être borné en durée.

La BONNE-

On ne peut rien dire de plus juste,
& vous voilà en possession d'une vérité qui va servir de base à toutes les
autres.

Miss CHAMPETRE.

Comme il ne faut rien laisser derriere nous, que nous ne comprenions
parfaitement, permettez-moi de vous

demander la preuve de cette proposition. *Ce qui est borné en puissance,
doit être borné en durée.*

La BONNE.

C'est que deux choses contraires ne
peuvent subsister ensemble, & que
l'une fait disparoître l'autre. Je vais
m'expliquer plus clairement. *Miss
Francisque* est petite, c'est le contraire d'être grande. N'est - il pas vrai
qu'elle ne peut être petite & grande
tout à la fois? Que chaque dégré de
grandeur qu'elle acquerra, détruira,
& anéantira un dégré de petitesse.
Le fini & l'infini sont deux contraires, comme la grandeur & la petitesse : L'un détruit, anéantit l'autre.
Ainsi dès qu'un être est infini en durée, il doit l'être en puissance, en
bonté, en sagesse, en justice, &c.

Miss CHAMPETRE

Vous ne répondez pas à ma difficulté, ma *Bonne.* Je ne puis pas dire
que Dieu est en même tems fini &
infini en durée, cela seroit contradictoire ; mais ne pourroit-on pas di-

re qu'il est infini en durée, & fini
en puissance ?

La BONNE.

Pour qu'un être soit infini en durée, ma chere, il faut qu'il ait l'infini en lui même, que ce soit en lui
une qualité essentielle qui tienne tellement à son être qu'elle ne puisse
en être séparée sans dénaturer cet ê-
tre. L'infinité est une qualité simple
qui ne peut être partagée, divisée.
Je vais tâcher de vous faire comprendre cela en vous rappellant ce que
nous avons dit par rapport à la vertu,
les années passées.

Comment peut-on définir la vertu, avons-nous dit? C'est l'amour de
l'ordre en général & non par partie.
Pour qu'un homme soit véritablement vertueux, il faut qu'il ait une
égale horreur de tous les désordres
de quelque espece qu'ils soient. Si
un homme détestoit tous les vices
à l'exception d'un seul, on ne pourroit pas dire qu'il fut vertueux. Je
dirois bien qu'il n'a pas l'amour de
tous les vices, & je ne pourrois di-

re qu'il a l'amour effectif de la vertu. Pourquoi ? c'est, je le repete, que la vertu est une & ne peut être divisée non plus que tout ce qui est spirituel. L'infinité ne peut être divisée non plus. S'il y a un être infini en durée comme nous n'en pouvons douter ; l'infinité est sa nature, & on n'y peut admettre aucune breche, aucune distinction ou diminution sans détruire la nature de cette chose ou de cet être. L'infinité de durée n'est pas une qualité donnée au premier être, puisque nul être n'existant avant lui n'a pu la lui donner : C'est une qualité qui constitue son essence, & qui est inséparable.

Lady LOUISE.

Je vois la cause de la difficulté que j'avois à comprendre cela. Je me persuadois qu'il y avoit un premier être, & je regardois ces qualités comme ajoutées à son être. Par exemple, je dis : *Cet homme est riche.* Je vois deux choses que j'énonce. L'homme, & puis les richesses qu'il possede, & qui ne font pas lui. Voilà comme je re qu'il eft infini en durée, & fini en puiffance?

La BONNE.

Pour qu'un être foit infini en durée, ma chere, il faut qu'il ait l'infini en lui même, que ce foit en lui une qualité effentielle qui tienne tellement à fon être qu'elle ne puiffe en être féparée fans dénaturer cet être. L'infinité eft une qualité fimple qui ne peut être partagée, divifée. Je vais tâcher de vous faire comprendre cela en vous rappellant ce que nous avons dit par rapport à la vertu, les années paffées.

Comment peut-on définir la vertu, avons-nous dit? C'eft l'amour de l'ordre en général & non par partie. Pour qu'un homme foit véritablement vertueux, il faut qu'il ait une égale horreur de tous les défordres de quelque efpece qu'ils foient. Si un homme déteftoit tous les vices à l'exception d'un feul, on ne pourroit pas dire qu'il fut vertueux. Je dirois bien qu'il n'a pas l'amour de tous les vices, & je ne pourrois dire qu'il a l'amour effectif de la vertu. Pourquoi ? c'est, je le repete, que la vertu est une & ne peut être divisée non plus que tout ce qui est spirituel. L'infinité ne peut être divisée non plus. S'il y a un être infini en durée comme nous n'en pouvons douter ; l'infinité est sa nature, & on n'y peut admettre aucune breche, aucune distinction ou diminution sans détruire la nature de cette chose ou de cet être. L'infinité de durée n'est pas une qualité donnée au premier être, puisque nul être n'existant avant lui n'a pu la lui donner : C'est une qualité qui constitue son essence, & qui est inséparable.

Lady LOUISE.

Je vois la cause de la difficulté que j'avois à comprendre cela. Je me persuadois qu'il y avoit un premier être, & je regardois ces qualités comme ajoutées à son être. Par exemple, je dis : *Cet homme est riche.* Je vois deux choses que j'énonce. L'homme, & puis les richesses qu'il possede, & qui ne font pas lui. Voilà comme je concevois l'infinité du premier être en durée ; c'étoit une richesse qu'il possé-doit, & qui étoit distinguée de lui-mê-me. Or un homme peut être riche en terres, & être pauvre en esprit, en santé, &c. Je disois donc : le premier êrre peut avoir la richesse en durée, & être pauvre en pouvoir.

La Bonne.

Vous n'auriez pas pû dire : cet hom-me est riche en ame & n'a point de corps ; car ce qui constitue un homme, c'est l'union d'un corps & d'une ame. Une créature qui n'auroit qu'une de ces deux parties, seroit un ange ou une portion de matiere. L'homme est un composé de deux choses, & dès là l'infinité ne peut lui convenir.

Miss Dorothe'e.

Comment cela, ma *Bonne* ?

La Bonne.

Pour dire qu'un homme est com-posé de deux parties, il faut néces-sairement qu'il y ait des différences entre ces parties ; s'il n'y en avoit

point, elles ne feroient qu'un feul total. Or ce qui feroit dans une partie,
manqueroit à l'autre. L'agilité de l'a-
me manque au corps, il eft borné
dans la faculté de fe mouvoir. Voilà
un défaut; & le fujet où l'on peut
trouver un feul défaut, eft borné par
fa nature, & ne peut poffèder l'infinité
qui eft le contraire de ce qui eft borné.

Nous avons acquis un grand nómbre
de connoiffances dans cette leçon, Mefdames ; faites-nous en l'ex-
trait, *Lady Violente ?*

Lady V I O L E N T E.

Nous avons appris *qu'il n'y a point
d'effet fans caufe*, que *deux contraires
ne peuvent fubfifter enfemble*. Nous en
avons conclu que nous étions un effet;
conféquemment que nous avions une
caufe, que cette caufe eft infinie en
perfection, parce qu'elle eft infinie
en durée.

La B O N N E.

Je vous le répete, Mefdames. C'eft
fur cette derniere vérité, que nous al-

lons établir toute la certitude de nos connoiſſances. *Il y a un Dieu.* C'eſt-à-dire, *un Etre infiniment parfait.* Tout ce qui ſera conſéquence de ce premier principe, nous l'admettrons comme abſolument vrai. Tout ce qui ſera contraire à ce principe, nous le rejetterons comme abſolument faux, abſurde, parce que nous avons reconnu que le contraire d'une choſe vraie eſt une choſe fauſſe.

Lady LOUISE.

J'avouerai ma ſottiſe; je n'ai point du tout compris où vous en vouliez venir, ma *Bonne.* L'habitude où je ſuis de ſoumettre ma raiſon à la vôtre (juſqu'à l'examen s'entend) m'a forcée à ſuſpendre mon jugement, ſans quoi j'aurois penſé que vous cherchiez midi à quatorze heures, permettez-moi ce quolibet. Je conçois à préſent la marche de nos leçons, & je vais redoubler d'attention.

La BONNE.

J'avoue, Meſdames, que j'ai pris un aſſez grand détour pour en venir là : c'étoit pour ne rien rencontrer qui put embarraſſer notre chemin. D'ailleurs bien des gens croient cette vérité. *Il y a un Dieu*, par oui dire, & en admettroient auſſi volontiers une demi - douzaine. Je ſais que les lumieres naturelles, le ſpectacle de la nature, nous apprennent qu'il n'y a qu'un Dieu, & qu'il ne peut y en avoir qu'un ; mais que ſert le ſoleil à des yeux aveugles ? Combien de gens ne réfléchiſſent pas ? Or faute de réflexion on peut ſe tromper, & on ſe trompe très ſouvent ſur les choſes les plus ſimples & les plus à notre portée: Je regarde donc le ſoin de vous apprendre à réfléchir comme le plus important ; il faut retourner une propoſition de tous les côtés, la regarder en tout ſens, ſuſpendre ſon jugement juſqu'à la fin de l'examen, de crainte de ſe prévenir.

Lady CHAMPETRE.

Cette derniere précaution eſt bien néceſſaire. Je vous avoüerai comme *Lady Louiſe*, que pluſieurs des choſes dont vous nous ayez entretenues, m'ont

pa:

paru ou si claires ou si peu importantes au sujet, que j'ai été tentée
de regarder nos leçons comme un
temps perdu. Je conçois à présent
que tout ce que nous avons examiné,
étoit nécessaire pour comprendre la
vérité essentielle dont nous sommes
convenues. Mon premier jugement
n'étoit pas juste : c'est un avertisse-
ment pour moi de ne le point précipiter & de me défier de mes lumieres. D'un autre côté, je trouve en
moi la faculté de discerner le vrai & le
faux d'une maniere sûre & indubitable,
toutes les fois que j'aurai recours à
l'examen. C'est un encouragement.

La BONNE.

C'est-à-dire, Madame, que vous
êtes dans la situation que demande
un grand homme pour chercher la
vérité avec succès ; également éloignée de la présomption qui persuade
que le plus leger examen suffit, &
d'une défiance propre à décourager
& à faire regarder la recherche de la
vérité comme une chose impossible
ou trop pénible. Profitons de ces dif-

pofitions pour continuer notre examen. Rappellons quelques axiomes
qui doivent nous guider dans nos recherches. *On ne peut donner ce que
l'on a pas. Il n'y a pas d'effet fans
caufe. Deux contraires ne peuvent fubfifter enfemble. Le contradictoire d'une
chofe vraie, eft une chofe fauffe.*

Souvenez-vous auffi, Mefdames,
que ces vérités font telles qu'il faut
en convenir ou renoncer à la raifon,
que par conféquent fi nous avançons
quelques propofitions qui leur foient
contraires, nous foutiendrons l'abfurde. Voyons préfentement quelles con-
clufions nous pouvons tirer de ce que
nous favons déjà.

Mifs DOROTHE'E.

Actuellement je fuis fûre d'avoir
un corps, d'être environnée de créatures femblables à moi & placées
comme moi dans un univers qui m'offre la preuve des perfections de mon
Créateur.

Mifs INCONSE'QUENTE.

A Dieu ne plaife, ma chere, que

je vous difpute cela, feulement je dirai que ces chofes que je crois, ne font pas conféquentes à l'exiftence d'un Dieu, qui ne feroit pas moins ce qu'il eft, quand il n'y auroit ni moi, ni les autres, ni l'univers.

Miss DOROTHE'E.

J'en conviens, Madame. Ce que j'ai dit, n'eft que pour détruire le doute que nous avions de l'exiftence des chofes qui nous environnent. *Miss Maly* difoit la derniere fois que peut être nous rêvions depuis le moment de notre naiffance: ce doute s'eft évanoui pour moi depuis que je fais que je fuis l'ouvrage d'un Dieu infiniment parfait. Il me femble qu'il répugneroit à fa fageffe & à fa bonté d'avoir fait des créatures pour être perpétuellement le jouet de l'erreur & de l'illufion. L'idée que j'ai de fes perfections, m'indique une fin plus noble de fes œuvres.

La BONNE.

Miss Dorothée, par la connoiffance que vous avez de l'infinité des per-

fections de Dieu, pourriez vous entrevoir quels ont été ses desseins en
nous créant?

Miss DOROTHE'E.

Il me semble que oui, ma *Bonne*.
De la justice, de la bonté & de la
sagesse de Dieu, on peut conclure la
fin qu'il a eue en nous créant & ce
vaste univers, au milieu duquel il nous
a placées.

Un Etre tel que Dieu n'a jamais
que des motifs sages, justes & bons.
Comme il est le seul qui puisse être
la fin de toute chose; il n'a pu rien
créer au déhors que pour procurer sa
gloire; tout autre motif eut été indigne de lui & eut blessé sa sagesse.
Non seulement sa sagesse lui a fait une
loi de ne rien créer que pour lui;
mais encore sa bonté l'y a obligé : Il
est le centre comme l'unique source
du bonheur; ce n'est qu'en lui qu'une
créature raisonnable peut le trouver.
Si par impossible il en existoit une dont
il ne fut pas la fin, elle seroit desti-
née à éprouver un malheur sans
bornes.

Lady L O U I S E.

Je fais cela par la foi, mais je ne le conçois point du tout. Pourriez-vous le rendre fenfible aux yeux de ma raifon, ma *Bonne* ?

La B O N N E.

En quoi confifte l'effence d'une créature raifonnable ? Dans la faculté qu'elle a de connoître & d'aimer. Si nous rentrons bien au dedans de nous-mêmes, nous trouverons que notre efprit n'eft jamais content de ce qu'il fait, notre cœur de ce qu'il fent ; il y a toujours un *au delà* auquel nous nous efforçons vainement d'atteindre. C'eft que tout ce qui eft borné, ne peut fatisfaire des défirs immenfes : tout l'univers ne pourroit remplir la capacité de notre cœur, & y laifferoit un vuide défefpérant : il faut pour que notre capacité de connoître & d'aimer foit remplie, un objet infini : il n'y a que Dieu qui le foit. Donc il n'y a que Dieu qui puiffe nous rendre parfaitement heureufes. Il eft donc certain que Dieu nous a créées pour fa gloire, pour être notre fin, parce que ce motif est seul bon & sage. Nous tirerons en son temps les conséquences de cette belle destination.

Miss SOPHIE.

Miss Dorothée a dit qu'il répugneroit à la bonté & à la sagesse de Dieu de nous avoir créées pour être le jouet de l'illusion & du mensonge. Cependant vous nous avez prouvé, ma *Bonne*, que nos sens nous trompent quelquefois. Pourquoi sont - ils ainsi sujets à l'illusion ?

La BONNE.

Quelquefois n'est pas toujours, ma chere. Nos sens peuvent nous tromper; cela est sûr: mais nous avons deux flambeaux qui suffisent pour nous faire éviter les erreurs dans lesquelles ils pourroient nous entrainer. Nous en parlerons quand il sera temps, Mesdames ; je ne veux pas vous surcharger, & nous en avons assez appris pour un jour. Je vous dois une histoire, je vais payer cette dette.

HISTOIRE DE MELICOURT.

Melicourt naquit dans les Cévennes d'une Famille honnête, mais plébéienne. Ses parents étoient pauvres & vertueux. Ne pouvant laisser à leur Fils unique, que le précieux héritage d'une éducation chrétienne, ils n'oublierent rien pour lui inspirer de bonne heure la crainte du Seigneur. Ils avoient un grand respect pour toutes les vertus ; cependant il y en avoit une qu'ils affectionnoient si particuliérement qu'on pouvoit dire qu'ils en étoient esclaves. C'étoit la vérité ; à peine leur Fils fut-il en état de les entendre qu'ils lui répétoient plusieurs fois le jour, qu'un chrétien, un honnête homme même, devoit regarder le mensonge comme le trait le plus bas & le plus avilissant. Ces leçons firent une telle impression sur le jeune *Melicourt*, qu'il promit à Dieu de perdre plutôt la vie que d'altérer la vérité, de quelque maniere que ce fut. Il n'avoit que dix ans lorsqu'un de ses oncles qui avoit amassé quelque bien à Paris, le demanda à ses parents pour le faire

étudier. La corruption qui regne dans
cette Capitale de la France, n'altéra
point la pureté des mœurs du jeune
Melicourt. Son application à l'étude
le fauva de bien des dangers ; & ce
qui acheva de le fouftraire au vice,
fut fon attention à fe lier avec les éco-
liers qui étoient les plus vertueux : il
leur répétoit fouvent les leçons qu'il
avoit reçues de fes parents, & tâchoit
de les affectionner à la vérité.

Parmi ceux qui étoient dans fa
claffe, il fe lia avec un jeune homme
qui devoit poffeder un jour une fortune confidérable. Ses parents qui
l'aimoient uniquement, mettoient tous
leurs foins à le rendre digne de quelque emploi qui put le tirer de fa condition qui étoit peu relevée ; il répondoit à leurs vues par fes progrès dans
les études ; mais un défaut horrible
terniffoit toutes ces bonnes qualités ;
Marcel (c'étoit le nom de cet enfant)
s'étoit tellement accoutumé à mentir,
que cette mauvaife habitude n'avoit
pû être détruite par des châtiments
réitérés. Comme *Melicourt* ne pouvoit pas s'imaginer que le menfonge

put fortir de la bouche d'un homme
bien né , & fur tout d'un chrétien , il
fut longtemps à s'appercevoir du défaut de *Marcel* , & le croyant vertueux , il lui donna toute fon affection. Avec quelle douleur découvrit-il
qu'il s'étoit trompé dans la bonne
opinion qu'il avoit de lui ! Il voulut
rompre tout commerce avec un ami
qui ne méritoit plus ce nom; il connut à la répugnance qu'il fentit à faire
ce facrifice , combien il aimoit *Mar-*
cel , & voulut, avant de l'abandonner,
chercher à le corriger s'il étoit poffible. L'entreprife paroiffoit impoffible.
La tendre amitié de *Melicourt* nefut
point effrayée des obftacles ; il pria
Dieu de benir fes foins , & il fut
exaucé comme nous le verrons bientôt.

Cependant les parents de *Meli-*
court moururent, & le laifferent fans
bien. Son oncle qui l'avoit adopté &
qui l'aimoit comme fon Fils, chercha
à lui procurer un établiffement ho-
norable. Cet oncle éloigné de fa Province avoit profité de l'obfcurité de fa
naiffance, pour s'en donner une plus

relevée ; il se faisoit passer pour Gentilhomme & étoit regardé sur ce pied dans plusieurs grandes maisons dont il s'étoit ouvert l'entrée par ses talents agréables. La Princesse de C... qui goûtoit sa conversation, le recevoit souvent à sa table, & avoit beaucoup de bonté pour lui. Ce fut chez cette Dame qu'il résolut de placer *Melicourt* en qualité de Page. La Princesse à laquelle il demanda cette faveur, la lui accorda avec joye, & montra même de l'empressement à voir le jeune homme qu'on lui offroit. *Melicourt* avoit de l'ambition, & son Oncle qui ne l'ignoroit pas, s'attendoit à le voir charmé d'une place qui pouvoit par la suite le conduire à quelque chose de distingué, eû égard à ce qu'il avoit lieu d'attendre. Quel fut son étonnement de trouver son Neveu froid & immobile à cette proposition ? Il redoubla, lorsque le jeune homme tombant à ses genoux, le conjura de ne le point presser sur cette offre, qu'il lui étoit impossible d'accepter. Et par quelle raison, lui demanda son Oncle un peu ému ? Dispensez-moi de vous en faire part, répondit *Melicourt*: mon respect & ma réconnoissance pour vous me ferment la bouche.

Cette réponse excita la curiosité de l'Oncle, qui après mille sollicitations, parvint enfin à tirer ce secret que *Melicourt* avoit tant de peine à déclarer. Mon cher oncle, lui dit-il, Dieu m'est témoin que le plus grand chagrin que j'ai eu depuis que je suis au monde, est celui d'être forcé de vous désobéir: mais le respect que j'ai pour la loi de Dieu, m'y oblige: elle me défend expressément le mensonge, & il faudroit en faire un pour être page de la Princesse. Je sais que pour remplir cet emploi il faut être Gentilhomme, je ne le suis pas.

Oh! parbleu, dit l'oncle avec un sourire mocqueur, voilà un beau scrupule: vous dites que vous n'êtes pas Gentilhomme, Monsieur; ajoutez & que vous n'êtes pas digne de l'être. Faites vous moine avec de pareilles idées, ou déterminez-vous à être laquais: il faut m'obéir ou sortir de chez moi, je vous retire mes bontés. Ce n'est pas, ajouta-t-il, que je ne respecte beaucoup

la probité dont je ne m'écarterai jamais ; mais elle n'eſt point bleſſée par
un artifice innocent qui ne nuit à perſonne , & votre délicateſſe porte à
faux. *Melicourt* les yeux baiſſés, gardoit un reſpectueux ſilence ; ſon Oncle piqué au vif de ce qu'il appelloit
vain ſcrupule , ne pouvoit pourtant
s'empêcher d'admirer ce qui le cho-
quoit dans ce jeune homme , & qui
étoit un reproche tacite de la conduite qu'il avoit gardée lui-même. Il ſe
radoucit & lui dit. Vous êtes dans un
âge où l'on doit pardonner un excès
de vertu qui dans le fond n'eſt qu'une
ſottiſe, un préjugé de Province : je
veux bien m'y prêter , je me charge
de ce menſonge qui vous fait tant de
peur ; je parlerai ſeul , & je ne vous
demande que le ſilence ſur votre origine ; êtes-vous content ? Pourrois-je
l'être, répondit *Melicourt* ? Lorſque
je ſaurois que l'affection que vous me
portez , vous auroit engagé à bleſſer
la vérité, ne ſerois-je pas complice
de votre faute , ſi je la confirmois par
mon ſilence ? On peut mentir en ſe
taiſant, comme en parlant, ſi le ſilence

autorise un mensonge. Vous dites, mon cher Oncle, que ce mensonge ne nuit à personne. N'offense-t-il pas Dieu qui est la souveraine vérité ? Vous me défendriez de le faire s'il pouvoit préjudicier à quelqu'un, j'en suis sûr : c'est une raison pour moi de n'y point consentir puisqu'il blesseroit l'ame d'un Oncle que je respecte & que j'aime avec une tendresse, dont je voudrois lui donner des preuves aux dépens de ma félicité & de ma vie : d'ailleurs la place que ma naissance me défend d'accepter, appartient à un Gentilhomme ; en la remplissant je me rendrois coupable d'un vol fait à celui qui doit naturellement la remplir.

L'Oncle de *Melicourt* ne se posséda plus à ces dernieres paroles ; il prodigua à son Neveu les épirhetes d'insolent, d'extravagant, de ridicule, d'ame basse, & finit par lui ordonner de sortir de chez lui. Il fit plus : il avoit depuis plusieurs années une maîtresse qu'il avoit été tenté plusieurs fois d'épouser ; dans le transport de sa fureur il courut chez elle, passa le même jour un contrat par

lequel il lui assura tout son bien, &
l'épousa quatre jours après.

Voilà donc le pauvre *Melicourt* sur
le pavé sans savoir où donner de la
tête : si sa délicatesse sur la charité,
& sa réconnoissance pour son Oncle,
n'eussent égalé son amour pour la
vérité, il n'eut pas été embarrassé à
trouver des ressources ; il avoit des
connoissances qui pouvoient s'intéresser à le placer. D'ailleurs la cause de
son malheur étoit si belle, si glorieuse, qu'elle eut pû devenir l'occasion
de sa fortune s'il l'avoit publiée ; il
ne put s'y résoudre ou plutôt il n'en
eut pas même la pensée, quoiqu'il
eut pour le faire les raisons les plus
fortes. Chassé par un Oncle estimé
fort honnête homme, on pouvoit
supposer qu'il s'étoit rendu coupable
de quelque bassesse : son silence obs-
tiné sur le motif de sa disgrace, auto-
risoit les soupçons. *Melicourt* aima
mieux s'exposer à ce qu'il y a de plus
fâcheux, que de deshonnorer un Oncle qui lui avoit servi de pere, &
voulant se soustraire aux questions
qu'on ne manqueroit pas de lui faire,

il ne se présenta chez aucun de ses amis. Il essaya de se faire Soldat, & s'offrit à plusieurs Capitaines. Comme il n'avoit pas seize ans & qu'il étoit petit pour son âge, il fut refusé par tous. Enfin il se borna chez le dernier auquel il se présenta à demander comme une faveur d'être gardé en qualité de Domestique, jusqu'à ce qu'il fut en âge de servir le Roi. Ce Capitaine balançoit à lui accorder sa demande ; la pitié lui parloit pour *Mélicourt*, & la prudence lui défendoit de céder à ses mouvements. Cet enfant joignoit à une figure noble un esprit si précoce, qu'il étoit aisé de lui soupçonner une naissance au dessus de la sienne : son obstination à cacher le nom de ses parents, faisoit naître des soupçons qui lui étoient désavantageux, & qu'un regard jetté sur lui détruisoit dans le même instant ; l'innocence, la candeur de son ame étoit peinte sur son visage d'une manière si sensible, qu'on se repentoit de l'avoir soupçonné.

Pendant que cet Officier balançoit sur ce qu'il devoit faire, on lui an-

nonça la visite de Monsieur *Marcel*,
le pere du jeune ami de *Melicourt*.
Le jeune homme rougit prodigieusement lorsqu'il entendit prononcer ce
nom & vouloit se retirer : l'Officier
qui avoit remarqué le changement de
son visage, le retint, persuadé que cet
enfant craignoit d'être reconnu, &
brûlant d'envie de recevoir quelques
éclaircissements sur son compte. Effectivement il eut lieu d'être satisfait. A
peine Monsieur *Marcel* eut-il apperçu
Melicourt qu'il jetta un cri de joye,
& courut l'embrasser avec transport.
Ah ! Monsieur, dit-il au Capitaine,
vous me voyez au comble de ma joye:
je retrouve chez vous celui que je
cherche avec le plus vif empressement
depuis trois jours ; celui auquel ma
femme & moi avons de si grandes
obligations, que nous ne serons jamais capables de nous acquitter envers lui.

Si ce discours fut une énigme pour
le Capitaine, il ne fut pas plus intelli-
gible pour *Melicourt* qui ne pouvoit
deviner en quoi il avoit obligé cette
famille. Monsieur *Marcel* les tira tous

deux d'embarras & dit à l'Officier : vous favez, Monfieur, que nous n'avons qu'un Fils : Nous avions lieu de nous applaudir de fa figure, de fon efprit & même de fon cœur ; un feul défaut terniffoit toutes fes bonnes qualités : un maudit précepteur qui mentoit comme un laquais, lui avoit fait prendre cette odieufe habitude : châtiments, careffes, remontrances, tout avoit été employé inutilement ; & l'horreur que nous avons de ce défaut, nous rendoit la vie infupportable. Il y a trois jours qu'il arriva chez nous un de ces accidents qui n'ont jamais d'auteurs quand ils n'ont point de témoins : un cabaret de porcelaines de la Chine fut renverfé, & les taffes brifées. Ma femme qui étoit attachée à fes taffes qui véritablement étoient belles, s'en prit aux Domeftiques & les menaçoit de leur faire fupporter cette perte. Mon Fils ayant été apoftrophé par une femme de chambre qui affûroit l'avoir vû entrer dans le cabinet où ce malheur étoit arrivé, mon Fils, dis-je pour la premiere fois de fa vie, dit la vérité, &

s'avoua l'auteur du défaſtre. Sa mere & moi tranſportés de joye de cette nouveauté, oubliames les porcelaines pour l'accabler de louanges, de careſſes, & lui demander d'où procedoit cet heureux changement. Il nous avoua que la crainte de perdre l'amitié de *Melicourt*, l'avoit engagé à devenir vrai, & qu'il ſe trouvoit ſi content d'avoir commencé à ſuivre ſes conſeils, qu'il eſpéroit ne s'en écarter jamais. Notre joye ayant redoublé à ces paroles, la reconnoiſſance nous parut un devoir ſacré : je laiſſai mon Fils entre les bras de ſa mere, & je couru chez l'Oncle de *Melicourt* pour le féliciter d'avoir un tel neveu, & conjurer ce jeune homme de continuer à ſervir d'ange viſible à mon Fils. Quel a été mon chagrin lorſque cet Oncle m'a répondu d'une maniere aſſez brutale, qu'il ne ſavoit où étoit ſon neveu, & qu'il avoit eu de bonnes raiſons de le chaſſer de chez lui! Cette nouvelle nous a jettés dans une vraie déſolation : depuis trois jours je l'ai cherché dans tous les lieux où je croyois pouvoir le rencontrer: je com mençois à craindre qu'il ne fut retourné dans sa Province, lorsque mon heureuse étoile l'a fait rencontrer chez vous.

Pendant ce discours, le Capitaine s'applaudissoit d'avoir jugé avantageusement du jeune homme; il ne doutoit pas qù'il ne s'ouvrit au pere de son ami sur ses affaires: pour l'y forcer, il apprit à Monsieur *Marcel* à quelle occasion il rencontroit *Melicourt* chez lui, & lui dit que malgré le tendre intérêt qu'il lui avoit inspiré, il étoit prêt à le renvoyer sur les soupçons que lui avoit fait naître son obstination à cacher ce qu'il étoit, obstination qui pouvoit faire craindre qu'il ne se fut échappé du sein de sa famille, pour éviter le châtiment de quelque bassesse. Ah! Monsieur, interrompit *Marcel*, gardez-vous de l'en soupçonner; un homme qui a donné de si bonnes leçons à mon Fils, ne peut être coupable de rien d'avilissant: j'entendrai volontiers de sa bouche le récit du malheur qui l'a brouillé avec son Oncle; mais je sou-

tiens d'avance que *Melicourt* ne peut
avoir tort.

Vous êtes trop prévénu en ma faveur, lui répondit modestement *Melicourt*; je suis très capable d'avoir
tort; je dois pourtant me rendre la
justice de vous assurer que je ne suis
coupable d'aucun crime; c'est tout
ce que je puis vous dire. Si vous
croyez me devoir quelque reconnoissance pour des conseils que tout autre en ma place auroit donnés à Monsieur votre Fils; vous pouvez me la
prouver en me servant de répondant
auprès de Monsieur le Capitaine. Je
demande qu'il agrée mes services
pendant trois mois, ce qui me con-
duira à l'âge où mon engagement sera
valable. Que parlez-vous de service
& d'engagement, reprit avec vivacité
Monsieur *Marcel*? Je serois le plus
ingrat de tous les hommes si je souf-
frois que vous prissiez l'un ou l'autre
de ces partis; vous viendrez chez
moi, mon enfant, vous serez l'ami,
le frere de mon Fils; & quelques
soient les raisons qui vous ont éloigné
de Monsieur votre Oncle, j'espere

qu'il approuvera le parti que vous prendrez en acceptant mes offres.

Melicourt comprit fort bien que l'honnêteté & la prudence même engageoient Monsieur *Marcel* à demander à son Oncle la permission de le garder chez lui, & loin de paroître craindre un éclaircissement, il le pria de voir son Oncle avec cette assurance qui est le fruit d'une conscience nette. Il resta chez le Capitaine pendant deux heures que Monsieur *Marcel* fut absent, & lorsque cet honnête homme rentra, il courut de nouveau embrasser *Melicourt*, & lui dit : Votre Oncle m'a reçu d'un air froid & embarassé, ayant compris par mon discours que je vous avois vu. Je ne doute pas, m'a-t-il dit, qu'il ne vous ait fait de mauvais contes sur le sujet de sa sortie de chez moi , mais .... arrêtez, Monsieur, lui ai-je dit en l'interrompant ; vous commettez une injustice. J'ignore absolument le sujet de votre mécontentement à son égard ; ce qu'il y a de vrai, c'est qu'il a mieux aimé se laisser soupçonner de quelque faute grieve , que de

nous donner le plus leger éclairciffe-
ment fur cet article. Etes-vous fincere, m'a demandé votre Oncle en me
regardant fixément ? Oui, Monfieur,
lui ai-je répondu, je fuis homme d'honneur, vous pouvez compter fur ma
parole ; je l'ai vu foupçonné, comme
je vous l'ai dit, d'avoir quitté fes parents pour éviter le châtiment de quelque baffeffe, fans que fon fecret lui
foit échappé. A ces mots les yeux de
votre Oncle fe font remplis de larmes : Monfieur, m'a - t - il dit, permettez-moi de garder un fecret que
mon neveu a eu la difcretion de vous
cacher ; qu'il vous fuffife de favoir
que j'ai tort avec lui ; que le fujet de
notre querelle lui eft plus glorieux
qu'à moi ; c'eft un aveu que la juftice m'arrache. Au refte, j'applaudis
aux bontés que vous voulez avoir
pour lui, il en eft digne : j'ai trop
écouté à fon égard un reffentiment
injufte, je me fuis ôté le pouvoir de
lui faire un fort digne de lui en me
mariant il y a deux jours : cependant
tant que je vivrai, il peut compter
fur mes fecours & fur mon amitié :

je la lui dois auſſi bien que l'eſtime la plus parfaite.

Melicourt ne put retenir ſes larmes en apprenant le retour de l'amitié de ſon Oncle, & l'on connut aiſément qu'elle le conſoloit de la perte de ſon héritage. Que de motifs pour augmenter l'empreſſement que Monſieur *Marcel* avoit de le retenir chez lui ! Le Capitaine qui voulut les accompagner, fut témoin des tranſports de toute la maiſon en recevant ce jeune homme, & en les quittant, il félicita de bon cœur *Marcel* le Fils d'avoir un ami ſi digne d'être aimé, eſtimé & imité. *Melicourt* dès ce moment fut regardé comme le Fils de la Maiſon : même éducation, mêmes ſoins, même tendreſſe pour le Fils & pour l'adopté, & pendant cinq ans qu'il paſſa dans cette famille, on eut autant de ſujet de s'applaudir de l'y avoir reçu, qu'il eut lieu d'être content d'y être entré : ſon Oncle le voyoit aſſidûment, & quoiqu'il eut des enfans, il offrit ſouvent à ſon Neveu des ſommes conſidérables, ce qui offenſoit preſque Monſieur *Marcel* qui ne laiſſoit rien déſirer à *Melicourt.*

Cependant ce jeune homme avoit le cœur trop bien placé pour vouloir jouir des bienfaits de ſes peres adoptifs dans une molle oiſiveté. Ses talents naturels cultivés par une très bonne éducation, lui donnoient l'eſpoir de ſe faire à lui-même un ſort, & ſes bienfaicteurs après s'être oppoſés longtemps au déſir qu'il avoit de les quitter, furent enfin forcés d'y conſentir. Un Seigneur Piémontois qui avoit été longtemps Ambaſſadeur en France, s'offrit d'être ſon protecteur à Turin, & de le pouſſer dans des poſtes avantageux. *Mélicourt* partit chargé de bienfaits de la famille de Monſieur *Marcel* & de ſon Oncle, & l'abſence ne détruiſit point l'amitié qui étoit entre eux. Il paſſa deux ans à la Cour de Turin, & touchoit au moment d'y faire ſa fortune, lorſque ſon protecteur fut diſgracié. Ce contretemps lui fit écouter les inſtances de ſes amis qui le preſſoient de retourner à Paris, où on leur faiſoit eſpérer pour lui un bon poſte:

poste : il se mit en chemin suivi d'un seul Domestique qui se flattoit mal à propos de connoître cette route, & qui l'égara si bien que la nuit le surprit en Savoye dans un lieu qui paroissoit éloigné de toute habitation. Le temps étoit couvert, & la crainte de quelque accident dans un lieu rempli de précipices, le força d'entrer dans un endroit où il y avoit quelques restes d'un bâtiment détruit, jusqu'à ce que la lune qui devoit se lever à minuit, lui donnat le moyen de continuer sa route sans danger. Il s'y endormit aussi bien que son valet, & fut réveillé à une heure par le bruit de quelques personnes qui disputoient avec chaleur. Comme l'ombre d'un reste de mur au pied duquel il s'étoit assis, lui permettoit de voir sans être vu, il prêta une oreille & des yeux attentifs. Il apperçut un homme à genoux qui s'efforçoit de se justifier auprès de deux autres qui l'accusoient d'avoir soustrait une partie d'un vol qu'il avoit fait la nuit précédente ; & comme l'accusé se justifioit mal, l'un des deux jura qu'il alloit l'immoler à son ressen-

timent & tira son épée comme pour
l'en percer. Quoique *Melicourt* sentit
fort bien qu'il n'y auroit rien à regretter dans la mort d'un scelerat, sa gé-
nérosité naturelle l'indigna contre
deux hommes armés, qui en atta-
quoient un apparemment sans défense:
mais lorsqu'il le vit frapper par le second de ces hommes, il ne distingua
plus la qualité de celui qu'il alloit défendre. Ses pistolets étoient sur ses
genoux, il tira si adroitement que
celui qui alloit redoubler ses coups,
tomba sans vie: l'autre effrayé se sau-
va. Son valet lui représenta que la
prudence demandoit qu'ils s'éloignas-
sent promptement en abandonnant le
blessé à son mauvais sort; il ne put
s'y resoudre, & s'étant approché de
lui, il lui demanda s'il se sentoit la
force de se tenir à cheval pour gagner un lieu habité. Ce misérable
ayant cru reconnoître la voix de celui
qui lui parloit, se leva sur son séant
& l'ayant envisagé. Ah! *Melicourt*,
lui dit-il, je ne risque rien en m'abandonnant à votre discrétion, ne me
condamnez pas sans m'entendre; peut

être, ne me trouverez-vous pas tout à fait indigne de vos bontés. *Melicourt* surpris de s'entendre nommer, voulut en vain rechercher les traits de celui dont il étoit connu, il ne lui fut pas possible de s'en rappeller l'idée. Cependant le soin que cet homme prenoit de se justifier, lui parut de bon augure; & l'ayant assuré qu'il pouvoit compter sur sa discrétion, & sur celle de son domestique, il lui aida à monter à cheval sans penser sa playe, parce que l'inconnu qui connoissoit le pays, l'assura qu'en se détournant un peu sur la gauche, ils verroient un Village qui n'étoit qu'à un quart de lieue, & dont une colline leur déroboit la vue : ils y arriverent en peu de temps. Le blessé les conduisit dans une maison où il étoit connu, & où l'on ne parut pas effrayé de sa blessure, ce qui rendit ce lieu suspect à *Melicourt*. Il voulut absolument être conduit à l'Auberge, après avoir enveloppé le bras du voleur dont la blessure n'étoit pas dangereuse, mais dont le visage étoit taché du sang qu'il avoit perdu. Lorsqu'il fut

F 2

nettoyé , *Mélicourt* trouva qu'il reſſembloit à un jeune Seigneur qu'il
avoit connu au College , & qui étoit
Fils unique du Comte D… il ne ſou-
pçonna pourtant pas que ce fût lui , &
ſon ſang ſe glaça dans ſes veines quand
à l'Auberge il apprit de la bouche de
ce miſérable , qu'il étoit celui avec lequel il avoit étudié.

Je ne chercherai point, lui dit le jeune Comte, à excuſer mon libertinage ; l'année même où vous entrates
chez Monſieur *Marcel*, je commen-
çai à donner dans des excès qui m'ont
enfin précipité dans l'abîme d'où vous
m'avez tiré. Mon pere qui vit à quelques lieues de Lyon , m'avoit confié
à un de nos parents établi à Paris.
Ce parent trop occupé pour me donner ſes ſoins, me remit entre les mains
d'un Gouverneur qu'il crut honnête
homme : tant il déguiſoit adroitement
ſes vices. Comme il ſavoit que je devois être riche , il chercha à me plaire
en flattant mes penchants ; malheureuſement je n'en avois pas d'heureux,
& ils ſe trouvoient conformes aux
ſiens. Il m'aſſocia à ſes débauches ,

& dans un âge où j'aurois dû ignorer le nom du vice, j'avois déjà appris à n'en plus rougir. Le jeu, les femmes eurent bientôt dissipé l'argent qu'on me donnoit pour mes menus plaisirs, je fus m'en procurer aux dépens de mon parent qui me laissa entrevoir des soupçons; mon Gouverneur effrayé prit de lui-même son congé, & je ne tardai pas à le suivre. Sans ressource en Italie où je m'étois réfugié, je portai quelque temps le mousquet; les mauvais traitements d'un Sergent me firent déserter, il y a trois mois, avec deux de mes camarades: par malheur pour moi, ils avoient déjà l'habitude de voler sur les grands chemins, ils me menacerent de me tuer si je refusois d'être leur complice. La crainte, le défaut de ressource me firent prendre ce mauvais parti. Je puis pourtant vous jurer que je ne cherchois qu'un moment favorable pour les quitter. Ils m'ont pénétré sans doute & m'avoient conduit dans le lieu où vous m'avez sauvé la vie, pour me chercher une querelle d'allemand, & se défaire de moi sans bruit.

Le Comte finit son discours par les
démonstrations du repentir le plus a-
mer. *Mélicourt* en fut attendri, & lui
épargnant les reproches qu'il méritoit
parce qu'il se les faisoit à lui-même,
il ne pensa qu'à l'encourager à retourner chez son pere. Ce Seigneur n'a-
voit pas vu son indigne Fils depuis
l'âge de neuf ans qu'il l'avoit envoyé
à Paris : douze ans avoient dû ap-
porter un changement considérable,
dans ses traits, & par conséquent il
pouvoit se présenter devant lui sans en
être connu, & sonder son cœur pour
savoir s'il pouvoit en espérer l'oubli
des fautes de sa jeunesse. La blessure
de cet enfant prodigue que je nom-
merai *Deshayes* pour cacher son vrai
nom, sa blessure, dis-je, n'étoit pas
assez considérable pour l'empêcher
de partir sur le champ ; ils sortirent
donc de ce Village dès le lendemain
matin, & pendant leur route, *Mélicourt* mit en œuvre tous ses talents,
pour augmenter l'horreur que *Deshayes*
devoit avoir des déréglements de sa
vie passée. A l'ignominie, à l'horreur
& au péril dans lesquels il avoit vécu

jufqu'alors , *Melicourt* oppofoit les charmes d'une vie pure , dans le fein d'une famille opulente & refpectée. Ces portraits ne pouvoient manquer de produire un effet fenfible fur le cœur d'un jeune homme qui n'auroit pas eu le temps de s'endurcir dans le crime & dans la crapule; & il étoit naturel que *melicourt* regarda les tranfports de reconnoiffance qui éclatoient pour lui chez *Deshayes* comme des preuves d'un retour fincere à la vertu. Son domeftique n'avoit pas tout à fait autant de confiance en cette converfion , & ofat reprocher à fon maître une crédulité qui pouvoit lui devenir funefte ; il craignoit que le changement du jeune homme ne fut qu'apparent, ou du moins momentanné ; quoiqu'il répéta fouvent ce qu'il penfoit à cet égard, fes foupçons ne purent paffer dans l'ame de *Melicourt*, où ils n'y firent pas affez d'impreffion pour l'engager à abandonner fon projet. Arrivé à Lyon , il commença par faire habiller *Deshayes* d'une maniere qui put relever fes graces naturelles , & véritablement il ne fut pas réconnoiffa-

F 4

ble fous certe nouvelle décoration.
Il s'attacha enfuite à lui former un
maintien décent, & qui annonça de
l'éducation : il corrigeoit fon langage
& fes expreffions, lui enfeignoit les
ufages qui conftituent ce que l'on appelle politeffe, ufage du monde, &
cette entreprife étoit fort pénible.
Deshayes peu fait à fe contraindre,
oublioit à chaque inftant ces leçons
gênantes. Quand les principes de la
bienféance ne font pas dans le cœur,
il eft bien difficile de fe refondre à
un certain âge fur les égards qu'on
doit aux autres. Il juroit, fa converfation étoit baffe, rampante, rien en
lui ne faifoit foupçonner fa naiffance,
& malgré fa parure on le prit plufieurs
fois pour le valet de Chambre de
Melicourt : tant il avoit mauvaife grace à jouer le perfonnage d'un homme
bien né & qui eut vécu avec d'honnêtes gens.

Cependant *Melicourt* cherchoit à
fe faire des connoiffances qui puffent
l'introduire chez le pere de *Deshayes*;
& lorfqu'il étoit fur le point de lui
être préfenté, il apprit que le Comte

& fa famille partoient pour les Bains
d'Aix en Savoye. Cet incident loin de
déranger fon projet, lui amena une
occafion bien naturelle de les faire
réuffir, puifque les eaux font des lieux
d'où la contrainte & les formalités
font bannies ; on s'y lie aifément, on s'y
voit fans fe connoître à fond. Il laiffa
donc partir ce Seigneur & le fuivit
deux jours après. Il eut le bonheur
de trouver à fe loger dans la même
Auberge que lui, & comme on y
mangeoit à table d'Hôte, ils dine-
rent enfemble dès le lendemain de
leur arrivée.

Le Comte avoit fait ce voyage a-
vec un de fes coufins qui étoit accompagné de fon Epoufe & de fa Fille
unique. Cette jeune perfonne fans
pouvoir paffer pour belle, avoit de
grands charmes qui cependant étoient
peu de chofe en comparaifon de fon
efprit & de fon caractere. Emilie,
(c'étoit le nom de cette Demoifelle)
s'étoit élevée au deffus de toutes les
foibleffes de fon fexe, & n'en avoit
confervé que la modeftie & la douceur. La lecture, le travail remplif-

F 5

foient tous fes moments dans un lieu
confacré à l'amufement & le repos,
en un mot, c'étoit une fille toute parfaite : fes parents qui connoiffoient
fon mérite, fembloient ne vivre que
pour la rendre heureufe ; le Comte
& fon Epoufe l'aimoient comme leur
fille, & s'étoient flattés longtemps
de l'efpoir de lui voir porter ce titre ;
elle étoit de l'âge de *Deshayes*, &
dès leur naiffance on avoit arrêté
leur union. La fuite de fon coufin a-
voit feule dérangé ce projet, & comme on efpere toujours ce que l'on
fouhaite ardemment, on s'étoit flatté dans ces deux familles que l'éclipfe
du jeune Comte ne feroit pas longue,
& qu'il ne pourroit échapper aux recherches qu'on faifoit de lui. Douze
ans écoulés fans avoir de fes nouvelles, détruifirent cet efpoir, & les
Parents d'*Emilie* penfoient alors à la
marier en lui laiffant la liberté du
choix.

Le premier dîner que *Melicourt* fit
à Aix, fut froid & employé à s'examiner mutuellement ; le Comte fur-
tout fixoit fouvent les deux Etrangers

d'un air rêveur, & il y eut des moments où *Melicourt* crut que la nature avoit remué le cœur de ce pere infortuné. Au sortir de table, il se hâta de savoir de *Deshayes* l'impression qu'avoit faite sur lui la vue des auteurs de sa naissance. Hélas ! il fut réduit à soupirer de n'y trouver aucune trace de l'amour filial : *Deshayes* loua l'équipage de son pere, il avoit remarqué la beauté d'une bague que portoit sa mere, & paroissoit flatté du grand nombre de domestiques qu'ils avoient à leur suite. Pour sa cousine, il l'avoit à peine regardée ; il la trouvoit trop sérieuse pour une jeune personne, juroit qu'elle devoit être une prude & ajouta : je lui ferai pourtant ma cour ; car sa dotte vaut mieux qu'elle, & mérite qu'on se gêne quelque temps. Pour la premiere fois, *Melicourt* vit *Deshayes* tel qu'il étoit en effet, il lui parut le plus méprisable de tous les hommes, & dans l'indignation dont il fut saisi, il lui reprocha sa dureté pour ses parents & surtout le faux de son jugement à l'égard d'une personne qui paroissoit mériter le respect le plus profond. Il croyoit n'être animé que par la justice en prenant la défense de cette Demoiselle, & ne se soupçonnoit pas susceptible d'un autre sentiment ; sa naissance, sa fortune avoient trop de disproportion avec celle d'*Emilie*, pour lui permettre d'élever ses yeux jusqu'à elle, & dans un cœur tel que celui de *Melicourt*, l'amour n'ose se montrer qu'accompagné d'un espoir légitime.

Cependant le caractere des deux Etrangers perça bientôt ; le Comte & sa famille prirent beaucoup d'estime & d'amitié pour *Melicourt*, & ce fut à sa seule considération qu'on souffrit *Deshayes* qui s'échappoit à tout moment, & perdoit de vue le rôle d'honnête homme qu'il vouloit jouer. Les premiers jours il souffrit patiemment les représentations de *Melicourt* à cet égard, il s'en lassa bientôt & lui dit brutalement qu'il ne savoit pas se déguiser, & qu'il falloit après tout que son pere le reçut tel qu'il étoit, puisqu'il ne pourroit pas le renier pour son Fils. *Melicourt* soupira de douleur en confidérant les chagrins qu'un tel Fils devoit donner à un pere fi refpectable. Effectivement le Comte étoit un homme plein d'honneur, de bon fens, & digne d'avoir été plus heureux ; fa famille fe plaignoit & s'inquiétoit de le voir trifte & rêveur depuis fon arrivée à Aix, & *Melicourt* qui d'abord avoit pris fon férieux pour un effet de fon temperemment, ayant appris d'*Emilie* qu'il étoit naturellement gai, crut qu'il avoit quelques foupçons de la vérité.

Cette charmante fille avoit rendu à *Melicourt* la juftice qu'elle en avoit reçue : tranquille fur l'innocence de fes intentions, elle n'avoit pas même penfé à garantir fon cœur des fentimens qui s'y formoient infenfiblement: *Melicourt* auffi neuf qu'elle, fur les effets d'une paffion qu'il n'avoit jamais éprouvée, en avoit une violente ; & ces deux perfonnes euffent ignoré long-temps ce qui fe paffoit en elles, fi une converfation du Comte ne leur eut ouvert les yeux.

Un jour qu'on faifoit la guerre à ce Seigneur fur fa profonde trifteffe;

il avoua que le souvenir de son malheureux Fils l'avoit affecté d'une
maniere bien sensible depuis qu'il étoit
à Aix. Mon fils ne vit plus, dit la
Comtesse en versant des larmes ; il
n'auroit pas la dureté de nous laisser
ignorer son existence s'il respiroit encore. *Melicourt* crut le moment favorable pour une reconnoissance : déjà il jettoit les yeux sur *Deshaies* pour
lui faire comprendre sa pensée, lorsque le Comte reprenant la parole dit
à son Epouse :

Je pense comme vous, Madame,
nous n'avons plus de fils, & cependant je ne crois pas qu'il soit mort :
cet indigne enfant avoit donné dès son
enfance des preuves d'un caractere si
pervers, qu'il aura sans doute été
jusqu'aux derniers excès du crime. Si
cela est, je lui sais gré du soin qu'il
prend de m'en épargner un ; je lave-
rois dans son sang la honte qu'il eut
faite à mon nom ; ou si je le croyois
indigne de périr de ma main, un ca-
chot obscur le déroberoit pour jamais
à la vue de tous les hommes. Le pere
d'*Emilie* parut d'abord applaudir à ses

ſentimens, puis il ajouta, qu'il pouvoit bien être auſſi qu'on lui eut exagéré les défauts de cet enfant : votre
parent, lui dit-il, vous a caché ſoigneuſement l'origine de ſes déſordres ;
mais je ſais, à n'en pouvoir douter,
qu'ils ont eu leur ſource dans les exemples empoiſonnés qu'il a reçus d'un
mauvais Gouverneur : cette circonſ-
tance diminue ſes fautes, il eut été
bien difficile, même au meilleur naturel d'échapper à une telle ſéduction:
peut-être auſſi votre fils étoit-il innocent & chargé mal à propos des baſ-
ſeſſes de cet homme, dont la fuite
ſemble un aveu des vols qui ont été
faits. J'avoue qu'il s'eſt auſſi éclipſé ;
mais un jeune-homme s'effraye aiſément lorſqu'il n'a aucun moyen de
juſtifier ſon innocence, la fuite lui
paroît néceſſaire auſſi bien qu'au coupable. Que ſavez-vous ſi cet infortuné jeune-homme ne cherche pas à
s'illuſtrer par de belles actions avant
d'oſer ſe montrer à vos yeux ? Pour
moi j'aime à me flatter de cet eſpoir
& je ſuis charmé que mon *Emilie*
n'ait pas d'impatience de s'établir,

afin de se conserver libre jusqu'à ce que le temps ait confirmé ou détruit mon espérance.

On se leva de table en ce moment, & selon l'usage on entra dans un jardin assez vaste où l'on avoit coutume de s'aller promener après le repas. *Deshayes* qui avoit été fort troublé du discours de son pere, prétexta une affaire pour se dispenser de la promenade, & sortit. On marcha quelques temps tous ensemble ; mais le Comte qui étoit fatigué, s'assit, & ayant dit qu'il falloit laisser à la jeunesse le plaisir de l'exercice, il invita *Melicourt* à donner la main à *Emilie*, ce qu'il pouvoit faire sans blesser la plus exacte décence parce que le jardin quoique vaste, étoit découvert. Ces deux Amants qui ne se connoissoient pas pour tels, marcherent quelque temps en silence ; *Melicourt* le rompit le premier. Que votre cousin seroit heureux, dit-il à *Emilie*, si connoissant le prix du bonheur qu'on lui destine, il pouvoit se rendre témoignage à lui-même qu'il n'a rien fait qui puisse l'en rendre indigne ! vous obéiriez sans répugnance à la volonté de vos parents, vous feriez heureufe, & je refterois feul miférable. A peine *Melicourt* fe fut-il apperçu des paroles qui venoient de lui échapper qu'il frémit d'effroi : fa confternation n'étoit point caufée par la crainte d'avoir déplu à *Emilie* ; ce fentiment fi naturel à un amant refpectueux céda à l'étonnement que lui caufoit la découverte d'une paffion qu'il n'avoit pas même foupçonnée, & ôtant brufquement fon bras fur lequel *Emilie* s'appuyoit, il fe recula de quelque pas & les yeux baiffés, il cherchoit à fe cacher à lui-même le motif qui lui faifoit regarder comme un malheur, l'engagement d'une perfonne qui lui devoit être indifférente. S'il eut été accoutumé à fe tromper lui-même, il eut pû fe perfuader que la pitié feule l'attendriffoit fur le fort d'*Emilie*, puifqu'il connoiffoit que le jeune Comte étoit abfolument indigne d'elle. Il ne fe fit point cette illufion, & ne prenant confeil que de fa probité, Mademoifelle, lui dit-il, fi ma bouche a pu laiffer échapper un fecret

qui me rend coupable à vos yeux,
j'ose vous affurer que mon cœur eft
innocent. Vous avez connu auffitôt
que moi des fentiments que j'ignorois;
oubliez, pardonnez un crime involontaire, ce fera la derniere fois que
j'en ferai coupable. Pendant que *Melicourt* parloit, *Emilie* fe rendoit compte à elle-même de fes propres mouvements : fi elle s'étonnoit d'avoir entendu fans colere une déclaration d'a-
mour ; elle s'effrayoit encore d'avantage de trouver au fond de fon cœur
la juftification de cette faute : peu
inftruite dans l'art de feindre, elle dit
à *Melicourt.* La tendreffe d'un homme
tel que vous, ne peut faire rougir une
fille comme moi : feulement ai-je à
me plaindre de l'aveu de vos fentiments avant de les avoir déclarés à
ceux dont je dépends : vous ignoriez
jufqu'à ce jour leurs vues fur moi, &
rien n'a dû vous empêcher de recevoir de leur bouche leurs actions de
grace fur l'honneur que vous me faites, & les refus qui vont fortir de la
mienne. Promife dès l'enfance au Fils
du Comte, je dois lui conferver mon

cœur s'il s'en trouve digne : je vous
eſtime trop pour vous cacher que je
ne demanderois rien au ciel, s'il vous
reſſembloit. Après cet aveu, Monſieur,
voyez à quoi l'honneur vous engage;
il faut me fuir, ou me permettre de
déclarer à mes parents des ſentiments
qui vous ont échappé, & qui doivent
les faire changer de conduite à votre
égard, & qui ne me permettront plus
d'agir au vôtre comme je l'ai fait moi-
même juſqu'à ce jour. Il eſt temps
de les rejoindre, un plus long entretien me rendroit coupable, & m'ex-
poſeroit à perdre votre eſtime.

Un moment, Mademoiſelle, lui
dit *Melicourt* en joignant les mains :
apprenez tous mes malheurs & dai-
gnez m'écouter pour la derniere fois.
Je voudrois pouvoir vous cacher, que
celui auquel on vous deſtine, ne peut
que vous rendre la plus infortunée de
toutes les femmes. C'eſt un ſecret
que votre intérêt m'arrache; ne m'en
demandez pas davantage, j'en ai
peut être déjà trop dit; mais Madame, quelques grandes que ſoient les
inſtances qui vous ſeront faites en ſa

faveur, gardez vous de donner un consentement qui à coup sûr vous deviendroit funeste. Cet avis doit sans doute vous être suspect dans la bouche d'un homme qui vient de vous déclarer qu'il vous adore, & à qui vous avez daigné montrer quelque estime : Hélas ! vous serez convaincue qu'il est désintéressé lorsque je me serai fait connoître. Votre amour même, s'il étoit jamais possible que vous en eussiez pour moi, ne serviroit qu'à me rendre plus misérable : né dans la classe la plus obscure, dépourvu absolument de toute fortune, je ne dois qu'à la bienveillance de quelques amis généreux, l'état brillant sous lequel j'ai paru à vos yeux, & qui a pu vous décevoir. Un homme tel que moi n'est pas fait pour *Emilie*, & avant qu'il soit peu, je me punirai par une absence éternelle, d'avoir osé élever mon cœur jusqu'à une personne dont un Prince seroit à peine digne.

Emilie quelque troublée qu'elle fut d'apprendre la condition obscure de *Mélicourt*, l'étoit encore plus de ce qu'il lui avoit fait entrevoir par rapport à son cousin : elle employa tout le pouvoir qu'elle devoit avoir sur un amant, pour l'engager à s'expliquer d'une maniere plus claire : il gémit sur la nécessité de lui désobéir, l'honneur lui imposoit silence, il ne savoit point en franchir les bornes, & il obtint d'elle la promesse d'un secret inviolable sur le peu qu'il lui en avoit découvert.

Pendant que cette scene se passoit dans le jardin, il s'en préparoit une bien différente. *Deshayes* se promenoit hors du Village, & réfléchissant sur le discours de son pere, il lui vint d'abord dans l'esprit que *Melicourt* l'avoit trahi, & si son courage eut égalé sa rage, il eut été sur le champ lui demander raison de sa perfidie. Pendant qu'il méditoit une vengeance plus sûre, il apperçut un de ses compagnons de débauche qu'il reconnut, malgré une absence de plusieurs années. Les eaux sont le rendez-vous ordinaire de ceux qui établissent leur fortune sur une criminelle industrie ; on y joue ; il s'y rencontre des per-

fonnes que le feul amour du plaifir y
conduit, & qui y portent ordinairement une bourfe affez bien garnie
pour exciter la cupidité & les talents
des Chevaliers du hazard. Celui - ci
venoit à Aix en intention de réparer
de grandes pertes qu'il avoit faites à
Lyon, où il avoit trouvé des joueurs
plus habiles que lui. Comme il n'a-
voit pas oublié que *Deshayes* étoit capable de tout, il le vit avec plaifir,
& fe promit d'en tirer des lumieres
& du fecours. *Deshayes* ne lui dégui-
fa rien de fes avantures, & il lui fit
part des craintes que le difcours de
fon pere lui avoit données. L'avantu-
rier n'eut garde de chercher à les calmer ; il les augmenta au contraire,
& lui perfuada qu'il n'avoit rien à ef-
pérer de la clémence de fon pere ,
qui ne manqueroit pas de le faire enfermer auffitôt qu'il le connoîtroit.
Deshayes lui avoüa qu'il étoit réfolu
de prévenir ce malheur par une
prompte fuite. Et que deviendrez-
vous, lui demanda fon perfide ami ?
J'ai compris par votre récit que vous
êtes fans argent : fi je n'avois pas perdu

le mien, je vous offrirois ma bourse ; mais cette ressource vous manque, il en faut chercher une autre. Ce *Melicourt* qui vous a trahi ou qui est prêt à le faire, a beaucoup de bijoux, à ce que vous m'avez dit : Vengez-vous de sa perfidie. En vous les appropriant, vous le pouvez sans danger : vous n'êtes qu'à deux pas de la Suisse où vous serez dans quelques heures ; j'accompagnerai votre fuite & vous me connoissez assez de courage pour vous défendre, si vous étiez poursuivi. *Deshayes* avoit l'ame trop basse pour ne pas applaudir à un tel dessein. Le scélerat qui vit la joye avec laquelle il s'y prêta, osa pousser ses vues plus loin. Vous m'avez assuré, lui dit-il, qu'il n'y a plus de ressource pour vous dans le cœur de votre pere ; attendrez-vous qu'il ait le temps de vous déshériter ? Mérite t-il que vous conserviez quelque attachement pour lui après qu'il s'est dépouillé des entrailles de pere à votre égard ? Ce que les hommes ont nommé crime par égard pour leur sûreté, n'effraye que les ames vulgaires : un homme qui a tout à craindre, doit tout risquer. La mort de vos parents vous procureroit tout d'un coup une grande fortune ; faut-il par un scrupule vain vous mettre au hasard de trainer dans une misere affreuse des jours que vous pourriez couler dans les délices?

Quelque criminel que fut *Deshayes*, la nature se révolta chez lui, à la proposition d'un parricide. Ce mouvement fut passager, & bientôt endurci par les discours du scélerat qui lui parloit, il ne fut plus question que des moyens d'exécuter ce crime sans s'exposer. Ce Démon visible qui se faisoit appeller le Chevalier de C. ne lui demanda que vingt-quatre heures pour arranger son infernal dessein, & après s'être liés l'un à l'autre par les sermens les plus exécrables, ils reprirent ensemble le chemin de l'Auberge. Voici comment ils avoient déterminé d'agir. Le Chevalier se chargea de l'assassinat ; car il convenoit à ses vues que *Deshayes* n'en fut point soupçonné ; il devoit ensuite se sauver en Suisse avec les bijoux de *Melicourt*, & il y attendroit que le
Comte

Comté en possession des biens de son
pere, fut en situation de lui payer un
billet de trente mille livres qu'il lui fit
faire.

Deshayes présenta le prétendu Chevalier à l'Auberge, comme un homme de qualité qu'il avoit connu en
Italie : ce misérable étant vêtu conve-
nablement à l'état qu'il annonçoit, on
le reçut avec politesse. Pendant qu'il
faisoit ranger ses malles par un domestique qui le suivoit, *Deshayes* tira
Melicourt à l'écart, & lui dit que ce
Gentilhomme avoit été son Capitaine ;
qu'il venoit de lui avouer sa condition,
qu'il vouloit bien aider à le réconcilier avec son pere, en lui rendant un
témoignage avantageux de sa conduite. *Melicourt* loin de concevoir aucun soupçon, loua le ciel de lui offrir un dénouement si prochain ; car
déterminé à s'éloigner, il avoit une
vraie peine de partir avant d'avoir
remis *Deshayes* en grace avec son pere. Ce n'est pas qu'il eut conservé
l'espoir de voir jamais ce malheureux
digne de sa naissance ; il avoit reconnu que ses inclinations étoient basses:

Tom. I. prem. Part.   G

cependant il se flattoit que l'aisance, l'exemple de ses parents & la fréquentation des gens de bien pourroient le ramener peu à peu, & l'engager au moins à renoncer à ce qui pouvoit déshonnorer sa famille. Il félicita *Deshayes* de cette heureuse rencontre, & fit quelques politesses au Chevalier. Après les avoir quittés, il donna ses ordres à son valet pour son départ, & lui dit que ce nouveau venu s'étoit chargé de la réconciliation qu'il avoit entreprise. Ce domestique comme je l'ai remarqué, n'avoit jamais approuvé la confiance de son Maître pour *Deshayes*, & le ciel qui vouloit en sauvant cette famille, récompenser la vertu de *Melicourt*, permit que sa défiance fut augmentée. Lorsqu'on étoit prêt d'aller souper, & que la nuit étoit tout à fait tombée ; ce valet se souvint que les bijoux de son Maître étoient sur la table de sa chambre, & un mouvement inconnu le pressa d'y entrer pour les enfermer dans un petit cabinet qui étoit au fond de la ruelle du lit : il alloit en sortir lorsqu'il entendit ouvrir la porte : comme il n'avoit point de lumiere, il se tint tranquille à cette ruelle en saisissant machinalement l'épée de son Maître qui étoit sur le chevet du lit, précaution qu'il ne prit que parce qu'on avoit ouvert la porte très doucement. C'étoit les deux coquins qui selon qu'ils en étoient convenus, venoient avec des instruments pour ouvrir le coffre & en tirer les bijoux. *Deshayes* parut surpris de ne plus voir ce coffre. Serions - nous soupçonnés, dit-il à son complice? En disant ces mots, il prit la chandelle, & s'avança dans la ruelle pour chercher dans le cabinet ; le valet ne balança pas sur ce qu'il devoit faire, il le perça, & *Deshayes* en tombant, s'écria: je suis mort. Le Chevalier ne sachant pas si ce valet n'étoit point accompagné, sortit à la hâte de l'appartement ; il eut la présence d'esprit de le fermer à deux tours, & d'emporter la clef : après quoi ayant dit un mot à son valet qui étoit sans doute un homme de sa trempe, ils sortirent tous deux de l'Auberge en diligence.

Cependant le Domestique de *Meli-*

court se trouvoit dans des transes mortelles ; il n'avoit aucun témoin qui put
justifier le meurtre qu'il venoit de commettre , & on pouvoit le croire coupable en le trouvant enfermé dans
cette chambre avec un homme tué
de l'épée de son maître : il faisoit des
plaintes ameres sur son malheureux
sort , lorsque *Deshayes* qu'il croyoit
sans vie lui dit d'une voix foible : au
nom de Dieu, mon ami , rassurez-
vous, & tâchez de me procurer un
Prêtre ; vous n'avez rien à craindre
de ma part. Le Domestique sans savoir trop s'il devoit se fier à cette
promesse, entra dans le cabinet dont
la fenêtre étoit assez basse, & l'ayant
sautée, il appella son maître auquel
il raconta en deux mots ce qui venoit de lui arriver. Heureusement
deux Capucins entroient alors à l'auberge, *Melicourt* les pria de le suivre,
& comme il avoit une autre clef de
son appartement, ils y entrerent. La
justice de Dieu s'est enfin lassée, lui
dit *Deshayes*, en le regardant avec
des yeux mourants ; toute fois j'espere en sa miséricorde , puisqu'il ne

m'a pas permis de confommer un parricide. Pendant que ce malheureux fe confeffoit, *Melicourt* & fon valet tenoient un petit confeil fur les mefures qu'il falloit prendre pour éviter les fuites d'un accident fi terrible, fans ternir la réputation du Comte. Le mourant offroit de figner que le valet ne l'avoit tué qu'en fe défendant, cela pouvoit donner une fin avantageufe à cette affaire; mais enfin c'en étoit une très défagréable. Lorfque *Deshayes* eut fini fa confeffion avec toutes les marques du plus vif repentir, il fit écrire à fon Confeffeur l'aveu de l'affreux deffein qu'il avoit formé, & il expira prefque auffitôt après avoir figné cet acte. Les témoins confternés fe regardoient triftement, *Melicourt* rompit le filence pour demander confeil à ces Religieux. Voici à quoi ils fe déterminerent. L'auberge où ce malheur étoit arrivé n'étoit pas éloignée du grand chemin, ils réfolurent d'y tranfporter le cadavre, perfuadés qu'on jetteroit le foupçon de cet affaffinat fur l'étranger qui s'étoit probablement fauvé. *Mélicourt* malgré fon trouble parut au fouper , & au milieu de la nuit, les deux Capucins s'étant trouvés fous la fenêtre du cabinet, reçurent le cadavre, & l'ayant mis dans un endroit fort expofé à la vue, ils revinrent à l'auberge en paffant par cette même fenêtre, en forte que l'Hôte de la maifon auroit juré que perfonne n'étoit forti de chez lui pendant la nuit.

Le lendemain dès le grand matin, celui qui avoit confeffé *Deshayes*, s'acquitta avec tout le ménagement poffible, de la trifte commiffion dont le mourant l'avoit chargé: c'étoit d'avouer à fon pere & fes crimes, & les efforts qu'avoit faits *Melicourt* pour le rendre à la vertu. La nature a fes droits , & le Comte en fentit l'empire pendant quelques inftants; il n'eût pas le temps de s'y livrer: un grand bruit qu'ils entendirent dans la rue leur fit comprendre qu'on avoit trouvé le Cadavre : effectivement l'on couroit chez le Juge qui fe tranfporta au lieu où étoit le corps de ce malheureux ; il fut reconnu, & on le

rapporta à l'Auberge après avoir fait
les formalités réquises.

Ce triste événement avoit réveillé
tout le Village. Le coufin du Comte
& les deux Dames frémirent à l'horreur d'un tel fpectacle ; le Comte,
Melicourt & fon valet étoient agités
de mouvements plus violents qu'ils
contraignirent. Le Juge felon la coutume, prit les dépofitions de tous
ceux qui étoient dans l'Auberge au
fujet de ce qui s'étoit paffé le jour
précédent : cette formalité rappella à
l'Hôteffe que le prétendu Chevalier ,
& fon valet ne paroiffoient point a-
vec les autres : on courut à fa chambre ; & on trouva fon lit fait , ce qui
étoit une preuve qu'il s'étoit échappé
dès le foir. Les témoins dépoférent
qu'ils n'avoient point paru au fouper ,
ce qui n'avoit furpris perfonne , parce
qu'ils avoient prétexté un fouper dans
le Village. Ces circonftances & fes
coffres qu'il avoit abandonnés , parurent des preuves certaines de fon crime , & le Juge décida qu'il falloit
ouvrir fes coffres. On y trouva de quoi
confirmer les foupçons qu'on avoit

formés contre lui. Il n'y avoit dans
ces coffres que deux habits, dont un
étoit d'Ecclésiastique, & l'autre de
Capucin, fort peu de linge, plusieurs
jeux de Cartes préparés de maniere
à faire jouer de malheur, des Dés
pipés, un grand nombre de clefs de
toutes grandeurs, & des pierres d'un
assez gros volume pour faire paroître les coffres pesants. Il y avoit dans
une valise deux poignards, quatre pistolets à deux coups, & toutes sortes
d'instruments propres à ouvrir des portes. A ces marques, on décida tout
d'une voix que cet homme étoit l'auteur de l'assassinat : on mit des gens
en campagne pour essayer de le prendre, mais il avoit trop d'avance ; ainsi
les intéressés au secret, demeurerent
tranquilles, & *Melicourt* ne pensa
qu'à faire enterrer le Cadavre, & à
partir au plutôt.

Il fallut saigner les Dames qui a-
voient été extrêmement saisies ; &
pendant qu'on rendoit les derniers
devoirs à *Deshayes*, le Comte s'occupoit moins de la douleur de l'avoir
perdu, que de l'espoir de le remplacer.

Il ne pouvoit affez admirer les efforts qu'avoit faits *Melicourt* pour le lui rendre corrigé & vertueux ; cette conduite méritoit toute fa réconnoiffance, & il n'y mit point de bornes. Il pria *Melicourt* qui revenoit des obfeques, de le fuivre dans fa chambre, & en ayant fermé la porte, il fe jetta à fes pieds avant que ce jeune homme eut pû le prévoir & l'empêcher. Vous voyez, vertueux jeune homme, dit-il, un pere malheureux qui vous doit plus que la vie, puifque vous lui avez confervé l'honneur : vous vouliez me rendre un Fils indigne de l'être ; fuccédez dans mon cœur à tous fes droits ; fuccédez à mon nom, à mes biens, & adouciffez par vos vertus l'amertume que ce monftre a jettée fur ma vie.

Melicourt n'ayant pû forcer le Comte à fe relever, s'étoit mis à genoux avec lui ; & fa confufion de ce qu'on avoit découvert ce qu'il avoit fait pour *Deshayes*, étoit auffi grande que fi on l'eut convaincu d'une mauvaife action. Il répondit aux amitiés du Comte avec une refpectueufe gratitude,

quoiqu'il fut bien éloigné de comprendre le sens des offres qu'il venoit
de lui faire. Ce Seigneur l'ayant fait
relever, le pria de lui apprendre qu'elle étoit sa situation, sa naissance &
ses vues. *Melicourt* qui ne savoit ni
rougir de son état, ni déguiser la vérité, avoua naturellement au Comte
ce qu'il étoit. A peine eut-il fini son
discours, que ce Seigneur levant les
mains & les yeux au ciel: s'écria.
Mes craintes sont dissippées ; j'appré-
hendois que vos parents ne fussent un
obstacle à mes desseins : vous les avez
perdus, vous êtes digne & libre de
devenir mon Fils : je sors, abandonnez moi le soin de cette affaire, j'espere de la faire réussir.

Le Comte prit le silence de *Meli-*
court pour un consentement au projet qu'il avoit dans l'esprit & qu'il
croyoit avoir suffisamment expliqué à
ce vertueux jeune homme, & lui répéta en le quittant, qu'il alloit travailler à le rendre heureux, qu'il le
prioit seulement de ne point sortir de
sa chambre avant son retour. *Meli-*
court trouvoit ce discours très obscur

& cette précaution fort extraordinaire; car il n'avoit pris les paroles du Comte que comme le transport d'un cœur extrêmement sensible & reconnoissant. Il se prêta pourtant à la retraite qu'on exigeoit, & comme il n'avoit pas fermé l'œil de toute la nuit, il se jetta sur son lit, & l'excès de la fatigue qu'il avoit eue, le jetta bientôt dans un profond sommeil.

Cependant le Comte tira son cousin en particulier, & lui dit qu'il avoit de grands soupçons au sujet de *Melicourt*. Ce jeune homme, lui dit-il, affecte de ne point parler de sa famille; il a relevé avec joye ce que vous m'avez dit hier au sujet de mon Fils: ce matin encore, il m'a fait entrevoir que ce Fils ne tarderoit point à paroître, qu'il savoit positivement qu'il n'étoit point coupable des bassesses qu'on lui avoit imputées, que la honte d'avoir été soupçonné, l'avoit fait disparoître, qu'il avoit été assez heureux pour acquérir l'estime de personnes puissantes qui justifieroient sa conduite quand il le faudroit; mais qu'il ne se feroit connoître qu'au moment où il feroit fûr d'avoir recouvré mon eftime. En me tenant ce difcours, ces yeux avoient peine à contenir des larmes qui cherchoient à s'échapper: il paroiffoit fuffoqué d'un fecret qu'il vouloit que je lui arrachaffe ; je me fuis fait violence pour ne le point preffer ; je voulois vous parler aupavant pour vous confier mes doutes. Les croyez - vous fondés, cher ami ? Serois-je affez heureux pour retrouver mon Fils dans un jeune homme fi eftimable ? Et fi ce bonheur m'arrivoit, feriez-vous dans la réfolution de le rendre complet, en m'accordant pour lui votre *Emilie* ?

Le pere de cette charmante fille avoit tant d'eftime pour *Melicourt*, qu'il reçut avec avidité la fable du Comte : il lui reprocha fon fang froid dans une occafion fi intéreffante pour lui, & il vouloit aller fur le champ dans l'appartement de *Melicourt* pour en tirer la confirmation d'une nouvelle qu'il fouhaitoit fi paffionément de trouver vraie. Le Comte eut toutes les peines du monde à le retenir, & lui fit entendre qu'il étoit à propos de prendre de grandes précautions dans une affaire de cette conséquence, & qu'ils devoient auparavant en conférer avec leurs Epouses, ils passerent dans l'appartement des Dames, le Comte fit tomber la conversation sur son Fils, fit entendre qu'il en avoit eu des nouvelles, & après les avoir amenées par dégré dans la situation où il les souhaitoit, il leur répéta ce qu'il venoit de dire à son parent. Les transports de son Epouse & ceux de la mere d'*Emilie*, apprirent au Comte combien il auroit de facilité à leur faire adopter le roman qu'il alloit composer : la seule *Emilie* triste & rêveuse ne prit point de part à leur joye, & les yeux baissés, paroissoit occupée de quelques pensées désagréables. Son état fut remarqué, & son pere lui demanda si elle refuseroit la main de *Melicourt*, supposé qu'il fut le jeune Comte : cette Demoiselle fut quelques moments sans répondre, & il parut qu'il se passoit en elle un violent combat ; tout à coup elle se jetta aux pieds de son pere & le conjura de ne la pas réduire au défespoir, en la forçant d'épouler un homme pour lequel elle avoit une ré pugnance invincible. Cette déclaration étoit fi contraire aux fentiments qu'elle avoit montrés jufques là pour *Meli-court*, que toutes ces perfonnes fe re gardant d'un air étonné, ne favoient comment exprimer leur furprife: le Comte furtout trouvoit fa pénétration en défaut; il avoit cru remarquer dans cette jeune perfonne quelque chofe de plus fort que de l'eftime pour celui qu'elle refufoit pour Epoux. Il la preffa de leur expliquer du moins la caufe d'une répugnance qui paroif foit fi extraordinaire; tout fut inutile, elle demeura ferme à cacher fes mo tifs, & à montrer fon averfion.

Les parents d'*Emilie* l'aimoient trop pour la laiffer dans cet état vio lent, & dans le temps même où ils gémiffoient d'une répugnance qui leur paroiffoit une injuftice, ils la raffure rent, & lui donnerent parole de la laiffer maîtreffe de fa main. Cette proméffe devoit la rendre tranquille: il fut pourtant aifé de connoître qu' elle n'avoit calmé qu'une partie de ses peines, & qu'il lui restoit un chagrin qu'elle vouloit en vain leur déguiser. Le pere d'*Emilie* dit au Comte; laissons la entre les mains de nos Epouses, elle sera plus libre de s'expliquer; cette aversion n'est pas naturelle après ce qui a précédé. Effectivement, lui dit le Comte, j'ai cru voir du dépit dans les yeux d'*Emilie*; peut être ces jeunes gens se connoissent-ils plus que nous ne pensons, & qu'une querelle d'amants cause tout ce grabuge. Je me rends auprès de *Melicourt* pour le faire expliquer: de votre côté, tâchez de tirer le secret d'*Emilie*; mon bonheur ne sera complet qu'au moment où elle sera revenue de cette prévention injuste.

Le bruit que fit le Comte en rentrant dans la chambre de *Melicourt*, réveilla ce jeune homme qui voulut se lever par respect. Non, lui dit le Comte, demeurez comme vous êtes, c'est votre pere qui vous le commande. Oui, mon cher ami, désormais je n'aurai plus d'autre titre à votre égard. Mon Epouse prend pour le cri de la nature, la tendre estime que

vos vertus lui ont inspirée, mon cousin s'est prêté avec joye au roman que
je lui ai débité ; il n'est plus question
que de concerter entre nous une histoire qui puisse appuyer le mensonge
innocent que j'ai fait en votre faveur.

A ces mots *Melicourt* se leva sur
son séant tout effrayé, & regardant
le Comte avec des yeux où la douleur & la reconnoissance étoient con-
fondues : seroit-il possible, lui dit-il...
Le Comte qui se méprit au sentiment qui animoit *Melicourt*, l'interrompit. Oui, mon cher fils, lui dit-il ;
je fais moins pour vous que vous n'a-
vez fait pour moi en essayant de me
rendre celui qui n'étoit pas digne de
porter ce nom. Ah mon Dieu ! s'é-
cria *Melicourt* en levant les yeux au
ciel avec des marques de douleur
qui n'étoient plus équivoques ; il ne
manquoit plus que cette circonstance
à mon malheur ! Faut-il que je sois
dans la cruelle necessité d'offenser un
homme pour lequel je me sens la
plus respectueuse tendresse ? Je le dois
pourtant, Monsieur : votre reconnois-

fance pour de legers fervices vous a fait illufion ; elle vous fait perdre de vue ce que vous vous devez à vous même. Serois - je digne d'être votre fils , fi j'étois capable d'en ufurper le titre , & n'auriez-vous pas tout à craindre de la foible vertu d'un homme qui auroit facrifié la vérité au defir d'être riche & élevé au deffus de la condition obfcure dans laquelle le ciel l'a fait naître?

Le Comte avoit de la probité : la délicateffe de *Melicourt* lui fit fentir combien il en avoit manqué lui même , & rougiffant d'avoir moins connu la vertu , qu'un homme de vingt-deux ans , ah! *Melicourt*, lui dit-il, combien êtes-vous au deffus de ce que je vous offrois. J'avoue que j'ai eu tort d'oublier le refpect que je devois à la vérité , & qu'un honnête homme doit s'expofer à mourir plutôt que de la bleffer. Je rends grace au ciel du nouveau bienfait dont je vous fuis redevable ; mais vous n'en ferez pas moins mon fils , & s'il eft une partie de mes biens dont je ne puis vous rendre maître , ceux dont je puis disposer, font aſſez conſidérables pour ne laiſſer rien à deſirer à un homme vertueux. Quel ſeroit mon bonheur, ſi ma mauvaiſe étoile n'avoit pas mis dans le cœur d'*Emilie* une répugnance... Mais je dois me taire à cet égard, levez-vous.

Quoi! Monſieur, s'écria *Melicourt* avec précipitation, vous avez voulu perſuader à *Emilie* que j'étois votre Fils : elle a lieu de croire que je me ſuis prêté à cette ſuppoſition. Ah! de grace conduiſez moi à ſes pieds; que je recouvre ſon eſtime, c'eſt un bien dont la perte me ſeroit plus amere que celle de ma vie. *Melicourt* ſe leva en achevant ces mots, & le Comte qui commençoit à entrevoir la vérité, le conduiſit à la chambre des Dames. Mon couſin, dit-il en entrant, j'ai réellement perdu mon Fils : mais je retrouve un ami ineſtimable que je ſubſtitue à tous ſes droits. *Melicourt* m'a fait rougir d'un projet qui m'avoit été ſuggéré par la réconnoiſſance, j'ai eu beſoin de ſon indulgence, je demande la vôtre; je confeſſe que j'ai voulu vous tromper. La nature prodigue envers lui des dons les plus précieux , lui a refusé le futile avantage d'une naissance illustre ; la fortune a été injuste à son égard , je voulois réparer ces torts en le faisant passer pour mon malheureux Fils que le ciel dans sa miséricorde a effacé du nombre des vivants ; il m'a convaincu que mon projet étoit criminel , j'y renonce sans abandonner le dessein de lui servir de pere ; mes biens sont à lui. Le visage d'*Emilie* s'étoit enflammé par dégrés pendant ce discours : sa mere l'avoit remarqué , & commençoit à s'en inquiéter , lorsque cette charmante fille interrompant le Comte , se jetta aux pieds de son pere. J'ai retrouvé *Melicourt,* lui dit-elle, tel que je l'aimois. Oui , mon pere , mon cœur brûloit pour lui de la flamme la plus pure ; je saurai la soumettre à vos ordres , mais sa vertu mérite l'aveu public que j'en fais. J'eusse préféré la mort à sa main , s'il eut été assez lâche pour se donner pour le Fils du Comte , je savois qu'il ne l'étoit pas : il a mieux aimé renoncer à moi , & à la fortune que de blesser la vérité, ma main sera le prix de ce sacrifice, si on m'en laisse difpo- fer, ou elle ne fera jamais à per- fonne.

Levez-vous ma fille, lui dit fon pere; vous oubliez que *Melicourt* en devenant le fils du Comte, s'eft impo- fé la loi de prendre une époufe de fa main : que favez-vous s'il vous trou- vera digne de cet honneur? Je le de- mande à genoux, dit le Comte qui s'y étoit mis auffi bien que *Melicourt* : cette héroïne eft feule digne de mon héros.

Toutes ces perfonnes s'embraffe- rent avec des larmes de joye, & mal- gré le defir qu'elles avoient d'être inf- truites de ce qui avoit précédé un événement fi peu commun, elles fu- rent long-temps fans pouvoir y don- ner une attention fuivie. Enfin le Comte leur fit part du deftin de fon indigne Fils, & de tout ce que *Me- licourt* avoit fait pour le rendre à l'honneur. Enfuite il prit des mefures pour affurer fes grands biens à fa cou- fine, & à *Melicourt*. Il y réuffit, & cet heureux couple lui fit oublier par ſes vertus, les malheurs & les chagrins que *Deshayes* lui avoit cauſés.

TROISIEME JOURNÉE.

La BONNE.

ET bien, Meſdames, ſerez-vous bien redoutables aujourd'hui ? m'avez-vous préparé un grand nombre d'objections ?

Lady VIOLENTE.

Je n'ai point d'objection à vous faire, ma *Bonne*, mais une remarque. Il me ſemble qu'en nous parlant des obſtacles qui empêchent le plus grand nombre des hommes de connoître la vérité, vous avez oublié le principal. C'eſt qu'ils ont la mauvaiſe habitude de ne regarder les objets que d'un côté, de ſe fixer pour ainſi dire de ce côté, & de décider enſuite ſur l'objet qu'ils ont ainſi regardé, en conſéquence de ce qu'ils y ont cru voir. Je vais expliquer ma penſée par un exemple.

Je perds une fortune confidérable par un procès. Je regarde cette perte du côté fâcheux, & je dis : avec cet argent que j'ai perdu, je pouvois me procurer un grand nombre de chofes agréables. Cette perte m'oblige à réformer mes habits, il faut retrancher ma table, diminuer mon affiduité au fpectacle, mes aumônes même. Il eft certain que ma perte confidérée ainfi a quelque chofe de défagréable à la nature. Mais fi au lieu de la regarder fous ce point de vue, je retourne mon objet, pour ainfi dire, je pourrai me répondre. Ce procès que j'ai perdu, je n'avois pas fans doute droit de le gagner : me voilà donc délivrée de la poffeffion d'un bien qui ne m'appartenoit pas ; la la perte de mon procès me fauve donc d'une injuftice qui eft le plus grand de tous les maux : les légitimes maîtres de ce bien en feront plus à leur aife : voilà une juftice dont je dois me réjouir, au lieu de m'amufer à les haïr. Me voilà débarraffée des foins, des embarras, des follicitations, de l'incertitude plus fatigante que le mal même. Ma table à la véri té sera plus simple, & bien j'en aurai moins d'indigestion, j'en vivrai plus long-temps. Mes habits seront moins beaux, je n'en ferai pas moins couverte. Je n'irai plus au spectacle, j'en aurai plus de temps à donner à mes devoirs. Je ne pourrai plus faire tant d'aumônes, Dieu ne m'en demandera pas au de-là de mes forces.

Ce que j'ai dit par rapport à un procès, se peut appliquer à tous les événemens de la vie, à toutes les choses qui sont soumises à mes jugemens : à moins que je ne retourne mon sujet de tous les côtés, il ne m'est pas possible d'en juger sainement. Or qui prend la peine de le faire ? Presque personne. Il en faut donc conclurre que presque personne ne connoit la vérité, que le plus grand nombre se trompe.

La BONNE.

J'avois insinué ce que vous venez de dire, mais vous l'avez expliqué plus clairement. Reprenons notre difcours où nous l'avons laissé la derniere fois. De ce que nous sommes créées par un Etre infiniment parfait, nous avons conclu l'existence de nos corps & de tous ce qui nous environne, parce qu'il répugneroit à sa sagesse & à sa bonté d'avoir produit des créatures pour être le jouet de l'erreur & du mensonge. Il n'a pu nous créer, avons-nous dit, que pour sa gloire, parce que n'ayant rien au dessus de lui, il n'est pas dans l'ordre qu'il ait fait hommage de son ouvrage à quelque Etre qui lui fut inférieur, & il est contre l'ordre au contraire que le supérieur Suprême ait eu une fin qui fut au dessous de lui. *Lady Violente* pourriez-vous me dire comment des créatures telles que nous sommes, si inférieures en tout sens à l'Etre suprême, peuvent procurer sa gloire ?

Lady VIOLENTE.

En vérité, ma *Bonne*, cela me passe.... Attendez pourtant : dites-moi, ma *Bonne*, la gloire de Dieu, ce qui est agréable à Dieu, ce qui augmen-

augmenteroit son bonheur s'il n'étoit pas infiniment heureux, & téllement qu'il ne peut l'être d'avantage. Toutes ces choses, dis-je, n'ont elles pas la même signification?

La BONNE.

Oui, Madame; ce font des différentes manieres d'exprimer (foiblement à la vérité) mais de façon à nous le faire comprendre, ce qu'on doit entendre par ces mots *La gloire de Dieu.*

Lady VIOLENTE.

Cela me met un peu plus à mon aife. Je fuppofe que je fuis une très-bonne perfonne. Qu'eft-ce que je fouhaiterois le plus? Qu'eft-ce qui me donneroit le plus grand plaifir? Qu'eft-ce que je m'efforcerois de procurer aux autres? *Le bonheur.* Comme je fentirois par moi-même que la vertu me rendroit heureufe, je n'oublierois rien pour rendre les hommes vertueux; j'y emploierois tous mes defirs, toutes mes forces, & je les emploierois avec d'autant plus d'ardeur,

Tom. I. prem. Part. H

que j'aurois un plus grand degré de bonté. Il me semble que l'essence de cette vertu est d'être communicative, d'aimer à se répandre.

La BONNE.

Vous avez raison, ma chere ; celui qui est sans bonté, ne recherche point à faire des heureux. Celui qui n'a qu'une bonté médiocre, ne souhaite que médiocrement de faire du bien. Celui qui auroit une bonté infinie, auroit conséquemment des desirs infinis de rendre les hommes vertueux. Les effets seront toujours en raison de la cause. Vous rêvez, *Miss Dorothée* !

Miss DOROTHE'E.

Je pense que tout cela est, ou me paroit contradictoire. Vous nous avez prouvé que Dieu est un être infiniment puissant, infiniment bon. Comme très bon, il m'a créée pour pratiquer le bien qui peut seul procurer sa gloire & mon bonheur. Comme puissant, il a du me créer avec un caractere propre à remplir la fin qu'il s'eſt propoſée en me créant : cependant je ſens que j'ai une infinité de penchans qui ſont contraires à cette fin. Loin d'être née avec des diſpoſitions à la vertu, on diroit qu'elle eſt non ſeulement étrangere à mon être ; mais encore contraire à mon être. Je ſuis portée à toute ſorte de mal. J'ai répugnance à toute ſorte de bien.

Lady LOUISE.

Vous en dites trop, ma chere. Je ſens bien qu'il y a certaines vertus pour leſquelles j'ai de la répugnance... Non, ce n'eſt pas cela, je n'ai de répugnance pour aucune vertu ; mais il eſt des occaſions où elle me coûte à pratiquer. Débrouillez-moi tout cela, s'il vous plait, ma *Bonne* ; je l'entends bien, & ne puis rendre ma penſée comme je le voudrois.

La BONNE.

Dites-moi, *Miſs Dorothée* : quand vous avez vu Demetrius Poliorcete pardonner aux Athéniens qui l'avoient ſi cruellement offenſé, avez-vous aimé cet acte de vertu, ou non? Avez-vous blâmé ou loué cette action?

Miss DOROTHE'E.

Assurément j'ai trouvé cette action très belle & très bonne : j'aime Demetrius Poliorcete à la folie.

La BONNE.

Et quand Alexandre qui mouroit de soif, refuse de l'eau parce qu'il n'en peut pas avoir pour tous ses soldats qui avoient autant de soif que lui ; quand Socrate au lieu de se fâcher contre sa femme qui l'avoit inondé d'eau salé, n'en fait que rire ; quand Demosthéne refuse l'argent de Philippe, plutôt que de trahir son pays ; quand Joseph ne veut pas répondre à l'amour de la femme de Putiphar par respect & reconnoissance envers son maître, aussi bien que par attachement à la loi de Dieu ; en un mot, quand vous lisez ou entendez le récit d'actions pareilles, les trouvez-vous estimables ? Voudriez - vous sincerement avoir fait toutes ces actions ?

Miſs DOROTHÉE.

Très aſſurément, & je ſuis dans une vraie & ſincere colere, quand j'entends parler d'actions contraires à ces vertus, ou que je les lis.

La BONNE.

Vous aimez donc la vertu, toutes les vertus mêmes, puiſque vous approuvez toutes ces actions vertueuſes, & que vous aimez & eſtimez ceux qui les ont faites, quoique vous ne les connoiſſiez pas, que vous n'en retiriez aucun profit, & que vous ſachiez fort bien qu'il ne vous ſeroit arrivé aucun mal, quand ils auroient agi autrement. C'eſt-à-dire, que vous aimez la vertu naturellement, ſans réflexion, ſans intérêt, néceſſairement même : car ces mouvements d'eſtime, d'admiration, qui naiſſent chez vous au ſeul récit de ces actions, vous ne pourriez pas les empêcher. Ils ſont eſſentiels à votre nature; jamais vous ne pourriez appeller ces actions mauvaiſes.

Miſs D O R O T H E'E.

Me voilà bien étonnée & bien charmée en même temps. J'aime la vertu,
malheureuſement c'eſt dans les autres,
& quand elle ne me coûte rien.

La B O N N E.

Ce n'eſt pourtant pas par averſion
pour la vertu qui vous paroît belle,
reſpectable, aimable, préférable à
tout.

Miſs D O R O T H E'E.

En vérité, ma *Bonne*, en ſondant
le fond de mon cœur, j'y trouve cette
eſtime de la vertu gravée en caracteres ineffaçables ; mais il n'eſt pas
moins vrai que malgré mon eſtime &
mon amour pour elle, je ne la pratique pas. C'eſt comme le bouillon ;
je l'aime extrêmement, & cependant
quand j'ai la fievre, il me paroît la
plus mauvaiſe choſe du monde. Ne
ſeroit-ce pas que mon ame a une
maladie, une fievre qui déprave &
gâte ſon goût ?

La BONNE.

Précisément, ma bonne amie : notre ame par sa nature estime, aime la vertu malgré elle, pour ainsi dire ; c'est-à-dire que l'amour & l'estime du beau, du bon, font ce semble son essence.

Lady LOUISE.

Cette maladie qui déprave l'ame, n'est-elle point un défaut dans l'ouvrage du Créateur ? Car enfin, quand un ouvrier travaille, il a un dessein, & il prend tous les moyens nécessaires pour parvenir à la fin qu'il s'est proposée. Par exemple, si un Sculpteur fait une figure à dessein qu'elle se tienne droite, il l'attache à un piédestal, où il arrange ses parties dans un tel équilibre, qu'elle puisse se soutenir d'elle-même, & que les jambes puissent servir d'appui au reste de la figure. S'il manque à ces conditions, j'ai lieu de penser, ou qu'il ne veut pas que sa statue soit droite, ou qu'il a manqué de la science nécessaire pour exécuter ce qu'il avoit intention de faire. Je vai appliquer cette comparaison à notre sujet.

Dieu qui est infiniment bon, disons-nous, n'a pu créer l'homme pour un autre but que pour sa gloire.

La gloire de Dieu, la seule chose qui puisse lui plaire, c'est la pratique de la vertu qu'il aime uniquement.

Donc il a dû faire l'homme de maniere qu'il soit propre par sa nature à pratiquer aisément la vertu.

L'homme a un penchant décidé à des choses que nous appellons mal, une forte répugnance à ce que l'on nomme vertu.

Cependant cette répugnance est un obstacle au dessein de son Créateur, s'il l'a créé pour pratiquer la vertu.

Donc il n'a pas créé l'homme pour être vertueux, en la maniere que nous l'imaginons, ou bien ce penchant, cette répugnance est un effet de l'ignorance de cet ouvrier que vous supposez infiniment parfait.

Ne vous étonnez pas, ma *Bonne*, de me voir arranger cette objection beaucoup mieux *qu'à moi n'appartient*. Je la rends mot pour mot, telle que je l'ai entendu faire à un bel esprit, il n'y a pas un mois. Cet homme me fit horreur, tout se soulevoit en moi en l'entendant parler : ainsi je lui dis toutes les injures que mon indignation me suggéra : il rit de ma colere, me demenda poliment de bonnes raisons contre ce qu'il m'alléguoit, & me pria de lui pardonner, si jusques là il me regardoit comme une femme à préjugé.

Lady SPIRITUELLE.

Voilà une chose qui me passe. A propos, de quoi Messieurs les beaux esprits ont-ils la rage de chercher à nous empoisonner de leurs idées ? Ils les écrivent en mille façons différentes, tantôt ouvertement, tantôt d'une maniere couverte & artificieuse : ils en parlent sans cesse, même aux personnes du sexe ; ont-ils une somme pour chaque Prosélyte qu'ils font à l'impiété ? Quels peuvent être leurs motifs ? Je n'y comprends rien.

Lady LOUISE.

Et moi j'y comprends quelque

chofe. Cet honnête homme là qui a femme & enfants, eſt fort amoureux d'une de mes amies, dont il eſt le tuteur. Malheureuſement pour lui cette jeune perſonne craint Dieu, le péché & l'enfer : il faut donc pour la séduire écarter ces deux obſtacles. Remarquez, s'il vous plaît, qu'il ne cherche pas à lui ôter l'idée d'un Dieu ; elle eſt trop enracinée dans l'a-me, pour eſpérer d'y réuſſir : il veut au contraire qu'il y ait un Créateur très ſage & très prudent, qui n'auroit pas mis ces penchants dans l'homme, s'il y eut eu des crimes à les ſatiſ-faire. L'homme a un penchant déci-dé pour les richeſſes, les honneurs & les plaiſirs. Donc, dit cet habile hom-me, Dieu veut, entend que l'homme ſatisfaſſe les goûts qu'il lui a donnés, & ne peut être offenſé, quand il cherche à ſe ſatisfaire à cet égard.

Miſs CHAMPETRE.

Ce n'eſt pas la premiere fois que je m'apperçois des motifs de Mrs. les beaux eſprits : ils en ont encore un autre, mais ſi ſubtil, ſi caché, qu'ils

ne le connoîſſent peut être pas eux-
mêmes.

L'homme a beau chercher à s'aveu-
gler abſolument, c'eſt la choſe impoſſible. Je ſuis ſûre que celui qui nie hautement l'immortalité de l'ame, la néceſſité de la vertu & le reſte ; je ſuis
ſûre, dis-je, qu'il reçoit cent démen-
tis par jour de ſa propre conſcience.
Comment parvenir à faire taire une
conſcience ſi opiniâtre ? Comment lui
fermer les yeux? Si on ne peut y réuſſir, il faut prendre du moins tous les
moyens de l'étourdir ; il faut l'accabler à force d'autorités & d'exemples.
Voilà une des raiſons pour leſquelles
l'impie cherche à multiplier ceux de
ſon eſpece, pour autoriſer ſon parti
par le nombre. Il lui ſemble que plus
ſon ſyſtême aura de partiſants, moins
il aura d'inquiétude en s'y abandonnant.

Lady VIOLENTE.

Cela eſt bien fol. Si je crois une
vérité, elle n'en feroit pas moins
vraye quand il plairoit à tous les hommes de la nier ; & ſi je pouvois en

gager tous les hommes à soutenir un mensonge, cela n'en changeroit pas la nature: il seroit toujours une fausseté.

La BONNE.

C'est très bien penser, Madame. La qualité, le nombre des personnes qui soutiennent une erreur, ne peuvent jamais la changer en une vérité, c'est un axiome. Examinons donc scrupuleusement en quoi consiste cette vérité qui se soutient par elle-même, qui n'a pas besoin d'appuis étrangers; qui est immuable, incorruptible, qui ne peut être pliée, altérée. Que gagnerions-nous, en nous efforçant d'y substituer l'erreur? Elle n'en seroit pas moins ce qu'elle est. Venons aux difficultés de *Lady Louise*, ou plutôt du rationaliste dont elle nous a répété le discours. Remarquez, Mesdames, que je dis le discours & non pas l'opinion: car je suis sûre & très sûre qu'il n'est pas convaincu lui-même de ce qu'il veut persuader aux autres.

Notre ame est l'ouvrage d'un Dieu infiniment parfait: elle aime naturellement la vertu. Je reconnois à ce trait le caractere de son ouvrage, c'est le cachet de l'ouvrier Malgré cet amour naturel de la vertu qui est au fond de l'ame , elle a une maladie, un penchant qui l'entraine vers le mal : je dis hardiment, cette maladie de l'ame est accidentelle , Dieu ne l'a pas mise en elle , cela est impossible. Donc il est arrivé quelque changement en l'homme, depuis qu'il est sorti des mains de Dieu.

Miss SOPHIE.

Vous le dites, ma *Bonne* ; mais ce n'est pas assez pour nous, il faut encore le prouver.

La BONNE.

Je l'ai déjà fait, ma chere. Ne sommes-nous pas convenues de cette vérité, *il y a un Dieu* , c'est-à-dire, un être infiniment parfait, dont l'homme est l'ouvrage.

Miss SOPHIE.

Nous sommes convenues de cela ; mais quel rapport l'existence de Dieu a-t-elle à notre objection ?

La BONNE.

Ne voyez-vous pas que si *Dieu est*, tous ses ouvrages doivent être dignes de lui, & qu'il seroit absurde de dire qu'il a fait une créature diamétralement opposée à la fin pour laquelle elle a été créée? Ne sommes-nous pas convenues que tout ce qui seroit contradictoire à ce principe, *Il y a un Dieu*, seroit faux. Or l'homme tel qu'il est aujourd'hui, est contradictoire à l'idée d'un Dieu son Créateur. Donc l'homme tel qu'il est aujourd'hui, n'est pas tel qu'il étoit au sortir des mains de ce Créateur; donc il y est arrivé quelque changement. Ce changement ne peut pas venir de la volonté de Dieu qui ne peut se contredire: donc il vient de la volonté de l'homme.

Voilà, Madame, ce que ma raison me diroit s'il n'y avoit pas de révélation; il est vrai qu'elle en resteroit là, mais c'est déjà beaucoup. Dans cette situation, si on me montroit une cause vraisemblable du changement qui est arrivé dans l'homme,

convaincue de l'effet qui suppose infailliblement une cause, j'examinerois
si cette cause auroit été capable de le
produire, & si je trouvois cette cause,
je ne dis pas d'une certitude absolue,
mais raisonnable & ne renfermant
rien d'absurde, je serois autorisée à
la recevoir comme vraie, jusqu'à ce
qu'on m'en démontrat la fausseté, ou
qu'on m'assignat une cause plus vraisemblable d'un effet sûr. Voilà mon
premier motif de crédulité par rapport à l'histoire de la chûte d'Adam.
Elle éclaircit une difficulté que toute
ma raison ne pourroit parvenir à dé-
brouiller. Quand ce seroit un homme
non inspiré qui m'auroit transmis cette
histoire, comme elle est vraisemblable;
il conviendroit à ma raison de ne la
pas réjetter, de l'examiner soigneusement, & de m'y tenir, si on ne m'offroit rien de mieux.

Lady VIOLENTE.

J'ai entendu l'autre jour une dispute qu'on pourroit fort bien appliquer à ce sujet; car elle fut terminée
par le même argument que vous venez

de faire. C'étoit entre deux Rationa-listes dont l'un suivoit le système de Ptolomée, & l'autre celui de Copernic. Le second disoit. C'est la terre qui tourne, & non pas le soleil. L'autre répondoit: vous vous trompez, c'est le soleil qui tourne, & non pas la terre, on le croit ainsi depuis bien des siecles. Et sur quoi appuyez-vous le changement d'opinion, demandai-je au Copernicien? car enfin ce sont là de ces choses dont on ne peut s'assurer en allant *y voir*. Voici ce qu'il me répondit: c'est qu'en disant que la terre tourne, j'explique par ce mouvement une infinité de Phéno-menes, où l'on ne pourroit rien com-prendre & qui seroient indéfinissables en supposant que c'est le soleil qui parcourt l'univers. Cette raison a paru suffisante aux savants pour leur faire a-dopter le système de Copernic. J'aurois pu dire à cet homme qu'il se mocque de l'histoire de la création. Vous cro-yez avoir une raison suffisante de croire le système de Copernic, parce que son opinion explique plusieurs phénome-nes qui sont dans l'univers, & qui dans l'opinion contraire restent des énigmes, & moi je crois l'histoire rapportée par Moïse, parce que cette histoire me donne l'explication d'un grand nombre de phénomenes qui sont dans l'homme, & qui sans le secours de ce fait, me paroîtroient incompréhensibles.

La BONNE.

Cette idée, ma chere *Lady Violente*, est très juste, & elle me paroit neuve, c'est-à-dire l'application du motif de crédulité qu'on doit avoir pour Copernic à Moïse. Mais ce n'est pas assez de s'assurer de la vérité de cette histoire par une seule raison de convenance; il faut s'armer de soupçons, la retourner de tous les côtés, examiner s'il n'y a pas autant d'inconvéniens à la croire qu'à la rejetter. Allons, *Miss Dorothée*, vous m'aviez promis de m'arrêter à chaque parole, & vous ne dites rien. Vous prenez pour bon tout ce que je vous donne, & le laissez passer sans difficulté.

Miss DOROTHE'E.

Je vous ai promis d'être circonf-
pecte, ma *Bonne*, mais non pas d'ê-
tre folle ou stupide. Jusqu'à ce moment, vous n'avez rien dit que vous
n'ayez prouvé jusqu'à la démonstra-
tion, je n'ai pu trouver à y mordre :
mais prenez patience, vous ne per-
drez rien pour avoir attendu : par
exemple, vous nous exhortez à regarder l'histoire de la création écrite
par Moïse de tous les côtés ; il y en
a plusieurs qui ne lui font pas favora-
bles. N'est-il pas vrai que Dieu fait tout?

La BONNE.

Oui, ma chere, dans ce qui est
infini il n'y a ni passé ni futur, tout
est présent pour l'Eternel.

Miss DOROTHE'E.

Je crois cela, parce qu'il est impossible d'accorder le contraire avec
l'infinité de Dieu. Il est pourtant vrai
que je ne l'entends pas du tout, &
je n'en suis pas surprise : j'en sais la
raison. C'est que je suis bornée, &
très bornée. Je m'écarte, ce n'est pas

là la queftion ; il faut y revenir. Je vous accorde que Dieu n'a pas créé l'homme tel qu'il eft aujourd'hui ; qu'au fortir des mains de fon Créateur, il étoit tel qu'il devoit l'être pour remplir les fins de fa création, que fes paffions étoient réglées par la raifon. Si Dieu avoit pu ignorer le mauvais ufage qu'il feroit de fes dons, de fa liberté, je n'aurois rien à dire ; aulieu que cette prefcience de Dieu me tourne la tête : car enfin il favoit que l'homme alloit fe dégrader, fe corrompre. N'étoit-ce pas rendre inutile cette création remplie de tant d'avantages, que de lui laiffer la poffibilité de les perdre ? Pourquoi lui donner cette liberté dont il devoit faire un fi mauvais ufage ? Quand j'y penfe, cela me rend furieufe.

Lady VIOLENTE.

Comment, ma chere, vous voudriez que Dieu eut créé un automate, un homme fans liberté ?

Mifs DOROTHE'E.

Non, Madame, j'euffe voulu qu'il

lui eut donné une volonté qui ne put
s'écarter du bien, qui ne put … mais
j'extravague ; je demanderois une liberté qui ne fut pas libre. Pardonnez
moi, Mesdames; mais je suis plus fille
d'Adam à moi toute seule , que vous
ne l'êtes toutes ensembles ; ma volonté me fait faire tant de sottises,
que j'y renoncerois pour un demi sol,
tant j'en suis ennuyée.

Miss CHAMPETRE

Cet article merite toute mon attention, ma *Bonne*, & cependant je suis
distraite. *Miss Dorothée* nous a avancé une proposition que je ne conçois
pas , & cela me rend incapable de
m'appliquer à ce qu'elle dit à présent.
Elle avoue qu'elle ne comprend pas
comment il n'y a en Dieu ni passé ni
présent, & puis tout d'un coup elle
passe outre. N'avez-vous pas dit que
nous ne devons rien croire qui ne soit
aussi clair que cette proposition, un
& un font deux, & ne font pas trois.

La BONNE.

Je le répéterai même encore, si vous

le voulez. Nous sommes convenues que Dieu est infini, & que nous étions bornées : lors donc qu'il sera question des perfections de Dieu, il est clair, comme un & un font deux, que nous ne pouvons les comprendre. Mais me direz-vous, comment pouvoir supposer en Dieu ce passé & ce futur toujours présent ? Par quelle raison ne pas penser que chez lui comme chez nous les temps se succedent ? C'est que cette succession de temps seroit absurde en Dieu, puisqu'elle est contraire à son infinité qui ne peut admettre ni changemenr, ni altération, ni augmentation. Pour connoître une vérité nous avons deux moyens, Mesdames ; le premier est d'examiner des causes que nous pouvons aisément connoître toutes entieres, parce qu'elles font à notre portée & sous notre main, pour ainsi dire : il est fort peu d'objets que nous puissions connoître ainsi à cause du peu d'étendue de nos connoissances. Le second moyen, c'est d'arriver à la connoissance d'une chose, *par ce qu'elle n'est pas.* Ceci est un peu difficile à concevoir ; ainſi , Meſdames , je vous demande beaucoup d'application.

Rappellez - vous un axiome dont nous ſommes convenues. *Le contraire d'une vérité eſt un menſonge. Le contraire d'une choſe fauſſe eſt une vérité.* Je vois un homme qui a deux gobelets renverſés ſur une table. Il met une piece d'argent ſous un de ces gobelets, & tout d'un coup cette piece change de place & paſſe ſous l'autre gobelet. Si je vous diſois, cette piece a du mouvement, de l'intelligence, elle obéit à la voix de ſon maître, & change de place toutes les fois qu'il le lui commande ; vous me diriez que cela eſt abſurde, & j'en conviendrois. Par la certitude où je ſuis que cette piece ne peut ſe mouvoir d'elle-même, j'acquiers une certitude : c'eſt que l'homme qui joue des gobelets, l'a change adroitement de place ſans que je m'en apperçoive. Qui m'apprend cela ? c'eſt que le contraire eſt abſurde. Cette comparaiſon eſt triviale, Meſdames, & ne répond point à la grandeur des choſes que nous traitons : cependant je ne l'ai point réjettée , parce que je n'en trouve pas de plus propre à vous faire connoître ma pensée. L'avez-vous comprise , *Miss Dorothée ?*

Miss DOROTHE'E.

Je crois que oui , ma *Bonne.* Toutes les fois qu'il est question d'une opération d'un Dieu reconnu souverainement parfait , l'injuste , l'inutile , l'imparfait sont absurdes ; conséquemment le contraire de ces choses qui sont fausses , sont en Dieu : c'est-à-dire , que toutes ses opérations sont justes , utiles & parfaites. Nous ne l'appercevons pas à la vérité ; mais nous appercevons que le contraire ne peut pas être , & par conséquent l'absurdité de ce contraire est un équivalant aux preuves qui nous manquent pour comprendre cette justice , cette sagesse & cette perfection que nous ne pouvons appercevoir. Je sens que cela est bien obscur , donnez - nous une comparaison , ma *Bonne.*

La BONNE.

Etes - vous bien convaincue , ma

chere, que la vraie vertu peut rendre l'homme heureux ?

Miſs DOROTHÉE.

Très certainement, ma *Bonne*: l'examen le plus ſtrict m'a convaincue que la vraye vertu fait diſparoître tous les obſtacles au bonheur en réprimant le déſordre des paſſions, & aſſurant la tranquillité & la paix du cœur.

La BONNE.

Si vous euſſiez été préſente à la mort du meurtrier de *Céſar*, & que vous l'euſſiez entendu blaſphémer la vertu, qui, diſoit-il, n'étoit qu'un vain nom, puiſque lui, qui l'avoit toujours pratiquée, étoit miſérable; auriez-vous cru que *Brutus* auroit été vraiment vertueux ?

Miſs DOROTHÉE.

Non, ma *Bonne*, on ne me perſuadera jamais que la vertu puiſſe rendre un homme miſérable, cela eſt abſurde.

La

Et quelle vérité seroit la suite de la persuasion où vous êtes que la vertu ne peut rendre misérable ?

Miss DOROTHE'E.

Que Brutus n'auroit point été vraiment vertueux. Car si la vertu ne peut rendre un homme misérable, si au contraire elle le rend infailliblement heureux, j'en aurois conclu que Brutus, qui se trouvoit assez malheureux pour s'ôter la vie, n'avoit jamais été vurtueux. Cette affirmation, je l'aurois faite, quand bien même j'eusse ignoré toutes les actions de sa vie.

Lady LOUISE.

Que vous ayez conclu que Brutus meurtrier de César n'avoit point été vertueux, à la bonne heure ; mais que sans savoir aucune de ses actions vous ayez porté cette conclusion, cela ne me paroit pas raisonnable.

Miss DOROTHE'E.

Il est absurde de dire que la vertu rende misérable. Le contraire de cet absurde, de ce mensonge si vous vou-

lez, est une vérité. Donc la vertu
rend heureux, donc Brutus qui se disoit misérable par la vertu, n'avoit pas
la vraie vertu.

La BONNE.

Cela me paroît clair, & voici ce
que nous en pouvons conclure, en répétant ce que *Miss Dorothée* a déjà
dit. Toutes les fois qu'en entendant
parler de Dieu, vous trouverez des
choses que vous ne pouvez comprendre ; examinez si le contraire de ces
choses seroit absurde, indigne de
Dieu ; & si vous le trouvez tel, croyez
fermement ces choses, quoique vous
ne puissiez les comprendre : car il est
aussi clair que *un & un sont deux*,
que tout ce qu'il y a de beau, de bon,
de parfait, est dans l'être, dont l'infinité de toutes les perfections fait l'essence.

Miss CHAMPETRE.

Voilà une regle qui me paroît admirable, & que j'aurois trouvée, si
j'avois bien réfléchi. Je demande une
excuse à *Miss Dorothée* d'avoir inter-

rompu ſes plaintes ſur cette liberté qui la met de mauvaiſe humeur. J'en ſens le poids tout comme elle : j'avoue pourtant que j'aurois de la répugnance à être débarraſſée de ce fardeau ; je répugne à être un automate.

Miſs BELOTTE.

Eſt-ce que ſans être un automate je ne pourrois pas avoir une volonté qui fût abſolument fixée dans le bien ?

La BONNE.

Il me vient une réflexion, Meſdames, dont je veux vous faire part avant de répondre à *Miſs Belotte* ; & cette réflexion, j'aurois dû la faire plutôt. Nous traitons des matieres infiniment relevées, & nous diſons librement tout ce qui nous vient dans l'eſprit, parce que nous ſuppoſons que nous ne ſommes pas encore chrétiennes, & que nous n'avons point encore examiné la certitude de la révélation. Auſſitôt qu'elle ſera prouvée, il faudrait ſoumettre nos lumieres, nos foibles lueurs pour parler plus juſte. Si donc il nous échappoit des

expreſſions trop hardies , des ſenti-
méns nouveaux , il faut d'avance les
ſoumettre à cette révélation, ſuppoſé
qu'elle ſoit prouvée divine , & cela
eſt raiſonnable. Que nous examinions
ce que les hommes nous aſſûrent, cela eſt prudent , parce qu'ils peuvent
ſe tromper & nous tromper : mais il
ſeroit ridicule d'examiner ce que la
vérité éternelle nous préſente comme
vrai : tout notre ſoin doit ſe borner à
nous aſſûrer ſi elle a vraiment parlé.
Après cet avertiſſement, il faut répondre à *Miſs Belotte* qui demande, ſi ſans
être des automates nous ne pourrions
pas avoir une volonté abſolument fixée dans le bien. Qu'en penſez-vous,
Miſs Dorothée ?

Miſs DOROTHE'E.

Je vais trancher la queſtion tout d'un
coup. Je ne ſais pas ſi cela eſt poſſible ; mais je ſuis ſûre que dans ce
monde tel qu'il eſt , cela n'étoit pas
convenable , parce que s'il eut été
mieux que notre volonté fût fixée
dans le bien , le Tout puiſſant eût fait
ce mieux qui lui étoit auſſi aiſé que le

reſte ; car nous ſommes convenues que la ſageſſe de Dieu lui fait toujours préférer ce qui eſt bien à ce qui eſt mal.

La BONNE.

Voilà décider à coup ſûr & ſans crainte d'appel ; cependant je veux quelque choſe de plus. Oublions pour un moment cette raiſon déciſive, & tâchons de trouver par la nature même des choſes, pourquoi il étoit convenable que l'homme pût choiſir entre le bien & le mal. Commençons d'abord par nous bien aſſûrer de la ſignification des mots dont nous nous ſervons. Que veulent dire ces mots, *le mal*, *le bien* ?

Lady VIOLENTE.

Je crois qu'il faut diſtinguer le mal phyſique & le mal moral. Un homme eſt tué par la chûte d'une tuile ou par celle d'un fardeau que je laiſſe tomber ſur lui, parce qu'il m'échappe. La mort de cet homme eſt un mal phyſique ; mais il n'y a pas de mal moral : je ne ſuis non plus coupable de ſa mort, que la tuile qui

I 3

l'auroit tué. Pour qu'il y eût un mal moral, il faudroit que j'eusse eu dessein de tuer cet homme, ou que j'eusse volontairement négligé d'assûrer mon fardeau. Pourquoi serois-je innocente dans le premier cas, & coupable dans le second ? C'est que ma volonté n'auroit point eu de part à la mort de cet homme dans le premier, & que c'est elle qui l'a causée dans le second. La volonté est donc nécessaire pour qu'il y ait un mal moral, & toutes les fois qu'elle ne donne point son consentement à une action, cette action peut être un mal physique ; mais jamais un mal moral. Qu'en concluez-vous, *Miss Maly* ? Je crois voir au mouvement de vos yeux, que vous avez quelque chose à dire.

Miss MALY.

Oui, Madame. Je pense qu'il faut appliquer au bien ce qui vient d'être dit du mal, & qu'il faut le distinguer en physique & en moral. Qu'un homme qui a grand faim, trouve le moyen d'acheter de quoi manger, c'est un bien physique ; ce qui le lui procure, est une piece d'or qui est sortie de ma poche en tirant mon mouchoir & qui est tombée dans le chemin, il est sûr qu'il n'y a là aucun bien moral de ma part. Il y en auroit un, si pour l'amour de Dieu j'avois donné volontairement cette piece d'or à ce pauvre. D'un autre côté, un misérable me proteste qu'il meurt de besoin, je lui donne de l'argent pour acheter du pain, & comme il m'a menti, il employe cet argent à s'enivrer. L'ivresse de cet homme est un mal moral pour lui ; par rapport à moi, elle a été un bien moral, & pourtant j'ai fait un mal physique, puisque l'argent que j'ai donné, a produit ce mal malgré l'intention que j'avois de le nourir, & non de l'enivrer.

Lady CHARLOTTE.

Cela est très vrai : d'où je conclus qu'un homme créé sans liberté, & qui ne pourroit choisir entre le bien & le mal, seroit incapable d'être vicieux ou vertueux, puisque le bien ou le mal moral dépendent absolument de la volonté, & que c'est la volonté qui leur donne ce caractere. Un tel homme n'auroit pas été capable de répondre aux desseins de Dieu dans la création, puisqu'il auroit été incapable de devénir vertueux, & que Dieu ne peut être honoré que par la pratique du bien.

La BONNE.

Cette raison est décisive : faire le bien, c'est choisir le bien & être libre de ne pas le faire : tout ce qui se fait malgré nous ne peut justement nous être imputé, ni à bien, ni à mal. Avez vous quelque chose à objecter à cela, Mesdames?

Lady LOUISE.

Oui, ma *Bonne*, j'ai quelque chose de bien fort à y objecter. Dieu ne peut être honoré que par la pratique des vertus. Il n'y a de vertueux que ce qui est volontaire. Donc Dieu ne sera point honoré dans le ciel par les Saints, puisque tous les actes qu'ils y feront, seront nécessaires, & qu'il ne seroit pas en leur pouvoir de se rendre coupables, en s'abstenant de ces actes.

La BONNE.

Voilà une terrible objection qu'il faut pourtant tâcher de réſoudre. Au reſte, Meſdames, ma réponſe ne ſera peut-être pas auſſi ſatisfaiſante qu'elle pourroit le devenir ſi j'avois eu le temps de la méditer ; mais j'avoue que je n'ai jamais rien penſé ſur ce ſujet, & vous aurez mes premieres réflexions. Que l'homme ſoit libre de choiſir entre le bien & le mal, c'eſt une vérité conſtante ; & ſans répéter ce que nous venons de dire à ce ſujet, j'en appelle à votre expérience. Il n'y en a aucune de vous, ſi elle s'examine ſincerement, qui ne ſente qu'au moment même des plus violentes tentations, elle étoit libre, au moins de recourir à la priere pour obtenir les forces ſuffiſantes pour vaincre ſa paſſion ; mais je vous prie de faire une remarque. Il eſt un point funeſte où notre liberté eſt ſi fort affoiblie par la force d'une mauvaiſe habitude, qu'elle paroit impuiſſante quand il s'agit de ſe vaincre, & qu'elle l'eſt en effet ſans un

miracle de la grace , parce qu'il n'eſt
point dans la nature de l'homme de
vaincre une habitude invéterée. Jugez-en , ſi vous voulez , par les tics
pris dès l'enfance , d'une tête pan-
chée d'un côté , d'élever une épaule
&c... Vous ſavez tellement combien
on s'en corrige peu dans un âge a-
vancé , que vous avez le plus grand
ſoin de rompre ces mauvaiſes cou-
tumes dans vos enfants. Il y a bien
une autre difficulté à rédreſſer l'ame:
il n'y a que les vieux Pécheurs qui
veulent revenir à Dieu , qui puiſſent
en avoir l'idée. Au contraire l'habitude de ſe vaincre donne une telle vi-
gueur à l'ame, que la vertu chez elle ſemble inaltérable. Prenons un
exemple qui rende ceci ſenſible.

Je ſuppoſe un homme qui depuis
qu'il ſe connoit , aura paſſé peu de
jours ſans eſſuyer quelque accident
fâcheux, de ces hommes dont on
dit communément dans le monde ,
qu'ils ſont nés ſous une étoile fâcheu-
ſe. Je ſuppoſe encore que la grace
d'accord avec la raiſon aura engagé
cet homme à bien méditer ſur la Pro

vidence : il se sera convaincu que rien n'arrive dans ce monde par hazard ; que la sagesse divine toute bonne, toute miséricordieuse préside sur tous les évênements. Malgré cette conviction, il sentira vivement ses premiers malheurs : il sera obligé de se faire les violences les plus terribles pour échapper au chagrin, au dégout, au découragement & au desespoir ; sa sensibilité diminuera en proportion des violences qu'il se fera, en proportion des actes réitérés de foi, de soumission, d'amour de la volonté divine. Enfin à force de se vaincre, il acquerra une telle facilité à le faire, qu'on pourroit croire qu'il est devenu de marbre, & que sa soumission aux ordres d'en haut lui est naturelle : je dis plus, il ne lui seroit presque pas possible, ou du moins il lui seroit fort difficile d'être moins soumis, de souhaiter même d'être délivré de ses peines, parce qu'il les regardera comme un bien, comme un moyen que Dieu lui donne pour acquérir une gloire immense, & on ne souhaite point d'être délivré d'une chose qu'on regarde comme un bien. Croyez-vous que la soumission de cet homme cesse d'honorer Dieu, parce qu'elle est devenue extrêmement facile par la force de l'habitude?

Lady LOUISE.

Voilà un beau tableau, ma *Bonne* : mais un tel homme existe-t-il ?

La BONNE.

Il seroit bien malheureux qu'il n'en existât qu'un de cette espece ; j'en ai connu plusieurs , & il y en a un bien plus grand nombre que je ne connois pas & qui ne font vus que de Dieu. Ces personnes m'ont donné une idée de l'état des Saints dans le ciel. La mort les fixera invariablement dans l'exercice des vertus qu'ils auront pratiquées , c'est-à-dire qu'ils ne feront plus exposés à blesser ces vertus ; mais s'ils eussent vécu des millions de siécles dans un état passible , Dieu sait qu'ils étoient déterminés à pratiquer ces mêmes vertus , qu'ils auroient mieux aimé mourir que d'y manquer, & que les fautes qu'ils auroient commises à cet égard, seroient échappées à leur foiblesse plutôt qu'à leur volonté. Ils ont voulu aimer Dieu dans le temps & dans l'éternité : cet amour éternel est de leur choix ; ils ont fait ce choix en poussant le dernier soupir : s'il leur étoit libre de ne pas adorer, aimer leur Créateur sans cesse & sans relâche, ils choisiroient l'anéantissement plutôt que de se distraire un instant de ces justes devoirs ; quoi de plus capable d'honorer Dieu que de telles dispositions !

Lady LOUISE.

Voilà qui est bon pour les Saints, ma *Bonne* ; mais les ames communes qui n'ont pas eu ces dispositions sublimes...

La BONNE.

Qu'appellez-vous dispositions sublimes, Madame ? Celles que je viens d'annoncer sont absolument nécessaires pour entrer dans le ciel. Il

fera éternellement fermé à celles qui
en expirant n'auront pas pour Dieu cet
amour de préférence, qui feroit choi-
fir mille morts plutôt que de l'offen-
fer : mais ce n'eft pas ici le moment
de vous prouver qu'il eft bien rare
de mourir dans cet heureux état, fi
on n'en a pas pris l'habitude pendant fa vie : je veux achever de vous
dire ce que je penfe fur le bonheur
des Saints. Je me figure que ce n'eft
qu'alors qu'ils feront véritablement
libres.

Nous fommes convenues que l'a-
mour de la vertu eft inné dans notre cœur, que nous l'eftimons & la
chériffons dans les autres, & que nous
la pratiquerions nous même, fi nous
n'avions pas une maladie funefte qui
déprave nos goûts, & qui gene no-
tte liberté; maladie que nous ne pouvons guérir abfolument, mais que
nous pouvons affoiblir, avec le fecours
de la grace s'entend. Or la mort
nous guérit de cette maladie; la
récompenfe de ceux qui auront com-
battu leurs panchants déréglés fera
d'être délivré de ces panchants qui

tiennent nos ames comme captives: notre esprit dégagé des ténébres qui nous ont caché dans cette vie le seul moyen d'être heureux, ne pourra plus se tromper dans l'objet de son bonheur. Notre cœur suivra sans répugnance ces nouvelles & sublimes lumieres; il s'élancera avec rapidité vers Dieu qui est son centre. Comme il trouvera dans ce centre tout ce qui pourra le satisfaire, il seroit contre nature qu'il chercha à s'en éloigner, quand même il lui seroit possible de le faire. Si Dieu proposoit aux Saints l'assemblage de tous les faux plaisirs qui font aujourdhui l'objet de nos souhaits, ils les regarderoient tels qu'ils font en effet, comme du fumier, de l'ordure, & les dédaigneroient quand ils feroient libres d'en jouir: car il feroit contre nature de fe diftraire d'un bien fouverain, d'un bien qui remplit toute la capacité de l'être, pour fe livrer à la mifere & à l'ordure, connues pour telles. Voilà comme je conçois l'impeccabilité des Saints dans le Ciel: leurs lumieres ne pouvant plus être obfcurcies, leur volonté ne pourra plus être dépravée. Heureux état qui sera, comme je l'ai dit, la récompense du bon usage qu'ils auront fait de leur liberté en cette vie pour former des habitudes, qui ne pourront plus être perdues dans le cours de l'éternité, & qui n'en seront pas moins agréables à Dieu, parce que ce sera volontairement que les Sts. auront formé ces habitudes. Voilà mon opinion que j'abandonnerois pourtant quelque chere qu'elle me fut, si elle étoit contraire à la révélation.

Miss DOROTHE'E.

Voyez si je l'entends bien, ma *Bonne*. Vous savez que je me tiens très mal, & que cela donne beaucoup de peine à ma mere : je suis résolue pour lui plaire, de faire les plus grands efforts pour raccommoder ma taille; cela me coûtera au delà de l'expression, je vous assûre, mais je me flatte que ces difficultés n'auront qu'un temps, & qu'-enfin la bonne habitude que je veux prendre, prévaudra, en sorte que je me tiendrai droite tout naturellement.

Je fuis bien perfuadée que ma mere ne pourra me regarder , & admirer ma taille fans fe reffouvenir que c'eft pour lui plaire que j'ai furmonté la difficulté que j'avois à me bien tenir, & qu'elle me faura gré de cette belle taille dans le temps même où je n'aurai plus de peine à me tenir droite.

La BONNE.

Vous m'avez très bien comprife, ma chere : mais foit dit entre nous , je n'ai pas la foi à cette belle taille future. Continuons.

Lady LOUISE.

Je vous avoue, ma *Bonne*, que l'idée du bonheur que vous venez de peindre, me ravit & me tranfporte ; hélas ! je puis commencer à le goûter dès cette vie, c'eft même le feul moyen de me l'affûrer en l'autre, & cependant, je choifis d'être miférable dans le temps , & je rifque à l'être dans l'éternité. O ! aveuglement qui fe conçoit à peine. O ! péché d'Adam que tu a fait de tort à mon ame. Je vous jure, ma *Bonne*, que de tout ce que la foi m'ordonne de croire, la chute d'Adam & fes fuites effroyables font ce qui me paroit le plus incompréhenfible, le plus difficile à croire. Une faute legere caufer de fi grands maux, & encore à des innocents qui ne l'ont pas commife! Quand j'y penfe, il faut vîte faire un acte de foi aveugle & renoncer à ma raifon.

La BONNE.

Il faut tâcher de les concilier enfemble, c'eft - à - dire, la foi & la raifon. Nous ne rifquons rien de l'effayer, pourvû que nous foyons déterminées à faire taire la raifon fi elle eft contraire à la révélation, fuppofant toujours que nous la trouverons divine. Vous fentez, Mefdames, que cet examen que je vous propofe, je l'ai déja fait; j'en ai tiré des fruits fi doux, que je brule d'envie de vous les communiquer. Vous trouvez l'exercice de la foi pénible; c'eft de toutes les vertus la plus facile à pratiquer felon moi, parce que fi

elle eſt aveugle, elle a un fondement raiſonnable, & qu'on ne peut
s'y refuſer ſans folie.

Miſs MALY.

S'il eſt vrai que vous puiſſiez en
venir là, je le regarderai comme un
miracle. Depuis que je me connois
vous m'avez toujours dit qu'il ne falloit rien croire qui ne fût auſſi clair
que *un & un ſont deux*. Ces paroles ont laiſſé de ſi fortes traces dans
mon cerveau, que je me ſens une
répugnance invincible pour ce mot
de *ſoi aveugle*; je ne pourrai jamais
mettre ma raiſon de coté.

La BONNE.

Et ſi je vous prouve comme *un
& un ſont deux*, qu'il ſera raiſonnable de ſoumettre votre raiſon à la
foi, que me direz-vous? Il n'y a
point de contradiction entre ce que je
vous ai dit précédemment & ce que je
vous propoſe, vous en conviendrez
bientôt. Mais avant d'aller plus
loin, il eſt à propos de définir les
mots dont nous nous ſervons. Qu'eſt-

ce que la foi ? *C'est un acte par lequel je crois des choses que je ne puis comprendre, par la certitude où je suis que celui qui me les découvre, ne peut ni se tromper, ni me tromper.* Y a-t-il rien de plus raisonnable que cette foi ? Loin de détruire la raison, elle en est le fruit. L'examen, comme vous le savez, suppose le doute; comme je sais que les créatures sont naturellement sujettes à l'erreur, ma raison me permet le doute sur ce qu'elles m'affirment, & ce doute m'engage à l'examen; ce doute, cet examen qui sont raisonnables, eû égard à la nature de ceux qui me parlent, seroit ridicule & extravagant si la créature étoit infaillible; elle ne l'est pas. Doutons, examinons tout ce qu'elle nous propose. Dieu l'est, croyons tout ce qu'il nous ordonne de croire sans doute & sans examen.

Miss PRE'JUGE'.

Mais malgré cela, ma *Bonne*, vous nous exhortez présentement à douter, à examiner.

La BONNE.

C'eſt que nous n'avons pas encore une certitude raiſonnable que Dieu aye parlé. Nous cherchons cette certitude en infideles, c'eſt-à-dire que nous ne diſſimulerons aucune des objections que les infideles font contre la certitude de la révélation. C'eſt ſur cette importante certitude, que je ne veux pas vous laiſſer l'ombre d'un ſoupçon, d'un doute, & je vous répete pour la centieme fois qu'auſſi-tôt que la révélation ſera prouvée divine, il faudra nous ſoumettre aveuglément, comme la raiſon le demande.

Lady LOUISE.

Vous nous diſiez, il n'y a qu'un moment, que vous vouliez eſſayer de concilier la foi avec la raiſon: cela me paroiſſoit la choſe la plus agréable & la plus conſolante; & puis vous nous ramenez à cette foi aveugle auſſitôt que nous aurons conſtaté la révélation.

La BONNE.

Je viens de faire ce que j'avois promis, Madame : la foi est conciliée
avec la raison, puisque c'est la raison qui me le commande. Ce n'est
pas la maniere des mysteres que nous
devons examiner : si nous pouvions
les comprendre, ils cesseroient d'ê-
tre la matiere de notre foi. *Claire connoissance. Foi* ; voilà deux contraires,
l'un fait disparoître l'autre.

Lady PRE'JUGE'.

Comment, ma *Bonne*, vous dites
que la raison fait disparoître la foi :
cela me paroit horrible.

La BONNE.

Et cela le seroit en effet, Madame. Je n'ai pas dis *raison*, mais *claire connoissance.* Vous ne me feriez
pas cette objection si vous aviez bien
écouté comment j'ai défini la foi.
C'est, ai-je dit, *la croyance des choses que nous ne pouvons comprendre.*
Si elles étoient à la portée de nos
lumieres, nous n'aurions pas besoin de

foi : mais je fens qu'il faut vous expliquer ceci par un exemple. *Mifs Maly*, vous croyez qu'il y a un Dieu. Qui vous a découvert cette vérité? Qui vous a engagé à la croire?

Mifs MALY.

Ma raifon, qui en me découvrant des êtres, me force de croire que la fource de l'être eft quelque part ; car il ne peut y avoir de ruiffeau fans fource. Le plus ftupide eft en état de connoître cela comme moi, s'il veut fe donner la peine d'y penfer.

La BONNE.

Cette vérité, il y a un Dieu, n'eft donc point une de celles qui appartiennent à la foi : car votre raifon vous démontre la néceffité de fon exiftence. Or tout ce qui eft à la portée de la raifon, tout ce qui peut être compris par elle, n'eft plus un myftere & ne peut faire la matiere d'un article de foi, qui eft la croyance des chofes qui furpaffent la portée de la rai-

son comme le Myſtere de la Ste. Trinité & les autres.

Lady L O U I S E.

Si vous tenez la parole que vous
nous avez donnée, il en faut conclure que dans la Religion Chrétienne,
les Myſteres qui font les objets de
notre foi, ſont en bien petit nombre;
ſans quoi l'examen que vous nous
propoſés, ſeroit ridicule.

La B O N N E.

Ceci demande une explication,
Madame: pour vous la faire je vais
choiſir un des Myſteres les plus in-
compréhenſibles : c'eſt celui de l'Incarnation. L'Ecriture m'apprend que
le Fils de Dieu égal à ſon Pere &
Dieu lui-même, s'eſt uni ſi intimé-
ment à la nature humaine, que Dieu
& l'Homme ont fait une ſeule Perſonne en deux natures différentes. Il
ne m'eſt pas poſſible de comprendre
la maniere dont cette union a été
faite. *Cette maniere du Myſtere* eſt
donc l'objet de ma foi, elle eſt au
deſſus de ma raiſon. Quant au motif

de

de l'Incarnation, à sa néceffité, à son utilité; je les comprends parfaitement. Donc cela n'appartient plus à la foi.

Miss CHAMPETRE.

Comment pouvez-vous dire, ma *Bonne*, que vous comprenez la néceffité & les motifs de l'Incarnation?

La BONNE.

Cela nous fort de notre fujet, ma chere, & doit naturellement fe trouver dans un autre endroit, permettez-moi de vous remettre à un autre temps pour vous prouver ce que je viens de dire. Il faut à préfent examiner la chûte de l'homme que *Lady Louife* a tant de peine à croire. Elle nous a dit que cette chûte avoit eu pour caufe une faute legere, & que pourtant elle a des fuites terribles. Qu'il me foit permis de lui faire remarquer que fon difcours eft contradictoire. Une faute legere ne peut avoir produit des effets fi terribles. C'eft un axiome univerfellement reçu, que les effets font proportionnés à la caufe. Examinons les effets de ce premier péché en

Tom. I. prem. Part.   **K**

nous-mêmes. Notre entendement a été obscurci, notre cœur dépravé, nos passions révoltées. Voilà les plus terribles effets, qui doivent correspondre à leur cause.

Lady INCONSÉQUENTE.

Après tout, ma *Bonne*, on ne peut aller contre des faits. Je connois la cause du péché d'Adam, c'est une misérable Pomme ; je voudrois à peine fouetter un enfant pour une telle vetille. Je connois aussi les terribles suites du péché, & quand tout l'univers ensemble me soutiendroit que les effets sont en raison de la cause en cette occasion, il ne pourroit me le persuader.

Miss DOROTHÉE.

Aimeriez-vous mieux dire, Madame, que Dieu a puni trop rigoureusement une faute très legere ?

Lady INCONSÉQUENTE.

Quel inconvénient y auroit-il à le dire ? N'est-il pas le maître après tout de punir comme il le juge à propos ?

La BONNE.

Et que deviendroient sa bonté & sa justice, Madame ? Mais vous ne voyez pas la source du mauvais raisonnement que vous venez de faire; c'est que vous regardez très mal à propos la faute d'Adam comme legere : vous avez cela de commun avec *Lady Louise.*

Dieu crée une créature douée de raison pour le connoître & l'aimer. Voilà un dessein digne de Dieu dans l'idée, que ma raison m'a donnée de cet être infiniment parfait. Il est la source de toute beauté. Donc la raison & la justice faisoient à cet homme une loi de l'aimer par dessus toutes choses, puisque tout ce qui s'offroit à ses yeux de plus parfait, n'étoit que des ruisseaux à peine perceptibles auprès de cet Océan immense de beauté. L'homme pouvoit-il sans la plus horrible de toutes les ingratitudes lui refuser cet amour de préférence, que son Créateur exi-

geoit à tant de tîtres. Nous examinerons cela la premiere fois ; notre
leçon a déjà été fi longue qu'il me
refte à peine affez de temps pour
vous raconter l'hiftoire qui doit conclure notre converfation.

HISTOIRE DE LEONTINE.

Pendant mon féjour en France, je
fus témoins d'une avanture fort extraordinaire. J'étois à la Campagne
dans un quartier extrêmement défert:
c'étoit un petit hameau qui n'avoit
qu'une douzaine de maifons habitées
par des malheureux, qui n'avoient
pour ainfi dire, que la figure humaine ;
tant ils étoient ftupides. Un d'eux vint
recommander à mes foins une femme
très pauvre qui étoit tombée malade,
& dont la mifere étoit extrême. Je
fuivis cet homme, & je trouvai dans
une efpece d'étable une femme d'environ trente ans. Malgré la pâleur de
la mort qui étoit répandue fur fon
vifage ; la régularité de fes traits me
fit préfumer qu'elle avoit dû être
d'une beauté parfaite. Un peu de
paille étendue contre terre compofoit

fon lit, & fa misérable cabane étoit
abfolument dépourvue de meubles.
Je lui fis quelques queftions fur la nature de fa maladie, & je compris par
fes réponfes que le chagrin & la mifere l'avoient occafionnée; mais ce
qui me furprit infiniment, c'eft la maniere noble & fenfée avec laquelle
elle m'exprima fon état. Sa voix étoit
fi touchante que le fon en alloit jufqu'au cœur : fon langage étoit pur; &
il n'étoit pas mal aifé de comprendre
que cette infortunée n'étoit pas née
dans la claffe des perfonnes du commun. Vous fentez, Mefdames, qu'il
eut fallu manquer d'humanité pour
ne pas fecourir une telle perfonne.
Je la fis tranfporter chez moi, & les
bons traîtements eurent bientôt réta-
bli fes forces. Je manque de termes
pour vous exprimer combien elle fut
éblouiffante lorfque fa maigreur &
fa pâleur eurent difparu : cependant
les charmes de fa figure n'étoient pas
comparables à ceux de fon cœur &
de fon efprit : qu'il vous fuffife de favoir qu'il n'eft pas poffible de rencontrer une créature plus accomplie. La

culture de son esprit, sa politesse me
découvrirent malgré elle la noblesse
de son sang, & sa reconnoissance
pour moi, lui arracha des aveux qu'-
elle avoit résolu de ne faire à personne. Voici ce qu'elle me dit de ses
avantures : je la laisserai parler elle-
même, mais il me sera impossible de
rendre son discours avec les graces
touchantes qu'elle y mit, & qui firent
couler mes larmes tout le temps qu'elle parla.

　Je suis fille unique du Marquis D....
Il avoit passé sa jeunesse dans les Indes, d'où il avoit rapporté de grandes richesses. Une Mexiquaine qu'il
avoit épousée dans ce pays, mourut
en me donnant le jour. Comme il l'a-
voit passionément aimée, il me trans-
porta toute la tendresse qu'il avoit
eue pour elle, & renonça à de nouveaux liens pour me conserver toute
sa fortune. Elle consistoit en de grosses
sommes, en des diamants de grand
prix, & des associations dans le commerce des parents de son Epouse.
Comme l'inclination avoit présidé au
mariage de mon pere, il n'avoit pas

consulté le préjugé au sujet de la noblesse : ses parents qui en étoient extrêmement entêtés, ne voulurent
point ratifier son mariage par leur
consentement, & ma mere étant morte avant qu'on eut pû les gagner, ma
naissance fut regardée comme illégi-
time. J'étois donc frustrée par les
loix, des biens de mon pere s'il
n'eut cherché à réaliser; mais afin
de se conserver la liberté de me les
laisser, il n'acheta jamais que la petite
maison dans laquelle il vivoit, & qu'il
pouvoit me léguer comme portion ali-
mentaire : Il cacha même ses richesses
avec soin, de crainte d'exciter la cupidité de ses parents, & vécut toujours dans la médiocrité. Au reste, il
crut me dédommager avantageusement du faste, & du luxe qu'il me
refusoit, en n'épargnant rien pour me
procurer la meilleure éducation. Il fut
à Paris, & y passa six mois entiers à
examiner les différentes personnes
qu'on lui offroit pour placer auprès
de moi. Ce n'est pas qu'il eut dessein
de se décharger du soin de veiller sur
ma conduite; il étoit convaincu que

K 4

le plus sacré de ses devoirs étoit de travailler lui-même à la formation de mon esprit & de mon cœur : il cherchoit plutôt une aide qu'une gouvernante. Après en avoir rejetté plusieurs, dont les talents brillants sembloient ne laisser rien à desirer, il se détermina pour une veuve, qui, avec un grand usage du monde & un sens droit, avoit une piété solide. Cent Louis qu'il lui donnoit par année, lui parurent une somme modique, eû égard à l'importance des services qu'il en attendoit. Ces deux personnes crurent me voir répondre à leurs vues, & parmi les malheurs qui m'ont accablée, je n'ai point eu à me reprocher celui de m'être écartée de leurs conseils.

J'avois un peu plus de quatre ans, lorsque me promenant avec ma gouvernante, je m'écartai d'elle dans un lieu où elle pouvoit me voir sans me suivre : c'étoit une grande prairie fermée d'une forte haye, où l'on avoit ménagé deux ou trois entrées avec des barrieres pour empêcher les Bêstiaux d'y venir : mais ces barrieres avoient à côté de petits escaliers, par où les hommes pouvoient entrer. Parvenue au bout de cette plaine, je crus entendre quelque bruit dans la haye; & m'en étant approchée, j'y découvris un petit enfant encore au maillot qui étant déjà âgé de quelques mois, se jouoit avec les branches de rosier sauvage dont il étoit environné. Charmée de cette trouvaille, je m'approchai doucement pour ne point l'effaroucher. Je le baisai plusieurs fois, il me sourit, me tendit ses petites mains, & moi je m'efforçai de le prendre. Ayant senti qu'il étoit trop lourd, j'appellai ma gouvernante de toutes mes forces; elle n'entendit point ma voix, & comprit seulement par mes gestes qu'il m'étoit arrivé quelque chose d'extraordinaire : je n'osois m'écarter de peur qu'on ne m'emporta mon enfant, (car je l'appellois ainsi) & quand ma gouvernante fut assez proche pour me pouvoir joindre, sans le perdre de vue, je courus à elle, & la tirant par sa robe, je la priai de lever mon enfant & de me le donner. Elle fut charmée de cette rencontre : la phyſionomie de ce petit innocent promettoit une beauté parfaite, & elle a tenu ce qu'elle promettoit. Mon pere nous attendoit devant la porte de ſa maiſon : je courus à lui, & lui racontai notre avanture avec de tels tranſports qu'il ne pouvoit comprendre comment un enfant de mon âge pouvoit s'exprimer d'une maniere ſi forte. On démaillota cet enfant qui étoit un garçon, & quand l'humanité n'eût point engagé mon pere à le garder, ſa complaiſance pour moi, & la crainte de me cauſer un chagrin trop violent, lui en euſſent fait une loi. Mon goût pour cet enfant qu'on nomma *Philippe*, ne fut pas une de ces fantaiſies paſſageres qu'un rien fait diſparoître ; il s'augmenta avec l'âge, & mon pere loin d'en être effrayé, y applaudit. Il avoit été la victime d'un préjugé qu'il trouvoit injuſte, il n'eut garde de s'y aſſujettir : l'incertitude de la naiſſance de *Philippe* lui parut ſuffiſamment réparée par les grandes qualités qui ſe dévéloppoient en lui, à meſure qu'il avançoit en âge, & dans le deſfein où il étoit de tout facrifier pour me rendre heureufe, il s'appliqua à lui infpirer les fentiments les plus propres à me récompenfer de ce que je pourrois faire un jour pour lui ; car il étoit réfolu de nous unir auffi-tôt que cet enfant auroit atteint fa vingtieme année. Mon frere adoptif parut plus flatté de l'idée de me devoir fa fortune, que de mes grands biens, & quelque grand que fut mon attachement pour lui, celui qu'il avoit pour moi l'égaloit, & il trouvoit trop long le terme qu'on avoit fixé pour notre union. Malheureufement une maladie qui furvint à mon pere l'abrégea ; ma gouvernante étoit morte depuis quelques années, & ce tendre pere fouhaitoit avec paffion de me voir établie avant fa mort.

Les premiers jours de fa maladie, on lui annonça un Etranger qui demandoit à l'entretenir en particulier. C'étoit un homme de bonne mine, quoique affez fimplement vêtu. Aprés avoir refté enfermé plus d'une heure auprès du Malade, mon pere nous fit appeller *Philippe* & moi, & déclara à ce jeune homme qu'il avoit enfin découvert l'auteur de sa naissance. Les larmes que l'Etranger ne put retenir, apprirent à *Philippe* qu'il étoit son pere, & il se précipita dans ses bras avec une émotion qui étoit la voix de la nature. L'inconnu nous apprit qu'il étoit Gentilhomme, mais extrêmement pauvre : que se trouvant hors d'état de donner à son fils une éducation digne de sa naissance, il avoit épié le moment de notre promenade pour l'exposer à nos yeux, persuadé que la charité de mon pere, l'intéresseroit en sa faveur, & qu'il lui procureroit une éducation plus convenable que celle qu'il auroit pû recevoir dans la maison paternelle. Ce Gentilhomme avoit satisfait à toutes les questions que la prudence avoit suggérées à mon pere, pour assûrer l'affiliation de *Philippe*, en sorte qu'il ne resta aucun doute sur ce sujet.

Mon pere alors lui déclara les vues qu'il avoit sur son fils, & ce Gentilhomme qui se nommoit *Leontin*, reçut cette confidence avec des transfports de gratitude qui faisoient bien augurer de son cœur. Il assûra à mon pere que s'il eut eu une couronne à donner à son fils, ce n'eut été qu'à condition de la partager avec moi. Mon pere voulant m'éviter toute discussion avec ses parents, légua à *Philippe* sa maison & ses dépendances. Deux jours après cet acte, mon infortuné pere tomba dans une foiblesse qui le rendoit peu différent d'un homme mort. Le Curé qu'on avoit fait appeller, profita du premier moment favorable pour lui donner les derniers Sacrements, & aussitôt qu'il les lui eut administrés, il condescendità la priere du mourant, qui souhaitant de nous voir unis *Philippe* & moi, lui demandoit pour nous la bénédiction nuptiale. Un tel mariage avoit peu d'authenticité aux yeux des hommes: mon pere ne l'ignoroit pas ; si *Leontin* n'avoit pas retrouvé son pere, le mien n'eut pas pressé cette cérémonie, il s'en seroit fié à l'amour que le jeune homme avoit pour moi, à sa probité, à sa reconnoissance. Hélas! il ignoroit le prodigieux changement qu'une paffion criminelle peut opérer dans un cœur, & n'avoit garde de prévoir un malheur auquel il y avoit fi peu d'apparence ; mais il ne connoiffoit *Leontin* le pere que depuis quelques heures, & ce fut le motif qui l'engagea à vouloir nous unir pour tirer en quelque forte *Philippe* de fa dépendance. Nous promimes tous trois de profiter du premier moment pour ajouter à notre union ce qui pouvoit la rendre valable, & à peine eumes-nous prononcé les ferments qui nous lioient, que mon pere expira. Un quart-d'heure avant cette cérémonie mon pere avoit pris à la ruelle de fon lit une caffette fort pefante qu'il me remit entre les mains, en me difant que c'étoit ma dot, & il avoit fait jurer à *Philippe* de me laiffer la difpofition de ce qui étoit dans cette caffette. Nous étions trop accablés de notre douleur l'un & l'autre pour être tentés de l'ouvrir, & ce ne fut que quelques jours après que mon Epoux me rappellant cette circonftance, fit naître ma curiofité à l'égard de ce qu'elle contenoit. C'étoit un affez grand nombre de diamants d'un prix confidérable, quelques lingots, de l'or monnoyé, & les actes d'affociation au commerce des Négociants Efpagnols auxquels il avoit laiffé une partie de fes biens au Mexique, actes qui étoient paffés en mon nom, avec la condition expreffe que je ne pourrois les aliéner. *Leontin* le fils, fidéle aux dernieres volontés de mon pere me remit cette caffette, & me pria de lui donner mes ordres fur l'emploi que je voulois faire des richeffes qu'elle contenoit. Mon cœur avoit déjà difpofé de ce tréfor : fe réferve-t-on rien quand on s'eft donné foi-même? Je remis la caffette entre les mains de mon Epoux, & fi elle eut renfermé les tîtres de toutes les Couronnes de l'univers, je l'euffe fait auffi volontiers. Puifque je fuis abfolument maîtreffe de tout ceci, lui dis-je, & que vous avez fait ferment de ne vous jamais oppofer à la difpofition que j'en ferois, je vous prie de les accepter ; j'exige même que vous ne faffiez pas la plus legere réfiftence au don que je vous en fais à cet inf-

tant, je ne m'en réferve que ce qui
fera néceffaire pour affûrer à mon
Beau-Pere, un état heureux & tranquille. La reconnoiffance du pere &
du fils parurent fans bornes ; mais
mon Epoux refufa long-temps la propriété d'un bien qui, difoit-il, devoit
m'appartenir tout entier : il vouloit
tout me devoir, refter dans ma dépendance. Que favez-vous, me difoit-
il, fi je n'abuferai pas quelques jours
de vos bontés ? Otez m'en le pouvoir
& reftez toujours la maîtreffe d'une
vie que vous m'avez confervée, &
qui me deviendroit à charge, fi je n'en
employois tous les inftants à vous aimer.

Après un combat de générofité
qui dura long-temps, la victoire me
demeura, & mon Epoux confentit
à placer fous fon nom les fommes que
nous tirames de nos diamants : j'euffe
fouhaité en faire autant des titres du
refte de mes biens ; je n'en fus pas la
maîtreffe : mes contrats étoient paffés
en mon nom, avec la claufe expreffe
que je n'en pourrois difpofer avant
trente ans ; je n'en avois que vingt-

deux, & il fallut malgré moi attendre le temps fixé pour me dépouiller entiérement en faveur de mon
ingrat.

Leontin ne méritoit pas alors ce
titre diffamant. Hélas! il ne tarda pas
à s'en rendre digne : mais pourquoi
accuser un malheureux qui m'est encore cher ? Subjugué par une passion
violente, je suis sûre qu'il a gémi plusieurs fois des maux qu'il m'a fait
souffrir. Vous allez frémir, Madame,
me dit *Leontine*, à cet endroit de son
histoire, & tous mes sens se glacent
au souvenir de ce qui me reste à vous
raconter.

Il y avoit à peine trois mois que je
m'étois dépouillée en faveur de mon
Epoux, lorsqu'une de ses parentes,
que la mauvaise fortune avoit réduite
dans l'état le plus triste, me fut pré-
sentée par son pere. Cette personne
étoit aimable, mais qu'il me soit permis de vous dire qu'elle ne pouvoit
m'être comparée sans injustice. Tout
ce qui appartenoit à mon Epoux,
m'étoit cher : je pris dans ma maison
cette parente qui se nommoit *Emilie*;

je lui fis part de mon autorité fur les domeftiques, & elle me devint fi che- re que je la laiffai plus maîtreffe de mes biens que moi-même. Il n'en étoit qu'un, que je m'étois réfervé tout entier, & que je ne devois partager avec perfonne; c'étoit le cœur de mon Epoux, & ce fut le bien qu'elle me ravit. J'avoue qu'elle n'eut pas été capable par elle-même de concevoir cet affreux deffein; fon cœur en ce temps n'étoit que foible, & ce fut fa premiere faute qui le déprava entié- rement: cette faute lui fut fuggérée par *Leontin* pere de mon Epoux. Cet homme indigne du nom de Gentil- homme qu'il portoit, s'étoit compor- té dans ma maifon d'une maniere fi fcandaleufe, que j'avois été forcée de le prier d'en fortir; fon cœur ulcéré ne refpiroit que la vengeance: l'incli- nation violente qu'*Emilie* prit pour mon Epoux, lui en fournit les moyens. Il fomenta cette inclination, & lorf- qu'il la crut parvenue à fon dernier période, il lui fit entendre qu'il avoit un moyen infaillible de la rendre heu- reufe. Affreux projet! pouvois-tu être mis au jour, sans faire mourir d'horreur celle à qui il fut proposé ? Vous avez vu, Madame, que mon mariage manquoit de quelques formalités prescrites par les loix, & que mon pere nous avoit fait promettre de les suppléer. Nos affaires qui avoient pris tout notre temps, ma confiance pour mon Epoux m'avoient fait négliger cet ordre ; *Leontin* se servit de cette négligence pour me perdre. Ce malheureux avoit soigneusement sondé le cœur de son fils : il m'aimoit sans doute ; cependant ses penchants secrets étoient absolument incompatibles avec mes inclinations. Sans être ennemie des plaisirs innocents, j'avois une horreur invincible non seulement pour la débauche & le déréglement, mais encore pour l'indécence : j'étois sérieuse, modeste, généreuse sans être prodigue, en un mot qu'il me soit permis de le dire, je devois à mon éducation des vertus également éloignées des excès. Il falloit inspirer à mon Epoux le dégoût de ces vertus, aussi bien que des satisfactions innocentes que je lui prodiguois ; il falloit lui faire prendre le goût des plaisirs vifs & tumultueux que promet une passion déréglée : une courte absence à laquelle je fus forcée, lui en donna la facilité. *Emilie* oubliant ce qu'elle me devoit, se laissa conduire par *Leontin* au lit de mon Epoux ; ses manieres emportées firent paroître les miennes froides & languissantes ; un amour déréglé prit la place d'une flamme légitime & pure, & *Leontin* seconda si bien les efforts de ma rivale, que *Philippe* consentit aux démarches odieuses qui devoient briser nos nœuds. Un funeste succès suivit leur entreprise : mon mariage fut déclaré nul, & *Emilie*, après avoir pris le titre d'Epouse qu'elle m'avoit ravi, poussa l'inhumanité non seulement jusqu'à me chasser de ma maison, mais encore jusqu'à me refuser les secours les plus legers. Seule, sans amis, sans secours, sans protection, sans argent, je résolus d'ensevelir ma misere & ma honte dans le lieu le plus obscur : le hameau dans lequel vous m'avez trouvée, me parut propre à ce dessein, j'y louai une cabane que je meublai des fruits de mon travail, & j'y paſſai pluſieurs années en proie à tous les maux qui pouvoient déchirer un cœur auſſi ſenſible que le mien : enfin la nature ſuccomba ; une longue maladie me força à vendre ce que j'avois amaſſé aux dépens de mes ſueurs, & après avoir dépenſé juſqu'à mon dernier ſol, je me trainai dans l'étable où vous m'avez rencontrée, & où la mort n'eût pas tardé long-temps à terminer ma malheureuſe vie, ſi vos ſoins généreux ne m'avoient rappellée des portes du trépas.

Lady LOUISE.

Cette hiſtoire provoque ma colere. *Philippe*, ſon déteſtable pere, & *Emilie* me paroiſſent des monſtres plutôt que des hommes. J'ai grande pitié de *Leontine*, malgré la foibleſſe qu'elle a d'aimer encore ſon odieux Epoux, cela n'eſt point du tout pardonnable. Et dites-moi, s'il vous plait, ce que devint cette infortunée ?

La BONNE.

Mon indignation contre ſes enne-

mis ne fut pas moindre que la votre.
J'exagérai leur injustice, je pesai sur
l'odieuse ingratitude de *Philippe* pour
essayer de le rendre l'objet de sa hai-
ne : tout fut inutile. Elle le mépri-
soit, elle convenoit qu'il étoit le plus
criminel de tous les hommes, sans
cesser de s'intéresser à son sort.

Miss DOROTHE'E.

Avouez, ma *Bonne*, que le sot intérêt qu'elle prenoit à ce monstre, est
une tache dans son caractere ; la justice auroit dû le lui rendre odieux, si
l'amour propre n'eut pu produire cet
effet.

La BONNE.

Gardez - vous bien d'avoir cette
pensée, ma chere, vous outrageriez
la vertu la plus héroïque. Ne croyez
pas, me disoit-elle quelque fois en
versant des larmes, que la perte du
cœur de mon ingrat cause le plus cruel
de mes déplaisirs : son amour faisoit
mes délices ; cependant j'eusse été
capable d'y renoncer s'il eut été possible, & que ce renoncement eut été

capable de le rendre heureux. Ses vertus, son bonheur étoient mes idoles; son injustice me touche parce qu'elle le rend criminel, & non parce que j'en suis la victime. Si j'eusse été à l'abri des cruels affronts qu'il m'a faits, de l'affreuse misere à laquelle il m'a réduite, je n'en aurois pas moins été misérable, parce qu'il n'en eut pas été moins coupable. Je consentirois volontiers à passer le reste de ma vie dans les opprobres & la misere, si un repentir sincere & capable de le rétablir dans les droits d'un honnête homme, pouvoit devenir le prix de mes maux.

Miss CHAMPETRE.

Oh! voilà une bonté romanesque qui m'impatiente. Voyez-vous, ma *Bonne*, si un autre que vous, me racontoit cette histoire, j'aurois peine à croire qu'il y eut des cœurs si méchants, & qu'il fut possible d'en trouver un si bon : ces excès, ce me semble, sont hors de la nature. Qu'en pensez-vous, *Lady Violente?* Il me semble que vous riez sous vos coeffes;

eſt-ce que vous ne trouvez pas comme nous que *Leontine* pouſſe la charité juſqu'à un excès qu'on eſt tenté de trouver blâmable ?

Lady VIOLENTE.

Je ne dirai, s'il vous plaît, mon avis qu'à la fin de cette hiſtoire, elle n'eſt pas encore finie : j'ai grande envie de ſavoir comment elle ſe terminera, j'en devine le dénouement.

La BONNE.

Il eſt pourtant plus ſurprenant que tout ce que vous avez entendu juſqu'à préſent ; au reſte *Miſs Champêtre* n'a pas conſulté ſon cœur quand elle ne peut croire qu'il ſoit poſſible d'en trouver un auſſi bon. Ceux qui ont un vrai amour pour la juſtice, ſont plus affligés du mal que leurs ennemis ſe font à eux mêmes en les outrageants, que de celui qu'ils en reçoivent. Nous diſcuterons cela enſemble une autre fois, je me hâte de finir mon hiſtoire par égard pour *Lady Violente.*

Leontine m'avoit fait entendre qu'elle

elle n'avoit point été la maîtresse de disposer de ses contrats d'association en faveur de son ingrat ; c'étoit une ressource qui lui restoit, & j'étois surprise qu'elle n'en eut pas fait usage. Elle m'avoua qu'elle n'y avoit pas pensé la premiere année de son malheur ; que dans la suite le défaut d'un ami fidele auquel elle put confier ce trésor, l'avoit empéché de s'en servir : & puis elle étoit tombée dans une telle indifférence pour toutes les choses du monde, qu'elle dédaignoit des biens qui étoient incapables de lui rendre celui qu'elle avoit perdu, & auquel seulement elle pouvoit être sensible. Je la tirai de cette léthargie, j'avois des amis qui commerçoient en Espagne, & qui à la seule inspection de ses contrats lui avancerent des sommes considérables & se chargerent volontiers de lui faire passer ses revenus toutes les années. *Leontine* se hâta de répandre l'aisance dans tous les lieux qui l'environnoient, & ne voyant plus de misérables à soulager, elle souhaita un champ plus vaste pour exercer sa charité. Mes

affaires demandoient un voyage à
Paris : elle voulut m'accompagner
dans cette Capitale, & m'abandonna le soin des voitures & de la route.
Arrivée dans la Bourgogne, elle fut
saisie un soir d'une émotion extraordinaire : je la vis fondre en larmes.
Effrayée de sa situation, je lui demandai avec empressement qui pouvoit l'avoir occasionnée. Hélas ! me
dit-elle, je suis proche des lieux qu'-
habite mon ingrat : il n'y a que deux
lieues de chemin d'ici à la maison qui
fut mon berceau, & que mon pere
lui a donnée ; & le desir de connoître sa situation me presse avec une telle
violence qu'il ne m'est pas possible d'y
résister. Je l'avouerai, Mesdames, je
fus effrayée de cette résolution, je
craignois qu'un amour mal éteint, ne
causa quelque foiblesse à mon amie,
& j'essayai de la dissuader de son dessein : je la connoissois mal ; sa curiosité n'avoit pour principe qu'une charité ardente, & j'en fus bientôt convaincue. Elle avoit perdue tout espoir de recouvrer le cœur de *Philippe*, & ne pouvoit s'empêcher d'espé-

rer son repentir. Qu'il déteste son ingratitude, me disoit-elle, & je mour-
rai sans regret. Si je ne m'étois fait
violence, je serois tombée aux pieds
de *Leontine* par l'impression du mouvement respectueux qui s'emparoit
de mon ame à la vue de son excessi-
ve bonté, & il ne m'étoit plus possible de penser que ce sentiment eût
sa source dans une foiblesse de caractere, tant son attendrissement étoit accompagné de fermeté, il est vrai qu'elle disparut bientôt; à peine fumes-
nous arrivées dans le lieu de sa naissance que l'Hôtesse de l'Auberge où nous
entrames, la reconnut. Ah ! Madame,
lui dit-elle, que j'ai de joye de vous
revoir ! Elle ne peut être comparée
qu'à celle que j'ai ressentie lorsque je
vous ai vu vangée : vous l'êtes d'une
maniere si terrible que vous devez en
être satisfaite. La malheureuse que
Philippe vous a préférée, n'a pas tardé à dissiper les grands biens dont
vous l'aviez rendu possesseur ; réduit
à la derniere misere, il traine une vie
pire que la mort, puisqu'il est témoin de celle de quatre petits enfants

auxquels il peut à peine donner le pain, & qui n'ont pas de quoi se couvrir.

A ces paroles, *Leontine* leva les yeux & les mains au Ciel sans pouvoir prononcer une seule parole ; car ses larmes couloient avec tant d'abondance que nous crumes qu'elle alloit suffoquer ; & de long-temps nous ne pumes parvenir à la calmer. Pendant que nous y employons nos soins, le bruit de sa venue se répandit dans le Bourg & parvint aux oreilles de *Philippe* & de son Epouse. Ils n'eurent pas la hardiesse de s'exposer à ses regards, & se chargeant de leurs enfants, ils prirent le chemin d'un bois voisin pour s'y cacher & se dérober à sa vue. A peine *Leontine* l'eut-elle appris, que trouvant de nouvelles forces dans sa bonté, elle me prit sous le bras & me conduisit sur les traces de ces misérables. A son approche, les remords, la honte & le repentir s'emparerent du cœur de ces coupables qui se prosternerent la face dans la poussiere sans avoir l'audace de lever les yeux sur elle. Après avoir vu

Leontine si attendrie au seul récit de leurs malheurs, je craignois pour elle un redoublement de peine. Quelle fut ma surprise? Ses larmes furent taries en un instant. *Philippe*, dit-elle, avec beaucoup de fermeté; est-ce le repentir qui fait couler vos pleurs, ou la honte, & le dépit du fruit amer que vous avez recueilli de vos injustices? Ces paroles furent un coup de foudre pour ces coupables Epoux qui pressant la terre de leur visage, sembloient vouloir la forcer de s'ouvrir pour les dérober à la vue de celle qu'ils avoient outragée d'une maniere si indigne: elle les contempla quelque temps dans l'humiliante posture où ils étoient, puis elle leur dit: Levez-vous: je puis pardonner, si vous pouvez réparer vos fautes. Ah! Madame, lui dit l'Epouse de *Philippe,* je n'ai pas attendu à ce moment à gémir des maux que je vous ai causés; ordonnez, je suis prête à tout faire pour les réparer. Faut-il à la face de tout l'univers publier notre ingratitude? Faut-il en vous rendant le titre d'Epouse que je vous ai ravi, passer ma vie, prosternée à vos pieds, ou dans la solitude la plus austere ? Parlez, commandez, je suis prête à tout.

Philippe ayant confirmé les paroles de son Epouse, *Leontine* les embrassa, & adressant la parole à cette femme, elle lui dit: Madame, je voudrois que la justice & mon devoir me permissent de vous abandonner l'Epoux que vous m'avez enlevé: ils s'y opposent; un inique arrêt n'a pu briser les liens sacrés qui m'attachoient à *Philippe* : c'est un bien que je ne suis pas libre de vous laisser; je partagerai volontiers avec vous tous ceux qui me restent, & mon plus grand plaisir sera celui de vous voir heureuse. Cependant comme on ne peut l'être sans renoncer au crime & sans l'expïer, je vous exhorte à réparer les vôtres dans une retraite dont je vous ouvrirai l'entrée. A l'égard de *Philippe*, il ne m'est plus permis de me fier à sa foible vertu; il faut qu'un repentir de plusieurs années me prouve la sincérité de celui qu'il exprime aujourd'hui, avant que je lui rende mon amitié & mon eftime : voyez fi vous voulez en accepter l'efpoir à ces conditions que la juftice m'impofe, & que je ne pourrois adoucir fans la bleffer.

Vous concevez bien, Méfdames, que *Philippe* qui avoit eu tout le temps de regretter fa vertueufe Epoufe, fe foumit à tout ce qu'elle exigeoit; fa complice imita fon exemple : cependant un foupir qu'elle accompagna d'un regard douloureux fur fes enfants, apprit à *Leontine* fon inquiétude fur le fort qu'ils alloient fubir. Raffurez-vous, Madame, lui dit notre héroïne ; s'ils font jamais à plaindre, ce fera affûrément par leur faute & non par la mienne. Je pourrai prendre un jour pour eux des fentiments de mere, mais il faut qu'ils s'en rendent dignes. Je vais leur affûrer les moyens de devenir honnêtes gens. Je me charge de leur faire donner une bonne éducation : s'ils en profitent, je les adopterai pour mes enfants, & j'oublierai qu'ils ne doivent leur naiffance qu'à un crime qui a fait mon malheur.

L 4

Nous reprimes tous enſemble le chemin du Bourg, & j'étois ſi tranſportée d'admiration pour le procédé de *Leontine*, que je n'avois pas de termes pour l'exprimer. J'admirois ſur-tout ſon amour pour la juſtice qui avoit ſu tempérer ſon exceſſive bonté ; & ces deux vertus avoient chacune conſervé leurs droits. Le lendemain elle me chargea de conduire la femme de *Philippe* dans un Couvent voiſin. Lorſque je fus de retour, elle répéta à ſon Epoux les conditions qu'elle lui avoit annoncées, & lui dit: je commettrois une imprudence ſi je travaillois dès aujourd'hui à faire caſſer l'arrêt qui nous a ſéparés, & à réhabiliter nos liens ; je prends deux années pour m'aſſûrer de la conſtance de votre retour à la vertu, avant de faire aucune démarche à ce ſujet. Quant à vos enfants, ils ſeront dans ma maiſon ſur le pied de pauvres Orphelins dont la charité ſeule m'obligera à prendre ſoin : ce ſera de leurs vertus qu'ils doivent attendre le tître de mes enfants, & le droit à un héritage que je vous avois deſtiné tout entier, & dont vous vous êtes privé par votre ingratitude.

Je fus forcée par mes affaires de quitter *Leontine* quelque temps après; mais je n'ai point cessé d'entretenir un commerce de lettres avec elle, & voici ce que j'ai appris depuis peu. Elle a réhabilité son mariage avec *Philippe*, à condition qu'il romproit tout commerce avec ses séducteurs. Un des enfants de ce coupable mariage ayant répondu à ses vues, elle l'a solemnellement adopté pour son fils; les trois autres ayant prêté l'oreille aux discours empoisonnés de leur grand-pere, elle les a repris avec douceur, & comme ils n'ont tenu aucun compte de ses avis, & qu'ils ont abusé de sa patience, elle les a chassés de sa maison sans pourtant les abandonner absolument à leur mauvais sort; car elle les fait assister sous main & se sert de quelques honnêtes gens pour leur faire ouvrir les yeux sur leur mauvaise conduite. Elle a fixé un terme pour leur repentir, & a eu grand soin de les en avertir; ce terme passé, elle les exclut de

fon héritage qui fera feul pour celui
qui s'eft fait les violences néceffaires
pour corriger les inclinations vicieu-
fes qu'il tenoit de fes parents.

Miſs M A L Y.

Je vous prie, ma *Bonne*, dites-
moi où demeure cette femme incom-
parable ? Je vous jure que je croirai
le voyage de France bien employé
pour la voir feulement une fois.

La B O N N E.

Lady Louiſe n'en diroit pas autant:
je fuis fûre qu'elle la trouve cruelle
d'avoir traité ces enfants comme des
bâtards, & d'en avoir chaffé trois.

Lady L O U I S E.

Eft - ce que vous me croyez une
folle, ma *Bonne*, pour m'accufer de
porter un tel jugement ? Affûrément
j'aime votre *Leontine* tout autant
qu'on peut aimer, je la crois le modele de toutes les femmes, & je l'ef-
timerois moins fi elle eut eu une
bonté aveugle & fans prudence. Vous
riez, *Lady Violente* !

Lady VIOLENTE.

Pauvre *Lady Louise*! vous êtes la dupe de l'allégorie de ma *Bonne*, & vous tombez dans le piége qu'elle vous a tendu pour vous obliger à condamner vos propres sentiments.

Lady LOUISE.

Comment donc, ma *Bonne*, *Lady Violente* auroit-elle déviné? Cette histoire qui m'a si fort attendrie, n'auroit-elle rien de réel?

La BONNE.

Il y a quelque chose de vrai dans l'accusation de *Lady Violente*; mais malheureusement l'application de cette allégorie n'est que trop réelle à l'exception d'une circonstance. C'est que *Philippe* devoit beaucoup moins à son Epouse, qu'Adam & Eve ne devoient à Dieu: elle ne lui avoit pas donné l'être & une multitude de dons si précieux qu'ils sont au dessus de l'expression. Vous vous êtes sentie une vive indignation contre cet homme qui employe pour perdre *Leontine* ses propres bienfaits, qui cherche à lui ravir son nom, ses biens, son honneur. Vous avez cru qu'une telle méchanceté n'étoit point dans la nature, & qu'il n'y avoit qu'un esprit infernal qui en fut capable. Voilà pourtant ce qu'auroient fait Adam & Eve, si Dieu eut été susceptible des maux que vouloient lui causer ses créatures ingrates : elles prétendoient partager son empire, sa science, s'égaler à lui, se soustraire à son domaine ; & cependant nous osons traiter leur faute de bagatelle ! Nous trouvons *Leontine* un prodige de bonté parce qu'elle peut pardonner de si grandes fautes, parce qu'elle donne les moyens aux coupables fruits de cet hymen, d'acquérir la qualité de ses enfants, & de rentrer en possession des biens qu'elle avoit prodigués à leur pere ; & nous osons nous plaindre d'être héritiers de la faute d'Adam, quoiqu'il soit en notre pouvoir d'effacer la honte de notre naissance, & de mériter le titre d'enfants du nouvel Adam ! Concevons donc, Mesdames,

qu'au lieu d'avoir à nous plaindre de
la bonté & de la justice de Dieu,
elle surpasse infiniment tout ce que
nous avions lieu d'en attendre. Mais,
dites-vous, Dieu à qui tout est présent, avoit prévu cette faute & pouvoit l'empêcher. C'est-à-dire, Mesdames, que pour vous satisfaire, il
eut dû donner à Adam & à ses enfants le prix d'une obéissance forcée,
les couronner sans combat, les récompenser sans qu'ils eussent mérité
la récompense! ç'eut été blesser sa
justice qui s'oppose autant à la dis-
tribution d'un prix qui n'a point été
mérité, qu'à un châtiment qui n'a
point été précédé d'une faute. Remarquez encore notre hardiesse, &
la bassesse de notre cœur; nous sou-
haitons effrontément le bonheur de
l'autre vie, celui de celle - ci, sans
vouloir faire la moindre chose pour
l'obtenir: il semble que Dieu nous le
devoit ; & que demande - t - il donc
pour nous l'accorder? Que nous l'aimions, lui qui est la source de toute
beauté, que nous le préférions à la
laideur, à la misere. Oh! cela est

bien pénible affûrément. Je finis, car je ne pourrois m'empêcher de me mettre en colere contre ma pareffe & contre la vôtre ; d'ailleurs cette leçon exceffivement longue a paffé beaucoup les bornes que je me fuis prefcrites.

QUATRIEME JOURNÉE.

La BONNE.

NOus n'aurons plus *Miſs Préjugé*, Mefdames, elle n'a pu s'accommoder d'une étude où il faut renoncer au plus grand nombre des ïdées reçues généralement par le vulgaire, & penfer par foi-même ; elle eft vraiment piquée de ne pouvoir fe refufer aux lumieres qui lui ont été offertes.

Lady LOUISE.

Si ma *Bonne* veut donner ces converfations au public comme elle a fait celle de notre jeuneffe, je fuis prefque fûre que *Miſs Préjugé* aura un grand nombre d'imitateurs. Com-

bien de perſonnes jetteront le livre a-
vec dédain, auſſitôt qu'elles y trouveront quelque choſe qui choquera
les idées de leur enfance ; ce ſera
plutôt fait que d'approfondir les raiſons de croire ou de nier. Je ſuis même ſûre que les idiots, les beaux eſprits regarderoient ſon ouvrage comme pernicieux : je le répete, il eſt
plus facile de crier contre un ouvrage
que de le réfuter.

La BONNE.

Je me lave les mains de la perte
des ames de toutes ces perſonnes ;
j'aurai fait mon devoir, cela me
ſuffit.

Miſs DOROTHE'E.

J'eſpere, ſi ma *Bonne* veut faire un
livre de nos converſations, qu'elle aura la bonté d'y inſérer ce que je penſe à cet égard, & le voici : c'eſt que
je regarderai comme de très malhonnêtes gens, ceux qui voudront rendre
ſon ouvrage ſuſpect : ſi elle ſe trompe & dit quelque choſe de faux, il
eſt raiſonnable de l'éclairer & de la

convaincre. J'ajoute qu'il n'y a qu'-
une fauſſe religion qui doive craindre
l'examen ; ſi la Religion Chrétienne eſt divine, elle ne craindra pas
d'être diſcutée, examinée. J'ajoute
encore que je prendrai comme une
aſſurance qu'il n'y aura rien de bon
à lui répondre, le ſilence qu'on gar-
dera à cet égard : la matiere eſt bien
aſſez importante pour mériter une réponſe.

Miſs CHAMPETRE.

Ce que vous dites eſt excellent par
rapport à la Religion Chrétienne ;
mais ſi ma *Bonne* vouloit aller plus
loin & parler, par exemple, contre
la Communion Romaine, croyez-
vous qu'on dut ſouffrir ſon Ouvrage
en France ? Si elle parloit contre la
Religion Anglicane, ne ſeroit-il pas
prudent d'interdire ſon Ouvrage en
Angleterre ? Les Genevois ne ſeroient-
ils pas autoriſés à faire cette défen-
ſe, ſi par hazard elle parloit contre
le Calviniſme ? J'en dis autant des autres Communions.

Miss DOROTHÉE.

Non , Madame, si j'en crois mes petites idées , je ne pense pas qu'on fut autorisé à interdire son Ouvrage. Ou sa critique seroit juste, ou elle ne le seroit pas. Dans le premier cas, il faudroit se réformer : dans le second, il faudroit lui répondre. Une bonne Religion, je le répete , ne peut que gagner à l'examen , & c'est le plus grand de tous les biens d'en démasquer une fausse.

Lady LOUISE.

Ah ! ma *Bonne* , laisserez-vous passer cela ? J'ai oui dire que dans votre Communion on doit tout croire sans examen ; qu'elle craint , qu'elle défend même absolument toute discussion. Il me semble même avoir lu dans un de vos Auteurs , qu'il faut condamner les Protestants sans les entendre , & qu'il est inutile d'examiner leurs raisons.

La BONNE.

Je pourrois vous répondre que

vous nous condamnez bien fans entendre les nôtres ; mais c'eft un mauvais exemple que nous ne voulons
pas fuivre : à la vérité on nous défend les livres que nous regardons
comme hérétiques ; mais on a deux
bonnes raifons pour cela, dont je
veux vous rendre juge. La premiere,
c'eft que dans tout procès, il feroit
contraire à l'équité d'entendre le plai-
doyer d'un des deux Avocats, fans
entendre l'autre. Une perfonne qui
ne veut pas expofer fa foi, doit toujours en lifant un livre de parti, avoir
à côté ce qu'on y a répondu, afin
de n'être pas furprife. Je dis en fecond lieu que les Catholiques font
difpenfés du foin de lire les livres de
controverfes , parce qu'ils reconnoiffent une autorité qu'ils croyent divine,
& que lorfque Dieu a parlé, tout
examen eft fuperflu. Les Proteftants
au contraire font juges dans cette
caufe, & ne reconnoiffent point d'autorité infaillible; ils croyent que ceux
qui font leurs Réformateurs, ont pu
fe tromper, & qu'ils fe font trompés
en effet en plufieurs points ; par con-

séquent un Catholique peut raisonnablement s'en rapporter à ce qu'il
croit une décision divine , & un Pro-
testant doit raisonnablement examiner ce qu'il ne regarde que comme
une autorité humaine. On craint si
peu l'examen dans ma Communion,
ma chere *Lady* , que si jamais nos con-
versations nous menoient jusques là ,
je ne voudrois pas ometre un seul
mot des difficultés qui me seroient
proposées , je ne dis pas par vous seulement, mais par vos Ministres. Retenez le bien , Mesdames. Au moment où je dirai un seul mot de con-
troverse , je vous exhorte à les armer tous contre moi. Qu'ils me con-
vertissent si je suis dans l'erreur: je
porte un cœur docile avec un esprit
amoureux de la vérité ; je ne tiens
qu'à elle : par tout où on me la mon-
trera , je la suivrai sans répugnance,
quand il devroit m'en coûter la vie.
J'aurai l'Evangile pour regle , cette
vérité, *il y a un Dieu* , pour fondement & pour principe. C'est à ces
deux flambeaux que j'examinerai ma
croyance & celle des autres. C'est à

la face du Dieu vengeur du parjure,
que je fais le vœu folemnel de fecouer
tout préjugé, de renoncer à toute
complaifance, de facrifier tout intérêt à la voix de la vérité. J'en jure par
lui-même, je me foumets à toute la
rigueur de fa juftice fi je viole mon
ferment, & je vous admets toutes à
la qualité de mes accufatrices au
jour de fon redoutable jugement,
fuppofé que je cherche jamais à biai-
fer ou à éluder la plus petite des difficultés fur cette matiere, en fuppofant que nous la traitions, s'entend.

Lady L O U I S E.

Savez-vous bien, ma *Bonne*, que
vous m'avez fait trembler avec votre
vœu & votre ferment. Quoi*!* s'il falloit
abandonner la foi de vos peres, de
votre époux, fi cet abandon entraî-
noit la perte de votre fortune, de
votre vie même, vous auriez le courage de le faire.

La B O N N E.

Affûrément, ma chere : car je n'ai
pas le courage d'aller en enfer : mais

je le répete , il n'eſt pas queſtion de
cela à préſent ; il ne s'agit que de la
Religion Chrétienne que nous pré-
tendons profeſſer toutes ; elle a pour
baſe l'hiſtoire de la chûte d'Adam ,
& les autres vérités renfermées dans
la Sainte Ecriture. Examinons 1° la
néceſſité de cette révélation : 2°. la
divinité de cette révélation. Examinons ces deux points à la rigueur &
ne me diſſimulez ni aucune de vos
objections , ni aucunes de celles que
vous avez entendu faire aux impies.

Miſs SOPHIE.

En voici une , ma *Bonne*. J'ai oui
dire à un fort habile homme , qu'il
étoit au deſſous de Dieu de s'arrêter
aux actions de créatures auſſi viles
& auſſi petites à ſes yeux que nous
le ſommes , & conſéquemment de
s'amuſer à leur donner des loix.

Miſs DOROTHE'E.

Un homme ayant un jour fait ce
beau raiſonnement à ma *Bonne*, que
Dieu étoit trop au deſſus des créatures

pour s'embarraſſer de leurs actions, voici les réflexions que je fis.

Dieu eſt un Etre infiniment parfait qui ne peut aimer que la vérité, la juſtice, en un mot toutes les perfections, & qui les aime ſouverainement. Voyons comment ſe comportent les perſonnes qui ont quelque amour pour la juſtice. Ma mere eſt une honnête femme, qui par conſéquent aime l'honneur ; quel effet produit en elle cet amour ? Elle m'apprend en quoi il conſiſte, m'en recommande la pratique, me punit quand je m'en écarte. Si elle voyoit que j'en ſecouaſſe le joug ſans s'en mettre en peine, il en faudroit conclure qu'elle n'aimeroit pas l'honneur. Donc ma mere aimeroit l'honneur & la vertu plus que Dieu ne l'aime, s'il faiſoit moins qu'elle ne fait pour m'engager & me forcer, pour ainſi dire, à la pratiquer.

L'homme, il eſt vrai, eſt moins qu'un atome devant Dieu ; mais cet atome a pourtant un trait de reſſemblance avec l'Etre ſuprême. Cet atome a, comme ſon Créateur, la faculté de connoître & d'aimer. Il est vrai que ces deux puissances qui en Dieu sont infinies, sont très bornées en l'homme ; mais enfin, elles y sont. Ce n'est point par hazard qu'elles s'y rencontrent : Dieu ne fait rien sans dessein, il n'a pas mis ces deux puissances dans l'homme pour qu'il n'en fit pas usage ; car elles seroient inutiles, & encore une fois, il ne peut rien faire d'inutile. Donc elles y sont pour connoître le beau, le bon, & conséquemment l'aimer. Dieu est le seul bon, le seul beau : donc c'est pour le connoître & l'aimer que Dieu a mis en lui ces deux puissances. L'homme s'étant dégradé par le péché, son entendement a été obscurci, son cœur dépravé : donc il falloit ou que Dieu l'abandonnat à ses ténébres, à sa corruption, ou qu'il lui donnat des lumieres & des loix. Dans les enfants d'Adam cette corruption n'avoit pas été volontaire : ils étoient devenus coupables sans avoir à se reprocher leur crime. Donc c'étoit une invitation à la bonté & à la miséricorde de Dieu, de leur donner un moyen de guérifon, de juftification. Il me semble, Mefdames, que cela eft plus clair que le jour.

Mi*ſs* CHAMPETRE.

Pas tout à fait, ma chere ; car enfin cette loi que Dieu a donnée aux hommes, fuppofé qu'il l'ait fait, il a été plufieurs fiécles avant de la donner. En fecond lieu, cette loi ne nous rend pas les forces que la maladie, que nous avons contractée en Adam, nous a ôtées. Si cette loi étoit néceffaire . aux hommes pour remplir & connoître leurs devoirs, ceux qui ont vécu avant la publication de cette loi, ne pouvoient accomplir ce qu'ils ne connoiffoient pas.

Mi*ſs* DOROTHE'E.

Vous avez bonne mémoire, Madame. Pourriez-vous vous rappeller à quel âge on vous a appris les Commandemens de Dieu, ou plutôt à quel âge vous les avez compris ?

Mi*ſs* CHAMPETRE

Je fuppofe qu'on me les a enfeignés

gnés de fort bonne heure ; car je ne me souviens pas qu'on me les ait appris ; mais il m'est aisé de me rappeller le temps où je les ai compris comme il faut ; c'est environ à neuf ou dix ans.

Miss DOROTHE'E.

Avant ce temps, croyez-vous que votre gouvernante faisoit bien, quand elle se mettoit en colere contre vous? Ne pensiez - vous pas que votre frere étoit bien méchant quand il vous battoit, que votre sœur étoit injuste quand elle vous arrachoit une poupée, un fruit qui vous appartenoit, quand elle vous accusoit d'une faute qu'elle avoit faite elle-même & vous faisoit fouetter ?

Miss CHAMPETRE.

Assûrément je sentois que toutes ces actions étoient mauvaises ; mon amour propre m'avoit éclairée sur ce qui pouvoit blesser ses intérêts.

Miss DOROTHE'E.

Et quand on commettoit ces injus-

tices à l'égard de votre frere & de votre sœur, pensiez-vous qu'on fit mal
d'en agir ainsi ?

Miss CHAMPETRE.

Oui , ma chere : j'avois établi un
tribunal au dedans de moi-même où
je condamnois pere, mere, gouvernante & tout ce qui m'approchoit;
je vous assûre qu'aucun de leurs défauts
ne m'échappoit.

Miss DOROTHE'E.

Vous connoissiez donc la loi avant
de l'avoir apprise ; vous démêliez à
merveille le juste & l'injuste , vous ai-
miez l'un, vous haïssiez l'autre. Cette
loi étoit au fond de votre cœur avant
qu'on l'eût fait retentir à vos oreilles.
Voilà quelle fut la loi des hommes
avant qu'ils eussent reçu la loi écrite.
J'avoue qu'eû égard à la maladie que
nous avons contractée en Adam, nous
sommes impuissantes à suivre cette loi:
cependant nous voyons par l'histoire
de ce temps que plusieurs hommes
l'ont suivie, & que d'autres ne la sui-
voient pas; d'où vient cette différence ?

Lady LOUISE.

Voilà un de ces phénomênes que l'histoire de la création ne m'explique pas; elle ne me fait pas comprendre non plus la possibilité de la chûte d'Adam; car enfin il n'avoit pas l'horrible maladie qui nous porte au mal avec tant de force; il voyoit clairement la justice de l'obéissance qu'il devoit à Dieu, les suites affreuses de sa prévarication; & cependant il s'y expose en mangeant cette pomme! Quelle vilenie!

La BONNE.

Lady Louise ne veut pas comprendre qu'Eve fut moins séduite par la gourmandise que par l'orgueil. A l'égard de la chûte d'Adam, je suis persuadée qu'elle eut des causes bien différentes. Je vous ai dit mon sentiment à cet égard quand vous étiez jeunes; cependant comme je suis persuadée que vous n'y avez donné alors qu'une attention fort legere, je dois vous le répéter.

Adam n'avoit rien en lui qui pût

l'entrainer vers le mal : Dieu lui avoit donné l'empire sur ses passions, elles étoient soumises à sa raison ; mais il lui étoit possible de perdre cet empire : il est vrai que cela ne paroissoit pas naturel & qu'il avoit toutes les facilités possibles à conserver son innocence. Il connoissoit tout ce qu'une pure créature peut connoître de Dieu en cette vie : ç'en étoit plus qu'il ne falloit pour aimer de toute sa capacité ce Dieu, source de toute beauté.

A ce motif déjà si puissant, il s'en joignoit un autre qui ne l'est pas moins. Ce Dieu si aimable étoit son Créateur, son Bienfaiteur ; il l'avoit tiré du néant & sembloit avoir épuisé sa toutepuissance pour le combler de biens ; il ne lui en manquoit qu'un, c'étoit celui que devoit lui procurer sa persévérance dans l'amour de son Dieu. Que ce précepte, cette obligation étoit douce & naturelle ! Parmi les biens qu'il tenoit de la main libérale de son Créateur, il en étoit un, qui sans doute devoit lui paroître précieux : c'étoit une compagne tirée de sa propre substance, une créature intelligente comme lui, une créature digne par sa beauté d'être l'ouvrage du Créateur. Ces yeux matériels incapables d'appercevoir la beauté d'un Dieu pur esprit, pouvoient se former une idée legere de ses perfections, en considérant la beauté de ses œuvres, d'Eve entr'autres. C'étoit pour produire cet heureux effet que Dieu la lui avoit donnée : il ne devoit jamais réfléchir sur les charmes dont elle étoit pourvue, sans tourner son entendement sur la source & l'auteur de sa beauté. Il lui étoit permis, il lui étoit même commandé de l'aimer, pourvu qu'il s'attacha à elle comme à un Symbole de la Divinité. Je ne puis m'empêcher, Mesdames, de croire qu'Adam perdit de vue ce motif de l'amour qu'il devoit porter à son Epouse : il admira, il aima ses charmes purement pour ses charmes. D'abord ce ne fut qu'une distraction momentanée qui ne produisit pas une faute considérable ; il aimoit Dieu plus qu'elle : seulement il ne l'aimoit plus purement en Dieu. Cette faute affoiblit insensiblement la volonté d'A-

dam ; c'étoit une fievre lente, imper-
ceptible, mais qui quelque peu considérable qu'elle fut, pouvoit causer
par la suite un embrasement mortel :
chaque instant augmentoit cette disposition funeste : Adam s'attiédissoit
dans l'amour de son Dieu, son cœur
étoit partagé, le moment fatal approchoit où Dieu & la Créature alloient
s'en disputer l'empire. Il arriva ce moment funeste. Adam étoit sur le bord
du précipice, l'occasion l'y entraina.
Il étoit question de désobéir à Dieu,
ou de désobliger son Epouse ; vous
sentez qu'il aimoit déja cette Epouse
avec un tel excès, qu'elle disputoit
son cœur au Créateur : elle l'emporta. Adam choisit d'être heureux par
la créature, & méprisa le bonheur
qu'il pouvoit trouver en son Dieu ;
c'est-à-dire qu'il permit à ses sens de
subjuguer sa raison : il le permit librement, volontairement, sans se faire illusion. Ce n'étoit point ses lumieres qui étoient affoiblies, c'étoit sa
volonté qui par dégré s'étoit attiédie
pour son Dieu, qui avoit cessé de s'en
occuper avec cette premiere ardeur ;

& en punition de ce crime, ses lumieres furent obscurcies, sa volonté
resta rébelle, & dès lors sa perte eût
été consommée si Dieu dont la miséricorde est infinie, n'avoit au moment
même de son crime préparé le remede qui devoit le guérir, en lui pro-
mettant un Rédempteur.

Lady LOUISE.

Nous voilà dans l'Histoire Sainte,
ma *Bonne*, avant de nous en avoir
démontré la vérité ; vous oubliez que
vous nous avez supposées être Américaines.

La BONNE.

Je ne l'oublie pas, ma chere. *Miss
Dorothée* vous a dit & vous a prouvé
que malgré notre corruption, nous
connoissions, nous aimions la justice ;
que quand nous nous en écartions,
c'étoit toujours en nous refusant à nos
lumieres, & entrainées par un penchant qui paroîtroit insurmontable, si
l'expérience ne nous apprenoit pas
qu'il y a eu des hommes qui sont
venus à bout de le vaincre. Et sans

en chercher des exemples hors de nous, nous fentons fort bien qu'en plufieurs occafions, nous nous fommes furmontées nous - mêmes.

Nous fommes convaincues de ces vérités, *Lady Louife*, c'eft - à - dire de notre amour pour la vertu, du penchant qui nous entraine vers le mal, de la force que nous avons quelquefois pour réfifter à ce penchant. Ce font là, pour ainfi dire, des faits : il eft vrai que ces faits dont nous fommes certaines, ont des caufes qui nous font inconnues. Nous venons de chercher à les expliquer par l'hiftoire de la création que nous ne regardons point encore comme divine, mais feulement comme vraifemblable. Si nous trouvons qu'elle puiffe fervir de clef à cette foule de phénomênes que nous reconnoiffons en nous, vous a-vouerez qu'elle mérite une attention toute particuliere, & que nous pouvons, fans être taxées de trop de crédulité, lui donner une foi humaine. Voilà où nous en fommes, Madame : cette hiftoire nous apprend que Dieu promit à l'homme un réparateur pour le relever de l'état affreux dans lequel il venoit de se précipiter ; examinons si véritablement nous trouvons au milieu de notre foiblesse un secours étranger qui nous fortifie. N'avons-nous jamais connu un seul homme qui s'élevant au dessus des penchants corrompus & des inclinations les plus perverses, nous ait retracé cet état primitif dans lequel Adam fut créé ? S'il y en a un seul, il en faut conclure, ou que cet homme est d'une autre nature que nous, ou qu'il a eu recours à ce secours étranger dont l'histoire d'Adam nous offre l'espoir. Qu'en pensez - vous, Mesdames ?

Lady LOUISE.

Je crois que nous pourrions trouver de ces hommes dont la perfection n'auroit point cette cause. Un très heureux naturel, une éducation excellente, le desir de la gloire, la crainte du mépris, toutes ces causes, dis-je, peuvent contenir les passions des hommes, sans avoir recours à ce secours étranger. Plusieurs Païens

nous en donnent la preuve, il y en
a nombre qui ont été des modeles
en tout genre ; on ne peut le nier.

Miss BELOTTE.

J'aurois dit autrefois comme vous,
Madame ; mais j'ai changé d'avis, &
vais en vous expliquant ma penſée
rappeller ce que ma *Bonne* nous a dit.
Un homme vertueux eſt celui qui aime tellement l'ordre & la juſtice,
qu'il aimeroit mieux perdre la vie que
d'y manquer ; or je ne trouve point
de tels hommes dans le paganiſme.
Celui qui étoit tempérant, ſe livroit
à l'orgueil ; le pauvre volontaire, le
chaſte, le juſte Ariſtide conſeille aux
Athéniens une injuſtice, le violement
d'un ſerment ſolemnel, parce que ce
violement étoit avantageux à la République : en un mot, je trouve dans le
paganiſme des hommes qui ont aimé
& pratiqué des actions louables ; mais
je n'y trouve pas cet amour pour la
juſtice qui exclut l'amour de tous
les vices, ſans en excepter aucuns.

La BONNE.

L'Hiſtoire Sainte conſidérée ſans égard à ſa Divinité, mérite bien autant de foi que l'Hiſtoire prophane; ne nous offre-t-elle rien de mieux en ce genre ?

Miſs BELOTTE.

Oui, ma *Bonne* : je liſois hier l'Hiſtoire de Daniel & de ſes compagnons, & j'en étois ravie d'admiration. Dans l'âge le plus propre à être ſéduit, dans un temps qui touchoit à l'enfance, ces quatre perſonnes ſont choiſies pour ſervir le Roi : on les met à part pour les nourrir de viandes délicieuſes; la tentation étoit délicate : les enfants ſont gourmands, & ceux-là avoient une belle occaſion de ſatisfaire leur ſenſualité. Mais ces viandes excellentes dont on veut les nourrir, étoient défendues par la loi de Dieu ; dès lors elles leur paroiſſent odieuſes, & ils leur préferent le pain, l'eau & les légumes. Dans la ſuite, il eſt queſtion de devenir idolâtres, ou du moins de le paroître en adorant la ſtatue du

Roi. Un feu épouvantable doit être le tombeau de ceux qui se refuseront à ce culte impie ; ces jeunes gens surmontent l'horreur que la nature a pour le supplice, & pour un supplice si affreux : les flammes leur paroissent plus supportables que le crime. Daniel par la suite craint plus le péché que les griffes des Lions ; il s'expose à en être déchiré. Voilà, ce me semble, des actes au dessus de la nature, & qui n'avoient aucun autre motif que le seul desir d'être fidele au devoir, puisqu'ils étoient faits au milieu d'un peuple idolâtre plus porté à les traiter de folie, qu'à les admirer.

La BONNE.

En lisant cette Histoire qui, comme je vous l'ai dit, mérite autant de foi que celle d'Hérodote, de Polibe, de Xénophon & des autres Auteurs prophanes, nous sommes forcées de convenir qu'il y a dans l'homme de grandes ressources pour la vertu. Si nous rentrons ensuite dans nous mêmes ; nous sentons que ces ressources nous sont étrangeres : la nature hait sa destruction, elle abhorre les douleurs ; il lui faut un motif bien puissant pour s'y livrer volontairement. J'avouerai pourtant que l'Histoire prophane nous présente aussi quelques exemples d'hommes qui ont paru s'élever au dessus d'eux-mêmes. Lucrece, Mucius Scévola, Regulus, Clélie se sont livrés à la mort & à la douleur ; mais nous appercevons leurs motifs : une gloire passagere animoit, soutenoit leur courage. D'ailleurs ces exemples sont rares, on les compte, & à peine un siecle en fournit-il un. Mucius Scévola bien loin d'être vertueux, sacrifioit au crime ; Lucrece avoit mieux aimé le commettre, que de perdre sa réputation. Regulus étoit bien éloigné d'être vertueux, il étoit dur, dépourvu d'humanité, comme on peut le connoître par le traitement qu'il offroit aux Carthaginois lorsqu'il fut vainqueur. Clélie & ses compagnes s'exposoient à la vérité à la mort ; cependant elles espéroient y échapper. En un mot, je vois dans tous ces grands hommes des parcelles de vertu, pour ainsi dire, & chez aucun des vertus entieres. Rien de tout cela dans ce que firent Daniel & ses compagnons. Le motif qui les anime, est louable ; c'est l'horreur de la désobéissance à la loi de Dieu. Ce n'est point dans un premier mouvement, dans l'enthousiasme, qu'ils s'exposent aux tourments ; c'est de sang froid, après avoir eu tout le temps de réfléchir qu'ils se dévouent au supplice, & cela sans le plus petit espoir d'y échapper. Concluons de ces exemples, qu'un secours étranger à la nature, a soutenu la foiblesse de ces derniers, comme une passion violente animoit les premiers : concluons que l'histoire qui nous apprend que Dieu promit à Adam un libérateur, a de la vraisemblance, & qu'il n'est pas ridicule de l'adopter : je ne vous en demande pas davantage pour le présent; un jour viendra que nous trouverons par milliers des exemples d'héroïsme, qui ne pourront être attribués à aucun motif humain. Actuellement nous allons reprendre notre regle, ce premier appui de toutes nos connoissances.

Il y a un Dieu. Cette histoire de la chûte d'Adam & de la promesse d'un Rédempteur, n'a-t-elle rien qui soit contradictoire à cette premiere vérité, & en devient-elle au contraire une conséquence ? Qu'en pensez-vous, *Miss Dorothée ?*

Miss DOROTHÉE.

Je vois un Dieu infiniment parfait, & tellement parfait qu'il est impossible qu'il déroge à aucune de ses perfections. Tous ses ouvrages doivent avoir le sceau de cette perfection ; c'est, pour ainsi dire, le cachet, la marque de l'ouvrier.

Sa bonté l'engage à créer une créature capable d'etre heureuse du vrai bonheur, c'est-à-dire, par l'amour & la pratique de la vertu. Pratiquer la vertu, c'est la choisir librement, & volontairement : il crée donc une créature libre. Choisir le bien, c'est être maître de le faire ou de ne le pas faire : il s'ensuit que cette créature libre pouvoit aussi bien se déterminer pour le mal que pour le bien.

Dès là qu'elle choisit le mal, elle devient l'objet des vengeances de celui qui par nature hait le crime. La justice force donc le Créateur à sévir contre le coupable, & cette même justice lui fait une loi de proportionner le châtiment au crime.

L'homme avoit librement choisi la créature pour sa fin derniere ; il avoit donné un amour de préférence à sa femme sur son Dieu & avoit renoncé pour elle à la bienveillance de son Créateur, ce qui étoit le plus énorme de tous les crimes. Sa chûte avoit entrainé toute sa postérité ; car il faut que le fruit tienne de la nature de l'arbre qui l'a produit : une racine empestée produit des fruits empoisonnés. La bonté de Dieu l'intéresse pour cette race infortunée : elle avoit été souilliée par la volonté d'autrui ; sa sagesse d'accord avec sa miséricorde décide de la justifier par la volonté d'autrui.

L'homme par sa naissance étoit devenu non seulement coupable, mais il étoit encore dépravé & avoit contracté cette horrible maladie que nous

sentons si bien, Mesdames. Il falloit
pour satisfaire à la bonté de Dieu,
que la maladie des enfants d'Adam,
eut des remedes proportionnés à la
grandeur de cette maladie, capables
d'en arrêter les progrès, & de la guérir à la fin radicalement.

En accordant à Adam & à sa postérité le pardon de sa faute & le remede à son mal, la bonté de Dieu
étoit satisfaite ; mais la justice ne
l'étoit pas : le péché demeuroit sans
un châtiment proportionné à sa malice. La sainte Ecriture nous apprend
comment la sagesse du Créateur a
trouvé le moyen de concilier les intérêts de sa justice & de sa miséricorde, & cela d'une maniere si admirable que le péché, quoiqu'il renferme une malice infinie, a été expié par
une satisfaction surabondante. Je ne
vois rien dans tout ce que je viens
de dire de contraire à cette vérité
primitive. *Il y a un Dieu.* Au contraire, j'y vois une sagesse infinie, une
justice que rien ne peut plier, une
miséricorde que rien ne peut lasser,

pour ainfi dire , & tout cela eft bien digne de Dieu.

Lady LOUISE.

Je conviens de tout cela avec vous, ma chere ; mais enfin cela ne m'apprend rien fur la certitude de la révélation, fur fa divinité, fur fa néceffité : c'étoit là de quoi il étoit queftion & ce qui nous importe infiniment à favoir.

La BONNE.

Pourrois-je vous demander , Madame, pourquoi il vous importe fi fort de favoir ces deux chofes ?

Lady LOUISE.

Quelle queftion ! Ne le fentez-vous pas, ma Bonne , fans que je le dife ? La révélation eft la regle, non feulement de ce que je dois croire, mais encore de ce que je dois faire. C'eft elle qui produit ma reconnoiffance en m'apprenant ce que je dois à Dieu & une infinité d'autres chofes que les feules lumieres de la raifon ne pouvoient me découvrir. Elle fonde

ma conscience, en me découvrant l'ex-
cellence du médiateur que Dieu m'a
donné & au nom duquel je puis tout
obtenir. Elle m'excite à supporter les
maux de cette vie en me faisant voir
l'heureux terme où elle doit aboutir.
Puis-je trop m'assûrer de ces biens
inestimables ? Tenez, ma *Bonne*, je
tremble, de peur que vos preuves sur
ces importantes vérités ne soient trop
foibles, qu'elles ne laissent des doutes dans mon esprit. Ah ! Que je serois malheureuse alors ! on m'arra-
cheroit tous mes biens.

La BONNE.

Je vous admire, ma chere *Lady :*
vous me demandez les preuves de la
nécessité de la révélation, & vous
venez de les détailler avec une vivacité, une énergie qui prouvent combien
vous sentez qu'elle est nécessaire. Vous
venez d'avouer, ce me semble, que
si on vous prouvoit que la révélation est fausse, vous vous trouveriez
misérable.

Lady VIOLENTE.

Je puis bien aſſûrer que je penſe à cet égard comme *Lady Louiſe.* Si on m'ôtoit la révélation, je ferois comme un pauvre vaiſſeau ſans Pilote. Je ſuis certaine encore que ſentant vivement les peines de la vie, & ne voyant pas à quoi tout cela devroit aboutir, je me dépécherois bien vîte de les terminer par la mort ; car y a-t-il rien de plus miſérable que de paſſer une ſoixantaine d'années ou plus, à ſe lever, ſe coucher, boire, manger, dormir, être malade, courir après la fumée des honneurs, ſuer pour amaſſer des richeſſes qu'il faut quitter en peu, jouir de quelques plaiſirs qui ne compenſent pas à la millieme partie les peines qu'il faut prendre pour ſe les procurer & en jouir, & puis tout d'un coup, au moment où l'on le voudroit le moins, être arrachée à tout cela, ſans pouvoir s'en réſerver la plus petite partie ? Ah ! je le répete ; ſans la certitude d'une autre vie qu'on peut ſe procurer heureuſe par le bon uſage

qu'on fait de celle-ci, il n'y auroit pas
de raison à la supporter, il faudroit
s'en débarrasser bien vîte.

Lady LOUISE.

Elle n'est pas tout à fait si désagréable, ma chere : les biens & les
maux s'y succedent ; cela desennuye :
mais malgré cela j'avoue que l'idée
d'une autre vie tout à fait exempte
de maux, a de grands charmes, &
peut adoucir toutes les peines de celle-ci.

La BONNE.

Ma chere *Lady Louise*, Dieu vous
a donné un cœur excellent : si vos
richesses répondoient à vos desirs, il
n'y auroit pas un seul pauvre. Si votre pouvoir étoit égal à votre bonne
volonté, il n'y auroit pas un seul malheureux. Vous ne haïssez que le crime, & cependant quoique vous a-
yez pour lui l'aversion la plus sincere,
vous n'avez jamais entendu parler
du châtiment d'un criminel sans être
touchée jusques aux larmes. Si vous
aviez en main un moyen sûr de di-

minuer le nombre de ceux qui commettent l'iniquité, de ramener les hommes à l'obſervation de leurs devoirs, négligeriez-vous d'employer ce moyen ?

Lady LOUISE.

Non aſſûrément, ma *Bonne*; je me croirois la plus criminelle de toutes les créatures, ſi je ne l'employois pas.

La BONNE.

Ne me demandez donc plus de vous prouver la néceſſité de la révélation. Vous avez dit vous - même qu'elle nous excite à la reconnoiſſance & à l'amour pour notre Créateur. En nous aſſûrant que les peines de ce monde ſont des moyens d'acquérir le bonheur dans une vie future, elle ſoutient notre patience dans des maux qui doivent avoir une fin ſi avantageuſe. En nous éclairant ſur l'énormité du crime, & les châtiments affreux qui lui ſont deſtinés, elle nous force, pour ainſi dire, à l'éviter. Si vous euſſiez eu vous ſeule la

connoiſſance de ces grandes & ſalu-
taires vérités, votre bonté naturelle
ne vous eut pas permis de priver les
hommes des biens infinis qu'elles peuvent lui procurer. Or Dieu a une
bonté immenſe, & la vôtre n'eſt qu'-
un atome, moins qu'un atome même
en comparaiſon. N'en doutez donc
pas, Madame; ſa charité infinie a
fait pour les hommes ce que vous
euſſiez fait vous-même : il y a ſans
doute une révélation, la bonté de
Dieu m'en aſſûre : mais parmi les différents peuples qui ont habité & qui
habitent encore la terre, il n'y en a
aucun qui ne ſe croye participant
de ce bienfait : chaque nation a ſa
révélation ; le grand point eſt de diſcerner celle qui vient de Dieu, celle
qui eſt divine. Comme cet article eſt
de la plus grande conſéquence, cette
révélation doit avoir les fondemens
les plus fermes, les caracteres les
moins ſuſceptibles de ſoupçon. Il faut
qu'ils ſoient tels, que le ſavant, l'i-
gnorant, le génie le plus ſubtil, & celui qui eſt ſimple, puiſſent les diſcerner par la lumiere de la raiſon. Exa-

minons ſi la révélation des Chrétiens a des caracteres diſtinctifs qui puiſſent engager un être raiſonnable à la préférer à toutes les autres.

Pour me forcer à regarder la révélation comme divine, il faut premiérement qu'elle ne renferme rien de contradictoire à cette vérité. *Il y a un Dieu.* Il faut en ſecond lieu que tout ce qu'elle m'ordonne de croire & de faire, ſoit digne de ce Dieu, & faſſe preuve de ſes divins attributs. Il faut enfin que Dieu l'ait autoriſée par de tels prodiges, qu'ils ſoient manifeſtement au deſſus des forces de la nature, de chaque homme, ou même de tous les hommes raſſemblés. Examinons ſi la révélation que je vous propoſe, a ces caracteres. Mais remarquez, Meſdames, que ce troiſieme caractere doit toujours avoir été précédé des premiers. Je m'explique. Une révélation qui m'enſeigneroit des choſes contradictoires à l'idée que j'ai d'un Dieu, qui ne fuſſent pas dignes de lui, auroit beau être autoriſée par des miracles, je les regarderois comme faux, quelque vrais qu'ils me paruſ-
ſent

sent. Voyons si nous trouverons ce défaut dans la révélation avant d'examiner les prodiges qui l'attestent. Dites-moi, *Miss Dorothée*, qu'est-ce que la révélation nous présente à croire. Que nous découvre t-elle ?

Miss DOROTHÉE.

La révélation nous découvre premierement, ce que nous devons croire par rapport à Dieu ; secondement, quels sont nos devoirs envers lui, c'est-à-dire qu'elle nous enseigne ce que nous devons croire, & ce que nous devons faire, comme on l'a déjà remarqué.

La BONNE.

Miss Champêtre, dites-nous ce que la révélation présente à croire par rapport à Dieu.

Miss CHAMPÊTRE.

Il me semble qu'il faut distinguer deux choses : les unes que nous pouvons comprendre, & les autres qui sont absolument au dessus de nos perceptions. Par rapport à celles que nous

Tom. I. prem. Part. N

pouvons comprendre , elle nous apprend qu'il y a un Dieu , c'eſt-à-dire un être infiniment parfait. Cette premiere vérité, nous n'avions pas beſoin de la révélation pour la connoître; la raiſon ſeule nous l'auroit découverte : mais tout le reſte , je ſoutiens qu'étant au deſſus de la portée de la raiſon, nous ne pouvons en faire uſage pour nous prouver la vérité de la révélation que vous nous propoſez.

Vous me dites qu'une des preuves de la vérité de cette révélation eſt de ne me rien propoſer à croire qui ne ſoit digne de Dieu. Dès là qu'elle m'apprend ſur Dieu des choſes que je ne puis comprendre, je ſuis hors d'état de juger ſi ces choſes ſont dignes ou non de la divinité; car il feroit ridicule de porter aucun jugement ſur une choſe qu'il ne m'eſt pas poſſible de comprendre.

La BONNE.

Vous vous méprenez , ma chere; ces choſes que vous ne pouvez comprendre, ſont une preuve de la divinité de la révélation. Votre rai-

son ne vous a-t-elle pas découvert
que Dieu est infini ? Pour qu'il soit
tel, il faut qu'il y ait en lui des choses que vous ne puissiez comprendre ;
car votre esprit étant fini & borné, il
ne peut atteindre qu'à ce qui est borné
comme lui. Une révélation qui vous
offriroit un Dieu à votre portée, seroit manifestement fausse , parce qu'-
elle exigeroit vos hommages pour un
être contradictoire à celui que votre
raison vous a découvert, & qui est
incompréhensible.

Premier caractere de la divinité de
la révélation. Elle offre à nos hommages un Dieu incompréhensible tel
que notre raison nous l'a montré.

Voilà , Mesdames , ce que nous
devons penser par rapport aux choses que nous ne pouvons comprendre
en Dieu, telles que sont son unité &
sa Trinité ; mais il y en a d'autres
qui sont plus à notre portée , & celles-là nous pouvons, & nous devons
les examiner.

La raison qui m'apprend qu'il y a
un être infiniment parfait, me découvre ce que je dois entendre par ces

mots ; c'eſt-à-dire que je conçois en prononçant ces paroles un Dieu infiniment ſaint , juſte , bon, puiſſant , libéral , &c. Il faut examiner ſi la révélation me le montre tel ; car je le répete encore , ſi elle dérogeoit à cette idée , elle ſeroit fauſſe. Dites-moi , *Lady Violente*, ce que la révélation nous découvre par rapport à la Sainteté de Dieu.

Lady V I O L E N T E.

Qu'il hait le mal , qu'il ne peut ſe réconcilier avec lui , qu'il le pourſuit par-tout pour le détruire & pour le punir , même dans ceux qui lui avoient été les plus agréables , comme dans David, Ezéchias , & tant d'autres.

La B O N N E.

Qu'eſt-ce que la révélation nous découvre par rapport à la juſtice de Dieu, *Miſs Dorothée* ?

Miſs D O R O T H E'E.

Qu'il ne peut pas ne pas aimer & récompenſer la vertu, ne pas haïr ou punir le crime. La Ste. Ecriture m'a tellement convaincue de cette vérité, que par-tout où j'apperçois un châtiment, j'aſſûre poſitivement qu'il y a toujours eu un crime, par-tout où je vois une récompenſe, je ſuppoſe toujours une vertu. C'eſt, ce me ſemble, ce que l'hiſtoire d'Adam m'apprend d'une maniere bien poſitive. Dieu veut lui donner le bonheur ; donc il le crée libre afin de pouvoir en couronnant ſa vertu, ſuivre les loix que lui dicte ſa juſtice, ou le punir s'il choiſit le mal. Qui dit *Juſtice*, dit néceſſairement la récompenſe de ce qui eſt bon, le châtiment de ce qui eſt mauvais.

Miſs CHAMPETRE.

Ce que vous me dites là, me paroit tres dangereux & même contraire à l'Evangile. Quoi! toutes les fois que je verrai mon prochain affligé de quelque mal, je croirai qu'il a été criminel ! La proſpérité des méchants ſera regardée comme une récompenſe! Souvenez-vous, ma chere, que J. C. condamna cette façon de penſer chez les Juifs, & les avertit de ne pas croire, que ceux ſur leſquels la Tour

de Siloé étoit tombée, fuſſent les plus
méchants de tout Iſraël, non plus que
les Galiléens, dont Pilate avoit fait
mêler le ſang avec les ſacrifices.

Miſs DOROTHE'E.

Je répondrai en deux mots. Ou
vous prenez les biens ou les maux
phyſiques comme des biens ou des
maux réels, ou vous ne les regardez
pas comme tels. Dans le premier cas
je dirai : Les maladies, le froid, le
chaud, &c. font des effets qui doivent avoir une cauſe ; cette cauſe ne
peut être que le péché, & celui d'A-
dam ſuffit pour juſtifier à cet égard
la juſtice de Dieu. J'ajoute encore,
que l'homme le plus juſte n'étant
point exempt de péché, mérite toujours d'être châtié dans cette vie ; que
ce châtiment eſt en même temps la
punition de ſes fautes, l'épreuve de
ſa vertu, & le moyen de gagner le
ciel. Si vous dites en bonne Phyloſophe
que les maux phyſiques ne ſont pas de
vrais maux, j'ajouterai que parmi les
choſes naturelles qu'on regarde mal à
propos comme des biens, je trouverois

ces châtiments que la justice de Dieu fait du péché. A combien de personnes les honneurs, les richesses, la santé n'ont-elles point été occasions de chûtes? Ne me sera-t-il point permis de régarder comme des châtiments, ces avantages devenus funestes à ceux qui les ont obtenus ?

La BONNE.

Le fond de votre pensée est vrai, ma chere *Dorothée* : tout mal suppose le crime aux yeux d'une personne qui est convaincue de la justice de Dieu ; mais vous vous êtes exprimée d'une maniere un peu trop affirmative ; & pour vous rendre plus exacte il faudroit trop nous écarter de notre sujet. Tenons nous en à la these générale. La justice doit nécessairement punir le mal, récompenser le bien. Il y a des maux dans cette vie: donc si Dieu est juste, il y a du péché. Quand il n'y auroit que celui d'Adam, cette conséquence seroit justifiée. Dites-moi, *Lady Louise*, ce que la révélation vous découvre par rapport à la bonté de Dieu.

Lady L O U I S E.

Elle m'apprend que cette divine qualité l'a engagé à créer des créatures pour les rendre participantes de son bonheur selon le degré de leur puissance à être heureuses ; elle me découvre qu'il n'a point abandonné l'homme après sa chûte, & lui a préparé un remede capable de réparer avantageusement ses pertes.

Miss S O P H I E.

Il me semble appercevoir une contradiction. Vous nous avez dit que Dieu comme juste & saint haïssoit essentiellement le crime, & le poursuivoit par-tout pour le punir. La justice veut que le châtiment, la réparation soit proportionnée à l'offense : or l'homme ne pouvoit fournir à une telle réparation : il falloit nécessairement ou que la justice fut violée par le pardon d'un crime qui n'étoit pas suffisamment expié, ou que sa bonté souffrit par le châtiment d'un coupable inhabile à réparer.

La BONNE.

J'avoue, ma chere, que toute la ſageſſe humaine n'eut pû parer à cet inconvénient, & voilà ce qui me prouve la néceſſité de la révélation ; c'eſt qu'elle me découvre comment la ſageſſe infinie a ſu concilier les droits de ſa juſtice & de ſa miſéricorde ; vérité que la ſageſſe de tous les hommes réunis, n'auroit pû déviner, imaginer même. Entrons dans le détail par rapport à cette preuve ; je ne doute pas que je ne l'aye fait autrefois ; mais l'ordre de ce diſcours m'oblige à le répéter, & d'ailleurs ces grandes vérités ne peuvent être trop inculquées, parce qu'elles s'échappent de l'eſprit, quoiqu'elles ſoient de la derniere importance. Ce ſera en vous interrogeant, Meſdames, que je procéderai à cet examen ; je trouve cette méthode plus aiſée. Dites-nous, *Miſs Champêtre*, quels ſont les caracteres du péché d'Adam ?

Miſs CHAMPETRE.

Il me ſemble qu'Adam ſe rendit
N 5

coupable d'une ingratitude odieuse, puifqu'à peine forti des mains d'un Dieu qui l'avoit comblé de biens, il méprifa fon Créateur au point de lui préférer fa femme. Il commit auffi une injuftice criante en cherchant à fe fouftraire au domaine de fon Souverain Seigneur qui avoit fur lui les droits les plus facrés. Ce fut un enfant qui renonça à la bénédiction de fon Pere, mais du Pere le plus tendre; un fujet qui fe rébella contre le meilleur des Rois; un ingrat qui voulut fe fervir de tous les biens qu'il venoit de recevoir, pour dépouiller le plus généreux de tous les bienfaiteurs; un infenfé qui préféra la laideur à la beauté, le malheur à la félicité fans bornes, l'injuftice à la droiture. Voyez-vous, ma *Bonne*; je conçois cela beaucoup mieux que je ne puis le dire, & cependant je fens que je le conçois beaucoup moins qu'il ne peut l'être: mon imagination après s'être efforcée de raffembler tous les caracteres qui aggravent la faute d'Adam, s'arrête par l'impuiffance d'aller plus avant; je fens qu'il y a *un au de là*

qui ne m'eſt pas acceſſible , & auquel
il faut renoncer d'atteindre.

La BONNE.

Vous avez raiſon, ma chere ; c'eſt
que la malice du péché étant beaucoup plus grande que votre eſprit ,
elle n'y peut entrer. Cette malice, comme je vous le diſois autrefois , n'a eu
de bornes que l'impuiſſance de celui
qui offenſoit, & l'inacceſſibilité de celui qui étoit offenſé : paſſez moi ce
terme, Meſdames ; car s'il eſt nouveau, il exprime ma penſée. Voilà
donc une créature bornée, coupable
d'un crime qui auroit eû des ſuites
infinies , ſi l'offenſé eût été en état d'en
être bleſſé : tous les jours nous diſons
qu'un homme eſt un meurtrier , quoiqu'il n'ait tué perſonne. Il a tiré un
coup de piſtolet qui , par ſa mala-
dreſſe , n'a percé que mon habit; il
m'a donné un coup d'épée qui a été
paré par le bouton de mon habit que
le fer a rencontré : le poiſon qu'il me
préparoit, a été renverſé par accident :
mais quoique ſa mauvaiſe intention
ait été impuiſſante, il n'en eſt pas

moins coupable d'homicide : ce n'eſt
point la volonté qui lui a manqué,
ce ſont les moyens. Diſons le donc,
Meſdames, & diſons le avec horreur:
Adam fut un Déïcide : il s'attaqua à
l'être de ſon Dieu, il chercha à le
détruire, en voulant s'y égaler. Or
comme *Miſs Sophie* l'a fort bien remarqué, la juſtice ne peut être ſatiſ-
faite que par une ſatisfaction proportionnée à l'offenſe & à la qualité de
celui qui a été offenſé. L'homme étoit
incapable de procurer une telle ſatiſ-
faction ; donc l'homme étoit incapable de réparer ſa faute, quand il eût
ſouffert toute une éternité pour l'expier : il s'enſuit qu'il devoit être toute
une éternité l'objet de la juſtice de
Dieu; car cette vertu ceſſeroit d'exiſter
ſi elle s'adouciſſoit ſans avoir reçu une
ſatisfaction égale à l'offenſe. Dites-
moi, *Lady Louiſe*, ce qu'il falloit
pour réconcilier l'homme avec Dieu.

Lady LOUISE.

Ma raiſon me répete ce que vous
venez de me dire, d'où je conclus
qu'il falloit élever le réparateur juſ-

qu'à celui qui avoit été offensé, lui donner une dignité pareille à la sienne : or cela n'étoit pas possible. Ou bien il eût fallu rabbaisser Dieu jusqu'à la condition du coupable, ce qui n'est pas possible non plus, Dieu étant impassible & immuable par sa nature. Le péché de l'homme paroissoit donc impossible à réparer, il étoit sans remede. Ma raison a besoin de la révélation pour en apprendre davantage : il faut qu'elle me découvre cette maniere de réparation qui me paroit absolument impossible, je le répete.

La BONNE.

Aussi la révélation vient-elle à votre secours, & dénoue ce nœud que vous ne pouviez détordre. Elle vous apprend que la seconde Personne de la Ste Trinité, que le Verbe a pris une nature semblable à la nôtre, ou plutôt qu'il a pris notre nature, qu'il a unie à la nature divine d'une maniere si ineffable, qu'elles ont subsisté dans une seule Personne qui étoit celle du Fils de Dieu. Comme Homme, il étoit capable de souffrir ; comme Dieu, il donnoit un prix infini à ses souffrances, & égaloit, surpassoit même par sa satisfaction, la malice & l'énormité du péché. Ainsi l'Incarnation a fait un accord admirable de la justice & de la bonté de Dieu, en sorte que ces deux perfections ont été satisfaites.

Miss DOROTHE'E.

Vous savez, ma *Bonne*, que nous ne raisonnons de ces choses qu'eu égard à nos lumieres naturelles : les miennes m'offrent une telle foule d'objections, que je ne sais par où commencer pour vous les exposer. D'abord, cette union de la nature divine avec la nature humaine me paroit contradictoire : jamais il ne me sera possible de la croire, sans renoncer à toutes mes notions. Elle blesse toutes les regles de la nature. & il faut faire divorce avec le bon sens pour y adhérer.

La BONNE.

Non, ma chere ; si nous pouvons une fois nous convaincre que Dieu nous a révélé ce Mystere, le bon fens nous engagera à le croire : voici ce qu'il nous dira : l'entendement de l'homme eſt borné ; la ſageſſe & la puiſſance de Dieu ſont infinies ; pour comprendre ſes œuvres, il faudroit que mon entendement fut infini. De ce que mes yeux ne découvrent dans l'océan qu'environ deux ou trois lieues, je n'en dois pas conclure qu'il n'a que cette étendue , mais ſeulement que la foibleſſe de mes yeux m'empêche d'en découvrir davantage. Ce plus que je ne vois pas , n'exiſte pas moins que la partie que je découvre : ſeulement, l'un eſt à la portée de ma vue, & l'autre ne l'eſt pas. La vérité de l'exiſtence de Dieu eſt à la portée de ma raiſon ; je ſais qu'il peut tout ce qu'il veut, qu'il ne veut rien que de juſte & de raiſonnable : voilà les deux ou trois lieues de l'océan que je découvre : le reſte ne peut être apperçu par une foible créature comme moi, & n'en exiſte pas moins. Mais direz-vous, cela paroît à ma raiſon des choſes contradictoires, cela eſt abſolument contraire à tous les prin-pes des ſciences démontrées. C'eſt que ma raiſon, ces principes, ces ſciences étant bornées, n'ont de priſe que ſur les objets qui le ſont auſſi. Il ſeroit bien plus contradiĉtoire de penſer que Dieu, qui eſt la ſouveraine vérité, pût mentir & nous tromper. Notre raiſon n'a qu'une choſe à faire, c'eſt d'examiner ſi réellement Dieu a révélé ce que nous ne pouvons comprendre; quand elle eſt ſûre de ce point, elle nous fait une loi de nous ſoumettre ſans examen, parce qu'il ſeroit ridicule de prétendre découvrir ce que nous ſavons être abſolument hors de la portée de notre vue. Concevez-vous cela, Meſdames?

Miſs DOROTHE'E.

Oui, ma *Bonne* : c'eſt comme ſi un homme ſe plantoit au bord de la mer, déterminé à n'en point ſortir, qu'il n'en eut apperçu le bout.

La BONNE.

Préciſément, ma chere; mais ſi la maniere dont s'eſt accompli le Myſtere de l'Incarnation, ne peut entrer dans notre eſprit & être comprise par notre raison, la sagesse des desseins de Dieu en l'ordonnant peut être examinée ; je m'explique, Mesdames.

Je n'ai point encore examiné si la révélation est divine ; donc je ne puis croire raisonnablement un Mystere que je ne comprends pas ; car il n'y a que l'autorité de Dieu, sous laquelle je doive plier ma raison sans craindre de me tromper, ou d'être trompée ; il n'y a qu'elle qui puisse & qui doive subjuguer mon jugement : je le suspends donc jusqu'à ce que je sois sûre qu'il a parlé, & je dis : si Dieu m'a révélé le Mystere de l'Incarnation, je le croirai sur sa parole ; en attendant, je vais examiner si ce Mystere, que je ne puis comprendre, est digne de Dieu ; si par rapport à ses effets & à ses suites, il n'a rien qui répugne à l'idée que je me suis faite de cet Etre suprême. Si ce Mystere au dessus de ma raison, produit des effets approuvés par ma raison, des effets dignes de toutes les perfections de Dieu, ce sera un préjugé bien favorable à la révélation. En un mot,

Mesdames, il faut que ce Myſtere pa-
roiſſe tellement propre a augmenter
la gloire de Dieu, qu'on ſoit tenté
de dire : il manqueroit quelque choſe
aux œuvres de Dieu, ſi celle là n'a-
voit pas été opérée.

Lady LOUISE.

J'ai bien de la peine à croire que
vous en veniez juſque-là : pour moi
je ſuis de l'opinion d'une Dame qui
me diſoit, qu'elle évitoit ſoigneuſement de penſer aux Myſteres de la
Religion, & nommément à celui de
l'Incarnation, de peur d'en douter.

La BONNE.

Je connois cette Dame, ma chere :
elle a beaucoup d'eſprit, & cependant
elle ne ſent pas le ridicule de ſon raiſonnement. Elle m'a tenu le même
propos, & je ne manquai pas de lui
répondre que le doute eſt le chemin
de la vérité ; qu'il n'y a que le menſonge qui craigne l'examen & qui y
perde. Je ne l'ai point convaincue : le
préjugé eſt trop fortement établi chez
elle pour eſpérer de la ramener à la

raiſon. Suivons une route oppoſée,
Meſdames. Que notre raiſon ne re-
connoiſſe qu'un ſeul ſupérieur qui eſt
l'oracle divin : juſqu'à ce que nous
ſoyons ſûres qu'il a parlé, examinons.

Miſs DOROTHÉE.

J'aurois à vous faire ſouvenir d'une
hiſtoire ſinguliere par rapport à cette
Dame, & qui montre juſqu'à quel
point elle pouſſe le préjugé ; mais
comme je ne veux pas perdre de vue
ce que j'ai à vous objecter, je remet-
trai cette hiſtoire à la premiere leçon ; & pour continuer celle-ci, je
vous demande s'il n'étoit pas indigne
de la Grandeur & de la Majeſté de
Dieu, de s'unir à une nature telle que
la nôtre.

La BONNE.

Non aſſûrément, ma chere ; vous
perdez de vue ce qu'étoit l'homme
au ſortir des mains de ſon Dieu &
avant d'avoir contracté cette horrible maladie qui nous déprave. C'étoit
une créature capable de connoître,

d'aimer, de glorifier fon Créateur :
quelle fin ! Il participoit en quelque
forte aux avantages de la Divinité ,
& n'avoit pas d'autre occupation que
celle de l'être fuprême : quel privilege ! Tous fes penchants étoient droits,
juftes, & il pouvoit fe fixer dans cet
heureux état : quelle félicité ! C'eft à
cette nature primitive, fi belle, fi noble, fi avantagée, que la Divinité a
daigné s'unir ; & quels effets ont ré-
fulté de cette union ? Dieu a été honoré, adoré, aimé, remercié fur la
terre , d'une maniere digne de lui. Je
vous l'avoue, Mefdames, quand je
confidére l'Incarnation fous ce point
de vue , indépendamment du péché
d'Adam même , je trouve ce myftere
fi digne de Dieu , qu'il me paroit néceffaire peut être à la perfection de
fes œuvres, comme je vous le difois,
il n'y a qu'un moment.

La beauté fans défaut, la bonté
fans mefure, la fageffe infinie, vouloient être adorées, connues, aimées
hors de lui: quelque parfaite que fut la
créature qu'il avoit deftinée à cet heureux, à ce glorieux emploi, c'étoit

une créature trop bornée pour lui rendre des hommages dignes de lui. La terre étoit comme un Autel d'où devoit s'élever sans cesse un encens pur ; mais il falloit un Prêtre digne de l'offrir ; & ce Prêtre, la nature humaine ne pouvoit le produire. Pour honorer, aimer parfaitement un Dieu, il falloit un Dieu. Quand on célebre la naissance de Jesus, je vois dans la crêche le frere ainé des hommes, le Grand Prêtre selon l'ordre de Melchisédec, qui vient au nom de toute la nature humaine, payer à l'Eternel le juste tribut que lui doit la créature. Il devient notre Chef, notre Pontife; il donne à nos hommages ce qui leur manquoit, en les unissant aux siens. En offrant à Dieu ce divin Enfant, je lui rends tout ce que je lui dois; la terre devient un Ciel. Dieu jette sur elle des regards de complaisance; il y voit toute la nature humaine réunie sous ce Chef infiniment agréable à ses yeux. Ah ! si l'Incarnation ne devoit s'opérer qu'en conséquence de la chûte d'Adam, disons avec Saint Augustin: Oh ! l'heureuse faute qui

nous a procuré un tel frere, un tel
Prêtre! Oui, Mesdames ; je suis si
persuadée que rien ne pouvoit remplir
les desseins de Dieu dans la création
que les hommages de Jesus-Christ,
que je suis portée à croire que la seconde personne de la Sainte Trinité
se fût incarnée, quand même il n'y
auroit point eû de péché à expier:
elle l'eut fait pour diviniser nos hommages, & en rendre à Dieu de dignes de lui. Voilà du moins ce que
me dit ma raison, lorsqu'elle pese
les fruits inestimables de ce Mystere.

Lady L O U I S E.

Et cela est parfaitement d'accord
avec la mienne. Je n'avois jamais con-
sidéré l'Incarnation sous ce point de
vue ; sous prétexte que c'étoit un
Mystere inaccessible à ma raison, je
croyois devoir l'adorer sans y réfléchir.
Que de trésors j'ai perdus par ma faute ! Vous avez fait naître dans mon
ame une magnifique idée sous laquelle
je veux dès ce jour envisager le Verbe incarné : ce sera le frere ainé des
hommes & leur Prêtre. Je ne veux

point perdre de vue ces deux qualités, si propres à consoler mon impuissance.

La BONNE.

Ajoutez y un autre titre, Madame.
Le Verbe incarné eut été le Prêtre
de l'homme innocent ; il devient la
victime de l'homme pécheur. Le seul
motif d'adorer parfaitement son pere
l'eut attiré raisonnablement sur la
terre ; que sera - ce si on joint à ce
motif celui de réparer sa gloire, de
satisfaire à sa justice, de le réconcilier avec la nature humaine, de lui
rendre dans tous ceux qui voudroient
profiter de ses graces, des adorateurs
pour toute l'éternité ? La miséricorde
fait un miracle pour anéantir le péché,
sans ôter à la justice la victime qu'elle
exige. Encore une fois, quel prodige ! qu'il est digne de l'être infiniment parfait, & dès là qu'il est digne
d'être cru !

Lady VIOLENTE.

Je vous jure, ma *Bonne*, que je
n'ai plus besoin de la révélation pour

croire ce Myftere : il me paroit néceffaire à la gloire, à la juftice, à la
miféricorde de Dieu ; dès là, il me
paroît exiftant, il me paroît une conféquence de cette vérité : *Il y a un
Dieu.*

La BONNE.

Que fera-ce, Mefdames, fi à cette
conviction qui naît naturellement de
l'examen que nous venons de faire,
nous ajoutons celle que doit produire
la parole expreffe de Dieu? Non feulement ce Myftere qui eft le fondement de la Religion Chrétienne, n'a
rien de contradictoire à l'idée que
nous avons d'un Dieu ; non feulement il remplit parfaitement toutes
nos notions par rapport à la perfection de Dieu ; mais j'ai des preuves
certaines que Dieu l'a opéré : il a daigné me les révéler lui-même. Rappellez ici, Mefdames, toute votre attention ; je dis plus, rappellez toute votre incrédulité : dépouillez tous les
préjugés qu'on vous a donnés fur la
religion, quelque légitimes qu'ils
foient ; oubliez toutes les raifons de
conve-

cet
a la
m[illegible]
coe[illegible]
us

et[illegible]
de
re,
ure
eu
'e-
l'a
ut
le
tes
xc-
es
ai-
el-
m[illegible]
o-
es
la
ils
de
e

LES AMERICAINES,

OU

LA PREUVE

DE LA RELIGION

CHRETIENNE

PAR LES LUMIERES NATURELLES.

Par Mde. Le Prince de Beaumont.

TOME II. SECONDE PARTIE.

Premiere Edition , faite aux dépens de l'Auteur.

A LYON,

Chez PIERRE BRUYSET PONTHUS,
acquéreur de l'Edition & propriétaire du
Privilége , *rue S. Dominique ,* prés des
RR. PP. *Jacobins.*

M. DCCLXX.

LES AMÉRICAINES

OU

LA PREUVE

DE LA

RELIGION CHRÉTIENNE

Par les lumieres naturelles.

SECONDE PARTIE.

PREMIERE JOURNÉE.

Miss DOROTHÉE.

MA Bonne m'a chargée d'un singulier rôle ; je vais, Mesdames, faire l'Avocat du Diable, & ne rien oublier de tout ce qui pourra faire passer Moïse pour un Imposteur. Ecoutez-moi avec attention, s'il vous plait, & fi après m'avoir entendu vous me prenez pour une extravagan- te, fouvenez-vous que je ne fais que répéter les difcours d'un homme qui paffe pour fort habile.

Les Defcendants d'Abraham, d'I- faac & de Jacob s'étant établis en Egypte, s'y multiplierent tellement, que les Egyptiens craignirent de s'en voir un jour les Efclaves. Il n'en étoit pas des Juifs, comme des autres na- tions qui, en fe tranfplantant dans un Pays, en adoptent les mœurs & fe confondent infenfiblement avec les habitants naturels. Les Enfants d'Ifraël avoient une religion qui les féparoit abfolument de ceux au mi- lieu defquels ils vivoient ; ils n'ado- roient qu'un feul Dieu, fe croyoient fes favoris, & étoient perfuadés qu'ils fe dégradoient, en s'uniffant avec des familles étrangeres à leur nation ; ainfi ils firent au milieu de l'Egypte un peuple étranger, un peuple ennemi ; car la différence des idées en fait de religion produit un éloignement qui, dans le commun des hommes, dé- génere bientôt en haine. Le Roi d'Egypte, nommé Pharaon, conçut ce qu'il avoit à craindre de ces hôtes devenus trop puissants: il avoit la ressource de les bannir; mais outre qu'ils n'eussent peut être pas été assez dociles pour se déterminer à abandonner une terre qui les avoit vu naître, & où ils avoient des établissements, il étoit plus avantageux pour le bien de son Royaume de les retenir en leur ôtant les moyens de nuire. La politique suggéra à ce Prince de les employer à des ouvrages si pénibles, que leurs corps épuisés par le travail, perdit cette bonne constitution qui étoit le principe de leur multiplication prodigieuse. Ce Roi étoit un pauvre Physicien; & l'expérience lui apprit qu'une vie dure & laborieuse, loin de nuire au corps, le fortifie & le rend plus robuste. Il fallut donc prendre de nouvelles mesures: il n'y avoit plus moyen de reculer; ces peuples irrités par les mauvais traitements qu'ils avoient éprouvés, en devenoient plus à craindre. Le Roi ordonna aux sages femmes d'étouffer tous leurs enfants mâles, & sur leur refus, on les fit noyer & périr en mille manieres. Quelque soin qu'on apportât à l'exécution de ces ordres cruels, la tendreffe des meres fut fouvent ingénieufe à fauver leurs enfants, & il y en eut fans doute plufieurs qui échapperent à la cruauté de Pharaon.

Parmi ces meres tendres & courageufes, il y en eut une, qui après avoir gardé fon fils quatre mois, conçut un deffein qui devoit non feulement lui fauver la vie ; mais qui pouvoit encore lui procurer une grande fortune : elle prit le moment où la fille du Roi fe promenoit felon fa coutume fur le bord du Nil, & ayant fabriqué une corbeille capable de fe foutenir fur l'eau comme une barque, elle y expofa fon fils, perfuadée que la Princeffe en auroit pitié, & laiffa fa fille Marie fur le bord du Fleuve pour pouvoir être inftruite du fuccès de fon ftratagême ; il fut tel qu'elle l'avoit fouhaité. La Princeffe voulut voir cet enfant que les eaux fembloient refpecter, & l'ayant trouvé fort beau, elle réfolut de l'élever,

& le nomma Moïse. La jeune Marie ayant entendu qu'elle commandoit qu'on lui cherchat une Nourrice, s'approcha & lui dit qu'elle en connoiſſoit une fort bonne. La Princeſſe y ayant conſenti, Marie fut appeller ſa mere, qui, ſans doute n'étoit pas fort éloignée, & la Princeſſe remit le petit Moïſe entre ſes mains.

L'enfant étant ſevré, la Princeſſe le prit dans ſon Palais, & lui donna toutes ſortes de maîtres pour l'inſtruire dans les ſciences des Egyptiens. Ces peuples les poſſédoient dans un grand dégré, & étoient ſur-tout fort ſavants dans la Phyſique. Par le moyen des cauſes naturelles, ils opéroient des choſes qui paroiſſoient miraculeuſes aux yeux du vulgaire ; ce qui les fit nommer Magiciens. Moïſe avoit de ſi belles diſpoſitions qu'il ſurpaſſa bientôt ſes maîtres, ſur-tout dans cette derniere ſcience, comme vous le verrez tout à l'heure.

Cependant Moïſe faiſoit les délices de celle qui l'avoit adopté, & il ne tenoit qu'à lui d'être heureux en Egypte: un crime l'en chaſſa.

A 3

Il vit un jour un Egyptien qui mal-
traitoit un Hébreu ; fa mere lui avoit
fans doute appris fa naiffance ; &
l'attachement pour fa nation qui étoit
opprimée, l'emportant fur fa prudence, il tua l'Egyptien & l'enterra fous
le fable. Le lendemain, il vit deux
Ifraélites qui fe querelloient, & leur
ayant repréfenté qu'ils devoient vivre
en paix parce qu'ils étoient freres,
un des deux lui dit. Qui vous a établi notre Juge ? Ne voudriez-vous pas
auffi me tuer comme vous fites hier
cet Egyptien? Moïfe effrayé de fe
voir reprocher un crime qu'il croyoit
bien caché, fut faifi de frayeur, &
abandonna l'Egypte. Dans fon exil,
il fut réduit à une telle néceffité,
qu'il ne trouva d'autre reffource que
d'entrer au fervice d'un nommé Jethro
qui dans la fuite le fit fon gendre,
& l'employa à garder fes troupeaux.
On ne peut nier que Moïfe n'eut un
grand génie & beaucoup d'ambition:
réduit tout le jour à refter vis-à-vis de
lui-même, il eut tout le temps de
former & d'étendre un projet qui devoit non feulement le tirer de la con-

dition abjecte à laquelle il étoit comme condamné ; mais encore lui donner un empire ; car fa paſſion dominante étoit de gouverner les autres,
comme vous avez pû le remarquer.
Quelque extravagant que parut ce
projet du premier coup d'œil, il le
trouva vraiſemblable, eû égard à ſes
talents, & au caractere du peuple
qu'il vouloit ſéduire.

Les Iſraélites avoient été bercés
de contes qui avoient paſſé de peres
en fils juſqu'à eux, par une conſtante tradition. Abraham l'un de leurs
ayeuls, & qui étoit un habile homme, voulant ſe faire reſpecter du
grand nombre de Serviteurs & d'Eſclaves qui étoient à ſa ſuite, feignit
d'avoir des entretiens avec Dieu même ; ruſe ordinaire à tous les Impoſ-
teurs : & pour ſoutenir le courage
des ſiens dans une terre étrangere où
ils avoient ſouvent de grandes traver-
ſes à eſſuyer, il les aſſûra que s'ils a-
voient le courage d'y reſter, Dieu les
en récompenſeroit en donnant ce
beau Pays à leurs deſcendants. Iſaac
ſoit qu'il crut de bonne foi ce que

fon pere lui avoit dit à ce fujet, foit
qu'il fut auffi bon politique que lui,
laiffa ces promeffes pour héritage à
Jacob, & ce dernier qui étoit fin &
rufé fe voyant tranfplanté en Egypte
avec fa famille, enchérit fur la pro-
meffe prétendue de Dieu faite à fes
pere, de donner la terre de Chanaan
à fes defcendants. Ce conte faifoit
l'entretien & l'efpoir de tous les Ifraélites, qui le répétoient fans ceffe à
leurs enfants : il ne falloit donc que
leur faire accroire que le temps où
ces promeffes devoient s'accomplir,
étoit arrivé, pour réveiller leurs defirs
à cet égard ; il y avoit toute apparence qu'ils prendroient pour Chef
celui qui leur annonceroit cette bonne nouvelle. De plus, ce peuple
étoit très crédule en fait de miracle ;
la fcience que Moïfe poffédoit, leur
étoit abfolument inconnue ; par conféquent il étoit facile de leur faire regarder comme miraculeux, des faits
qui auroient une caufe phyfique ; &
Moïfe pendant le temps qu'il avoit
paffé dans ce défert à la garde de
fon troupeau, avoit découvert bien

des choses qu'il croyoit propres à faire réussir ses vues. Il lui restoit deux obstacles qui paroissoient insurmontables. Moïse parloit avec difficulté, & il lui falloit un homme éloquent pour persuader le peuple. Le second obstacle étoit l'obstination de Pharaon, qui étoit déterminé à garder en Egypte un peuple qu'il traitoit en esclave. Pour suppléer à son peu d'éloquence, Moïse s'associa son frere Aaron, & se promit d'intimider Pharaon par des prodiges que peu de gens pouvoient contrefaire. Après avoir médité long-temps son projet, il part pour la Cour avec son frere qui étoit son interprete, & demanda à Pharaon de la part de Dieu, la permission de mener les Israélites dans le désert pour y sacrifier à la Divinité qu'ils adoroient..... Mais, que fait *Lady Violente* avec ses tablettes? Au lieu d'écouter, il me semble qu'elle se dispose à écrire.

Lady VIOLENTE.

Oui, ma chere: comme votre histoire est un peu longue, & que je me défie de ma mémoire, je veux noter toutes les abſurdités dont votre roman ſera lardé, & tous les faits que vous omettrez. Que cela ne vous interrompe pas ; cela ne m'empêchera pas d'écouter.

Lady LOUISE.

Je ſerois curieuſe de voir ce que vous avez commencé à écrire.

Lady VIOLENTE.

Juſqu'ici je n'ai rien entendu d'abſolument choquant, excepté les motifs qu'on prête aux Patriarches.

La BONNE.

Cela ſoulagera la poitrine de *Miſs Dorothée*, liſez-nous ce que vous avez fait ; car aſſûrément vous avez écrit quelque choſe.

Lady VIOLENTE.

C'eſt que je n'ai écrit preſque rien, ma *Bonne* ; cependant je vous obéirai. Pour bien juger des intentions d'un homme, il faut le faire conſéquemment à ſon caractere ; je vois donner l'aumône à un pauvre : cette action est bonne à l'extérieur, & je ne dois pas en juger autrement sans les raisons les plus fortes. Par exemple, je sais que cet homme qui donne l'aumône, est avare & injuste. Dans le temps qu'il donne aux pauvres, je vois qu'il escamotte des cartes au jeu pour ruiner une personne avec laquelle il joue : je puis juger raisonnablement que l'aumône qu'il fait, est un acte d'hypocrisie, ou du moins de foiblesse ; car par le caractere que cet homme soutient actuellement en trompant au jeu, je suis assurée que son motif ne peut être la charité. En général, un homme d'honneur ne peut être justement soupçonné d'un mauvais motif, & il faut se faire violence pour en prêter un louable à celui qu'on sait être un frippon. Par conséquent l'auteur du roman de *Miss Dorothée*, avant de prêter de mauvaises intentions & des fourberies à Abraham, auroit dû me prouver qu'il étoit un malhonnête homme, sans quoi je suis autorisée à lui refuser toute croyance & à le traiter

de calomniateur, comme je prends
la liberté de le faire.

En second lieu quand un homme
écrit ou raconte son histoire, j'ai certaines régles pour connoître s'il ment.
Je rendrai ceci sensible par un exemple. J'ai lu les mémoires de Monsieur
le Cardinal de Retz, & je le crois
sans hésiter quand il me dit du bien
de lui-même : pourquoi ? C'est qu'il
est fort exact à me rendre compte
de ses sottises, même de celles qui
étoient absolument cachées, qui
ne consistoient que dans l'intention,
& dont lui seul pouvoit nous instruire:
sa sincérité dans ce point, me force à
le croire dans l'autre.

Pour appliquer cette regle à l'histoire sainte, j'ai mis en note : *exami-*
ner si l'Historien Moïse me rendra
compte de ses fautes & de celles des
Patriarches qui sont ses Héros. Enfin,
lorsqu'un Historien s'inscrit en faux
contre un autre, j'ai soin d'examiner
si celui qui contredit, n'a pas quelque
intérêt à le faire ; car s'il en a un,
sa critique me devient suspecte, &
pour ne pas sortir de mon exemple,

le ſieur Joly Domeſtique du Cardinal de Retz, a auſſi écrit l'hiſtoire de ce Prélat, qu'il peint comme le plus mé-priſable de tous les hommes : mais il nous avertit à la fin qu'il eſt abſolu-ment brouillé avec le Cardinal, qui, ſelon lui, l'a traité avec beaucoup d'ingratitude. Après cet aveu, tout ce que dit Joly, m'eſt ſuſpect ; ſa hai-ne pour ſon maître lui a faſciné les yeux, ou bien il cherche à rejetter ſur le Cardinal la faute qu'il a com-miſe, en l'abandonnant dans l'adver-ſité. J'ai donc mis ſur mes tablettes.

Examiner les motifs de celui qui cherche à faire paſſer Moïſe pour un fourbe & un ambitieux.

La BONNE.

Vous venez d'établir de fort bon-nes regles pour n'être pas trompée dans le jugement qu'on porte ſur un ouvrage, & nous nous en ſervirons en temps & lieu par rapport à l'hiſ-toire ſainte ; j'y en ajouterai une au-tre. *Quand un auteur en commen-çant un ouvrage ſe mêle d'établir le caractere de celui dont il veut nous*

donner l'histoire, il est de toute nécessité que ce portrait soit constaté
par les faits qui suivent. Damon
m'assûre qu'Ariste est un avare, &
dans toute l'histoire de sa vie, je ne
vois que prodigalités, ou au moins
que libéralités bien placées ; je dis
que Damon est un calomniateur, s'il
nous donne une histoire réelle, ou
un sot s'il écrit une tragédie ou un
roman : car enfin le caractere d'un
homme perce malgré lui dans ses actions, quelque dissimulé qu'il soit ;
elles en ont une teinte que toutes
ses précautions ne peuvent effacer.
Après avoir lu la vie d'un homme,
si elle est exacte, je deciderai à
coup sûr sans être fort habile, quelles étoient ses vertus ou ses vices :
car toutes ses actions s'y rapportent.
L'auteur que suit *Miss Dorothée*, nous
représente Moïse comme un ambitieux, ne l'oublions pas ; & dans les
circonstances de l'histoire qui va suivre, examinons si réellement les actions de ce Chef du peuple Juif, sont
telles que le doivent être celles d'un
homme possédé de la passion qu'on

lui attribue. Après ces précautions que l'équité comme le bon sens nous suggére, *Miss Dorothée* va continuer à nous exposer les sentiments de Monsieur *Belesprit*.

Miss DOROTHE'E.

Vous sentez bien, Mesdames, que Pharaon ne pouvoit, & ne devoit pas croire que Moïse fut envoyé de Dieu sur sa simple parole. Il se moqua donc de sa proposition, & commanda que les travaux des Hébreux fussent augmentés, afin qu'ils n'eussent pas le temps de s'occuper de projets tendants à s'affranchir de sa tyrannie. Moïse voulut lui prouver la vérité de sa mission par des prodiges, & ayant jetté la verge ou le bâton qu'il avoit à la main, elle fut changée en serpent. Pharaon ne fut pas assez ignorant pour s'étonner de ce prodige préten-du : ses Magiciens l'avoient accoutu-mé à en voir de semblables ; il les fit donc appeller, & ils montrerent à Moïse, que sur ce point ils en savoient aussi long que lui : il est vrai que Moïse fit dévorer leurs serpens par le sien , & qu'alors ils furent contraints d'avouer qu'il étoit leur maître dans l'art de fasciner les yeux ; mais cela ne signifioit autre chose sinon que cet Hébreu avoit fait plus de progrès dans les sciences occultes que ses maîtres.

Je vais quitter le fil de mon histoire , Mesdames , pour vous faire part des objections que je pris la liberté de faire à celui qui me la rapportoit. Je lui demandai ce qu'il pensoit des prodiges de Moïse , & de ceux des Magiciens de Pharaon. Il n'y avoit que deux partis à prendre , ou de croire qu'il fut au pouvoir de la physique de créer de nouveaux êtres , ou de penser qu'elle avoit celui de fasciner les yeux pour y peindre des objets qui n'existoient pas réellement. Il prit ce dernier parti , & me soutint que nos Physiciens modernes ne méritoient pas ce nom , en comparaison de ceux de ce temps là. Mais , ma *Bonne* , il me vient une singuliere idée ; cet honnête homme cache si peu ses sentiments sur la Religion , qu'il n'y a pas de caffé dans lequel il ne les ait débi tés: que ne le priez-vous de vous faire lui-même cette histoire ? Il ne demandera pas mieux, & alors on ne pourra vous reprocher d'avoir cherché à furprendre de jeunes perfonnes ignorantes par état ; voulez-vous que je le faffe appeller ? Il eft ordinairement feul à cette heure.

La BONNE.

De tout mon cœur, ma chere : je vous ai déjà dit je crois qu'il loge ici, Mefdames.

Lady VIOLENTE.

Apparemment que c'eft Monfieur *Belefprit* : je le connois beaucoup ; il paffe pour être bien habile, ma *Bonne*.

La BONNE.

Tant mieux, ma chere ? Et moi je déclare haut & clair que je fuis fort ignorante, & fi pourtant je n'ai pas peur… Ah ! Vous voilà, Monfieur *Belefprit* ; vous avez, je le fais, un grand zele à étendre le regne de la raifon, & à détruire les fauffes

idées que selon vous, la superstition a
fait éclorre dans nos foibles cerveaux;
je vous offre une belle moisson. Il est
question de faire le procès à Moïse,
& de prouver à toutes ces Dames
qu'il n'étoit qu'un habile imposteur;
voudriez-vous leur rendre ce service?

Belesprit.

Ah ! Mademoiselle, vous voulez
badiner; vous seriez bien fachée que
je vous prisse au mot : que deviendroient les leçons que vous donnez à
ces Dames depuis tant d'années?

La Bonne.

Vous me connoissez peu, Monsieur : je suis idolâtre de la vérité, &
je fais vœu de suivre ses loix; je n'ai
voulu que l'enseigner à ces Dames :
prouvez-moi que je me suis trompée
& vous me verrez aussi ardente à
soûtenir vos opinions, que je l'ai été
à leur inculquer celles qui y font
contraires. Faites des Prosélytes, je
serai la premiere; mais il nous faut
des preuves, je vous en avertis, &
pour entrer en matiere, dites-moi

bien sincerement, si vous croyez, comme le dit *Miss Dorothée*, qu'il soit possible à la Physique de fasciner les yeux d'une multitude, jusqu'à lui faire voir des choses qui n'ont aucune existence.

BELÉSPRIT.

Et pourquoi non, Mademoiselle? Savez-vous jusqu'où peut aller la puissance de la nature? En connoissez-vous les bornes?

La BONNE.

Excusez-moi, Monsieur; mais nous sommes de pauvres filles qui n'entendons pas à demi mot, & avec lesquels il faut définir les mots, avant de s'en servir; ayez donc la bonté de nous expliquer ce que vous entendez par la nature.

BELESPRIT.

Il y a là dessus des opinions bien diverses. Les uns par la nature, entendent le concours fortuit des atomes qui, se remuant de toute éternité, après avoir éprouvé des mille millions de conformations diverses, ont enfin formé ce grand univers &......

Lady VIOLENTE.

Je suppose que vous n'êtes pas de cet avis, Monsieur : il renferme des contradictions trop choquantes pour être admises par un homme de bon sens ; & je vous interromps pour vous dire que si vous teniez ce syſtême abſurde, je ne voudrois non plus raiſonner avec vous, qu'avec un échappé des petites maiſons. Une matiere éternelle, c'eſt-à-dire infinie par ſa durée & qui n'a point d'intelligence ! J'aimerois autant qu'on me dit que cette table écoute à préſent notre converſation ; dites-nous, je vous prie, des choſes ſenſées ſi vous voulez être écouté : nous avons paſſé l'âge où l'on s'amuſe des contes de ma mere l'Oie, qui ſont pourtant moins abſurdes que ce raiſonnement d'Epicure & de ſes Sectateurs.

Lady LOUISE.

Comment, Madame, il y a eu des hommes qui ont ſoutenu ſérieusement ce systême? Cela seroit-il bien possible? Je ne me serois jamais imaginée qu'on put porter la sottise jusques là. Comment, le hazard auroit pu former cet univers, & le conserver dans le bel ordre qu'il a aujourd'hui depuis le commencement du monde, ce hazard n'auroit rien renversé, culbuté! ce hazard auroit fixé le cours du soleil & des astres d'une maniere si immuable qu'on put décider le temps des éclipses qui ont été & qui seront sans s'y méprendre! Voilà ce qui n'entrera jamais dans une tête bien timbrée.

BELESPRIT.

J'aurai affaire à forte partie, je le vois bien, & Madame *Bonne* ne l'entend pas mal quand elle m'annonce des filles ignorantes : mais, Mesdames, nous sommes d'accord sur ce point, l'effet ne peut pas être plus parfait que la cause. L'homme construit avec une intelligence, ne peut avoir qu'un Créateur intelligent. Je vous accorde un premier être quel qu'il soit ; car je ne le connois gueres,

& je ne crois pas qu'il foit au pouvoir des hommes de s'élever jufqu'à fa connoiffance, qui d'ailleurs n'eft nullement néceffaire à notre félicité.

Miſs D O R O T H E' E.

Tout doucement , Monfieur : vous taillez en un moment bien de la befogne , & pour la faire , il faut nous détourner de l'examen de l'hiftoire de Moïfe ; auffi bien fi ce que vous venez de dire étoit vrai , cet examen feroit une fottife ; mais il s'en faut bien qu'il foit tel.

Vous dites qu'il y a un Créateur intelligent , que vous ne le connoiffez gueres , qu'il eft impoffible aux hommes de le connoître mieux, que cela leur importe peu. Voilà de bon conte quatre propofitions de la dernierere conféquence propofées légérement , énoncées comme chofes fi claires qu'elles n'ont pas befoin de preuves. Voilà de vos manieres ordinaires : on fuppofe à votre ton affirmatif que le doute fur ce que vous décidez, n'auroit pas le fens commun ; mais il eft bon de vous prévenir que

cette maniere n'est point en usage ici;
ma *Bonne* nous a appris le *nego*, &
je prends la liberté de nier vos trois
dernieres propositions, comme contradictoires à la premiere. Je n'entre-
rai pas dans le détail des preuves
de cette contradiction : nous n'avons
rien à apprendre sur cet article, à
moins que vous ne vouliez être instruit
à cet égard par une fille de douze
ans qui n'a que de la raison, gueres
d'étude, & qui, je vous jure, n'aura point de vanité de son triomphe;
car il ne faut que les plus légéres
réflexions pour convenir de ce que
je vais dire. Là, par curiosité écou-
tez-moi.

S'il y a un Dieu infini en durée,
il doit être infini en perfections; car
le fini & l'infini étant contradictoires,
ils ne peuvent subsister ensemble.

Si sa sagesse a présidé à son ouvrage, il n'y a rien d'inutile dans
l'homme; car un ouvrier qui multiplie
dans son ouvrage des ressorts dont
il n'a pas besoin & qui sont inutiles,
manque de science ou de sagesse.

S'il n'y a rien d'inutile dans l'homme, ce desir immense de savoir qui est en lui, doit avoir un objet ; cette soif d'être heureux, ce besoin d'aimer qui demande sans cesse & le bonheur, & un être digne d'être aimé, seroient en lui des inutilités infiniment préjudiciables à sa félicité, s'il n'avoit pas la possibilté de les satisfaire.

Les objets créés étant bornés, ne peuvent remplir des desirs immenses; donc il faut que l'homme ait éte créé pour être heureux par la connoissance & l'amour d'un bien & d'une beauté sans bornes : si on le nie, il faut dire que Dieu a mis ces penchants en lui, ou par ignorance & sans prévoir l'effet qui en résulteroit, ou par malice & seulement pour le rendre misérable, ou par une fatalité qui proviendroit de l'impuissance de le créer d'une autre maniere. Choisissez, Monsieur, entre ces trois idées; elles sont absolument contradictoires à celles que vous avez de Dieu, au moins à celles que vous nous avez énoncées, & sont pourtant des conséquences de votre systême.

BEL.

BELESPRIT.

Ah *Miſs Dorothée* ! c'eſt bien vous qui me taillez plus d'ouvrage que je n'en puis faire ; mais je ſuis de bonne foi, votre raiſonnement a l'air juſte : je ne dis pas encore qu'il le ſoit. Avant de prononcer ce gros mot, je veux l'examiner à fond ; donnez le-moi par écrit, je vous prie, & demain je vous en dirai mon ſentiment. J'étois venu ici pour m'amuſer : il ſeroit ſingulier que j'y fuſſe inſtruit : je ne me refuſerai point à la lumiere, pourvû qu'il ne me reſte point d'iſſue pour échapper ; car, je vous en préviens, je combattrai tant que je pourrai, & je ſuis très convaincu que je ne combattrai pas en vain.

La BONNE.

Ne perdons point de vue notre premiere queſtion, Monſieur. Vous entendez par ce mot *la nature*, une matiere paſſive à laquelle un être intelligent donne tel mouvement qu'il lui plait ſans éprouver au-

Tom. II. ſecond. Part.   B

cune réſiſtance de ſa part.

B E L E S P R I T.

Vous ſuppoſez que j'ai dit cela, Madame, mais je le penſe, c'eſt la même choſe. Permettez-moi de vous demander ſi ces Dames ont l'intelligence des mots dont vous vous ſervez. *Matiere paſſive*, par exemple, eſt un mot grec pour la plupart des femmes.

Lady V I O L E N T E.

Oh ! Nous entendons ce grec là : une matiere paſſive eſt celle qui n'a pas de mouvement par elle-même & qui eſt capable d'être mue ; & telle eſt la matiere dont Dieu a formé l'univers & tout ce qui exiſte dans le genre matériel.

La B O N N E.

Croyez-vous que cette matiere puiſſe ſe mouvoir ou être mue dans un ſens contraire à l'intention de celui qui l'a créée & qui lui imprime le mouvement ?

BELESPRIT.

Non, Madame : n'ayant point de mouvement par elle même , elle suit le mouvement que lui donne son auteur , & pour autant de temps qu'il le veut.

La BONNE.

Croyez-vous que l'auteur de la nature dans le mouvement qu'il imprime à la matiere, suive le caprice, ou que la sagesse préside à ce mouvement ?

BELESPRIT

En vous accordant un premier Etre , je suis convenu qu'il devoit être sage & parfait : toute autre idée seroit contradictoire à son être. Or toutes les œuvres d'un être infiniment parfait doivent être marquées au coin de sa perfection.

La BONNE.

Croyez-vous qu'il soit possible à Dieu de déroger aux loix générales qu'il a données à la matiere , & qu'il l'ait fait quelquefois ?

BELESPRIT.

Qu'il lui foit poffible de le faire , cela eft hors de doute, puifqu'il eft tout-puiffant ; mais qu'il ait voulu le faire , & qu'il l'ait fait , c'eft ce que vous auriez bien de la peine à me perfuader : cela vife à ce que vous appellez miracle , & d'abord je nie qu'il y en ait jamais eu.

La BONNE.

En forte que vous attribuerez à des caufes naturelles tous les prodi-ges qui ont été opérés par Moïfe.

BELESPRIT.

Je prendrai tout un autre parti, Ma-dame : mais fuppofons pour un mo-ment que tout ce que Moïfe a écrit foit vrai, affûrément il me feroit fa-cile de vous démontrer qu'il n'étoit qu'un très bon Phyficien , ou un hom-me habile à profiter de certaines cir-conftances..

La BONNE.

Oferai-je vous demander fur quoi vous vous fondez pour croire qu'il n'y ait point eu de miracles?

BELESPRLT.

C'eft qu'il me paroît contraire à la fageffe de Dieu de changer un ordre une fois bien établi, cela confondroit toutes nos idées : on ne pourroit plus compter fur rien fi les regles de l'univers n'étoient ftables & permanentes ; d'ailleurs cela ne feroit bon à rien.

La BONNE.

Inutilité dans ce changement, inconvéniens de ce changement, voilà, ce me femble, les deux raifons qui vous empechent de croire les miracles, en forte que fi je puis vous prouver que les miracles font quelquefois néceffaires, & qu'une exception à la regle générale ne peut confondre rien dans les idées des hommes, vous conviendrez avec moi qu'il n'y a rien qui nous empêche

de croire que Dieu a fait des miracles.

BELESPRIT

Je ne sais où vous en voulez venir;
mais je veux bien vous accorder ce
que vous me demandez : qu'en con-
clurez-vous ?

La BONNE.

Tout ce qui pourra rendre les
hommes meilleurs , qui tendra à
leur faire remplir les devoirs qu'ils
font obligés de remplir par rapport
à leur Créateur, à leurs semblables
& à eux-mêmes, est-il digne du Dieu
dont vous avez l'idée ?

BELESPRIT

Je vous repondrois bien avec la plupart de nos Philosophes modernes
que cela importe peu à Dieu; que
le seul intérêt de la société a engagé
les hommes à créer le bien & le
mal moral qui n'existe point : mais
je parlerois contre ma conscience,
je sens que la vertu est belle , qu'elle
doit être aimée de l'être infiniment

parfait, qu'il doit avoir une forte de plaifir à la voir pratiquer aux hommes, & qu'en conféquence il doit leur en faciliter les moyens : je dirai encore, que cette eftime que j'ai malgré moi pour la vertu que je ne pratique gueres, eft un préfent du Créateur.

La Bonne.

Cette répugnance pour la vertu qui vous empêche de la pratiquer malgré l'eftime que vous avez pour elle, s'eft trouvée dans tous les hommes de tous les temps. Ils étoient bien éloignés de rendre à leur Créateur les juftes hommages qu'ils lui devoient, eux qui prodiguoient leurs encens à des monftres ou à des hommes auxquels ils auroient eu honte de reffembler ; les plus fages de tous les Païens, les Romains & les Grecs commettoient fans pudeur des crimes qui font rougir la nature : un feul peuple au milieu de cet horrible débordement n'adore que l'Etre fuprême, & tâche de l'honorer par l'obfervance d'une loi fi fainte, qu'elle extirpe tous les

vices en dix commandemens qui font
fi fimples & fi courts, que le plus ftupide peut les entendre & les comprendre. Si je dis que cette loi vient
de Dieu, vous ne pourrez défavouer
qu'elle eft bien digne de lui, & c'eft
un grand préjugé en faveur de mon
opinion, comme je vous le dirai dans
la fuite. L'obfervation de cette loi eft
donc un bien, un grand bien, un
bien qu'il étoit digne de Dieu de procurer. Si pour forcer la répugnance
que les hommes devoient avoir pour
cette loi fi fainte, les miracles étoient
néceffaires, croyez-vous être fondé
à dire qu'ils n'étoient bons à rien ?

Non feulement cette loi devoit être
celle des Juifs témoins des miracles rapportés par Moïfe ; mais elle devoit encore devenir celle de l'Univers entier,
de cet Univers plongé dans l'idolatrie,
& dans le crime. Il étoit de la bonté de
Dieu de leur fournir de tels motifs de
crédibilité, qu'ils ne puffent s'y refufer
fans être coupables ; il falloit que cette
loi eut un caractere de divinité fi marqué, qu'on ne put s'y méprendre ni
la confondre avec celles qui devoient

être préfentées par d'habiles impofteurs. Je ne blâme donc point le doute
& l'examen dans une affaire de fi
grande conféquence. Au contraire, il
me paroît prudent puifqu'il y a eu
des impofteurs. Il eft de fait que Moïfe
a donné une loi de la part de Dieu.
Eft-il un de ces fourbes? Eft-il un envoyé célefte? C'eft ce que nous examinions quand vous êtes entré. Il a
fait des chofes extraordinaires: quelques-uns les attribuent à Dieu; vous
dites que la feule phyfique pouvoit
les opérer; voilà le procès établi:
comment le décider? En examinant
au poids de la raifon, fi parmi les prodiges attribués à Moïfe, il y en a
quelques-uns au deffus des forces de
la phyfique; car fi nous en trouvons
de cette efpece, il faudra néceffaire-
ment les attribuer à Dieu, qui ne peut fe
rendre le fauteur du menfonge; d'où
il faudroit conclure que Moïfe parloit
de fa part. Après cela nous pourons
examiner fi Moïfe créoit les objets,
ou s'il fafcinoit les yeux.

Miſs D O R O T H E'E.

Comment accorder cela avec les faux miracles, ma *Bonne* ; je m'explique mal, avec les miracles réels faits par le Démon ? Car enfin il y a eu des miracles opérés par le Démon ſelon cette écriture que vous voulez nous faire croire divine, il y en aura encore.

B E L E S P R I T.

Et ſans aller plus loin, parlons du fait dont il étoit queſtion quand je ſuis entré. Si ce fut par un miracle que Moïſe changea ou parut changer ſa baguette en ſerpent, les Magiciens de Pharaon firent la même choſe ; aſſûrément vous ne pouvez dire que Dieu concourut avec eux.

La B O N N E.

Retenez bien, Monſieur, que vous regarderiez comme une opinion blaſphématoire, celle qui voudroit attribuer à Dieu l'œuvre des Magiciens de Pharaon, & qu'il ne vous eſt pas venu à l'eſprit d'en dire autant de

ceux de Moïſe ; je vous le rappellerai en temps & lieu. Après
cette remarque, je réponds à *Miſs
Dorothée*. Pour dire avec juſtice que
Dieu ſe rend le fauteur du menſonge,
en permettant au Diable de faire de
faux miracles, il faudroit qu'ils fuſſenr
ſi exactement ſemblables à ceux que
le Toutpuiſſant opere, qu'il fut impoſſible de les diſtinguer les uns d'a-
vec les autres ; mais ces derniers ont
des caracteres ſi ſenſibles, qu'il n'eſt
pas poſſible de s'y méprendre, ſi on
veut les examiner. Ecoutez-moi bien,
Meſdames.

Nous ſommes, dit-on, d'habiles
Phyſiciens dans ce ſiécle : on ne le
peut dire que par comparaiſon avec
les Phyſiciens des ſiécles qui ont précédé le nôtre d'aſſez près ; car ſi nous
conſidérons ceux des premiers ſiécles,
je ſuis très perſuadée qu'ils l'empor-
toient infiniment ſur ceux du nôtre.
Quoiqu'il en ſoit de mon opinion,
voici ce qui eſt très certain. C'eſt
qu'eux & nous ſommes forcés d'a-
vouer que nos connoiſſances ſont très
bornées. Elles augmentent chaque

jour & ſans doute que nos arriere-
neveux enrichis de nos connoiſſances,
comme nous l'avons été de celles de
nos peres, nous laiſſeront bien loin
derriere eux à cet égard. Malgré leurs
progrès, ils pourront dire avec vérité
qu'ils ignoreront toujours les effets
que peuvent produire une infinité de
combinaiſons qui, étant naturelles,
paroîtroient miraculeuſes, je ne dis
pas aux yeux du vulgaire, mais encore à ceux des ſavants qui ne pou-
roient en aſſigner les cauſes. Suppo-
ſons un homme auquel Dieu auroit
donné une parfaite connoiſſance des
cauſes, de l'enchainement, & des effets des choſes naturelles : cet homme
ſans faire de miracle, c'eſt-à-dire,
ſans déranger l'ordre de la nature,
trouveroit dans cet ordre bien connu
le moyen de faire des choſes ſurpre-
nantes. Cependant cet homme ne
pourroit rétablir un œil abſolument
crevé, reſſuſciter un mort ; & c'eſt
dans cette claſſe de miracle qu'il faut
chercher ceux qui portent l'emprein-
te de la Divinité, & qui ne peuvent
être contrefaits.

Le Diable étant d'une nature plus excellente que l'homme, a des lumieres plus étendues ; il peut, comme le favant que j'ai fuppofé, exécuter des chofes qui nous paroîtroient miraculeufes, quoiqu'elles foyent abfolument naturelles. La connoiffance de l'avenir, par exemple, Dieu fe l'eft réfervée ; mais on peut préfumer les événements futurs par leurs liaifons avec les paffés & les préfents. Je ne puis fans miracle favoir ce que fait actuellement l'Empereur du Mogol ; mais le Diable le fait, & comme il eft un pur efprit qui peut en un inftant parcourir l'Univers, il pourroit fort bien m'en inftruire fi cela convenoit à fes deffeins : il peut connoître par le dérangement interne de mon corps, que je ne fuis pas éloignée du moment de ma diffolution, & le prédire, au lieu que je le défie de prédire qu'un tel dans un an fera tué d'un coup de tonnerre. Le Diable peut donc contrefaire les miracles, je dirai même fi on le veut : que Dieu peut lui permettre d'en faire de réels; mais quand par impoffible il reffufciteroit

un mort à mes yeux, je le défie de
m'induire en erreur ; j'ai des marques
sûres pour diftinguer fon œuvre de
celle de Dieu, elles ont des cachets
différents que nous examinerons bientôt.

J'ai dit qu'un événement ifolé, &
qui n'a nulle liaifon avec ceux qui
l'ont précédé, ne peut être prédit par
le Diable qui ne connoit pas l'avenir ;
ainfi une longue fuite de prophéties
touchant des événements extraordinaires, & qui n'avoient pas la plus
petite apparence, marquera vifible-
ment l'intervention de la Divinité. Si
ceux qui ont fait ces prophéties, y
avoient ajouté des prodiges, je ne
balancerois pas à les regarder comme
des miracles, parce que leur liaifon
avec les prophéties m'affûreroit de leur
réalité ; mais fi on ajoute que ces prophéties & ces miracles ont une fin
tellement bonne & louable qu'elle
foit digne de Dieu, de fa bonté, de
fa juftice, de fa fainteté, alors je me
croirai tellement autorifée à les regarder comme divins, que mon incrédulité à cet égard, me paroîtroit une

extravagance & une impiété. Prouvons ce que je viens de dire par un exemple.

Abraham quitte le lieu de sa naissance, & prétend qu'il le fait par ordre de Dieu. Il assûre Sara sa femme qu'elle aura un fils, dans lequel toutes les nations seront benies, que sa postérité sera multipliée au-de là des Etoiles, qu'elle possédera le Pays dans lequel ils sont errants & étrangers ; & dans quelles circonstances Abraham publie-t-il ces promesses de Dieu ? Dans celle où leur accomplissement paroissoit impossible ; Sara, outre qu'elle étoit stérile, avoit passé l'âge où la femme la plus féconde ne peut sans miracle avoir un enfant. Aussi la bonne Sara se moquoit-elle des promesses que son Mari lui faisoit: j'en ai pour garant son rire lorsque les Anges renouvellerent à son Mari les promesses de Dieu. Abraham transmet à son fils Isaac les promesses de Dieu, & Isaac les laissa comme un héritage infaillible à Jacob & à sa postérité. Leur postérité passe en Egypte, s'y établit avec la permission du Roi, &

y jouit de tous les agrémens qui auroient dû les engager à s'y fixer pour jamais : le font-ils ? Non, ils ne perdent point de vue les promesses faites à leurs ayeuls, malgré le temps qui s'étoit écoulé depuis la promesse ; le corps de Joseph n'avoit point été mis dans un tombeau où il dut demeurer, & ce Patriarche qui n'avoit garde de prévoir la persécution qu'on feroit à sa postérité & à celle de ses freres, avoit pourtant lié ses descendants par un serment, qui prouvoit l'assûrance où il étoit, qu'ils sortiroient un jour d'Egypte : ses os devoient être transportés avec ceux de ses peres au temps de la transmigration prédite.

Que l'on attribue à Abraham un intérêt à supposer les promesses de Dieu pour s'assûrer du respect de ses serviteurs ; du moins on ne peut en imaginer un à Joseph qui avoit lieu de croire que ses enfants hériteroient de la faveur du Roi, & qu'ils n'auroient rien à demander de mieux à faire que de demeurer dans un Pays dont il avoit été le Sauveur ; mais continuons notre histoire.

Pharaon devient le Tyran des Hébreux; il les traite avec une inhumanité qui n'a point d'exemple, il bleffe tous les droits de la juftice naturelle, en traitant en efclave un peuple libre qu'il accable de travaux. Certainement l'action de Pharaon eft mauvaife. Tirer ce peuple de l'oppreffion fous laquelle il gémit, femble devenir un devoir à tous ceux qui aiment la juftice, & qui ont de l'humanité.

Moïfe prétend en avoir reçu l'ordre de Dieu; voyons fi les moyens qu'il employe, font dignes de celui dont il fe dit l'envoyé? Les Ifraélites en état de porter les armes, étoient au nombre de fix-cent mille: s'ils fe fuffent révoltés ayant à leur tête un Chef tel que Moïfe, ils euffent donnés de grandes inquiétudes à Pharaon.

BELESPRIT.

Pure imagination ! les Ifraélites étoient lâches, & n'avoient aucune idée de l'art militaire: une poignée de troupes réglées eut diffipé cette multitude; Moïfe le favoit bien, &

c'eft ce qui l'empécha de fe fervir de cette voie.

La BONNE.

On a beau être lâche, Monfieur; ils étoient réduits dans cet état, où le défefpoir donne des forces. Les Thébains qui n'étoient pas la vingtieme partie des Juifs, parmi lefquels il ne fe trouva que cinquante hommes affez courageux pour préférer l'exil à la domination des Spartes, qui n'étoient pas plus foldats que les Ifraélites, & qui n'étoient pas excédés de mauvais traitements ; les Thébains, dis-je, arracherent à Sparte le tître d'invincible, fitôt qu'ils furent excités par deux hommes courageux. Moïfe par fes prodiges, ou fi l'on veut par fes preftiges, pouvoit fortifier leur foibleffe : Mahomet dans un cas moins favorable fut fe créer des foldats. Ce n'eft pas à un tel moyen que Moïfe a recours ; il ne le tente pas même, il ne veut devoir qu'au Ciel le fuccès de fon entreprife, & fans crainte de ce qu'il devoit attendre d'un Tyran tel que Pharaon, il lui demande permiſſion de mener ſes freres dans le déſert pour y offrir un ſacrifice au ſeul Dieu qu'il adore, & comme Pharaon doute de ſa miſſion & s'en moque, Moïſe pour le convaincre qu'il vient de la part de Dieu, change ſon bâton en ſerpent. Le Roi d'Egypte peu touché de ce miracle, fait venir les Magiciens qui imitent le prodige de Moïſe. Trouvez - vous, *Lady Violente*, que ces deux prodiges ſoient les mêmes ? N'y remarquez-vous aucune différence ?

Lady VIOLENTE.

Peut être que je me trompe, ma *Bonne*; mais ſelon ce que vous venez de nous faire remarquer, le miracle de Moïſe tient à deux choſes qui le ſoutiennent, l'appuyent, & celui des Magiciens n'a pas cet avantage. Dabord, il y avoit chez les Iſraélites une eſpérance certaine de la ſortie d'Egypte, fondée ſur des promeſſes réitéréeſ que leurs ayeuls prétendoient leur avoir été faites par Dieu même. Vous nous avez dit que ces promeſſes, par elles-mêmes, pouvoient être regardées comme fauſſes & illuſoires, tant qu'elles reſteroient ſeules & iſolées; mais elles commencent à être appuyées par des événements bien extraordinaires. Moïſe ſeul, ſans ſecours ſe préſente au Roi barbare, & lui demande une choſe qu'il ſavoit certainement devoir lui être très déſagréable. Ce courage a quelque choſe de ſurnaturel, ſi l'on conſidere qu'il ſe trouve dans un homme que le reproche d'un ſeul Iſraélite avoit fait fuir quelques années auparavant. Les moyens que Moïſe employe pour parvenir à ſes fins, me paroiſſent encore appuyer ſes promeſſes & ſa miſſion, ils ſont dans l'ordre. Il ne cherche point à réveiller dans ſes freres le deſir de la liberté; on ne le voit point rappellant aux Juifs les maux qu'ils avoient ſoufferts, & ceux qu'ils avoient à craindre, les exciter à une vengeance qui pouvoit leur paroître juſte. Il eſt ſi convaincu que Dieu qui l'envoie, fera réuſſir ſon œuvre, qu'il rejette toutes les meſures que la prudence humaine lui devoit dicter. Oh! Cette confiance dans

un homme auparavant si peureux,
me paroit un miracle, je le répete,
& ce miracle lié aux prophéties, ou
si l'on veut aux discours des Patriarches, commence à soutenir les promesses dans le temps où il en reçoit
lui-même un caractere de vérité. Le
prodige qui suit, vient à l'appui &
des promesses, & du miracle, & ces
trois choses réunies commencent, ce
me semble, à donner un préjugé bien
fort en faveur de Moïse. Je pourrois
encore ajouter à ces trois choses, la
fin qu'il se propose : elle est juste &
louable.

La BONNE.

Non seulement, ma chere, vous
pouvez l'ajouter ; mais cette derniere
preuve ne peut être assez pesée, &
pour des Déïstes tels que nous le
sommes encore, elle est décisive. Revenons à notre premier principe. *Il
y a un Dieu, c'est-à-dire, un Etre infiniment parfait.* Nous sommes convenues de croire tout ce qui seroit
conséquence de ce principe, de nier
tout ce qui lui seroit contradictoire,

n'oublions pas cette convention. *Lady Louise*, si vous aviez vécu dans ce temps, & que vous eussiez eu une grande armée à vos ordres, l'eussiez-vous employée à soutenir la tyrannie de Pharaon, ou à secourir les Israélites ?

Lady LOUISE.

Vous pensez bien, ma *Bonne*, que je ne suis pas assez méchante pour me plaire à voir opprimer des innocents, & j'ose le dire, j'ai assez d'humanité pour chercher au contraire à les soulager de tout mon pouvoir.

La BONNE.

Soutenir, défendre, protéger, soulager les Israélites, étoit donc un acte d'humanité & de justice.

Lady LOUISE.

Assûrement, ma *Bonne*, & si vous me permettez de vous le dire, vous me faites là des questions fort inutiles, cela parle de lui-même.

La BONNE.

Là, là, ma chere *Louise*, ne vous fâchez pas ; vous en en auriez grande envie, parce que je parois douter de la bonté de votre cœur : pourquoi donc douterois-je que Dieu ait employé sa toutepuissance pour faire ces actes de bonté & de justice que vous ne manqueriez pas d'exercer si vous en aviez le pouvoir ? Vous dont la bonté n'est qu'un atome en comparaison de celle de Dieu. N'en doutons point, cette immense bonté sollicitoit sa puissance pour en obtenir des miracles en faveur de ces malheureux ; la fin pour laquelle Moïse en fait, m'indique leur source. Il est vrai que les Magiciens semblent aussi faire des prodiges ; mais quand bien même ils seroient réels, je ne balancerois pas à les regarder comme des prestiges qui ne peuvent se soutenir long-temps. Le Diable est un grand Physicien, & pourtant ses connoissances & son pouvoir sont bornés, nous en verrons bientôt le bout ; mais pourquoi prononcé-je si hardiment que les Magi-

ciens de Pharaon agiſſent par la puiſſance de l'Ange des ténébres ; c'eſt
que leurs œuvres ont ſon cachet, la
fin pour laquelle ils agiſſent, eſt injuſte. C'eſt pour autoriſer la tyrannie de Pharaon , donc Dieu ne peut
les aider.

Miſs DOROTHE'E.

Vous éludez ma queſtion , ma *Bonne.* Je diſois que Dieu en permettant
au Diable de faire des prodiges, ſe
rendoit en quelque ſorte le fauteur du
menſonge & de l'injuſtice ; pourquoi
lui permettre de faire ces prodiges ?

La BONNE.

Ils étoient un châtiment du crime
de Pharaon. Ce Tyran avoit cruellement violé la loi naturelle , en mal-
traitant les enfants de celui auquel
l'Egypte devoit ſon ſalut : ce crime
méritoit que Dieu l'abandonnat, &
permit au Diable de faire ces prodiges , capables de conſommer ſon en-
durciſſement. Le Roi d'Egypte , pour
avoir abuſé des loix naturelles , s'étoit
fermé le chemin à la miſéricorde de
Dieu

Dieu & s'étoit mis sous la main de sa justice qui exerçoit sur lui le plus terrible des châtiments, en endurcissant son cœur.

Lady LOUISE.

Vous me faites frémir, ma *Bonne.* Dieu peut-il être capable d'endurcir le cœur de l'homme ? Ah Ciel ! s'il alloit endurcir le mien.

La BONNE.

De toutes les vérités de la religion, Madame, voilà selon moi la plus terrible. Il y a une mesure de péchés, il y a une mesure de graces pour chaque personne : quand ces deux mesures sont remplies, ce qui devroit toucher, endurcit, & si l'homme survit au moment qui suit le dernier péché, la derniere grace, c'est pour aller de ténébres en ténébres, de crime en crime. J'ai expliqué ceci fort au long à ces Dames au sujet de l'ordre que Dieu donna aux Israélites d'exterminer tous les Habitants de la terre promise : relisez cet article dans le Magasin des Enfants, Madame, il y est

Tom. II. second. Part.   C

amplement traité. D'ailleurs vous pouvez être bien assûrée que la mesure des graces de Dieu n'est point comblée pour vous; vous avez frémi en m'écoutant; ce frémissement est une grace, & s'il y avoit ici quelque personne dans ce malheureux état, mon discours l'eut trouvée insensible.

Miss CHAMPETRE.

Il me semble, ma *Bonne*, que vous accordez un grand pouvoir au Diable. Comment donc, Dieu pourroit lui permettre de faire des miracles réels? Quelle tentation! Dezormais les plus grands miracles ne pourroient me servir de preuves pour rien; je ne pourrois distinguer de quel part ils viennent.

Miss DOROTHE'E.

Et moi, Madame, il me semble que je le distinguerois à merveille, après ce que je viens d'entendre, & qui est conforme à ma raison. Quand un homme feroit les plus grands prodiges pour m'engager à faire une mauvaise action, je reconnoitrois dans la fin de ce prodige le cachet du Diable. Remarquez pourtant, Mesdames, qu'indépendamment de cette marque, Dieu sait conserver sa supériorité d'une maniere éclatante. Les Magiciens de Pharaon imiterent Moïse à la vérité en changeant leur baguette en serpent ; mais celui de Moïse dévora les leurs, & les força par là de confesser la supériorité qu'il avoit sur eux. Remarquez encore que ma *Bonne* ne nous a pas dit que le Diable ou les Magiciens eussent fait des miracles réels ; mais bien qu'avec le secours de ses connoissances, il a pu employer les causes physiques pour produire des actes au dessus du pouvoir des hommes, & qui ne nous paroissent miraculeuses qu'à raison de notre ignorance ; mais jamais il ne parviendra à changer l'ordre établi par le Créateur, & à faire ce qui strictement pourroit être appellé un miracle : c'est mon opinion, du moins.

Miss BELOTTE.

Malgré cela, je dis avec *Miss Champêtre* ; voilà une grande tentation.

Etoit-il de la bonté de Dieu de nous
y expofer?

La BONNE.

C'eft comme fi vous me difiez.
Etoit-il de la bonté de Dieu de nous
préfenter les moyens d'exercer notre
foi, notre vigilance, & mille autres
vertus qui en dépendent? Ne nous
fuffit-il pas qu'il nous ait donné une
marque fûre pour diftinguer fes œuvres, d'avec celles de l'ennemi de notre falut? Vous voyez, Monfieur *Belefprit*, que j'ai répondu aux objections de ces Dames, & à celles que
vous auriez pu me faire; il m'importe
peu que le Diable ou un Magicien ait
le pouvoir de fafciner ma vue, & de
jouer un miracle, pour ainfi dire: je
connoîtrai la nature du miracle par
fon motif & fa fin. S'il eft digne de
cet être que notre raifon nous a découvert, je l'adopterai; s'il n'en eft
pas digne, je le rejetterai. Continuez
fi vous voulez, Monfieur, l'hiftoire
de Moïfe, telle que vous l'avez racon-
tée à *Mifs Dorothée*; ne nous diffi-
mulez aucune de vos objections; nous

en fommes comme vous avez pu le voir, au premier miracle de Moïfe.

BELESPRIT.

Je vous l'ai dit, Mademoifelle *Bonne*, je fuis Déïfte de bonne foi. J'entrevois que je pourrois bien jufqu'à préfent avoir raifonné fur de faux principes ; mais je ne fais que l'entrevoir, & il me faut une certitude inacceffible aux doutes. Je vais donc fuppofer que je n'ai encore rien entendu qui puiffe avoir dérangé mes premieres idées, & raifonner en conféquence.

Moïfe ne fe rebuta point de l'inutilité de fa premiere tentative auprès de Pharaon, il s'étoit attendu à fes difficultés; en habile Machinifte, il n'avoit donné d'abord qu'un leger échantillon de fon favoir faire, & réfervoit les grands coups pour les derniers. Il fit plufieurs autres prodiges dont les uns furent imités par les Magiciens de Pharaon, & d'autres qui furent au deffus de leur portée. Je pafferai tout d'un coup au dernier qui n'avoit rien de miraculeux ; mais qui avoit été ménagé avec tant d'adreſſe, qu'il étoit bien capable d'en impoſer à un peuple qui ſe ſentit frapper par l'endroit le plus ſenſible.

Moïſe de longue main s'étoit aſ-ſûré d'un certain nombre d'hommes déterminés à lui obéir avéuglément : c'étoit comme les freres rouges de Cromwel, ou comme les ſujets de l'aſſaſſin de la montagne. Il avoit eu ſoin de les diſperſer dans toutes les familles Egyptiennes. Sûr de la fidé-lité de ces hommes, il chercha à donner un air de miracle à la terrible exécution qu'il méditoit. Il com-mande aux Juifs de tuer un agneau avec de grandes cérémonies, ſans caſſer ſes os : il faut manger cet agneau avec des laitues ſauvages, & avec je ne ſais combien de formalités ridicules, & ce qui étoit de plus im-portant, il leur ordonne de barbouil-ler les portes de leurs maiſons avec le ſang de cet animal. Cette même nuit, les cruels confidens de Moïſe égorgent le fils ainé de chaque mai-ſon, & le lendemain Moïſe perſuada aux Egyptiens & à Pharaon, que

c'étoit Dieu qui avoit tué leurs enfants, pour les punir de ce qu'ils ne
vouloient pas laiſſer ſortir les Juifs
d'Egypte.

Lady V I O L E N T E.

Là, Monſieur *Beleſprit*, mettez la
main ſur votre conſcience, & dites-
nous bien ſérieuſement, bien véritablement, ſi vous croyez la fable que
que vous venez de nous débiter, ou
ſi vous nous prenez pour des Oiſons,
en nous propoſant de la croire. Si un
Hiſtorien, un Romancier même avoit
oſé employer un fait auſſi abſurde,
que celui que vous venez de raconter, ne jetteriez-vous pas ſon ouvrage au feu ſans pouvoir gagner ſur votre patience de l'achever ? Quoi !
vous voulez nous perſuader que Moïſe
qui avoit été fugitif depuis tant d'années, avoit eu le temps de ſéduire un
auſſi grand nombre d'hommes que
celui dont il auroit eu beſoin pour
exécuter ſes deſſeins criminels ? Vous
voudrez nous faire croire qu'il avoit
eu aſſez de crédit pour les placer
dans les meilleures maiſons d'Egypte,

& jufques dans le Palais du Roi? Vous fuppoferez que dans ce grand nombre de coupables, il n'y en eut pas un feul qui, touché de remords ou flatté d'une grande récompenfe, n'aye pas decouvert ce noir projet? Pas un feul dont la pitié n'ait arrêté la main au moment de l'exécution? Avant de croire de telles extravagances, je deviendrai folle à lier, & je placerai fans façon au nombre des foux, ceux qui oferont foutenir une telle thefe. Pardon de ma franchife, Monfieur; mais je vous la devois pour l'efpoir que vous avez conçu de nous voir donner créance à un roman fi mal imaginé, & que vous ne croyez pas vous-même.

BELESPRIT.

Vous l'avez deviné, Madame. Je n'ai feint de croire l'hiftoire que Moïfe nous a laiffée que pour me prêter à vos préjugés; mais je vous protefte que je n'y ai jamais donné aucune créance. Moïfe ainfi que Mahomet ont compté fur la foibleffe de l'efprit humain, lorfqu'ils ont donné leurs ouvrages, & je ne crois non plus aux playes d'Egypte, qu'au voyage de Mahomet dans les sept cieux en un quart de minute.

Lady VIOLENTE.

Autre extravagance. J'admire avec quelle adresse Messieurs les beaux esprits cherchent à nous dépayser en brouillant les faits, qu'ils adoptent, rejettent ou expliquent selon qu'il convient à leurs vues. J'admire aussi avec quelle assurance, tranchons le mot, avec quelle effronterie, ils osent prononcer, décider. Ils croyent nous en imposer par leur ton décisif, & nous ôter jusqu'à la pensée d'examiner leurs décisions. Mais, Monsieur, vous n'êtes pas dans un cercle de femmes legeres qui trouvent plus facile de recevoir vos impressions que de se donner la peine de discuter vos preuves : il faut ici tout peser, tout examiner.

BEL ESPRIT.

Venez à mon secours, Mademoi-selle *Bonne. Lady Violente* est véritablement en fureur, j'ai peur d'être battu.

La BONNE.

Je conviens qu'elle pourroit, qu'elle devroit même montrer un peu plus de modération; cependant j'avoue qu'il est difficile de se contenir dans des bornes raisonnables, lorsque vous en sortez vous-même : après tout, il est question de prouver ce qu'elle dit. Elle soutient que vous avancez une extravagance digne des petites maisons en prétendant nier les faits rapportés par Moïse, aussi bien que ceux dont Mahomet & ses disciples nous ont laissé le récit : je la crois personne à vous le démontrer & cela sans être fort habile, & le gros bon sens suffit pour exécuter son dessein. Allons, *Lady Violente*, tranquillisez-vous, & prouvez à Monsieur honnêtement, poliment même, mais avec clarté & précision, que son second sentiment n'est pas plus raisonnable que le premier.

Lady VIOLENTE, *d'un ton grave.*

Les discours sont de foibles armes où l'on peut employer l'autorité & la force. Je dégraderois ma mission si je cherchois à la prouver par des raisonnements. Je suis envoyée de Dieu pour terrasser, anéantir Monsieur *Belesprit*, & comme il ne seroit pas juste de l'obliger à m'en croire sur ma parole, qu'il apprenne que toute la nature est à mes ordres : qu'il sache que c'est à ma voix, que le feu du ciel tomba vendredi sur le quartier de Westminster, & qu'il consuma la moitié des maisons ; que c'est moi qui depuis huit jours enleve son pain quand il se met à table ; que cette pluye de cendre qui a tant effrayé les Habitants de Londres depuis trois jours, étoit mon ouvrage. Tous ces prodiges vous ont effrayé, Mesdames, parce que vous en ignoriez la cause ; rassûrez-vous : je n'avois en vue que Monsieur & ses honnêtes Confreres les Déistes. J'exige l'abjuration de sa doctrine, & s'il me résiste, je vais l'enlever en l'air ou l'ensevelir tout vivant dans les entrailles de la terre.

Miſs SOPHIE.

Ah! mon Dieu, ma *Bonne*; *Lady Violente* eſt - elle devenue folle? Tenez, j'en ſuis toute effrayée.

Lady VIOLENTE.

Je vous l'ai déjà dit, ma chere, raſſurez vous; ceci ne vous regarde pas: je parle à Monſieur *Beleſprit*, il ſait la vérité des choſes que j'avance, & après toutes les epreuves qu'il a fait de mon pouvoir depuis quinze jours, je ne crois pas qu'il ait la hardieſſe de me déſobéir.

BELESPRIT.

Je ne vois pas à quoi peut aboutir cet enfantillage. J'ai beaucoup de reſpect pour *Lady Violente*, & c'eſt ce reſpect qui m'empêche de la croire dans ſon bon ſens: non, dans ſon état naturel, elle ne donneroit pas dans de tels écarts. Je n'ai point été endormi depuis un mois, ni vous non plus, Meſdames: or qui de nous a

entendu parler de ces pluyes de feu
& de cendre ? Et ce pain qu'on m'enleve aussitôt que je veux manger,
qu'est-ce qu'il signifie ? Ah ! Mademoiselle *Bonne*, l'étude ne convient
point aux personnes du sexe ; en voici
une à qui la science a tourné la tête,
vous n'en pouvez douter, & s'il est
nécessaire que je soutienne de pareilles scenes, je quitte la partie.

Lady VIOLENTE.

Il faut avouer que vous êtes un
drole de corps de trouver ridicule
dans ma bouche ce qui vient de sortir
de la vôtre. Vous dites que je suis
folle parce que pour vous obliger à
vous soumettre à mon autorité, je me
prétends inspirée de Dieu, & que je
vous donne pour preuve de ma mission
des prodiges que je soutiens avoir opérés aux yeux de toute la Ville de Londres, quoiqu'il soit réel que personne
n'en a rien apperçu. Il est certain, si
je dis la vérité, & que j'eusse opéré
ces prodiges, que vous & les autres
seriez forcez de me regarder comme
véritablement armée de la puissance

de Dieu, & que si je dis faux, mon
exposé loin d'exciter votre obéissance,
doit vous engager à me mépriser comme une insensée. Cependant vous voulez me persuader que Moïse tint une
conduite que je ne pourrois tenir sans
extravagance? Que pour s'assûrer de
l'obéissance des Israélites, il aura inventé un roman qui supposera des
faits extraordinaires passés sous leurs
yeux, sans qu'il en aye eu aucune
connoissance, sans se douter que cette
histoire ne servira qu'à le faire passer
pour un effronté foux, & ne sera
propre qu'à le décrier dans l'esprit
de ses compatriotes auxquels il donneroit par là une preuve complette
de sa folie? Un an après l'entrée au
désert, les Israélites mangent pour la
seconde fois l'agneau paschal, ainsi
que Moïse le leur a ordonné. Ce repas, cette cérémonie a pour objet
de perpétuer la reconnoissance qu'ils
doivent au Seigneur qui a préservé
l'année d'avant, leur famille du massacre général des premiers nés des
Egyptiens ; plusieurs millions de personnes devoient avoir été témoins de

ce fait, puisqu'il y avoit six-cent mille Israélites en état de porter les armes, sans compter les femmes, les enfants, les vieillards, & c'est à une telle multitude que Moïse prétend en imposer sur un fait récent, & qui devoit avoir fait chez eux l'impression la plus vive. Allez, Monsieur, tous les Israélites se seroient accordés à dire à Moïse comme vous venez de me le dire, vous êtes un extravagant. Un Imposteur dans son bon sens seroit plus habile ; il auroit choisi un fait plus éloigné, dont aucun de ceux qui vivoient alors, n'auroient pû être les témoins : un fait tel que le voyage de Mahomet dans les sept cieux, que vous avez eu la mauvaise foi de mettre à côté du meurtre des premiers nés d'Egypte, comme s'ils eussent été semblables, quoique le premier n'eût d'autres témoins que le fourbe qui le débitoit, & qui avoit un intérêt trop marqué à l'inventer, pour en être crû sur sa parole.

Vous êtes le maître, de choisir entre ces deux opinions, Monsieur : ou le massacre des premiers nés est réel, ou il ne l'est pas. S'il est réel, il n'a pu être le fruit des artifices de Moïse, vous êtes convenu qu'il seroit extravagant de le croire. S'il est faux, Moïse ne peut pas l'avoir donné pour preuve de sa mission à un million d'hommes qu'il disoit en avoir été les témoins, & qui étoient en état de lui donner un démenti formel : choisissez entre ces deux opinions, celle que vous croirez la plus sage.

BELESPRIT.

Je ne m'attendois pas à une telle chûte. J'avoue, *Lady Violente*, que vous avez beaucoup d'esprit.

Lady VIOLENTE.

Je vous tiens quitte de toutes ces louanges, Monsieur : me trouvez-vous conséquente ? Cela me suffit.

BELESPRIT.

Donnez-moi le temps de respirer, s'il vous plait, vous êtes trop vive ; demain je vous dirai mon dernier mot.

La BONNE.

Et comme vous avez du bon fens, je fuis prefque affûrée que vous en viendrez à penfer comme nous fur la révélation ; car il n'y a pas moyen de fe roidir & de fe refufer à l'évidence, quand on l'apperçoit. Je vais m'étendre un peu fur ce que *Lady Violente* n'a fait qu'effleurer, pour ainfi dire ; ce point eft décifif, Mefdames, redoublez d'attention. Moïfe étoit-il infpiré ? Ne l'étoit-il pas ? Monfieur n'eft pas le premier qui a regardé Moïfe comme un homme qui n'avoit en vue que de fe fonder un empire : éloignons l'ombre même de toute incertitude par rapport à la divinité de fa miffion.

Il y a eu des Juifs qui ont obfervé la loi de Moïfe : c'eft une vérité qui ne peut etre revoquée en doute ; nous en voyons encore aujourd'hui dans toutes les parties du monde, qui font attachés à cette loi , & qui l'obfervent.

Cette loi que Moïfe a donné aux Juifs, étoit abfolument oppofée à leurs inclinations vicieuſes : ils étoient par eux-mêmes groſſiers, terreſtres, & leur penchant à l'idolatrie étoit une eſpece de fureur.

Il n'y a pas d'apparence que les Juifs ſe ſoient engagés à obſerver cette loi ſans avoir des raiſons déterminantes qui euſſent une force ſupérieure. Moïſe leur a donc donné des motifs ſi puiſſants pour s'y ſoumettre, qu'ils n'ont pu s'y refuſer.

Ces motifs ſont compris dans les livres qui renferment cette loi, & ont été énoncés dans le temps même où elle a été donnée.

Je ſuis le Seigneur ton Dieu qui t'ai tiré de la terre d'Egypte, & de la maiſon de ſervitude.

La loi de Moïſe n'étoit point comme celle de Numa & des autres Païens, cachée au vulgaire : on n'y trouve rien de plus ſouvent répété, que l'obligation d'en inſtruire les enfants dès leur plus tendre jeuneſſe. Les livres de Moïſe n'étoient point cachés comme ceux des Sibylles, on les liſoit hautement toutes les ſemaines & les jours de Fêtes : Moïſe y rappelle à chaque page les prodiges que Dieu a opérés par son moyen : il les rappelle à un peuple nombreux qu'il prend à témoin des faits qu'il rappelle, parce qu'ils se sont passés sous leurs yeux. Ce n'est point là la marche d'un Imposteur, & surtout d'un Imposteur habile, qui sentiroit qu'un seul trait faux, suffiroit pour le décrier sans retour dans l'esprit de ses Sectateurs. Il faut donc tenir tous ces faits pour constants, soit qu'ils ayent été opérés par l'intervention de la puissance divine, soit qu'ils ayent été l'effet de la science de Moïse, soit enfin qu'il ait été aidé par une autre puissance que celle de Dieu. Mais remarquez, Mesdames, que s'il y a seulement un seul de ces faits qui puisse être regardé comme appartenant à Dieu, il suffira pour faire recevoir tous les autres ; car il seroit contraire à la sainteté de Dieu d'autoriser la doctrine d'un Imposteur par un prodige.

Remarquez encore, Mesdames, que la loi donnée par Moïse étant toute sainte & toute propre à rendre les hommages heureux, on ne peut raisonnablement attribuer ses miracles au Démon, être malfaisant, qui ne pouvoit qu'être ennemi de cette loi : appliquons ceci à ce que nous avons dit précédemment.

Les premiers nés d'Egypte ont été tués dans une même nuit. Il seroit absurde de dire que ces morts ont été la suite d'un complot formé par Moïse. On ne peut l'attribuer à Satan, puisqu'il étoit question de punir un Tyran, de délivrer des innocents opprimés, & que ces œuvres étant bonnes par elles-mêmes, ne peuvent avoir pour auteur qu'un Etre bon. Donc ce prodige est un effet de la toute-puissance de Dieu.

BELESPRIT.

C'est ce que je ne vous accorderai jamais, Mademoiselle. Il étoit question de délivrer des innocents, dites-vous : & pour y réussir, on fait périr une multitude d'êtres sans contredit beaucoup plus innocents. Les enfants des Egyptiens étoient-ils coupables de l'obstination de Pharaon ? Les faire périr eſt une injuſtice & une barbarie qu'on ne peut attribuer à Dieu ſans blaſphême.

La BONNE.

Quoi! C'eſt un Philoſophe qui me tient ce langage. Les Païens ſur cet article en ſavoient plus que lui. Mourir n'eſt point un mal, mourir avant de connoître ſon exiſtence, peut encore moins être regardé comme un mal ; enfin un Chrétien doit penſer que la mort pour ces enfants, fut un vrai bien, puiſqu'il eſt hors de doute qu'elle leur épargna le crime de l'idolatrie, & mille autres dont ils ſe fuſſent rendus coupables s'ils euſſent vécu plus long-temps ; leur perte ne fut ſenſible qu'à leurs parents, qui ſans doute approuvoient la tyrannie de Pharaon ſur les Iſraélites. Reprenons ce que nous diſions. Dites-nous, *Miſs Belotte*, quels furent les prodiges qui accompagnerent & ſuivirent la ſortie d'Egypte. ?

Miſs BELOTTE.

Cette colonne de feu qui éclairoit

les Israélites pendant la nuit, & qui sous une autre forme dirigeoit leurs pas pendant le jour, le passage de la Mer rouge & mille autre.

BELESPRIT.

Ce passage de la Mer rouge a toujours été regardé comme un événement naturel dont Moïse se servit habilement. Quelques auteurs Païens nous assûrent que cette Mer avoit des flux & reflux extraordinaires, qui laissoient quelques-uns de ses passages à sec. Moïse dans le temps qu'il étoit Berger, avoit été instruit du temps où ce phénomêne arrivoit, & il en sut tirer parti.

Miss CHAMPETRE.

Voilà une de ces choses qu'on auroit honte d'avancer dans le roman le plus dénué de vraisemblance. Ou ce phénomêne prétendu étoit périodique, ou il ne l'étoit pas. S'il arrivoit dans des temps fixés, comment supposer qu'il fut ignoré des Egyptiens ? S'il n'y avoit aucun temps précis pour cette merveille de la nature, comment Moïse avoit-il pu y compter? Il faut donc mettre ce paſſage ſur le compte d'un haſard heureux, mais d'un haſard fait exprès ; car un quart d'heure de moins, une partie des Iſraélites auroient péri, un quart d'heure de plus, quelques-uns des Egyptiens ſe ſeroient ſauvés. Pour ranger cet événement parmi ceux qui ont des cauſes phyſiques, il faut ſuppoſer de telles rencontres, qu'elles ſeroient auſſi miraculeuſes que le miracle qu'on veut nier.

Miſs DOROTHE'E.

Ajoutez quelques remarques qui vous échappent, & qui détruiſent abſolument ce que Monſieur vient d'avancer. S'il avoit lu attentivement le texte ſacré, il auroit vû que la Mer n'étoit pas ſimplement déſſechée dans l'endroit où les Iſraélites la paſſerent ; mais que ſes eaux s'éleverent des deux côtés comme un mur, & demeurererent ſuſpendues tout le temps du paſſage, qu'elles n'étoient pas dans cette poſition lorſque les Iſraélites arriverent au bord de cette mer, puisqu'ils y étoient acculés , & que ne voyant point d'issue pour échapper aux Egyptiens, ils éclaterent en reproches contre Moïse, ce qui auroit été ridicule si le passage eut été ouvert. Que cette ouverture ou suspension des eaux arriva dans l'instant où Moïse les frappa de sa baguette. Que les Egyptiens ne virent point ce prodige , puisqu'à leur approche la colonne de feu qui éclairoit les Israélites , & marchoit à leur tête , changea de place & se mit entre eux & leurs ennemis , de maniere pourtant qu'elle n'étoit lumineuse que de leur côté , & faisoit comme un brouillard épais vers celui des Egyptiens. Eh bien, Monsieur ! que dites-vous de ce passage dont les Impies font tant de bruit & dont ils triomphent dans le globe des Anti - Chrétiens proche de Temple-bar ? Ils raisonnent là tout à leur aise ; car il n'y a personne pour relever leurs sottises ; ne vous y êtes-vous point trouvé par hazard *?*

B E L E S P R I T.

Je vous demande quartier , *Miss*
Do-

Dorothée, & pour le mériter, je vous confesserai que je suis un des membres de cette belle assemblée, où tous ceux qui veulent nier la révélation, sont admis. On n'y conteste pas la relation de Moïse comme ayant été écrite par lui; mais on prétend qu'il a inventé toutes les circonstances dont vous venez de parler, pour donner un air de miracle à ce qui n'étoit qu'un événement naturel. La force de l'habitude a remué vingt fois ma langue pour nier que ces circonstances fussent réelles; la honte m'a retenu. C'étoit aux témoins de ce fait que Moïse le rappelloit, il seroit absurde qu'il l'eut chargé de circonstances qu'ils eussent pu démentir.

La BONNE.

Ajoutez que ce ne fut pas le seul miracle de cette nature que Dieu fit en faveur des Israélites. Les eaux du Jourdain furent aussi dociles à la voix de Josué, que celles de la Mer rouge l'avoient été aux ordres de Moïse : elles se diviserent en deux, tout le peuple y passa, & ceux qui portoient l'arche, resterent tranquillement au milieu de son lit. On eut même le temps de prendre des pierres au fond de ce fleuve, & pour quel usage, s'il vous plait? Vous en ferez un Autel, dit Josué: & quand vos enfants vous demanderont ce que signifie cet Autel, vous leur répondrez: c'est en mémoire du miracle que Dieu fit en faveur de nos peres, lorsqu'il divisa les eaux de ce fleuve pour nous introduire dans la terre que nous habitons aujourd'hui. Que dites-vous de cette circonstance, Monsieur?

BELESPRIT.

J'avoue qu'elle est décisive, supposé que.... mais je m'arrête, je ne veux point batailler contre l'évidence: je voulois dire, supposé que ces livres eussent été publics du temps de Josué: or il est notoire qu'on les lisoit publiquement.

La BONNE.

Voyez actuellement quel cas vous devez faire des objections de Messieurs les esprits forts, lorsqu'ils nous disent sérieusement que le déssechement de la Mer rouge étoit un événement naturel, comme si défléchement ou suspension des eaux étoient la même chose. Quand ils ajoutent que les Historiens prophanes en ont parlé, cela fait beaucoup pour nous, & rien pour eux. Que ce fait se soit répandu, il n'y a rien que de vraisemblable ; mais qu'il se soit répandu de bouche en bouche avec toutes ses circonstances, cela n'est pas probable, puisqu'un événement s'altere en passant d'une rue dans une autre, sur-tout si ceux auxquels on le rapporte, n'ont aucun intérêt à la chose. Il n'en étoit pas de même des Israélites : m'en direz-vous la raison, *Lady Violente* ?

Lady VIOLENTE.

Elle est claire. L'assujetissement des Israélites a une loi gênante, étoit fondé sur la vérité de ces miracles : ils avoient donc un intérêt sensible à les bien éplucher, & nous pouvons nous en fier à cet égard, à leur incrédulité naturelle.

BELESPRIT.

Il n'étoit pas sûr pour eux de mon-

trer des doutes, Madame: Moïse les
punissoit trop séverement.

La BONNE.

C'est ce que nous examinerons dans
un moment, Monsieur; ne voltigeons
point sur notre sujet, c'est une ressource, mais je ne vous la laisserai pas. Je
vous ai dit qu'il me suffisoit de trouver
un seul fait qui fut au dessus des forces de la nature pour en conclure
que Dieu qui auroit opéré celui là,
auroit aussi opéré tous les autres,
puisqu'il seroit contraire à sa nature
de prêter sa toute-puissance à un Imposteur. Or ces miracles que je viens
de rapporter, sont au dessus de la
puissance humaine. Parmi le grand
nombre de ceux du même ordre opérés par Moïse, je n'en choisirai qu'un
seul, parce qu'il a subsisté pendant
quarante ans.

BELESPRIT.

Vous voulez sans doute parler de la
Manne: oh! pour celui là, Mademoiselle, vous ne me trouverez pas si
docile: le Capucin du Louvre dont
j'ai oublié le nom, & qui a voyagé

dans ces déferts, nous affûre que la Manne y tombe encore aujourd'hui.

Lady VIOLENTE.

Vous êtes bonnes gens, vous autres favants. Quand il s'agit d'un fait qui peut affoiblir la vérité de la révélation, vous l'admettez fur la foi d'un feul témoin, fans vous donner la peine d'en pefer la moindre circonftance; & s'il eft queftion des faits qui puiffent l'autorifer, vous recufez des milliers de témoins. Cette conduite eft - elle équitable? Cette Manne que votre Capucin a vue, étoit - elle en affez grande quantité pour nourrir plus d'un million d'hommes? Vous dit - il qu'il ait effayé pendant quelques jours de fe borner à cette forte de nourriture?

La BONNE.

Ce n'eft pas précifément la Manne dont il eft queftion, mais des qualités de la Manne. Qu'elle tombe encore aujourd'hui, cela ne m'importe point du tout : ce qui eft certain, c'eft qu'elle n'y tomboit pas, lorfque les Ifraélites arriverent dans ce défert;

car ils eurent le temps d'y souffrir la
faim , & d'y murmurer contre Moïse:
en second lieu , ils se recrierent à la
vue de la Manne , parce qu'ils n'en
avoient jamais vu , quoiqu'ils habi-
tassent au moins depuis quelques jours
dans ce désert. Troisiémement , cette
Manne continua de tomber jusqu'au
moment où ils firent du pain avec le
bled de la terre promise. Ils étoient
sortis du désert alors ; donc cette Manne tomboit sur les bords du Jourdain
qui depuis ce temps ont été fort fré-
quentés , & le sont encore aujourd'-
hui. Citez-moi quelque voyageur qui
ait vu de la Manne aux environs du
Jourdain. Vous voyez , Monsieur ,
que ce Capucin a pris quelque gom-
me ou autre chose pour la Manne
dont les Israélites furent nourris , &
s'il a osé annoncer ce fait pour ôter
le miracle que Dieu fit en faveur des
Juifs , ses voyages en étendant ses
connoissances , n'ont pas perfectionné son jugement ; car il n'y a nul
rapport entre ce qui existe aujourd'-
hui , & ce qui étoit alors. D'ailleurs,
si je n'ai pas lu les ouvrages de cet

homme, j'en connois un grand nombre d'autres qui n'euſſent pas manqué de nous inſtruire de cette particularité. Les voyages dans ces déſerts feroient plus fréquents ſi on y trouvoit cette reſſource, & les voyageurs ne ſe fatigueroient pas à y porter des proviſions. Mais revenons à ce que je voulois vous dire, *Miſs Dorothée.* Tous les Etres qui exiſtent, ont-ils des qualités? Quelles ſont ces qualités ?

Miſs DOROTHE'E.

Il y en a d'eſſentielles & d'accidentelles. Les premiéres ſont tellement attachées à leur ſujet, qu'on ne peut les en détacher ſans le dénaturer & le détruire : une qualité eſſentielle au feu, c'eſt de déchirer, de diviſer tout ce que l'on offre à ſon action; un feu qui ne produiroit pas cet effet, ne ſeroit pas de la nature de celui que nous connoiſſons, ce ſeroit un feu en peinture par rapport au nôtre. Une qualité eſſentielle à l'eau, eſt la fluidité : toute eau qui n'eſt pas contenue, cherche à s'échapper. Une qua-

D 4

lité essentielle à la terre, est la pesanteur ; il faut qu'elle soit soutenue, & au moment qu'elle cesse de
l'être, elle tombe. Ces trois choses
cesseroient d'être feu, eau, & terre,
si on pouvoit les dépouiller de leurs
qualités. Toutes les forces de la nature réunies, quand on y ajouteroit
tout ce que l'art peut inventer, ne seroient pas capables de conserver le feu
en lui ôtant ses parties aigues & tranchantes, l'eau, en la privant de sa
fluidité, la terre en la dépouillant de
sa pesanteur. Tant que ces corps exis-
teront sous le même mode, ils auront
ces qualités essentielles qui constituent
leur essence.

La BONNE.

Remarquez que ce qui est absolument hors de la puissance de la nature & de l'art réunis, est possible à
Dieu, & que les miracles dans lesquels il suspend & intercepte, pour
ainsi dire, les qualités essentielles, n'appartiennent par conséquent qu'à lui.
Ainsi dans le passage de la Mer rouge & du Jourdain, les eaux sans cesser

d'être fluides. furent suspendues ; l'ordre de Dieu fut pour elles une bar-
riére qu'elles ne purent franchir. Lorfque les trois enfants furent jettés dans
la fournaife, le feu ne perdit rien de
fon activité, puifqu'il confuma ceux
que Nabuchodonofor employa pour
les y jetter; mais les flammes reçurent
l'ordre de refpecter les trois enfants,
fi je puis employer cette expreffion ;
leur qualité effentielle de déchirer &
de détruire par rapport à ces trois
enfants, fut fufpendue. Que conclu-
rez - vous de tout ceci , *Lady Violente* ?

Lady VIOLENTE.

Que toutes les fois qu'un corps
fubfiftera , & que fes qualités effentielles feront fufpendues , nous ferons
forcées de reconnoître l'intervention
de la Divinité ; car il n'y a qu'elle à
qui cette fufpenfion foit poffible.

La BONNE.

Je remarque ce caractere de la
Divinité , fur-tout dans un des miracles de Moïfe qui eft le plus à la por-

tée de nous autres femmes qui sommes ignorantes. La Manne qui tomba dans le défert, étoit si corruptible de fa nature, que du jour au lendemain elle fe rempliffoit de vers. Cependant cette qualité qui lui étoit effentielle, demeuroit fufpendue le feptiéme jour, & ne l'étoit que ce jour là ; toute la puiffance humaine ne pouvoit opérer ce prodige. Le beurre par fa nature fe liquéfie au feu ; fi tous les Dimanches un homme parvenoit à le faire jetter dans une fournaife & à le retirer en maffe, on ne pourroit douter que cet homme ne fut aidé du fecours d'en haut. Difons donc : l'incorruptibilité de la Manne le feptiéme jour étoit un miracle que toutes les forces de la nature & de l'art ne pouvoit opérer. Donc Dieu en étoit l'auteur.

Ce feul fait fuffiroit, Mefdames, pour nous prouver la miffion de Moïfe & la divinité de la révélation dont il a été le Miniftre & l'Ecrivain ; mais je fuis fi riche en preuves que je ne puis me contenter de celle là. Je vous exhorte donc d'ici à la premiere le-

çon à réfléchir fur l'hiftoire de Moïfe, & à raffembler toutes les objections qui pourront vous venir dans
l'efprit.

SECONDE JOURNÉE.

De la feconde Partie.

La Bonne.

EH bien, Mr. *Belefprit* ! Vous n'a-
vez point été rebuté de notre
premiere leçon. Quelles réflexions ont
produit ce que vous avez entendu ?
Car fi j'ai bonne mémoire, vous m'a-
vez promis d'en faire, & je gagerois
bien que vous m'avez tenu parole,
peut-être malgré vous.

Belesprit.

Encore une fois, Mademoifelle,
difpenfez moi de cette confeffion ;
je reviens, c'eft figne que je ne fuis
pas obftiné : ne m'en demandez pas
d'avantage, fouffrez moi dans l'efpé-
rance de ne pas perdre abfolument

vos foins à mon égard : du moins en attendant je vous ferai bon à quelque chofe. Vous fouhaitez , dites - vous , qu'on vous faffe des objections : je connoîtrai bientôt fi vous êtes fincere.

La BONNE.

Eprouvez le , Monfieur , ne me ménagez pas : c'eft bien fincérement que je vous ai prié d'en faire ; j'ai bien autant d'intérêt que vous à n'être point trompée fur un article d'auffi grande conféquence.

BELESPRIT.

Ma premiére objection eft fur la maniere dont les écrivains que vous regardez comme facrés, ont traité ce qui regarde les fciences : ces hommes s'ils euffent été infpirés , ne nous euffent pas dit que le foleil fut arrêté par Jofué , puifqu'il eft certain que c'eft la terre qui tourne. On feroit un volume des fautes qu'ils ont faites par rapport à la Phyfique , à la Chronologie , à la Géographie.

La BONNE.

Vous commencez par póser en fait, Monsieur, ce qui n'est qu'en question: J'avoue que le sistême de Copernic est le plus généralement reçu ; cependant le sentiment opposé a encore des partisans célébres. Quant à la Chronologie, il pourroit fort bien arriver que nous ignorions la façon de compter des anciens ; mais je ne m'arrête point à cela, & je vous répondrai d'après Saint Augustin, que le but du Tout-puissant en inspirant les écrivains sacrés, étoit de faire des Saints, & non des savants : ainsi dans tout ce qui regarde la foi & la morale, les écrivains sacrés ont été inspirés de Dieu. A l'égard des choses qui regardent les sciences, ou ils ont été abandonnés à leurs lumieres naturelles, ou ils ont cru devoir se conformer aux idées reçues de leur temps. Si Josué eut dit à la terre de s'arrêter, il n'eut pas été entendu, & les Israélites l'eussent regardé comme un insensé.

Miss D O R O T H E'E.

Il y avoit un remede à cela , ma *Bonne* , il falloit briévement leur faire à la tête de l'armée un petit cours de Cosmographie , & leur expliquer en peu de mots les bonnes raisons qui engagent à croire que c'est la terre qui tourne , & non pas le soleil.

B E L E S P R I T.

Il faut avouer que *Miss Dorothée* est bien méchante. Mais que répondrez - vous par rapport aux histoires scandaleuses que ces écrivains ont inférées dans leur histoire? Plusieurs des Patriarches ont été des Scélérats à pendre , je dis même plusieurs de ceux qu'on compte parmi les ayeuls du Messie. David qu'ils disent avoir été selon le cœur de Dieu , étoit un méchant homme , & l'écriture ne blâme point un grand nombre de mauvaises actions qu'il a faites.

La B O N N E.

Ce que je répondrai , Monsieur , que votre objection bien loin de di-

minuer ma foi fur la divinité des fain-
tes Ecritures, eſt une des raiſons qui
m'engagent à croire que ceux qui l'ont
écrite, ont été inſpirés de Dieu. Vous
autres ſavants incrédules, ſoufflez fort
bien le froid & le chaud de la même
bouche. Sur quoi principalement appuyez-vous le Pyrrhoniſme, par rapport à l'hiſtoire ? Sur la partialité des
Hiſtoriens: ils ont écrit, dites - vous
ſelon l'intérêt de la paſſion dont ils
étoient animés. Que je préſente la vie
de Marie d'Ecoſſe à un Anglois Pro-
teſtant ; il ſe moquera, & avec raiſon des éloges que le Pere d'Orléans
lui donne, & dira: cet homme préoc-
cupé du zéle de la religion qu'il pro-
feſſe, a eu intérêt de blanchir une
Reine Papiſte, & n'a eu garde d'a-
vouer les crimes dont elle étoit réellement coupable: c'eſt plutôt un Apo-
logiſte qu'un Hiſtorien ; ce qu'il ne
peut nier, il le pallie comme s'il eut
craint que le contrecoup des crimes
de cette Reine ne fut retombé ſur ſa
religion. Cet Anglois aura une bonne
raiſon d'être en garde contre un Hiſtorien partial : on ſait aſſez qu'un Hiſ-

torien diffimule avec adreffe les fautes de fes Héros. Eft-il queftion d'un
roman ? Les principaux perfonna-
ges font toujours des modéles de perfection : il ne coute rien à l'auteur
de les décorer de toutes les vertus
poffibles , & il n'y manque pas s'il
fait fon métier. Quel étoit le but de
Moïfe en écrivant, fuppofé qu'il doive être regardé comme un Hiftorien
ordinaire ? De faire paffer la race de
Sem dont Abraham defcendoit, comme celle d'où devoit fortir fon peuple,
& le Chef de fon peuple. Les promeffes que Dieu avoit fait à Adam, il
les renouvelle d'une maniere bien plus
marquée à Abraham & aux Patriarches fes Defcendants. Voilà les Héros de Moïfe , & par conféquent
ceux dont il auroit eu intérêt d'atté-
nuer , ou du moins de juftifier les
mauvaifes actions par des motifs fe-
crets. Le fait-il ? Au contraire. Il nous
avoue que plufieurs & les principaux
même de cette race choifie , ont été
de fort malhonnêtes gens : c'eft-à-
dire, que Moïfe eft un Hiftorien comme on fouhaiteroit qu'ils le fuffent

tous : un homme impartial qui a choiſi la vérité pour ſon guide. Vous prétendez que Moïſe étoit un homme habile, un homme fin & ruſé. S'il étoit un Impoſteur, je prononcerois hardiment qu'il n'avoit pas le ſens commun, puiſqu'il eut fourni des objections contre ceux dont il écrivoit l'hiſtoire, ou plutôt ſous le nom deſquels il bâtiſſoit ſon roman, objections qu'il lui étoit aiſé de prévoir & d'anéantir ; le plus mince écrivain de nos jours n'auroit garde de commettre une telle ſottiſe. Donc Moïſe étoit forcé en écrivant, de ſuivre le mouvement de l'eſprit qui le guidoit, & cet eſprit eſt l'éternelle vérité, qui n'a pas beſoin d'étayer ſon ouvrage par le déguiſement & le menſonge.

BELESPRIT.

Voici ma troiſieme objection à laquelle il ne ſera pas auſſi facile de répondre qu'aux deux premieres.

Les Iſraélites connurent fort bien que Moïſe les trompoit, & leur donnoit en preuve de la Divinité de ſa miſſion des faits qui n'avoient jamais exiſté ; mais la crainte lioit leurs langues ; ils le connoiſſoient pour un homme qui ſacrifioit tout à ſon ambition, & le châtiment épouvantable qu'il fit de ceux qui oſerent ſe révolter contre lui, força tous les autres au ſilence.

La BONNE.

Décompoſons votre objection afin d'y mieux répondre. Vous établiſſez d'abord comme une choſe de fait que Moïſe étoit un ambitieux, & vous me l'aſſurez ſans preuve : je ſerois autoriſée à vous en demander, & cependant je veux bien vous épargner une peine inutile ; je prends ſur moi de vous faire convenir que ſes démarches & ſa conduite ſont contradictoires à celle d'un homme dominé par l'ambition.

Vous ſuppoſez en ſecond lieu que le ſilence des Iſraélites, lorſqu'il leur répétoit ſans ceſſe des faits qui n'avoient jamais exiſté, vous ſuppoſez, dis-je, que ce ſilence étoit un effet de la vengeance qu'il tira de ceux qui lui désobéirent.

Enfin, vous supposez que le châtiment de ces rebelles doit être attribué à Moïse. Il s'agit de détruire ces trois moyens d'incrédulité.

Qu'est-ce que l'ambition ? Le desir d'être estimé, de dominer, de laisser après soi une famille puissante qui transmette son nom à la postérité. Un ambitieux s'attribue toutes les bonnes qualités, cache adroitement ses défauts, évite d'associer personne à sa puissance, regarde les répréhensions comme un insulte : examinons si nous découvrirons ces caracteres dans Moïse. Qu'en pensez-vous, Mesdames ? Répétez à Monsieur ce que nous avons déjà dit.

Lady VIOLENTE.

Du moins on ne peut l'accuser de s'être donné comme un homme courageux : il s'enfuit au premier reproche du meurtre qu'il avoit commis. Qu'eussent fait Tarquin, Mahomet en pareil cas ? Ils eussent tué l'indiscret qui leur faisoit ce reproche, &

auroient trouvé leur sûreté, non seulement dans la mort de celui qui le leur faisoit, mais encore dans celle de celui qui avoit été témoin de cette accusation. Moïse au lieu d'imiter la conduite des Tyrans, se sauve, & pendant plusieurs années s'occupe tranquillement à garder des troupeaux. Il nous a laissé par écrit l'histoire de sa vision sur le Mont Sinaï; s'il l'avoit inventée, assûrément elle seroit écrite dans un autre goût. Il nous auroit assûré qu'il n'avoit pas hésité à se sacrifier pour le salut de son peuple, au premier commandement qu'il en reçut du Seigneur: il nous impatiente au contraire par les difficultés qu'il ose faire à Dieu; il n'est occupé que de la difficulté qu'il a de bien prononcer, & ne se rend qu'à des ordres réitérés; j'aime sur-tout la simplicité avec laquelle il nous assûre qu'il eut grand-peur à la vue du serpent dans lequel sa baguette avoit été transformée, & qui le porta à fuir.

Moïse avoit des enfants; il doit sans doute les avoir eus en vue dans la souveraineté qu'il se ménage. A-t-on jamais vu un ambitieux élever ses neveux, des étrangers, & laisser sa famille dans la poussiere ? Le sacerdoce reste dans la famille d'Aaron, le commandement est donné à Josué, & les enfants de cet homme soi-disant ambitieux, n'ont pas la plus legere distinction. Moïse ne prend aucune précaution pour leur assûrer du moins une portion avantageuse dans la terre promise, précaution qu'il prend par rapport à d'autres, je crois que c'étoit pour les enfants de Caleb. Non, ce n'est pas là la marche d'un ambitieux.

Miss DOROTHE'E.

Non d'un ambitieux ordinaire ; mais si la marotte de Moïse a été d'immortaliser son nom à titre d'homme inspiré de Dieu, il ne pouvoit pas mieux s'y prendre. D'ailleurs, l'incapacité de ses enfants a pu le forcer à les laisser dans l'oubli par amour pour son ouvrage, qu'ils étoient incapables de soutenir. Un ambitieux, dit-on, n'a pas de parents.

La BONNE.

Il y avoit des emplois qui ne demandoient aucune capacité, tels que
ceux qui furent laissés dans la famille
d'Aaron ; Moïse pouvoit sans risquer
son ouvrage, les laisser à ses enfants,
ou du moins les y associer.

Miss CHAMPETRE.

Peut-être craignoit-il son frere qui
étoit aussi ambitieux que lui, & qui
n'eut pas été d'humeur à souffrir ce
partage.

La BONNE.

Non, Mesdames ; Moïse ne craignoit pas son frere qui étoit d'ailleurs
un homme foible. Nous en avons la
preuve dans la maniere dont il se
comporta pendant que Moïse fut sur
le Mont Sinaï. Aulieu de s'opposer
vigoureusement à l'impiété du peuple
qui vouloit une Idole, Aaron se prête
à ce criminel dessein : il aime mieux
leur fondre un veau d'or, que de
s'exposer à périr en résistant. Moïse
montra bien qu'il ne le craignoit gue-

res, lorsqu'il lui reprocha cette indigne action en présence de tout le peuple.

Lady LOUISE.

Ces Dames ne s'apperçoivent pas que si leurs objections étoient réelles, elles produiroient un effet unique. Deux ambitieux qui s'accordent ensemble pendant tant d'années, c'est ce qui ne s'est jamais vu, ou du moins qui est bien rare : la rivalité dans la faveur divise les pere d'avec les enfants, brouille les amis les plus chers; à plus forte raison la rivalité dans le commandement eut il fait élever quelques nuages entre les deux freres ? Mais je suppose avec elles que Moïse craignoit réellement Aaron ; nous avons déjà remarqué qu'il avoit une belle occasion de s'en défaire. Lorsque les Lévites traverserent le camp en tuant à droite & à gauche tout ce qui se rencontroit sur leur passage, Moïse pouvoit fort bien ménager un bon coup d'épée pour Aaron, puisqu'on est convenu que les ambitieux n'ont point de parents. La politique lui en eut fait une loi, supposé qu'il

fut paſſionné pour ſon ouvrage. Il ne
pouvoit pas deviner qu'il ſurvivroit à
ſon frere, & dans le cas où il fut
mort avant lui, il ne pouvoit gueres
compter pour ſoutenir ſon entrepriſe
ſur un homme qui venoit de montrer une telle foibleſſe.

La BONNE.

Ce raiſonnement eſt ſans réplique
& prouve qu'on ne peut raiſonnable-
ment attribuer à la crainte la préférence qu'il donna aux enfants d'Aaron ſur les ſiens. On n'eſt pas mieux
fondé à dire que ce fut à raiſon de
l'incapacité des derniers, & par amour
peur ſon œuvre. Cromwel connoiſſoit
fort bien celle de ſon fils, & lui laiſſa
pourtant ſa place. Pourquoi Moïſe
n'en a-t-il pas fait autant ? Cette conduite déſintéreſſée n'eſt - elle pas la
preuve de la réalité de ſa miſſion ?
Nous voyons par-tout un homme qui
eſt conduit, qui n'agit point ſelon ſon
goût, ſelon ſes inclinations naturelles, & ſelon que tout autre, qui agiroit
par ſes propres lumieres, le feroit. Remarquez encore que Moïſe fut ne pas

ména-

ménager ſes proches quand ils firent
des fautes ; ſa ſœur Marie ne fut-elle
pas punie pour s'être moquée de ſa
femme ?

Il nous reſte à examiner ſi ce fut
la crainte qui ferma la bouche aux Iſraélites, & ſi le châtiment des rebelles & celui de Marie peut être attribué à Moïſe ſans bleſſer les regles de
la vraiſemblance.

L'hiſtoire de Moïſe nous apprend
que les Iſraélites ſe révolterent contre
lui, preſque auſſitôt après le paſſage
de la Mer rouge. Ils voulurent le la-
pider & lui reprocherent qu'il les avoit
menés dans le déſert pour les y faire
mourir de faim & de ſoif. Que ne
lui diſoient-ils alors qu'il leur citoit
de faux miracles ? Au milieu de cette
troupe de ſéditieux, Moïſe eſt tranquille & leur dit : ce n'eſt point contre moi que vous murmurez, c'eſt contre le Seigneur qui vous a tirés de la
terre d'Egypte, en tuant les premiers
nés des Egyptiens, en ouvrant la Mer
rouge. Oh ! Qu'il leur ouvroit un beau
champ pour lui reprocher ſon impoſ-
ture, s'il leur eut cité des faits moins

Tome II. ſecond. Part.   E

bien avérés. Cela eut été capable de
porter leur fureur à son dernier période. En bonne politique , c'étoit ces
premieres séditions qu'il eut fallut punir d'une maniere terrible. Elles demeurerent sans châtiment, & Moïse
sans vengeance.

B E L E S P R I T

Aussi Moïse qui reconnut sa faute,
prit-il de bonnes mesures pour punir
les séditions qu'il prévit devoir bientôt
suivre celles-là , & ces mesures furent
efficaces dans la révolte de Coré , Dathan & Abiron.

Miss D O R O T H E'E.

Comme vous sautez, Monsieur !
N'est-il rien arrivé qu'on puisse remarquer dans tout cet intervalle ?

La B O N N E.

Un grand nombre de choses , ma
chere ; mais avant de les rappeller ,
je veux répondre à Monsieur, & lui
répéter que Moïse s'avisa bien tard de
cette effroyable vengeance ; car presque tous les pas des Israélites furent

marqués par leurs murmures : ils se révolterent jusqu'à quarante fois, & le plus souvent Moïse, sans en tirer des châtiments, ne leur répondit qu'en faisant un miracle.

BELESPRIT.

Miracles, selon vous ; mais qui très assûrément peuvent être contestés. Qui empêche de croire que le rocher qu'il frappa de sa verge, avoit été émincé auparavant, en sorte qu'il ne restoit plus qu'une écorce de pierre, pour ainsi dire, qu'il fut très aisé à Moïse de rompre en la frappant à coups redoublés avec son bâton ?

Miss DOROTHE'E.

Vous demandez ce qui empêche de croire ce que vous venez de dire, Monsieur ? Le bon sens. Ne diroit-on pas que Moïse étoit armé d'une massue égale en force à celle d'Hercule ? Cependant cette arme formidable est par-tout appellée une verge, une baguette, ce qui ne présente à l'esprit que l'idée d'un bâton fort mince.

La B O N N E.

Ajoutez que si Moïse étoit un fourbe, il étoit un fourbe bien heureux,
qui sembloit avoir la fortune à ses ga-
ges; car si ce rocher avoit été émincé pour me servir de vos termes, si,
dis-je, il avoit été assez émincé pour
céder à un coup de bâton, comment
le mouvement d'une source considérable qui y couloit, ne brisa-t-il pas
cette écorce devenue si foible ? Que
devenoient ces eaux assez abondantes
pour abreuver un million de personnes & de grands troupeaux avant que
Moïse leur eut donné cette issue ? Savez-vous bien que je me reproche de
réfuter sérieusement de pareilles objections ? Et ces eaux dont Moïse adou-
cit, ou plutôt fit disparoître l'amertume en y jettant un morceau de bois,
qu'en dites-vous ?

B E L E S P R I T.

Je dis que Moïse qui étoit un bon
Physicien, connoissoit la propriété qu'-
avoit ce bois de rendre douce les choses qui étoient ameres, & qu'il se

servit habilement de cette connoissance pour jouer un miracle.

Lady LOUISE.

Je le dirai encore une fois : Messieurs les Pyrrhoniens sont d'étranges
gens. Pour nier le vraisemblable, ils
admettent l'absurde. Ne sembleroit-il
pas à vous entendre qu'il n'etoit question que d'ôter l'amertume d'un seau
d'eau ? J'avoue qu'un morceau de bois
pourroit fort bien changer l'amertume
d'une aussi petite quantité d'eau, quoique nos Physiciens modernes ne connoissent pas cet admirable bois, du
moins que je sache. Mais il étoit question d'une eau courante qui sortoit
d'une source dont l'eau se renouvelle
sans cesse, sans quoi elle seroit bientôt épuisée ; & vous voudriez nous
persuader que ces eaux qui n'étoient
pas encore écoulées, ont participé au
bénéfice que ce bois avoit procuré à
celles qui couloient actuellement.
Quel beau secret ! Tenez, Monsieur,
je répéte après ma *Bonne*, faites-nous
des objections plus sensées, ou laissez-
nous croire avec les Israélites que ce

fait & ceux qui l'avoient précédé, étoient miraculeux, & ne devoient rien à la Physique.

BELESPRIT.

Mais vous supposez, Madame, que les Israélites regardoient ces faits comme miraculeux, & j'ai des preuves qu'ils n'ont jamais cru Moïse un homme inspiré de Dieu ; témoins les révoltes & les murmures dont vous convenez. Quelle nation ! Quel homme si téméraire que de se révolter contre Dieu, s'il étoit persuadé que c'est Dieu qui commande ?

Miss DOROTHE'E.

Hélas ! Mon cher Monsieur, il ne faut pas aller bien loin pour trouver cet atome téméraire (supposé qu'il faille pour cela sortir de chez vous) : indépendamment de l'examen que nous faisons ici, j'ai fait en mon particulier des réflexions assez profondes sur la religion pour savoir à quoi m'en tenir. Oui, Monsieur, je suis plus convaincue de la vérité des promesses & des menaces du Tout-puissant, que je ne le fuis de votre préfence en ce lieu; & cependant cela ne m'a pas empéchée de faire dix mille fautes. Le voleur fait bien que ceux de fa profeffion n'échappent point au gibet; mais fa paffion pour le bien d'autrui l'emporte fur cette perfuafion, comme mes paffions l'emportent fur ma foi. Et vous-même, Monfieur, qui croyez à la loi naturelle, ne l'avez-vous jamais violée ?

BELESPRLT.

Paffons outre, s'il vous plait, *Mifs Dorothée*; vous avez des arguments fans réplique. Je ne fuis pas affez hardi pour foutenir la négative, ni affez humble pour faire une confeffion publique. D'ailleurs cela vous fcandaliferoit.

La BONNE.

Ajoutez que fi vous oubliez quelque chofe, *Mifs Dorothée* qui a la mémoire excellente, & qui vous connoit depuis long-temps, feroit perfonne à vous rappeller vos faits & geftes. Vous êtes mal mené, mon pauvre

Monsieur, peut-être serez-vous plus heureux dans la troisieme partie de votre objection.

Moïse, dites-vous, trouva dans la suite les moyens d'intimider les rebelles par des châtiments terribles. C'est-à-dire, que vous lui attribuez ces châtiments. Marie sa sœur fut frappée tout à coup de la lepre, puis elle fut guérie radicalement dans un temps fort court. Coré, Dathan & Abiron furent précipités dans les entrailles de la terre qui s'ouvrit pour les engloutir, & se referma aussitôt. Le reste de leurs partisans fut dévoré par le feu. Je pourrois vous citer d'autres châtiments ; mais ceux-là suffisent. Voyons si la Physique vous fournira l'explication de ces prodiges.

B E L E S P R I T

Il ne faut que consulter un habile Ingénieur : il vous diroit qu'une mine pourroit avoir produit cette merveille prétendue.

La B O N N E.

Je ne vous chicanerai point sur la poudre dont l'invention est moderne ;

je supposerai, pour vous faire plaisir, qu'elle étoit connue de Moïse, & même de Josué ; car vous en aurez besoin pour faire tomber les murailles de Jéricho. Mais pour faire produire à la poudre cet effet merveilleux, il faut une mine. Pour faire cette mine, il faut avoir creusé une chambre sous terre, il faut allumer la meche, & avoir fait un retranchement solide pour mettre en sûreté celui qui doit l'allumer. Or comment Moïse eut-il pu faire ouvrir la terre sans être apperçu des Israélites ? Avoit-il aussi un secret pour les endormir pendant ce temps là ? Si vous dites qu'il fit ouvrir la mine à une très grande distance du camp, & que le travail fut continué sous terre sans qu'on s'en apperçut, c'est lui supposer un grand nombre de confidents ; car un tel travail demande beaucoup d'ouvriers. Comment dans ce nombre ne se trouvat-il point un indiscret, ou un honnête homme, qui avertit les Israélites de la supercherie qu'on leur faisoit ? D'ailleurs le châtiment des rebelles suivit immédiatement leur révolte ; Moïse

E 5

avoit donc deviné qu'il y auroit une
sédition, que Coré, Dathan & Abiron
en seroient les Chefs ; car il falloit
placer la mine sous leurs tentes, &
le faire si adroitement, qu'elle n'en-
dommageat pas celles de leurs voisins
innocents. Il n'est point question d'ex-
plosion, c'est-à-dire de bruit, dans cette
ouverture de la terre ; les rebelles ne
sauterent point en l'air, tous effets
inévitables de la poudre. De plus, il
falloit que celui qui devoit mettre le
feu à cette poudre, fut exactement
instruit de l'instant où Moïse vouloit
que ce prodige fut opéré. Si ces hommes, dit-il, meurent de mort naturelle, vous pourrez dire que je ne parle pas de la part du Seigneur. Si la
terre s'ouvre & les engloutit tout vivants, vous connoîtrez que c'est le
Seigneur qui a parlé. En finissant ces
mots la terre s'ouvre. Quatre minutes
plutôt le prodige n'eut point été prédit.
Quelle justesse dans cette machine
de Moïse ! Disons plutôt, qu'il faut
des circonstances impossibles à rassem-
bler, pour donner une ombre de vraisemblance aux fables des incrédules.

Je le soutiens, & le répéte : ces hommes qui refusent de croire la Sainte Ecriture à cause des événemens merveilleux qu'elle nous présente, sont obligés de recourir à l'absurde, ou du moins à des combinaisons si extraordinaires, que leur assemblage seroit une vraie merveille qu'on ne pouvoit raisonnablement se promettre. Monsieur *Belesprit* n'at-il plus rien à nous objecter sur ce fait ?

BELESPRIT.

Non, pour le présent, Mademoiselle : vous pouvez, si vous le voulez, continuer votre histoire.

La BONNE.

Nous n'allons pas si vîte, Monsieur, il faut auparavant résumer ce que nous avons dit. Il y a eu, il y a encore des Juifs qui observent une loi fort pénible. Cette loi leur a été donnée par un nommé Moïse qui les a tirés d'Egypte, en opérant plusieurs miracles ; car on ne peut assigner des causes naturelles à plusieurs des événements dont nous avons parlé, ou

plutôt à tous. Ces événements, c'est-
à-dire, la sortie d'Egypte & la con-
quête du Pays de Chanaam avoient
été prédits long-temps auparavant,
& l'on apperçoit clairement la liaison des prodiges avec les promesses;
les premiers ne s'opèrent que pour
l'accomplissement des secondes. L'histoire de ces miracles a été écrite sous
les yeux de ceux qui en avoient été
les témoins : ils ne l'ont point con-
testée, quoiqu'elle fut publique & entre les mains de tout le monde.
Donc cette histoire contient des faits
réels.

BELESPRIT.

Encore un mot, Mademoiselle ;
en supposant comme vrais les miracles faits par Moïse, seroit-ce une
preuve que la religion qu'il enseignoit,
fut divine ? Le Paganisme a ses miracles. Toute la Ville de Rome n'a-t-
elle pas vu une Vestale injustement
soupçonnée d'avoir manqué à son
vœu de chasteté, tirer avec son voile
un vaisseau qui étoit demeuré immobile malgré le vent & les efforts des

Rameurs. Vespasien n'a-t-il pas guéri un aveugle, en lui mettant de la salive sur les yeux. Apollonius de Thiane n'a-t-il pas ressuscité une fille morte? La Prêtresse d'Apollon à Delphe, n'a-t-elle pas deviné ce que l'Empereur faisoit au moment où la lettre qu'il lui envoyoit, avoit été écrite? Une autre fois n'a-t-elle pas deviné le piége qu'il lui tendoit, en lui envoyant une feuille de papier non écrite scellée de son sceau, & à laquelle elle devoit répondre sans briser le cachet: elle lui envoya pour réponse une feuille pareille à celle qu'elle avoit reçue. Voilà des miracles assûrément; les prendrons-nous comme une preuve de la vérité de la religion des Romains? En seriez-vous d'avis?

La BONNE.

Si je ne vous avois présenté que des miracles de cette espece, vous ne seriez pas aussi embarrassé que vous l'êtes à vous tirer d'affaire. Nous les examinerons dans un moment; mais auparavant, je rappellerai, s'il vous plaît, une regle que j'ai déjà

établie, & qui n'eſt point équivoque
pour juger des faux miracles. Dès là
que je ſuis perſuadée que le miracle
eſt l'œuvre immédiate, pour ainſi dire,
d'un Dieu infiniment parfait, il doit
être opéré pour des fins dignés de celui qui le fait. Ainſi toutes les fois que
je verrai ou qu'on me rapportera un
fait extraordinaire dont l'effet a été
de procurer la connoiſſance, la gloire
& le ſervice de Dieu, une grande utilité pour le genre humain, la conver-
ſion ou le châtiment d'un pécheur,
la juſtification d'un innocent ; je dirai :
toutes ces œuvres étant dignes de Dieu,
il eſt naturel de penſer qu'il a pu les
faire ; il ne me reſtera qu'à examiner
s'il les a faites réellement ; car il eſt
certains biens qui nous paroiſſent néceſſaires à nous créatures aveugles, &
qui ne paroiſſent pas tels aux yeux
du Tout-puiſſant. J'examinerai donc
moins ce miracle, que la fin du miracle : le fruit qu'il opére eſt la pierre de touche pour moi.

Lady LOUISE.

Je n'entends pas bien ce que vous

avez dit d'abord, ma *Bonne.* Est - ce que Dieu qui est infiniment bon, ne fait pas toujours ce qu'il y a de plus juste & de meilleur ?

La BONNE.

Oui, Madame, mais ce juste ne nous paroit pas toujours tel qu'il est. Deux innocents sont accusés d'un crime. L'un est un homme d'une grande vertu, & auquel il ne manque que l'avantage d'être persécuté : Dieu le laisse succomber sous le poids de la calomnie ; il perd sa réputation, ses biens, sa vie même. Assûrément Dieu pouvoit le justifier par un miracle ; mais ce miracle, cet homme de bien, loin de le demander, en auroit gémi, parce qu'il l'auroit privé du trésor d'une infinité d'actions de vertus héroïques qui ont fait sa fortune pour l'autre monde ; & Dieu comme un bon pere, n'a pas voulu arracher des mains de cet enfant chéri des richesses dont il savoit qu'il devoit faire un si bon usage. L'autre est un homme imparfait, qui vit, si vous voulez dans le désordre, qui mourroit dans le dé-

fefpoir, s'il fuccomboit fous la calomnie : alors Dieu qui prévoit que s'il
vivoit encore quelque temps il fe con-
vertiroit, peut faire un miracle pour
manifefter fon innocence & l'engager
par là à fe convertir. Ces deux con-
duites de Dieu font dignes de fa fageffe & de fa bonté ; mais à nos yeux
elles ne paroîtroient pas telles, & fi
la foi ne nous éclairoit, nous aurions
décidé que le miracle eut été plus
jufte pour juftifier le premier de ces
hommes que le fecond. M'entendez-
vous à préfent, Madame ?

Lady LOUISE.

Oui, ma *Bonne*. Je vous demande
pardon de vous avoir interrompue,
& je vous prie de continuer.

La BONNE.

On vient me dire qu'il s'eft fait un
miracle pour autorifer une action ma-
nifeftement contraire aux dix commandemens de Dieu. Je dis hardiment : ce fait eft faux, ou Dieu n'en
eft pas l'auteur. S'il étoit de ceux qui
furpaffent la puiffance de la nature

ou de l'esprit des ténébres, je prendrois le premier parti, & voici comme je raisonnerois. Dieu seul peut ressusciter un mort. Il ne peut pas avoir ressuscité ce mort pour me persuader qu'il soit permis de lui désobéir; donc Dieu ne l'a pas ressuscité; donc il n'étoit pas mort. Si c'étoit la guérison d'une maladie, je tiendrois la premiere partie de mon opinion, & je dirois : cette guérison ayant été opérée pour autoriser le violement de la loi de Dieu, il ne peut pas en être l'auteur. Elle est pourtant réelle; j'en conclus que la nature ou le Diable en ont été les artisans. Ce mal sans doute n'étoit pas incurable par sa nature, mais parce que les Medecins ignoroient & sa cause & les moyens efficaces de la faire cesser. Ce que les Medecins ignorent, le Diable le sait, & peut par conséquent sans miracle avoir opéré cette guérison. Je vais vous rendre ceci sensible par un exemple. Un homme qui s'étoit couché le soir avec de très bons yeux, fut éveillé vers le milieu de la nuit par des douleurs terribles. Son œil étoit enflé, &

l'inflammation étoit telle, que l'Oculiste qui fut appellé, avouoit n'en avoir jamais vu une pareille, & conclut à la saignée & à un grand nombre d'autres remedes. Pendant qu'on se préparoit à les administrer, la fille de cet homme se souvint qu'il avoit travaillé la veille sur un ressort d'acier, & pensa que peut être quelques particules imperceptibles de ce métal étoient entrées dans les yeux de son pere. Frappée de cette idée, elle va chercher une pierre d'aimant, l'approche avec persévérance de l'œil de son pere, & après un certain temps, y voit voler la petite pointe qui picotoit l'œil du patient. Cette fille ne fit pas un miracle, quoiqu'elle operat une guérison dans laquelle l'homme de l'art auroit échoué; mais il eut été facile à un imposteur de donner ce fait comme miraculeux, & d'en étonner les simples. Si donc on me citoit un fait pareil, ou même plus extraordire dans le cas que j'ai supposé, je dirois : ce fait est l'ouvrage de l'esprit de ténébres; je le reconnois à la fin qu'il se propose : Dieu lui permet d'a-

gir en cette occaſion, ou pour exercer
ma foi, ou pour punir ceux qui refu-
ſent de s'attacher inviolablement à ſa
loi. D'après ces principes qui ſont à
la portée des ſimples comme des ſavants, nous examinerons les miracles
opérés par Moïſe, après avoir parlé
de ceux que Monſieur leur oppoſe.

BELESPRIT.

Le premier, comme je l'ai déjà dit,
eſt celui d'une Veſtale accuſée d'avoir
bleſſé eſſentiellement ſon vœu de chaſ-
teté : elle avoit donné lieu à cette
accuſation par ſon air libre & évapo-
ré, & peut-être n'eut-elle pu ſe juſtifier. Dans ce temps, il arriva un vaiſſeau chargé de choſes réputées ſacrées,
& qu'on ne put faire entrer dans le
port ; mais il céda ſans peine au foible mouvement que fit la Veſtale en
le tirant avec ſon voile, ce qui la juſ-
tifia parfaitement.

Lady VIOLENTE.

Pour moi je ne trouve pas ce miracle indigne de Dieu, en ſuppoſant
que cette fille invoquat la Divinité

protectrice de l'innocence. Il est vrai qu'elle ne connoissoit pas le Dieu qu'elle invoquoit; mais comme dans le fait, elle étoit calomniée, prouver son innocence étoit un bien. Je le crois d'autant plus, qu'il seroit difficile d'expliquer autrement le succès de son épreuve. Qu'avez-vous, *Miss Dorothée*? Vous levez les yeux au Ciel d'un air d'étonnement.

Miss DOROTHE'E.

Véritablement, Madame, je suis surprise, depuis le temps que j'ai l'honneur de vous connoître, c'est la premiere fois que je vous ai entendu raisonner à faux. Dites-moi, je vous prie, pensez-vous que l'obstacle qui arrêtoit ce vaisseau, fut naturel? Combien de méthodes qui seroient à la portée des hommes s'ils savoient pénétrer au fond des eaux, & qu'ils eussent la force suffisante? De combien de méthodes, dis-je, pourroient ils se servir pour arrêter un vaisseau? Une grande quantité de sable emmoncelée tout au tour pourroit le retenir d'une maniere aussi fixe que s'il y étoit cloué. Or ces obstacles que le Diable avoit pu faire naître dans un instant, ne pouvoit-il pas les ôter de même ? Vous ne pouvez donc pas dire qu'il est difficile d'expliquer ce fait sans un miracle, puisqu'il peut être à la portée de celui qui avoit intérêt à la propagation du Paganisme.

La Bonne.

Je suis de l'avis de *Miss Dorothée* par la nature des choses que portoit ce vaisseau. Un miracle en cette occasion eut tendu à les faire regarder comme effectivement sacrées, & la Divinité ne pouvant coopérer à une telle œuvre, il faut nécessairement la regarder comme l'ouvrage du pere de l'idolatrie. Si ce prodige prétendu eut été opéré par Moïse, Monsieur *Bel-esprit* nous diroit que le hazard fit qu'il tira le vaisseau au moment où l'obstacle naturel qui le retenoit, avoit cessé ; mais je lui abandonne ces hazards qui viennent si à propos pour le dégager : passons aux autres merveilles qu'il nous a citées. Laissons celui qu'il attribue à Apollonius de

Thiane, je vous raconterai son histoire à la fin de cette leçon, & vous
en jugerez.

BELESPRIT

Dans le temps que Vespasien étoit
à Alexandrie, deux hommes de la lie
du peuple se présenterent à lui : l'un
étoit aveugle, l'autre avoit la main
droite si affoiblie, qu'il ne pouvoit
s'en servir. Ils avoient été avertis, di-
soient-ils, par le Dieu Sérapis, que
l'Empereur pouvoit les guérir en ap-
pliquant à l'un de la salive sur les
yeux, & en pressant fortement la
main de l'autre avec son pied. Dabord l'Empereur se moqua de ces
deux hommes ; mais encouragé par
ses Courtisans, il tenta l'aventure en
présence d'une multitude de peuple,
& réussit.

La BONNE.

Vous passez adroitement une petite circonstance, Monsieur, c'est que
ce fut par ses Medecins qu'il fut encouragé, & voici par quels motifs. Ils
lui réprésenterent que la vue de l'un

n'étant pas éteinte, c'eſt-à-dire, que l'organe de la vue n'étant pas détruit, la guériſon n'étoit pas impoſſible ; & que la main de l'autre avoit ſouffert une luxation qu'une preſſion forte pouvoit remettre. Voilà certainement deux miracles qui ne ſont pas de la nature de ceux que Dieu s'eſt réſervés, & qu'un Medecin habile eut guéri auſſi bien que Veſpaſien. Mais quand ils ſeroient ou paroîtroient beaucoup plus conſidérables, je recuſerois le témoignage de mes ſens, parce qu'il ne ſeroit pas prudent de les croire au préjudice de ma raiſon qui me défendroit de les croire réels.

BEL ESPRIT.

Je ne comprends pas pourquoi votre raiſon vous défendroit de croire ces miracles plutôt que ceux de Moïſe.

La BONNE.

Ce n'eſt pas moi que vous devez accuſer de votre difficulté à comprendre ce que j'ai l'honneur de vous dire, mais votre prévention qui vous a ſans doute empéché d'écouter ce que je viens de dire tout à l'heure. N'êtes-vous pas convenu de ce principe? *Il y a un Dieu*, c'est-à-dire, un Etre infiniment parfait. N'êtes-vous pas convenu auſſi que tout ce qui s'accordoit parfaitement avec ce principe, pouvoit être regardé comme vrai, & qu'aucontraire, ce qui lui étoit contradictoire, étoit abſolument faux. Concluez donc qu'il ne répugne point à ce principe de croire que Dieu ſoit l'auteur des miracles de Moïſe, parce qu'ils étoient faits pour autoriſer une loi ſi parfaite, qu'elle étoit viſiblement divine, & qu'aucontraire il répugneroit à ma raiſon de croire que la ſoüveraine vérité fit un miracle pour autoriſer le menſonge.

BELESPRIT.

Vous eſquivez l'hiſtoire de la réſurrection de cette fille qu'on portoit en terre, & qu'Apollonius de Thiane reſſuſcita, ce miracle qui fut fait en préſence de tout un peuple aſſemblé, l'emporte ſur tous ceux de Moïſe.

La

La BONNE.

Je ne l'efquivois point, Monfieur, je ne voulois que le remettre ; mais pour vous tranquillifer à cet égard, je vous dirai qu'ayant de me prouver que cet Impofteur eût reffufcité cette fille, il eut fallut me démontrer qu'elle étoit morte. Un Chirurgien de Madrid dont j'ai oublié le nom, mais qui eft devenu Medecin de Dom-Philippe, a donné au peuple un pareil fpecta-cle, excepté qu'il n'a pas prétendu l'ériger en merveille. On portoit en terre un homme qui n'avoit pas le vi-fage couvert, foit que ce foit la cou-tume en plufieurs Villes d'Efpagne, foit que cet homme fut de quelque Confrérie, où l'on eft en ufage de les enterrer ainfi. Quoiqu'il en foit, ce Chirurgien ayant confidéré attentive-ment ce foi-difant mort, foutint qu'il étoit vivant; il obtint qu'on le portat chez lui, où effectivement il le rap-pella de la Léthargie dans laquelle il étoit. Cet événement qui lui donna de la réputation, lui valut la confian-ce de Dom-Philippe. Le Diable eft

Tom. II. fecond. Part. F

bien auſſi habile que ce Medecin. Le peuple & leſ parents de cette fille étoient trompés par cette Léthargie ; mais l'eſprit de ténébres ſavoit ce qui en étoit. Il ſavoit auſſi pour répondre tout d'un coup à deux autres de vos miracles, il ſavoit, dis-je, ce que l'Empereur faiſoit lorſqu'il écrivoit à la Prêtreſſe, & qu'il n'avoit rien écrit dans ce papier ſcellé de ſon cachet, & il avoit tant d'intérêt à retenir les peuples dans l'erreur, qu'il a pu découvrir ces vérités à Apollonius & à la Prêtreſſe.

BELESPRIT.

Mais au moins, Mademoiſelle, vous avouerez qu'il étoit indigne de la bonté de Dieu de permettre au Diable d'abuſer de la connoiſſance qu'il avoit de ces choſes cachées. C'étoit tendre un piége au peuple, & les confirmer dans le Paganiſme.

La BONNE.

N'avoient-ils pas les lumieres naturelles auſſi bien que nous pour connoître l'abſurdité de la Religion Païenne!

Je suppose, Monsieur, qu'actuellement un homme fit un miracle pour
vous prouver qu'il n'y a pas de Dieu,
& que l'arrangement de l'univers est
l'effet du hazard ; croiriez - vous ce
prodige opéré par le pouvoir d'un
Etre bienfaisant ?

BELESPRIT.

Non, Mademoiselle : ma raison m'a
convaincu de la nécessité de l'existence d'un Dieu ; il ne me seroit pas
possible de donner un démenti à mes
lumieres naturelles.

Miss DOROTHE'E.

Jusqu'à ce moment, si nous vous
en croyons, la révélation n'a point
contribué à votre conviction sur la nécessité d'un premier Etre ; vous êtes
donc dans le cas des Païens, ou plutôt ils étoient dans le vôtre, & pouvoient connoître Dieu comme vous.

Miss CHAMPETRE.

J'ai oui dire que c'est Tacite qui
rapporte le fait des guérisons de Vespasien, qu'il ne l'a écrit que long-

temps après la mort de cet Empereur, & qu'il ne le donne que comme un oui-dire. Quelle comparaison de ces deux faits avec les miracles de Moïse, attestés, rappellés, donnés en preuve à plus d'un million de personnes sous les yeux desquelles ils s'étoient opérés.

La BONNE.

Ne lui contestons point ces deux faits que nous avons démonifés, & couronnons nos preuves par la marque certaine que Dieu a mise à ses ouvrages, & que je viens d'insinuer : c'est son cachet que nul ne peut contrefaire.

La loi que Moïse a donnée comme venant de Dieu, est si parfaite, qu'il n'est pas possible qu'elle le soit d'avantage. L'observation de cette sainte loi banniroit tous les maux, procureroit tous les biens. Celui qui la pratiqueroit parfaitement, seroit heureux dès ce monde, il deviendroit inaccessible à tous les chagrins, à toutes les inquiétudes. Cette divine loi a pourvu non seulement au bon ordre de la

société, à la paix & à la tranquillité
publique, mais encore au repos intérieur de chaque individu. Les autres
loix défendent & puniffent les actions
qui troublent l'ordre extérieur. Celle-
ci défend les mauvaifes penfées, les defirs criminels. Les Légiflateurs ont eu
befoin de faire un grand nombre de
loix, on en a compofé des volumes.
Celle-ci eft courte, claire, renfermée
en dix préceptes, & cependant comprend tout, pourvoit à tout, fuffit à
tout. L'homme le plus criminel ne
peut refufer fon eftime à cette loi
fainte : ceux qui l'obfervent le moins,
fouhaitent de vivre avec ceux qui la
pratiquent le mieux, & fe défient des
perfonnes qui, comme eux, la tranf-
greffent. Ah ! Cette loi eft l'ouvrage
d'un Dieu : celui qui nous l'a donnée,
étoit fon interprete, agiffoit par fes
ordres. Ce chef d'œuvre eft trop parfait pour pouvoir être forti de l'entendement d'une créature, quelque excellente qu'on la fuppofe. En confidérant de quelle importance il eft à la
juftice qu'elle foit obfervée, le bonheur qu'elle peut procurer aux hom-

mes, les prodiges qui ont précédé &
fuivi fa publication, me paroiffent
dignes de celui qui eft la juftice & la
fainteté par effence.

B E L E S P R I T.

Vous parlez des dix Commandemens donnés par Moïfe, & en cela
je fuis de votre avis. Mais, Mademoifelle, que direz-vous de ce fatras de
loix & d'ordonnances que Moïfe a
ajoutées à ces dix Commandemens ?
Que direz-vous des additions que le
Légiflateur des Chrétiens a joint à
ces dix préceptes, fi courts, fi beaux,
fi faciles ? Vous dites que leur obfervation pourvoit à tout, fuffit à tout :
je le dis comme vous, c'eft la loi
naturelle dont je fuis le grand admirateur. Je foutiens qu'autant qu'elle
eft belle, autant les préceptes de
l'Evangile font puériles, petits, pénibles & inutiles. Je foutiens que le fort
de ceux qui veulent s'aftreindre à les
obferver, eft pire que celui d'un pauvre Galérien tout couvert de chaînes.
Démentez-moi, fi vous le pouvez.

Lady L O U I S E.

Ah pauvre homme ! Où allez-vous vous fourrer ? Que de contradictions, d'impiétés, de choses absurdes vous venez d'avancer ! J'ai pitié de vous, vous allez être battu à plate couture, je vous en avertis d'avance.

B E L E S P R I T.

Je n'ai point peur, Madame, tout gît en preuve. Que veulent dire, par exemple, ces beaux préceptes, *renoncez à vous-même ? Heureux ceux qui pleurent. Malheur aux riches, & à ceux qui ont leurs commodités.* Comment ! la sagesse & la bonté divine auront rempli cet univers de choses propres à nous donner des plaisirs ; le Créateur nous a donné des sens capables de goûter ces plaisirs ; & on voudroit nous engager à y renoncer, à nous tourmenter pour détruire en nous des goûts qui nous sont donnés par ce Dieu sage, à nous priver de la possession des trésors qui nous sont données par sa main libérale ? Oh ! Voilà qui est du dernier ridicule. Voilà ce

qui engage tant de personnes à se révolter contre la Religion prétendue
révélée, à chercher à la détruire. Ne
proposez à ces personnes que le Décalogue pour but de la révélation,
& aussitôt tous les honnêtes gens y
souscriront de bon cœur.

Une preuve que l'Evangile n'a pas
la même fin que le Décalogue, & ne
peut venir du même esprit ; c'est qu'-
autant que le second est propre à
conserver l'ordre & la paix dans l'u-
nivers, autant le premier est-il propre
à le détruire ; j'en prends tout le monde à témoins. Une dévote de profes-
sion, c'est-à-dire une personne qui veut
s'assujettir à suivre l'Evangile à la lettre, est la personne la plus insuppor-
table dans la société ; tracassiere, que-
relleuse, vindicative, despotique.
Elle est le fléau de tous ceux qui ont
le malheur de la connoître, & qui
sont forcés de vivre avec elle.

La BONNE.

Vous ne dégénerez pas de la manie, ou plutôt de la méthode de
Messieurs les incrédules ; ils sont ha-

biles à brouiller les propositions. Ils en avancent une avec une hardiesse capable d'en impoſer, la débitent comme certaine, d'un ton déciſif & qui ſemble interdire l'appel, paſſent rapidement à une autre, & finiſſent par un trait ſatyrique qui fixe l'eſprit de l'Auditeur, & lui ôte l'idée des propoſitions hazardées qui, au plus leger examen, paroîtroient futiles & contradictoires. Je vous l'ai déjà dit, Monſieur ; cependant vos récidives m'engagent à des répétitions ennuyeuſes.

Miſs DOROTHE'E.

Il faut le lui pardonner, ma *Bonne*: qu'importe que l'épée dont il ſe ſert, ſoit de fer ou de bois, pourvû qu'il ſe dégage. Malheureuſement pour notre voiſin vous avez une autre méthode, vous ne laiſſez rien paſſer ſans l'approfondir : avouez que cela eſt bien gênant.

La BONNE.

J'en conviens, ma chere ; mais auſſi cela eſt bien ſûr : & pour ſuivre notre coutume, commençons par ré-

F 5

duire à quelques points fixes la belle déclamation dont Monsieur vient de nous régaler, & dont il s'est aplaudi, j'en suis sûre.

Vous reconnoissez, Monsieur, la divinité du Décalogue, ou plutôt vous n'êtes point éloigné de la reconnoître, & vous le feriez sans quelques raisons qu'on peut deviner sans être sorcier. C'est, dites-vous, l'expression de la loi naturelle.

Vous méconnoissez la divinité des préceptes de l'Evangile, qui sont, selon vous, aussi puériles & inutiles, que les autres sont graves, raisonnables & nécessaires au bien de la société.

Dans le temps où vous m'accordez que l'observation du Décalogue rend heureux, vous soutenez que l'observation de l'Evangile rend misérable, & pour conclusion, vous prétendez que cette observation trouble l'ordre & la paix de la société.

Moi je prétends que les moyens les plus sûrs pour observer aisément le Décalogue, sont la pratique des conseils évangéliques : que plus on s'aſtreint à obſerver ſes conſeils , plus on retranche les obſtacles au bonheur que doit procurer l'obſervation du Décalogue.

Que les perſonnes qui obſervent les préceptes & les conſeils évangéliques , loin de troubler l'ordre & la paix de la ſociété, ſont celles avec leſquelles il eſt délicieux de vivre , parce qu'elles portent, pour ainſi dire , avec elles l'ordre & la paix.

Nous avons, comme vous le voyez, Monſieur, des prétentions contradictoires , & il faut néceſſairement que l'un de nous deux ſe trompe. Avant de commencer à examiner lequel de nous deux doit être cru , je voudrois bien ſavoir pourquoi *Miſs Dorothée* a ſouri dans le temps où vous expoſiez avec tant de feu votre façon de penſer ſur l'Evangile.

Miſs DOROTHÉE.

Ce mouvement a été cauſé par un aveu que Monſieur a eu la bonté de nous faire avec la meilleure foi du monde, & qui nous donne la clef de ſa conduite, & de celle de ſes ſem-

blables. C'eſt que ceux qui admettroient la divinité du Décalogue, qui
reconnoîtroient par conſéquent comme vraie la miſſion de Moïſe ſi elle
n'avoit eu pour but que la publication & l'obſervance de ces dix Commandemens, nient & chicanent la vocation de Moïſe par horreur pour les
préceptes évangéliques. Il y a donc
une liaiſon néceſſaire entre ces deux
révélations, & telle qu'il faut abſolument rejetter la premiere pour parvenir à nier la ſeconde. Il en faut conclure que ce n'eſt pas l'eſprit de ces
Meſſieurs qui ſe revolte contre la révélation, c'eſt leur cœur. Grand merci de cet aveu, Mr. *Beleſprit* ; je ſuis
perſuadée que ma *Bonne* en ſaura tirer parti.

La BONNE.

Je ne l'oublierai pas, ma chere,
j'étois bien convaincue de cette cauſe
de l'incrédulité avant que Monſieur en
convint ; ſans doute c'eſt le cœur qui
a aveuglé l'eſprit : indépendamment
de la cauſe l'effet ſubſiſte, & il faut
le détruire. J'avoue qu'il ſeroit bien

plus sûr de commencer par le cœur,
mais cette œuvre appartient à Dieu,
& est au dessus de mes forces. Je ne
sais parler qu'à l'esprit, & encore ai-
je besoin que Dieu benisse mes paroles, sans quoi elles ne seront que de
vains sons.

Vous dites, Monsieur, que le Décalogue, c'est-à-dire, la partie du Décalogue qui renferme les dix Commandemens, est l'expression de la loi
naturelle écrite au fond de nos cœurs.
Si je vous prouve que les préceptes
évangéliques sont absolument semblables aux dix Commandemens, que
les conseils évangéliques ne sont que
des moyens pour les observer plus
sûrement, plus aisément ; pourrez-
vous continuer à dire qu'ils sont puériles, inutiles, contraires à l'ordre ?

BELESPRIT.

C'est ce que vous ne ferez pas. Quel
rapport y a - t - il de cette maxime :
Bienheureux les pauvres : avec les préceptes énoncés dans le Décalogue ?
Ils sont contraires ces conseils à l'esprit de Moïse, qui promet par tout

les richeſſes , l'abondance, les plaiſirs & tous les biens auxquels l'Evangile veut nous faire renoncer , qui les
propoſe, dis-je, comme la récompenſe de la fidélité à garder ces Commandemens.

La BONNE.

Vous voilà encore à brouiller les
eſpeces, à paſſer d'une queſtion à une
autre. Tenons-nous en à la premiere,
s'il vous plait.

Voici les deux préceptes du Décalogue qui rendent néceſſaire en bien
des rencontres, le conſeil qui vous
revolte. *Tu ne prendras point le bien
d'autrui* , non ſeulement tu ne déro-
beras point , mais *tu ne ſouhaiteras
pas* même *le bien d'autrui, ni ſon ſer-
viteur , ni ſa ſervante , ni ſon bœuf,
ni ſon ane , ni aucune choſe qui ſoit à
lui.* Qu'eſt-ce qui nous engage à violer ces préceptes ? la cupidité, le deſir d'avoir. Pourquoi ſouhaitons-nous
les richeſſes juſqu'au point de les ravir aux autres par le vol, les procès,
les exactions ou autrement ? C'eſt
que nous les regardons comme de

vrais biens ; notre efprit déçu dans le
jugement que nous en portons, fé-
duit notre cœur, entraine notre volonté. Il eft donc important de redref-
fer nos idées pour corriger nos penchans. On ne defire point, on ne
recherche point un malheur, au contraire, on le fuit, on s'en éloigne.
Or l'Evangile nous répéte en mille
endroits, que c'eft un malheur d'être
riche, que les pauvres font heureux.
Etre chrétien, c'eft croire l'Evangile.
Donc fi tout le monde étoit chrétien,
il n'y auroit plus de voleurs, de chi-
canes, de malverfations, de difputes,
de riches avares, de pauvres abandonnés. Non feulement on ne fe
mettroit pas dans le cas de fe faire
pendre en volant fur le grand chemin,
mais le Marchand fe garderoit de
vendre à faux poids, à fauffe mefure,
de furfaire fa marchandife : il fe diroit à lui-même : fi les richeffes bien
acquifes font un danger, fi c'eft un
malheur d'être expofé à ce danger ;
à plus forte raifon les richeffes mal
acquifes feroient-elles un malheur, &
je ferois bien fou de m'y expofer.

Quel agrément, Monfieur, dans la
fociété, fi on n'avoit point à fe pré-
cautionner contre la mauvaife foi des
Marchands ! Prefque tous les maux
qui inondent la terre, viennent de la
cupidité. Le confeil évangélique tend
à couper la racine de cette mauvaife
plante : donc le confeil que vous regardez comme inutile, eft un grand
moyen de paix pour la fociété &
pour l'obfervation des deux Commandemens qui pourvoyent à la fûreté
des biens d'un chacun. J'ajoute que
ce précepte & ce confeil font des
moyens de bonheur. Il eft dur de lutter perpétuellement contre foi-même,
de s'abftenir d'une chofe que l'on fouhaite ; on s'épargne cette peine fi on
eft pauvre d'efprit. La perte des biens
ne touche que médiocrement celui
qui s'en eft détaché, & elle réduit au
défefpoir celui qui y avoit mis fes af-
fections.

BELESPRIT.

Mais le moyen de n'être pas attaché aux chofes qui procurent les plai-

firs, les honneurs, la confidération?
C'eft la chofe impoffible.

La BONNE.

Je vous répondrois bien avec le Légiflateur des Chrétiens, ce qui eft
impoffible aux hommes, ne l'eft pas
à Dieu, c'eft-à-dire, que ces chofes qui vous paroiffent impoffibles, deviennent aifées avec le fecours de fa
grace; mais je ne parle pas à un
Chrétien, & je parle à un Philofophe. C'eft donc dans votre raifon,
Monfieur, que je dois chercher des
armes contre vos erreurs. Ceci va
nous écarter de notre fujet, du moins
en apparence; cependant cela nous y
ramenera par un chemin plus court.
Vous nous l'avez avoué, ce qui vous
éloigne de l'Evangile, c'eft que vous
voulez être heureux, & que vous ne
croyez pas qu'il foit poffible de l'être
en pratiquant fes maximes. Je veux
vous arracher s'il eft poffible ce préjugé funefte, en vous prouvant quatre
vérités. Au refte, je tirerai tout ce que
j'ai à vous dire fur ce fujet d'un
excellent Auteur que je ne nomme-

rai pas : son nom vous préviendroit contre son ouvrage, j'en suis sûre. *Miss Dorothée*, soulagez ma poitrine, & exposez nous ces quatre vérités, vous les avez apprises par cœur.

Miss DOROTHE'E.

Si nous avons à goûter sur la terre quelque bonheur, il ne peut se trouver que dans la paix de l'ame, le contentement de l'esprit, & la satisfaction du cœur. Convenez-vous de cette premiere vérité, Monsieur ?

BELESPRIT.

Oui, Mademoiselle, si les trois autres vérités que vous avez à exposer, sont aussi claires, nous n'aurons point de dispute.

Miss DOROTHE'E.

Le monde ne donne point, & ne donnera jamais ce contentement & cette paix du cœur, dut-il multiplier à l'infini ses prétendues joies, & ses plaisirs. Voilà ma seconde vérité qui ne vous paroît pas telle : suspendez votre jugement jusqu'à la preuve.

La religion, la vertu, la piété peuvent seules nous procurer ce solide contentement de cœur que le monde promet en vain. C'est la troisieme vérité.

Enfin, voici la quatrieme : & c'est celle dont vous aurez le plus de peine à convenir. C'est que ce que l'Evangile a de plus austere, loin de troubler ce contentement du cœur, l'établit solidement.

BELESPRIT.

Prouvez cela, & sur le champ je deviens Chrétien, dévot, Moine si vous le voulez, je ne veux qu'être heureux, qu'importe comment..... Mais non, ne prouvez rien.... Peut-être cela dérangeroit trop le cours de nos leçons : n'allez pourtant pas croire que j'aye peur ; je sais qu'il vous est impossible de tenir votre parole. Je veux remettre à un autre temps la confusion que vous ne pouvez manquer de concevoir.

Miss DOROTHE'E.

Victoire ! J'ai fait reculer mon brave : il craint l'événement du combat, il sent qu'il sera battu.

La BONNE.

(*a*) Accordez lui le délai qu'il demande, ma chere : supposez, Monsieur, que nous n'avons rien dit sur cet article, & continuez vos questions.

BELESPRIT.

J'en reviens donc à ce précepte. *Renoncez à vous-même, mortifiez votre chair, haïssez la, portez votre croix,* & le reste.

La BONNE.

Je dirai que nous ne violons deux autres préceptes du décalogue que

---

(*a*) Cette dissertation, qu'on n'insere point ici, se trouve à la fin d'un ouvrage de Monseigneur l'Evêque de Soissons, qui a pour titre *Traité de la Confiance en la Miséricorde de Dieu,* & l'ouvrage en question est annoncé sous le titre suivant: *Du faux bonheur des gens du monde.* Je voulois l'extraire, mais il est si beau qu'il doit être lu tout entier.

faute de l'accomplir. Un corps bien mortifié s'amuſe à deſirer le néceſſaire, & ne s'aviſe guere de ſouhaiter les plaiſirs. Un pauvre cheval de poſte, une haridelle qui traine un fiacre, ne ſont point des animaux vicieux : mettez les deux mois dans une bonne écurie avec du fourage & de l'avoine à diſcrétion, & vous apprendrez par le changement qui arrivera en eux, ce que vous avez à craindre de l'oiſiveté & de la bonne chere. Voyez-vous, Monſieur ; les hommes ſont un peu chevaux ſur cet article.

BELESPRIT.

Mais, Mademoiſelle, ſi les conſeils évangéliques conduiſent à l'obſervation du Décalogue, d'où vient les perſonnes dévotes ſont-elles le fléau de la ſociété, elles qui ſe vantent de les obſerver ? D'où vient que ceux qui ſont obligés par état de les obſerver, ſont mille fois plus entêtés, plus gourmands, plus vindicatifs, plus intéreſſés, & de plus mauvaiſe foi, que nous autres Déïſtes qui faiſons ouvertement profeſſion de ne point croire à ces

conseils, & de les regarder comme
des choses impossibles?

La BONNE.

Dites moi, Monsieur, quand une
dévote est de mauvaise humeur,
quand elle est entêtée, colere, médisante, est, ce qu'elle a trouvé dans
l'Evangile un précepte ou un conseil
qui lui enseigne ou lui permette ces
excès ?

BELESPRIT.

Je ne dis pas qu'elles trouvent cela
dans l'Evangile, mais seulement que
ceux qui se disent observateurs de
l'Evangile, sont tels que je le dis.

La BONNE.

Un Charlatan qui n'est point Medecin, donne des drogues à un malade
qui le font crever, quoique son Medecin lui ait expressément défendu de
les prendre. Seroit-il équitable de dire ? C'est la science, l'art du Medecin qui a tué cet homme; car celui
de la main duquel il a pris ces drogues, se disoit Medecin, en avoit la

robe. Vous diriez au contraire : c'eſt parce que cet homme n'étoit pas Medecin que le malade a péri. Ce n'eſt pas la robe, mais la ſcience & l'obſervation des regles qui font le Medecin. Et moi je dis : ce n'eſt pas la robe qui fait la dévote, l'Eccléſiaſtique, le Religieux, c'eſt la connoiſſance & la pratique de l'Evangile. Il nous dit: ſoyez doux & humbles de cœur : donc tout ce qui eſt orgueilleux, s'écarte de l'eſprit de l'Evangile ; rayez ſon nom de la liſte des dévots, retranchez - en encore ceux qui ſont contentieux ; car l'Evangile me dit qu'il faut abandonner ſa robe à ceux qui veulent notre manteau , plutôt que de diſputer avec aigreur. Otez encore du nombre des dévots ceux qui ſont fins, ruſés, médiſants, qui veulent primer, qui ſont avares ; car on n'eſt dévot qu'en ſuivant l'Evangile , & il nous ordonne d'être ſimples comme des enfants , de chercher la derniere place. Il veut que notre main droite ignore l'aumône que fait notre main gauche , que mépriſant les tréſors de la terre , on cherche à s'en faire un dans le ciel. Je

le répete , Monfieur , je ne compte
parmi les dévots que ceux qui obfervent ces préceptes , & leur pratique
rendroit la fociété bien agréable &
bien douce.

BELESPRIT.

J'en conviens , Mademoifelle ; mais
où trouver ces vrais dévots, en avez-
vous connu ? Pour moi je vous avoue
que je n'en ai jamais rencontré.

La BONNE.

Et quand il feroit vrai , Monfieur ,
qu'il n'y auroit point de vrais dévots,
tout ce que vous en pourriez conclure , c'eft que l'Evangile ne feroit point
pratiqué , & que tous les défordres
contre lefquels vous vous élevés , ont
leurs principes dans l'inobfervation de
fes préceptes. Mais il s'en faut de
beaucoup que j'en fois reduite là.
Oui , Monfieur , je connois de vrais
dévots, des perfonnes avec lefquelles
vous vous eftimeriez très heureux de
vivre , des Eccléfiaftiques & des Religieux tout occupés des devoirs de leur
état. A cet égard je vous prie de remarquer

marquer deux chofes. La premiere,
c'eſt que les vrais dévots ſe cachent,
n'affichent point la dévotion, fuyent
le monde, & parce qu'ils ne ſont pas
connus, vous ſuppoſez qu'il n'y en a
point, & vous prenez pour eux ces
maſques habillés en dévots, qui ſe
jettent à votre tête, & qui vous ſcan-
daliſent.

La ſeconde choſe ſur laquelle je vous
prie de faire attention; c'eſt que les
mondains ne ſe contentent pas de juger rigoureuſement les dévots & les
perſonnes conſacrées à Dieu, ils ſont
même à leur égard des juges iniques.

BELESPRIT.

Je paſſe votre premiere remarque,
mais pour la ſeconde, vous m'avouerez qu'il eſt bien difficile de ne pas être
ſcandaliſé de certaines choſes. Par
exemple, quand je revins d'Allema-
gne, je paſſai à Colmar où je vis un
de vos Prélats qui avoit vingt-cinq à
trente procès à ce tribunal. Celui-la
donnoit-il ſa robe à qui lui demandoit
ſon manteau?

Tom, II. ſecond. Part.   G

La B O N N E.

Vous ne pouviez me fournir un exemple plus propre à vous confondre, & à prouver ce que j'ai avancé. Mon pere a vécu vingt-cinq ans dans la Ville de ce Prélat, & dans le temps que j'ai paſſé chez lui, j'ai eu occaſion de connoître particuliérement ce Prélat, ſans pourtant lui avoir jamais parlé ; mais j'examinois ſoigneuſement ſa conduite. Il faut vous dire, Meſdames, que cet Evêque ſuccéda à un autre qui étant très riche de ſon patrimoine, abandonna le revenu de ſon Evéché à des Adminiſtrateurs qui ſurent tirer parti de ſa négligence. Tel occupoit une maiſon qui pouvoit être louée mille livres par années, & n'en donnoit que cinq-cent livres, moyennant une ſomme conſidérable dont il gratifioit l'Intendant à titre de pot de vin. Lorſque le Roi donna cet Evéché à ce Prélat, il le chargea de pluſieurs penſions conſidérables & proportionnées au revenu qu'il devoit produire, ſans penſer que ces revenus étoient réduits à la moitié. Il fallut

donc de toute nécessité que le nouvel
Evêque eut des procès avec tous les
Fermiers de l'Evéché, & comme vous
le dites, il en eut trente à la fois. Aussitôt voilà les mondains qui se récrient.
Les maximes de l'Evangile auxquelles ils ne croyent point, ou du moins
très peu, sont rappellées. Un Evêque
plaide, c'est par avarice, par esprit
de contention. Peu de personnes réfléchissent qu'un Evêque étant le fer-
mier des pauvres, est obligé de conserver son revenu. On n'examine point
l'usage qu'il fait de ce revenu qu'il ra-
chete par des procès. J'ose le dire,
je fus plus équitable, & par un examen scrupuleux, je me suis convaincue que ce Prélat en plaidant, n'avoit
été animé que de l'esprit de justice
& de charité. Ses actions forceront
tous ceux qui ne veulent point se livrer à d'injustes préventions d'en convenir. Pendant une cherté qui a duré
fort long-temps, il a fait distribuer
chaque jour du pain & des aliments
aux pauvres, & une multitude lui a
dû sa subsistance pendant six mois
entiers. La Ville Episcopale est pleine

de Veuves, & de Filles d'Officiers qui bien loin d'être en état de vivre selon leur condition, manquent souvent du nécessaire ; il les assistoit secretement & trouvoit le moyen de pourvoir à leur besoin sans leur rendre le bienfait à charge par l'appareil & la publicité. Son Diocese manquoit de Prêtres élevés de maniere à s'acquiter dignement du Ministere ; il a sacrifié des sommes considérables à l'établissement d'un Séminaire : un jardin consacré au luxe de ses Prédécesseurs, & qu'on alloit voir par curiosité, tant l'art y avoit enchéri sur la nature, a été changé en jardin potager : les fleurs rares ont fait place aux légumes qui servent à la nourriture du pauvre Ecolier, qui avec de la piété, des talents & de la vocation, manquoit des secours nécessaires pour se mettre en état d'entrer dans le Sacerdoce.

Lady LOUISE.

Peu s'en faut que je ne canonise votre Evêque sur ce seul trait : ceux qui ont la paſſion des jardins le trouveront héroïque.

La BONNE.

A cette charité pour les pauvres, notre Evêque joignoit les plus grandes attentions ſur ce qui regardoit le choix de ceux qu'il admettoit dans l'état Eccléſiaſtique. Un homme qui ſe ſeroit appuyé d'une recommandation auprès de lui pour y être admis, pouvoit compter en être exclus pour jamais, auſſi bien que ceux qu'il ſoupçonnoit de vues intéreſſées. J'en rapporterai un exemple.

Un jeune homme de bonne maiſon qui avoit un Oncle Chanoine, ſe préſenta aux Ordres : il avoit de la capacité, ſes mœurs étoient réglées : cependant l'Evêque lui ſoutint qu'il n'avoit d'autre vocation que l'eſpérance du Canonicat de ſon Oncle, & ſous ce prétexte refuſa abſolument de l'y admettre. Quelles clameurs cette conduite n'excita-t-elle pas contre lui ! On en vint aux injures, & il eut dans toute cette famille des ennemis déclarés. Pendant pluſieurs années il fut

inaccessible aux prieres, aux menaces,
aux mauvais discours. Enfin l'Oncle
Chanoine mourut, & dans l'instant
l'Evêque envoie chercher le jeune
homme & offre de le recevoir. Celui-
ci lui dit qu'il avoit pris d'autres mesures, en un mot, que sa vocation
étoit passée. Alors le Prélat lui dit:
je benis le Ciel qui n'a pas permis que
j'admisse un mercénaire dans son E-
glise. Si votre vocation eut été réelle,
& que vous eussiez persévéré; voici
les provisions d'un Canonicat que je
vous avois ménagé, pour vous dédommager de celui que je vous avois
fait perdre; mais le Seigneur a rejetté
un Ministre qui se vendoit au ministere
plutôt qu'il ne s'y dévouoit.

BELESPRIT.

Je vous avoue que je tombe des
nues. J'ai cité jusqu'à présent cet Evêque comme une preuve que les Evê-
ques loin d'édifier le monde, le scan-
dalisoient, & vous me le présentez
sous l'aspect le plus respectable.

La BONNE.

Je ne vous ai rien dit, Monſieur, qui ne ſoit devenu public; & ce qui eſt arrivé par rapport à ce Prélat, ſe voit tous les jours à l'égard d'un grand nombre de gens de bien, dont on décrie la conduite faute de bien l'approfondir; mais je le répete, quand il ſeroit vrai que toutes ces perſonnes ſe conduiroient mal, il y auroit une grande injuſtice d'accuſer l'Evangile des déſordres qu'elles cauſent dans la ſociété , puiſqu'au contraire elles ne commettent ces fautes que parce qu'elles s'éloignent des préceptes de ce livre divin qui, comme je vous l'ai dit en commençant, ne renferme que les moyens de rendre plus facile l'obſervation du Décalogue.

Miſs *Dorothée* vous a fait remarquer, Monſieur, que vous ne cherchiez à douter de la miſſion de Moïſe, que pour révoquer en doute celle de Jeſus : effectivement, elles ſont ſi conſéquentes que la certitude de la divinité de la premiere , entraine néceſſairement celle de l'autre.

G 4

BELESPRIT.

Je n'ai pas avoué cette conféquence, & je n'apperçois point cette chaîne ; je m'accoutume au langage ufité chez vous, Mademoifelle, & je dis à mon tour, il me faut des preuves.

Lady VIOLENTE.

Je vous admire, Monfieur, & fi nous vous en demandions une feule de votre incrédulité, feriez - vous en état de nous la donner ? Dites-nous, s'il vous plaît, fur quoi vous vous êtes fondé jufqu'à ce jour pour avoir été Déïfte ? Nous favons que vous vous en faites gloire. Apparemment vous avez de bonnes raifons pour cela.

BELESPRIT.

Je ne veux pas faire un menfonge ; car cela eft contraire au Décalogue dont je fuis l'admirateur. Si je difois la vérité, je vous ai déjà avertis que je vous fcandaliferois. J'aurois peur que Mademoifelle *Bonne* ne me chaffat au premier mot.

Lady VIOLENTE.

Ma *Bonne* n'a pas l'esprit pharisaïque, elle ne demande pas la mort du pécheur, mais sa conversion. D'ailleurs, ne craignez point de nous scandaliser, nous devinons vos raisons. Si vous étiez un sot, nous pourrions vous regarder comme une Linote mal sifflée qui ne feroit que répéter les sottises qu'elle a entendues ; mais Dieu merci, vous ne manquez pas de ce côté-là, vous n'avez que trop d'esprit.

BELESPRIT.

Grand merci de l'éloge. Je crains pourtant que vous ne preniez la peine d'envelopper la pointe de la lancette que pour me piquer en trahison. Je ne vous soupçonne pas d'être fort charitable, sur-tout à mon égard.

Miss SOPHIE.

Voilà une petite conversation fort galante. Courage, Monsieur & Madame, je ne trouve rien de plus amusant : dites - vous sans façon vos vérités,

B E L E S P R I T.

Nous sommes ici sur les bancs,
Mademoiselle, on y dispute, on se
dit des injures sans conséquence ; j'invite *Lady Violente* à profiter du privi-
vilege. Elle assûre qu'elle devine les
raisons qui m'ont rendu Déiste ; au
lieu de me demander ma confession,
je la prie de la faire, & je lui promets
un aveu sincere si elle devine.

Lady V I O L E N T E.

Je vous prends au mot, je sais
plus de vos affaires que vous ne croyez.
N'est-il pas vrai, Monsieur, que vous
savez que vous avez beaucoup d'esprit,
& que vous avez prétendu vous distinguer & vous faire un nom par cet
endroit ?

B E L E S P R I T.

Je ne le nierai pas, Madame, j'ai
assez bonne opinion de mon esprit.
J'ose pourtant vous dire que mes sentimens sur la religion n'ont point eu
leur source dans le desir de me distinguer. *Miss Dorothée* a deviné plus juste.

Lady VIOLENTE.

Je vous entends , l'orgueil n'est venu qu'en second. Le libertinage du cœur a été le premier principe de vos sentimens.

BELESPRIT.

J'en conviens. J'ai les passions vives ; se livrer à ses penchants, & croire des vérités désespérantes me paru une tâche trop pénible. Je voyois tant de personnes suivre avec sécurité des penchans tels que les miens, j'enviois leur état, & je cherchai à démêler les motifs de leur tranquillité. Je ne manquai pas d'Apôtres : on se moqua de mes scrupules, on me dit, on me répéta mille fois qu'ils ne devoient être le partage que des femmelettes, j'eus honte de penser comme elles. On me cita de grands modeles , les . . . . . ; mais je dois garder le silence sur les noms, le Décalogue me défend de médire. Je fus séduit un peu, si vous le voulez, par le desir d'être associé à ces Maîtres , mais plus encore par la liberté de

leurs mœurs. Infenfiblement je m'ac-
coutumai à entendre les railleries fur
la religion, & comme je trouvois au
dedans de moi des lumieres qui nui-
foient au fyftême que je voulois em-
braffer, je pris le parti de me diftraire
tellement au dehors, que je n'euffe
pas un moment pour entendre la voix
de ma confcience qui étoit très im-
portune : j'élevai un mur de fépara-
tion entre moi & mes lumieres, &
pendant plufieurs années, je n'en fus
plus importuné. Les paffions étant
devenues plus calmes, il fe fit des
breches à ce mur ; il s'échappoit quelque fois des clartés qui venoient troubler la paix dont j'étois en poffeffion,
& quoiqu'une certaine voix placée au
plus intime de mon ame fut extrêmement affoiblie, elle étoit encore affez
forte pour me tourmenter. Je cherchai du fecours dans les écrits des favants de nos jours, & fi je ne fuis
pas parvenu à l'incrédulité confom-
mée, j'ai du moins atteint jufqu'au
doute univerfel. Voilà mon état préfent qui, je vous affûre, a bien du
pénible : il eft des retours fâcheux

auxquels il n'eft pas poffible de fe fouftraire tout-a-fait.

La BONNE.

Oh pour le coup, Monfieur, vous ferez bientôt en état d'abfolution ! Votre confeffion eft fincere: ajoutez-y deux mots. D'où venoient ces retours fâcheux? Ne doutiez-vous pas de bonne foi?

BELESPRIT.

Oui, Mademoifelle ; mais douter, c'eft bien loin d'être certain. Je trouve la religion incompréhenfible, pénible : cela fonde mes doutes ; mais toujours douter fur des chofes importantes, eft une chofe pénible, je le répete ; il faut donc chercher une certitude quelque part, un endroit affûré où je puiffe pofer le pied fans rifque & fans inquiétude.

Lady LOUISE.

C'eft-à-dire, Monfieur, que vous ne trouvez pas l'opinion des Déïftes plus aifée à comprendre que celle des Chrétiens.

B E L E S P R I T.

L'opinion des Déïstes, Madame! on peut chez eux compter les opinions par tête, chacun a la sienne. En examinant ces diverses opinions, je trouve toujours la partie foible, c'est-à-dire, quelque chose qui répugne à mes lumieres : je suis donc réduit à me former un systême à moi seul. Or quand je raisonne de bonne foi, je suis forcé de m'avouer que je ne suis pas plus infaillible que les autres, & en conséquence, ce systême que j'ai eu tant de peine à arranger, me devient suspect, & je me trouve Pyrrhonien. Alors je fais de nouvelles réflexions, ou plutôt elles se forment d'elles-mêmes malgré moi au dedans de moi-même, & elles sont désespérantes.

La B O N N E.

Dieu vous fait bien des graces, Monsieur ; prenez garde d'en abuser. Mais enfin, quelles sont ces réflexions qui sont si importunes ?

BELESPRIT.

De toutes les opinions, me difent-elles, il n'y en a point qui ayent plus de partifans que celles des Chrétiens. Parmi ces partifans je trouve des hommes qui ont blanchi dans l'étude de cette religion, qui ont beaucoup d'efprit, & font abfolument hors d'intérêt dans cette caufe ; au contraire, ils ont les mêmes raifons que moi de l'improuver : ils ont comme moi des paffions qu'il leur feroit doux de fatiffaire. Ces gens m'ont affûré qu'ils étoient certains de la vérité de la religion chrétienne, & leur fidélité à y facrifier ce qu'ils ont de plus cher, pour y conformer leurs mœurs, m'eft un fûr garant qu'ils ne me trompent point. Voilà donc des certitudes où je n'ai que des doutes. Or la raifon m'apprend que tous les doutes ne peuvent être évalués à la valeur d'une certitude. Vous voyez qu'un pauvre Diable comme moi, ne peut pas être fort à fon aife avec ces réflexions.

La BONNE.

Ce qui doit vous embarraſſer le plus, Monſieur, c'eſt qu'il eſt queſtion d'une choſe infiniment importante pour vous.

BELESPRIT.

Et c'eſt ce qui augmente ma peine; ſuppoſé que les vrais Chrétiens ſe trompent, me ſuis-je dit mille fois, quel malheur en arrivera-t-il ? Ils ont eſpéré le bonheur dans une vie qui ſuivroit celle-ci, & ils ſeront anéantis à la mort, ou bien s'ils exiſtent encore, ils verront qu'ils ſe ſont tourmentés à crédit pendant une cinquantaine d'années pour pouvoir réprimer des penchants qu'il n'eût point été criminel de ſatisfaire. Après tout, ce mal n'eſt pas grand; au contraire il pourroit arriver que la modération de leurs deſirs leur eut épargné bien des maux dont j'aurai été la victime. Du moins eſt-il vrai que leur erreur aura ſervi à leur adoucir les derniers moments: la chimere d'une vie éternellement heureuſe eſt une perſpective conſolante.

Mais si par malheur ces gens là raisonnent juste ; si ce que la religion chrétienne enseigne, est vrai, que devien-
drai-je, si les vrais Chrétiens ne ris-
quent rien ? Je risque tout. Vous sentez tout le poids d'une telle pensée.

Miss CHAMPETRE.

Et qui vous empêche de vous affranchir de ce tourment ? Devenez
Chrétien, & tout aussitôt vous serez
tranquille.

BELESPRIT.

Vous en parlez bien à votre aise,
Madame, mais vous êtes convaincue,
& je ne le suis pas ; je cherche la vérité, je puis dire que je l'entrevois,
cependant je ne l'ai pas encore trouvée, & je crains même de la rencontrer face à face, pour des raisons *à
moi connues*: quand j'ai fait quelques pas vers elle, excédé, fatigué,
effrayé, je m'arrête, je ferme les
yeux sur l'avenir, & je m'abandonne
à l'événement. D'ailleurs j'ai une réputation à soutenir, des amis à conserver. Une conviction parfaite auroit

peut être la force de m'engager à sacrifier l'une & à m'élever au dessus du
mépris & des clameurs des autres ;
cette conviction victorieuse, je ne l'ai
pas , ou pour achever de parler vrai,
je n'ai pas le courage de m'y livrer,
parce que . . . . . Dirai-je tout, Mademoiselle *Bonne* ? A tout moment j'ai
peur d'effrayer ces Dames.

La BONNE.

N'ayez point de peur , Monsieur:
un homme d'esprit comme vous est
en état de choisir ses termes , & de
dire ce qu'il veut sans scandaliser personne ; nous vous comprenons , le cœur
répugne à la conviction ; il est bien
dur de changer de mœurs à un certain âge.

BELESPRIT.

Voilà la question. Pour vivre comme j'ai vécu jusqu'à présent , ce n'est
pas la peine de changer d'opinion.
Quand je croirai , il faudra conformer mes mœurs à ma foi , & je n'en
ai pas le courage. Cependant j'en ai
assez pour vous promettre de me ren-

dre assidu à vos conferences: qui sait ce qui en arrivera ?

La BONNE.

Je pourrois le prédire, Monsieur, si à cette assiduité vous voulez joindre une priere ardente. Vous êtes un pauvre captif qui se débat dans des chaînes qu'il n'a pas la force de briser, & qui s'irrite contre la main qui peut seule l'en délivrer. Oh foiblesse de la raison humaine ! tu entrevois le mieux, & tu choisis le pire, que cela est humiliant ! Vous croyez qu'il y a un Dieu, Monsieur : adressez - vous à cet Etre suprême, conjurez-le d'offrir à vos yeux une lumiere aussi éclatante que celle dont Paul fut terrassé. Vous avez eu le pouvoir de les fermer, & d'éteindre en vous le précieux don de la foi que vous aviez reçu dans le Baptême ; mais, je le répete, tous vos efforts seront impuissants pour le rallumer. Il faut un miracle de miséricorde, & j'ose dire que Dieu veut le faire en votre faveur. Il faut aider à sa grace qui ne veut agir que conjointément avec vous, parce que vous êtes libre ; il faut l'accélérer par des prieres ardentes. Pour vous y exciter, rappellez-vous ce qu'elle vous a dit souvent. Rien de plus important que ce que vous demanderez, il y va de tout pour vous.

Miſs B E L O T T E.

J'ai compris par le diſcours de Monſieur, que les Déiſtes nient l'immortalité de l'ame ; eſt-il poſſible qu'on en puiſſe venir juſques là ?

La B O N N E.

Je vous demanderois volontiers, ma chere, ſur quoi vous la croyez : en avez-vous eu de bonnes preuves juſqu'à préſent ? Pourriez-vous m'en faire part ?

Miſs B E L O T T E.

Je l'ai cru parce que la religion me l'apprend. C'eſt, je crois, la meilleure de toutes les preuves.

La B O N N E.

Oui, pour une perſonne qui s'eſt convaincue par l'examen de la vérité de la révélation ; mais ſans cela, cette preuve pourroit fort bien ne pas tenir contre les sophismes des incrédules. Qu'en pensez-vous, *Lady Violente*? Si la religion ne vous eut pas appris que votre ame est immortelle, vous en seriez-vous douté?

Lady VIOLENTE.

L'immortalité de mon ame, ma *Bonne*, est une vérité indépendante de la révélation; elle tient à cette vérité. *Il y a un Dieu.*

BELESPRIT.

Vous me feriez plaisir de me le prouver, Madame. Ne pourroit-il pas y avoir un Dieu sans que l'homme eut une ame immortelle? On diroit à vous entendre que Dieu a été forcé de le créer tel : seroit-ce là votre opinion?

Lady VIOLENTE.

Je ne répondrai point à cette demande qui ne fait rien à notre sujet, puisqu'il n'est pas question de ce que Dieu a pu faire, mais de ce qu'il a fait C'est d'après la connoissance de

ce qui exiſte actuellement que je ſoutiens que ces deux vérités ſont inſépa-
rables l'une de l'autre, & que je dis.
*Il y a un Dieu. Donc mon ame eſt
immortelle.*

BELESPRIT.

J'entends fort bien que vous avez
cette opinion, mais il faut me prouver que vous avez raiſon de l'avoir.

Miſs BELOTTE.

C'eſt ce que j'allois faire lorſque
vous m'avez interrompue. Rappellez-
vous qu'au moment où je dis qu'il y
a un Dieu, je ſouſentends un Etre
infiniment parfait. Comme infiniment
ſage, il n'a mis rien d'inutile dans la
créature. L'homme dans un être borné a des deſirs d'être heureux, qu'on
peut appeller immenſes. L'expérience
a prouvé qu'il ne peut ſatisfaire ces
deſirs dans cette vie mortelle ; donc
il doit y en avoir une autre où ce deſir ſera rempli ; ſans quoi il ſeroit inutile dans l'homme qui ne l'auroit que
pour ſon tourment.

Dieu étant un Etre infiniment juſte,

doit aimer & récompenſer le bien, il doit haïr & punir le mal. Jettons les yeux ſur ce qui ſe paſſe ſur la terre ; communément le vice y triomphe, & la vertu y eſt opprimée. Donc il y aura une autre vie où chacun ſera traité ſelon ſes œuvres. Si cela n'étoit pas, Dieu ſeroit moins bon & moins ſage que les Légiſlateurs qui ont trouvé le moyen de diminuer les crimes par la crainte du châtiment qui en doit être la ſuite, & qui n'ont point manqué d'infliger des peines contre ceux qui s'en rendroient coupables. Voyez-vous, Monſieur, ces preuves de l'immortalité de notre ame, ma *Bonne* nous a enſeigné dès notre enfance à les tirer de nous - mêmes de cette vérité, *il y a un Dieu.*

Miſs SOPHIE.

Il me ſemble auſſi que ma *Bonne* nous en a donné une autre preuve. C'eſt que l'immortalité de l'ame eſt un ſentiment *inné*, je ne me ſouviens que de cela, & j'aurois peine à m'expliquer, je la prie de vouloir bien le faire pour moi.

La BONNE.

Je vous ai dit autrefois, ma chere, que les hommes dans tous les pays, dans tous les temps, ont cru l'immortalité de l'ame, & ont été persuadés que cette vie n'est qu'un passage pour arriver à une autre qui ne finira jamais, & qui sera heureuse pour ceux qui auront bien vécu. Or ce témoignage unanime de toutes les nations, qui d'ailleurs different si fort entr'elles, est une preuve certaine que ce sentiment a été gravé dans l'ame par la main du Créateur.

BELESPRIT.

Comment, Mademoiselle *Bonne*, vous croyez qu'il y a des idées *innées*, pendant que les plus habiles gens les nient, & soutiennent que nos idées doivent leur naissance aux perceptions des objets extérieurs ; perceptions qui nous viennent par nos sens ?

LA BONNE.

Je n'ai garde, Monsieur, de raisonner sur cela en savante ; car je ne la fuis pas : mais je fens, & perfonne ne peut me nier l'exiftence de ce que je fens. Comme Dieu m'a douée d'une prodigieufe mémoire, j'ofe vous affû-rer que je rappelle l'aurore de mes connoiffances, fi je puis employer ce terme. Oui, je me rappelle mes pre-mieres penfées, & ces Dames qui font beaucoup plus jeunes que moi, peuvent fe les rappeller aifément. J'ai connu par le feul fentiment de l'amour de moi-même le jufte & l'injufte, & je vais vous le prouver en répétant ce que j'ai dit autrefois à ces Dames. Quand ma mere m'ôtoit une pomme verte que la fervante m'avoit donnée, parce qu'elle difoit que cela me ren-droit malade, je penfois qu'elle fe trompoit, que j'étois bien malheureufe de lui être foumife; mais il ne me ve-noit pas dans l'efprit qu'elle fut in-jufte. Quand ma fœur m'arrachoit cette pomme pour la manger, je fen-tois qu'elle étoit méchante, injufte. Ces deux perceptions étoient très diftinctes en moi. Donc je difcer-nois le jufte d'avec l'injufte ; affûré-ment perfonne ne m'avoit appris à faire cette distinction. Si personne ne m'avoit insinué ce sentiment, il étoit donc inné en moi. Voilà ce que tous les discours des savants ne pourroient m'infirmer, parce que je suis un témoin irrécusable de ce qui se passoit en moi, & si je ne vous cite que cet exemple, je pourrois y en ajouter mille; mais une seule idée, un seul sentiment inné suffisent à ma preuve ; car s'il y en a un, il peut y en avoir un million, & j'ai de bonnes raisons d'ailleurs de croire que toutes nos idées sont innées. Vous souviendrez-vous de ce que nous avons dit à cet égard, *Lady Méry* ?

Lady ME'RY.

Parfaitement, ma *Bonne*. Il est sûr qu'on ne peut donner ce que l'on n'a pas. Que l'effet ne peut pas être plus parfait que la cause. Or, si les objets extérieurs qui sont matériels, pouvoient produire les idées qui sont spirituelles, l'effet seroit plus parfait que la cause. Nous ne pourrions pas dire que le néant donne l'être : il ne le peut, parce qu'il ne l'a pas. La matiere ne peut pas non plus produire la pensée, lui donner un être spirituel; car elle donneroit ce qu'elle n'a pas.

BELESPRIT.

Comment donc ? *Lady Méry* s'exprime en Logicienne : c'est dommage qu'elle ait gardé le silence jusqu'à ce moment, elle parle très bien. Oserois-je lui demander si elle est bien sûre que la matiere ne pense pas ? Si elle pourroit m'en donner des preuves?

Lady MÉRY.

Et pourriez-vous, Monsieur, me prouver que vous croyez, comme vous nous l'assûrez, que Dieu n'est pas matériel, & qu'il existe?

BELESPRIT.

Comment, *Lady Méry*! vous paroissez douter de mon intégrité lorsque je vous assûre que je crois fermement qu'il y a un Dieu, c'est-à-dire, un premier Etre ; qu'il est spirituel, infiniment parfait. Pourquoi me faites-vous cette injure?

Lady ME'RY.

Ai-je tort d'en douter, Monfieur? Vous êtes un homme de bon fens ; cependant, quand vous convenez d'un principe, vous en niez les conféquences. Vous m'accordez un Dieu d'une main, & vous me l'ôtez de l'autre. Tout ce que ma *Bonne* vous a dit fur la révélation, fur l'immortalité de l'ame, eft une conféquence de l'exiftence de Dieu ; & non content de la chicaner fur ces articles, vous revenez à votre but par un autre chemin & cherchez à établir la mortalité de l'ame, en vous efforçant de nous la faire regarder comme matérielle.

BELESPRIT.

Je n'ai pas dit un feul mot d'où vous puiffiez tirer cette conclufion, j'en prends toutes ces Dames à témoins.

Lady ME'RY.

Qui ne le croiroit avec fon air fincere ! Mais je n'en fuis pas la dupe. Oferiez-vous jurer, Monfieur, que je ne vous ai pas deviné, & que vous ne vouliez pas en venir là. Je ne suis pas assez stupide pour être la dupe de votre détour: vous m'impatientez, car vous êtes de mauvaise foi.

BELESPRIT.

Quel agneau! Vous êtes piquante au dernier point, ma belle Dame, & vous me mettez dans la nécessité de me justifier. Savez-vous bien pourquoi je déraisonne quelquefois? C'est pour faire briller votre esprit; d'ailleurs vous avez une grace merveilleuse à dire des injures.

Lady ME'RY.

Fort bien, mais je ne prends point le change : je vous ai prié de me prouver que Dieu n'est point matériel : ayez la bonté de le faire.

BELESPRIT.

Cela ne sera pas difficile. Une chose matérielle est un composé de plusieurs parties qui ont été jointes, & qui peuvent être susceptibles de toutes sortes de changements , par la souf-

traction de quelques-unes de ses parties, ou par l'augmentation de quelques autres. Or cela ne peut convenir à Dieu qui est immuable de sa
nature.

Lady ME'RY,

C'est-à-dire, si je vous comprends
bien, que Dieu est le contraire d'une
chose matérielle : apparemment vous
croyez que la faculté d'être divisée,
est une qualité essentielle à la matiere.

BELESPRIT.

Cela va sans dire : dès là que deux
parties sont dans un sujet, elles peuvent être séparées l'une de l'autre.
Mais pourquoi me faire ces questions,
Madame ? Il me paroît que vous savez cela tout aussi bien que moi, &
cela n'a gueres de rapport à ce que
nous disions.

Lady ME'RY.

Je cherche à m'assûrer de ce que
vous pensez, Monsieur, & je ne puis
le faire qu'en prenant la liberté de

vous faire des questions. Me voici déjà
sûre que vous admettez deux Etres
absolument contraires, l'un qui a des
parties, l'autre qui n'en a pas. Le
premier qui est divisible, l'autre qui
est éternel & immuable, puisqu'il est
insusceptible d'addition & de soustraction. Me diriez-vous bien à présent ce
que vous connoissez de l'Etre divin?
C'est-à-dire, quelles sont ses qualités
essentielles?

BELESPRIT.

L'infinité de toutes les perfections:
il connoit son Etre, il aime son Etre
parce que c'est le centre de toutes les
perfections. Voilà tout ce que j'en sais.
J'ajouterai pourtant qu'à la vue de ses
ouvrages, j'ai conçu qu'il vouloit être
connu, aimé hors de lui, puisqu'il a
fait des créatures qu'il a douées de
facultés propres à cet effet, c'est-à-
dire, qui ont un entendement pour
le connoître, & un cœur pour l'aimer.

Lady MERY.

Vous dites des merveilles, Monsieur.

Je conçois par votre difcours pourquoi nous autres Chrétiens nous difons que nous fommes faits à l'image
& reffemblance de Dieu, c'eft que
nous fommes comme lui, capables de
connoître & d'aimer; j'en conclurois
raifonnablement, je penfe, que je fuis
le contraire de la matiere; car fi j'ai
quelque chofe qui reffemble à Dieu,
ce quelque chofe là ne peut pas être
matériel, à moins que vous ne vouliez dire que la matiere penfe & aime.
Mais non, ce feroit unir deux contradictoires; car vous nous avez dit
que Dieu qui fe connoit & qui s'aime,
étoit le contraire de la matiere. Or ce
qui eft le contraire d'une chofe qui
connoit & qui penfe, doit être une
chofe qui ne penfe pas & qui ne peut
aimer. Si la matiere eft incapable de
connoître, elle ne peut produire la
penfée; car on ne forme que fon
femblable. Si nos penfées ne font
pas produites par les objets extérieurs,
donc nous en avons le germe au dedans de nous - mêmes. Ne voilà-t-il
pas des idées innées, Monfieur?

BELESPRIT.

Vous croyez m'embarrasser, ma belle Dame, mais on ne peut aller contre des faits. Les bêtes sont matérielles : cependant les bêtes sentent & aiment ; elles connoissent, elles raisonnent & réfléchissent. Donc la matiere peut penser & aimer : donc la matiere qui a cette capacité, peut produire chez nous des idées, sans qu'on puisse dire qu'elle donne ce qu'elle n'a pas.... Vous riez, Madame !

Lady MERY.

Oui, je ris de voir un pauvre homme qui se noye & qui s'accroche à tout ce qu'il trouve en son chemin, qui voltige de question en question, plutôt que de s'avouer vaincu ; qui suppose l'absurde pour me prouver que Mr. Locke étoit infaillible comme Pythagore. C'est le maître qui a parlé, plus de question; les doutes seroient un crime dans un écolier. Ah ! çà, Monsieur, vous croyez m'embarrasser avec vos bêtes. *Elles sentent & pensent, on n'en peut douter*, dites-vous. Pardonnez-moi, Monsieur, on en doute, & moi qui vous parle je prends cette liberté, sans me laisser éblouir par votre ton affirmatif; & malgré les efforts des Philosophes modernes, on sent bien l'intérêt qu'ils ont à soutenir cette these; mais je ne suis pas la dupe ni de leurs raisons, ni de leurs motifs, & je ne crains pas la dispute sur ce point.

Lady L O U I S E.

Nous nous éloignons furieusement de notre sujet, ma *Bonne*. Qu'importe à la vérité de la révélation que nous voulons prouver, la maniere dont les bêtes existent ?

La B O N N E.

Nous sommes ici pour y parler chacune selon nos lumieres, Madame. Apparemment que *Lady Méry* voit cette question d'un autre œil que vous; laissons lui dire ce qui lui vient dans l'esprit; peut-être ne s'écarte-t-elle pas autant de notre sujet que nous pourrions le croire.

Lady MÉRY.

Tenez, ma chere *Lady Louife*, je n'ai que treize ans, & il y en a déjà cinq que je rumine fur cette matiere. J'aime la lecture à la fureur, & à la réferve des livres malhonnétes, j'ai tout lu, jufqu'à Baile. Je me fuis apperçue que Meffieurs les Beaux-efprits n'oublient rien pour nous perfuader que les bêtes fentent & penfent. Ils parlent de ces chofes avec tant de feu, que je n'ai pu m'imaginer que ce fut par amitié pour leur chien, ou pour leur linotte : ainfi je les ai fuivis pas à pas, pour chercher à déméler leurs vues, & voici le réfultat de mon examen.

Le fondement de la religion eft la fpiritualité, & par conféquent l'immortalité de l'ame. Rien de plus répété dans l'Evangile. Des peines & des récompenfes éternelles fuppofent des ames qui le foient auffi, & qui fubfifteront autant que leurs châtimens & leurs récompenfes. Nier l'immortalité de l'ame, c'eft fapper la religion par fes fondements.

H 6

Lady LOUISE.

Je vois souvent des Déïstes, ma chere, & je n'en ai jamais rencontré un seul qui ait eu la hardiesse de nier l'immortalité de l'ame.

Lady MERY.

Peut-être, Madame, n'avez-vous jamais bien réfléchi sur leurs discours. Nier la spiritualité de l'ame, c'est aller le grand chemin à nier son immortalité ; voilà où ces Messieurs veulent nous conduire, & on ne l'apperçoit pas du premier coup d'œil.

BELESPRIT.

Mais qui sont ceux qui disent que l'ame est matérielle ? En avez - vous beaucoup rencontré, Madame ?

Lady MERY.

Tenez, vous n'êtes qu'un Hypocrite, Monsieur ; quand vous dites avec vos Confreres que les bêtes ont une ame qui pense & qui sent, vous nous donnez cela comme un sentiment de nulle conséquence. Ce sentiment nous amuse: quand je parle à mon chien, je me fais un plaisir de croire qu'il m'entend. S'il me caresse, j'aime à penser qu'il m'aime, & c'est ce qui m'attache à lui; car nous voulons être aimées, ne fut-ce que par des bêtes; cela nous flatte toujours. On reçoit donc votre opinion sans examen, & vous parvenez à votre but. Avouez le de bonne foi. Vous n'avez jamais ni dit, ni pensé que cette ame des bêtes qui pense & qui sent, fut immortelle, dites la vérité.

BELESPRIT.

Vous m'interpellez si sérieusement que je dois vous répondre sur le même ton. Non, Madame, je ne crois pas l'ame des bêtes immortelle.

Lady MÉRY.

C'est-à-dire, que vous logez dans votre bonne tête deux idées contradictoires, & que faute de réfléchir, nous admettons cette absurdité. Les bêtes sentent & pensent, dites-vous. Donc elles ont une ame. Voilà votre principe; & s'il est vrai, la conséquence que vous en tirez , est juste. Penser & sentir n'appartient qu'à une subs- tance telle que notre ame , ce sont les qualités essentielles de cette partie de nous-mêmes , ou plutôt de tout nous- mêmes ; car notre corps n'est qu'un accident qui disparoîtra sans que nous cessions d'exister.

Vous ajoutez , l'ame des bêtes meurt avec leur corps. Voilà l'absur- dité qui ne frappe pas , parce qu'on s'est accoutumé à croire que les bêtes n'ont qu'une existence momentanée, & que le contraire choque, & on ne sent pas où vous en voulez venir.

La secte des Sadducéens qui ne cro- yoient qu'à la matiere , & qui nioient l'existence des substances spirituelles , s'est prodigieusement étendue dans ce siecle & sur la fin du dernier. A peine ont-ils laissé transpirer leurs sentimens à cet égard , que le plus grand nombre des hommes en a été choqué ; pour- quoi ? C'est que le sentiment de l'im- mortalité de l'ame est inné , & que tout se révolte chez nous à la pensée d'un anéantissement total. Qu'ont fait ces Messieurs ? Ils ont laissé tomber cette queſtion, & lui en ont ſubſtitué une autre qui a paru à tout le monde comme à *Lady Louiſe* une queſtion indifférente. Ils ont eu la patience d'attendre que leur ſyſtême fut bien établi, & quand ils ont cru les eſprits aſſez prévenus pour n'en pouvoir revenir, ils ont ceſſé de déraiſonner, & ont mis au jour les conſéquences de leur ſyſtême. Voici comme ils s'expliquent actuellement.

La matiere organiſée d'une certaine façon, peut penſer & ſentir, nous le voyons dans les bêtes qui ſont matérielles. Qui empêche que nous ne croyons que ce qui penſe & ſent chez les hommes, n'eſt qu'une matiere plus parfaitement organiſée que dans les arbres, & même dans les animaux ? La matiere eſt la même en tous, il n'y a que la façon de différence. Le diamant brut, celui qui eſt taillé, celui qui eſt brillant, ſont les uns & les autres la même matiere, le travail de l'Ouvrier y met ſeul de la différence. Mais ſi l'ame eſt matérielle, elle eſt donc mortelle. Les gens qui ont une bonne logique, ont

été forcés de nier le principe, ou d'admettre la conséquence ; car si une fois
on convient que l'ame est matérielle,
on ne peut soutenir son immortalité
qu'en supposant un miracle. Ceux qui
ne savent pas raisonner, & c'est le
plus grand nombre, ont dit : vous avez
tort. La matiere pense & sent chez
les bêtes, & elles sont mortelles ;
mais quand bien même ce seroit la
matiere qui pense & sent chez les
hommes, ils sont immortels. Ce raisonnement est absurde ; n'importe,
il passe, parce que ceux qui le font,
n'en sentent point l'absurdité : je ne
m'arrête pas à vous la faire sentir,
Mesdames, vous avez trop de lumieres pour ne pas voir que par-tout où
il y a matiere, il y a jonction de plusieurs parties, que tout ce qui est composé de plusieurs parties, peut être
disjoint : Monsieur assûrément le pense, & vouloit tout doucement nous
induire à penser comme lui ; persuadé que si nous admettions une ame
matérielle chez les animaux, nous
ne pourrions refuser de lui accorder
au moins la possibilité d'une ame ma-

térielle & mortelle chez l'homme.

Miss DOROTHE'E.

Le corps de l'homme est un composé de plusieurs parties capables d'accroissement, & qui par une conséquence absolue sont capables de soustraction, de déperissement, de dissolution. Cependant l'écriture nous apprend que cette dissolution & ce déperissement sont une suite du péché. La matiere est donc capable de se soutenir sans altération, c'est-à-dire, quand on parle du corps de l'homme, qu'il pouvoit se soutenir pendant l'éternité sans aucune altération de ses parties. Or vous semblez insinuer que cela est impossible.

Lady MÉRY.

Vous n'avez pas fait attention que j'ai ajouté *sans miracle*. Dieu peut sans doute suspendre, arrêter l'altération & la dissolution des corps, mais pour cela il faut un miracle. Tout s'use par le mouvement dans son état naturel, aussi l'écriture nous dit-elle que l'immortalité devoit être donnée à l'homme par le fruit de l'arbre de vie. Il ne l'avoit donc pas.

Lady LOUISE.

Je tombe des nues en voyant où nous conduit le fyftême de l'ame des bêtes. Tenez, ma *Bonne*, pour rien au monde je ne veux avoir une ame matérielle & mortelle. Cependant, le moyen de croire que les bêtes ne penfent pas. Vous en êtes venue là, *Lady Méry*. Hâtez-vous de nous dire les raifons qui vous ont engagée à penfer ainfi : je meurs d'envie de les entendre.

La BONNE.

Ce fera pour la premiere fois, Mefdames. Je fuis charmée que *Lady Louife* conçoive que cette queftion n'eft point hors de notre fujet, & qu'au contraire nous fommes dans la né-ceffité de difcuter à fond cette importante matiere. Toute la révélation n'a pour but que de nous apprendre comment en fervant Dieu dans cette vie, nous pourrons parvenir à l'aimer éter-nellement en l'autre ; comment en fuyant le péché, nous pouvons parvenir à éviter des supplices éternels. Si notre ame étoit mortelle, tout ce qu'on nous dit à cet égard, seroit faux & inutile. Prouver l'immortalité de l'ame, c'est donc prouver la vérité & la nécessité de la révélation. Les Matérialistes pour prouver que l'ame est mortelle, ont imaginé une matiere pensante chez les animaux ; il est donc de conséquence de leur prouver démonstrativement, que la matiere ne peut penser, & que ce qui n'est point matiere, c'est-à-dire, les substances spirituelles ne peuvent mourir. Je vous exhorte, Mesdames, à faire de serieuses réflexions sur ce sujet, & vous nous en ferez part la premiere fois que nous nous trouverons ensemble. Je vous ai promis l'histoire d'Apollonius de Tyane, il faut tenir ma parole.

HISTOIRE D'APOLLONIUS
de Tyane.

En commençant la vie d'Apollonius de Tyane, je vous avertis, Mesdames, que je le regarde comme un homme que l'amour effréné d'une folle gloire a engagé à embrasser un genre de vie singulier, & à se distinguer des autres hommes. Vous jugerez par ses actions, si je porte de lui un jugement téméraire, ou si je lui rends justice. Sa vie a été écrite par un de ses grands admirateurs nommé Philostrate, qui a tiré ses mémoires d'un nommé Damis, disciple de ce prétendu Thaumaturge. C'est à vous, Mesdames, à corriger mon jugement s'il vous paroit inique.

Apollonius nacquit à Tyane en Cappadoce sous le regne d'Auguste : sa mere eut un songe dans le temps qu'elle le portoit, dans lequel elle vit Protée qui lui dit : vous accoucherez de moi. Un nouveau songe l'avertit d'aller dans une prairie cueillir des fleurs, elle s'y endormit, & pendant son sommeil, une troupe de cignes vinrent se ranger autour d'elle, puis tout à coup ils l'éveillerent par le battement de leurs ailes en s'envolant & formant un concert mélodieux, & dans l'instant elle accoucha. Le tonnerre à ce moment tomboit, & il se releva.

Miss DOROTHE'E.

Et le benèt qui nous rend compte de ces trois merveilles, les croyoit sur le témoignage de la mere d'Apollonius ; car il n'y avoit pas de témoin.

La BONNE.

Il en a cru bien d'autres, ma chere. Apollonius fit de grands progrès dans les sciences, & vécut dans une grande pureté de mœurs. A l'âge de seize ans il embraſſa la doctrine de Pythagore, laiſſa croître ſes cheveux, renonça à manger rien qui eut eu vie, s'abſtint du vin, ne porta aucun habit ni chauſſure qui euſſent été la dépouille d'un animal, & ſe dévoua à une continence exacte. Il ſe réfugia dans un temple d'Eſculape; & ce Dieu dit à ſon Prêtre, qu'il étoit charmé d'avoir un tel témoin des guériſons qu'il opéroit : il lui renvoya même un de ſes malades. C'étoit un jeune homme que la débauche avoit réduit à un état pitoyable. Apollonius le guérit par la diete & un régime de ſobriété.

Un homme qui avoit perdu un œil apporta un magnifique préfent au Temple pour obtenir de Dieu un œil qu'il avoit perdu. Apollonius commença par demander le nom de cet homme & dit enfuite. C'eft un Criminel qui ne mérite pas d'avoir accès ici. Efculape d'accord avec lui ordonna à fon Prêtre de chaffer cet indigne fuppliant qui étoit un inceftueux à qui fon Epoufe outragée avoit arraché un œil.

Lady VIOLENTE.

On ne peut refufer à Apollonius & au Dieu la louange d'avoir été fort prudents. Rendre un œil arraché, étoit une tâche trop pénible, & il falloit s'en débarraffer fous le prétexte de l'indignité du fuppliant. Ç'eut pourtant été là un beau miracle ; d'ailleurs, il étoit bon de favoir le nom de cet homme avant de décliner fon crime. Sans quoi, fans doute on ne l'auroit pas deviné.

BELESPRIT.

Voilà ce que c'eft que la préven-

tion, si j'eusse ergoté ainsi sur les miracles de Moïse, vous eussiez crié à
l'injustice.

La Bonne.

Non, Monsieur, je ne vous aurois
point crû injuste si vous eussiez eu
d'aussi bonnes raisons contre les miracles de Moïse, que ses Dames en
ont contre les œuvres d'Apollonius ;
car jusqu'à ce moment il n'y a rien
eu de miraculeux. Trouvez-vous que
je sois partiale ? Racontez-nous vous-
même les actions de votre Héros, &
souffrez mes réflexions, je serai toujours prête à profiter des vôtres.

Belesprit

Trouverez-vous à redire à son dé-
sintéressement. Après la mort de son
pere, il se trouva très riche, & commença par distribuer à ses pauvres
parents la moitié de ce qu'il lui revenoit de sa succession, dont il avoit cédé la moitié à son frere, quoiqu'elle
ne lui appartint pas par les loix. Il fit
plus pour lui ; car il l'engagea par sa
douceur à renoncer à la débauche

dans laquelle il avoit donné jusqu'alors. Pour lui, il ne se réserva qu'un fort petit revenu. Cette action est-elle belle ?

La BONNE.

C'est selon, Monsieur : se dépouiller d'une partie de son bien en faveur des indigents, c'est une belle action, si elle est faite par humanité. Mais si la vanité, le desir de s'élever au dessus des autres en est le principe, c'est une sottise. C'est troquer mille douceurs réelles qu'on peut trouver dans l'usage modéré des richesses, contre du vent. Or l'Historien de votre Héros ne nous laisse point ignorer ses motifs. Il se mettoit au dessus d'Anaxagore qui avoit laissé ses terres en friche pour servir de paturage aux troupeaux d'autrui, & de Cratès qui avoit jetté son or dans la Mer. Il observoit que ces Philosophes avoient manqué leur but, l'un ne s'étant rendu utile qu'aux animaux, & l'autre n'ayant pas fait même le profit des animaux.

Miss

Miss DOROTHÉE.

Quel bruit vous feriez , si vous aviez
un tel orgueil & une si grande sottise à réprocher à Moïse ! Voyez-vous
qu'il se soit mis au dessus des Patriarches qui l'avoient précédé. J'ajoute une
telle sottise; car se rendre utile aux animaux qui pâturent , c'est enrichir leur
maître ; d'ailleurs Apollonius en bon
Pythagoricien , ne devoit point rabais-
ser cette action , lui qui croyoit que
les bêtes étoient animées par des ames
qui avoient appartenu , & qui devoient
appartenir à des hommes.

BELESPRIT.

Pauvre Apollonius ! te voilà sur la
sellete ; on ne te fera grace de rien.
Mais continuons.
Les Pythagoriciens devoient garder le
silence pendant deux, trois, quatre &
même cinq années: Apollonius choisit
ce dernier terme. Il a avoué lui-même
que ce silence lui avoit beaucoup couté:
cependant il s'étoit fait un langage par
signes , si expressif, qu'il vint à bout
d'appaiser une sédition. Après ce tems,

Tom. II. second. Part. I

voici quel étoit l'ordre de sa journée. Au lever de l'aurore il s'occupoit de pratiques myſtérieuſes qui regardoient ſon commerce avec les Dieux, & auxquelles il n'admettoit que ceux qui avoient été éprouvés par un ſilence de quatre ans. Enſuite il aſſembloit les Prêtres du Temple où il habitoit, & les inſtruiſoit ſur le culte de leurs Dieux, ſur les abus qui s'y étoient gliſſés, & ſur les moyens de les réformer, ſervice qu'il rendoit dans tous les lieux où il paſſoit, ſans ſe ſcandaliſer de la diverſité des Dieux qui étoient adorés. Il diſoit enſuite : j'ai paſſé la premiere partie de la journée avec les Dieux; la ſeconde à parler des Dieux : je puis actuellement m'occuper des choſes humaines. Il donnoit donc le reſte de la journée à ſes diſciples, & à ceux qui vouloient l'interroger, & il la terminoit en prenant un bain d'eau froide. Son ſtyle dans les diſcours qu'il prononçoit, ou dans ſes réponſes, étoit court, ſerré, nerveux. C'étoit des ſentences qu'il prononçoit d'un ton de maître. Il diſoit qu'il ſavoit toutes les langues ſans les avoir appriſes, & qu'il pénétroit dans le cœur de tous les hommes.

La Bonne.

Que dites-vous de cette humilité, Monſieur ? Ajoutez y ces paroles qu'Apollonius prononçoit ſur la fin de ſes jours. Je ſais plus que qui que ce ſoit, car je ſais tout.

Belesprit.

Il eſt quelquefois permis de ſe louer. Paul que vous regardez comme un Saint, s'eſt donné d'exceſſives louanges.

La Bonne.

Avec quel ménagement, Monſieur, ne parle-t-il pas des graces que Dieu lui a faites, lorſqu'il fut forcé /de le faire ? Il avoue que ſe louer eſt une folie ; mais qu'il eſt contraint de parler comme un fou, pour rendre ſages ceux qui mépriſoient ſon miniſtere. Il rapporte à Dieu toute cette gloire, & finit en diſant qu'il ne ſe glorifie que dans la croix du Sauveur. Il ſe nomme un Avorton, le dernier des

Apôtres, il rappelle souvent qu'il **a** été un Perſécuteur. Oſez-vous le comparer avec votre Apollonius ? Mais cela ne m'étonne point ; les Païens ont bien oſé le mettre en parallele avec Jeſus-Chriſt. Continuez , Monſieur, & voyons s'il y avoit la moindre reſſemblance, je ne dis pas avec le Sauveur, mais envers le moindre de ſes diſciples , & avec Moïſe.

BELESPRIT

Apollonius encore jeune , croyant avoir épuiſé toute la ſageſſe des Grecs, voulut y joindre celle des Brachmanes dans les Indes , & voir en paſſant les Mages de Babylone & de Suze. Sept diſciples qu'il avoit , ayant refuſé de l'accompagner, il partit avec deux Eſclaves, dont l'un écrivoit très vîte, & l'autre très bien. Arrivé à Ninive, il y fit l'acquiſition de Damis qui ne le quitta plus. Lorſqu'il voulut paſſer l'Euphrate à Leugma , il fallut payer un péage, & celui qui le recevoit, lui demanda ce qu'il menoit avec lui. Apollonius lui répondit : la Tempérance, la Juſtice , la Vertu, la Modération, la Force, la Patience. Cet homme crut bonnement que c'étoit des Femmes, & dit à Apollonius, écrivez fur mon livre les noms de vos Efclaves. Ce ne font point des Efclaves, répondit le Philofophe, mais mes Maîtreffes. En traverfant la Méfopotamie, il apprit le langage des bêtes en mangeant le cœur & le foie d'un Dragon. Bardane Prince guerrier & Philofophe régnoit alors à Babylone. En entrant dans la Ville, on lui préfenta la Statue d'or du Roi pour l'adorer felon l'ufage. Il fera bien heureux, dit Apollonius, s'il peut être loué par moi comme partifan de la vertu. Des réponfes auffi hautes lui attirerent l'admiration des Magiftrats, qu'on nommoit les oreilles du Roi, qui avertirent leur Maître de fon arrivée. Le Prince ne fe fcandalifa pas de l'éloge que le Philofophe lui fit de fa perfonne; au contraire, il l'admira, & véritablement il fit paroître une grande vertu dans cette Cour, réfufant les dons magnifiques que le Roi vouloit lui faire, & fe contentant de s'intéreffer pour des Grecs d'origine, établis en ce lieu dont il améliora la condition.

Ils virent dans les Indes des hommes de sept pieds & demi, des serpents de soixante & dix coudées, une femme moitié blanche & moitié noire. Damis nous assûre même qu'il vit sur le Mont Caucase la chaîne où l'on avoit attaché Promethée. En historien fidele, j'avouerai qu'il se trompe sur le Mont Caucase qui n'est pas dans l'endroit où il dit avoir vu ces chaînes ; mais cette bévue n'est rien en comparaison de celles qu'ont faites les Ecrivains que vous appellez sacrés. D'ailleurs, Damis ne se vantoit pas d'être inspiré.

La B O N N E.

Nous ne croirons pas non plus qu'il fût grand sorcier, témoins les comptes de ma mere l'Oie, qu'il va nous faire sur ce voyage. Mais remarquez, s'il vous plaît, Mesdames, que Monsieur qui révoque en doute les miracles de Moïse, faits en présence d'un million de personnes, nous invite à croire ce qu'il nous dit d'Apollonius, sur

la foi de Damis, & de deux de ses
Esclaves. Car il n'y avoit pas d'autres témoins.

BELESPRIT.

Vous ne me rendez pas justice,
Mademoiselle : je ne me rends point
garant des discours de Damis, au contraire, j'avoue qu'il va nous débiter
des choses extravagantes ; mais cela
n'influe point sur les faits qui se sont
passés en public, tels que la résurrection de cette fille qu'on portoit en
terre. Damis qui a pû inventer les uns,
ne pouvoit supposer celui là ; il en auroit eû le démenti.

Miss DOROTHE'E.

Votre raisonnement est faux, mon
pauvre Monsieur : un homme assez
simple pour être séduit si grossiére-
ment, ou assez fourbe pour inventer
toutes ces choses, ne mérite aucune
créance ; vous dites qu'il auroit été
démenti ; & qui avoit intérêt à le démasquer ? Il ne cherchoit point à détruire la religion dominante, & par
conséquent les Prêtres n'étoient point

ses ennemis. Ce n'est pas que je nie le fait en question qui n'a rien de miraculeux, & qui n'annonce qu'un habile fourbe, je me serts de cette expression, parce qu'un homme qui se vante d'entendre le langage des animaux, est un menteur, & que tout ce qui vient de lui m'est suspect, ensorte que si de mes yeux je lui avois vu faire une action qui me paroîtroit miraculeuse, je ne pourrois la regarder comme telle, parce que ma raison contrediroit le témoignage de mes sens. Elle m'apprend que la Divinité ne peut autoriser le menteur.

BELESPRIT.

Si vous m'interrompez ainsi à chaque mot, je ne finirai d'aujourd'hui cette histoire. Donnez-moi, s'il vous plaît, une audience plus tranquille. Je suis de bonne foi, je vous avouerai que mon Héros qui savoit toutes les langues, eut besoin d'un interprete avec un Roi des Indes Pythagoricien. Il arriva à la demeure des Brachmanes. C'étoit une colline qui leur servoit d'asyle : elle étoit environnée d'un voile épais à l'aide duquel ils se rendoient visibles ou invisibles à leur gré. Ils avoient en leur disposition les éclairs & la foudre. Alexandre selon eux, n'avoit osé les approcher. Hercule & Bacchus ne l'avoient fait qu'à leur honte, & on voyoit sur la colline les vestiges des pieds fourchus & du reste du corps des Pans & des Faunes, dont les Philosophes s'étoient servis pour les mettre en fuite. Deux tonneaux étoient placés sur la colline: l'un renfermoit les pluyes, & l'autre les vents dont les Brachmanes disposoient à leur gré.

Les Brachmanes ou plutôt leur Chef, aulieu d'interroger Apollonius, lui raconterent toute l'histoire de sa vie. A l'heure de midy la colline s'élévant, les porta dans l'air où ils chanterent un hymne au soleil, puis les ayant remis à leur place, ce Chef dit au Philosophe. Interrogez-moi sur les choses qu'il vous plaîra ; car vous avez trouvé des hommes qui savent tout.

Apollonius lui demanda donc s'ils se connoissoient eux-mêmes? Nous

commençons par là, répondit l'Indien.
Qui pensez-vous que vous soyez? Nous
sommes des Dieux. Et comment êtes-
vous des Dieux? C'est que nous sommes des gens de bien. Quelle est votre opinion sur l'ame? Celle de Pythagore qui l'avoit apprise de nous.
Pourriez-vous dire ce que vous avez
été avant qu'elle animat le corps qu'-
elle gouverne aujourd'hui? Le Brach-
mane ne fut point embarrassé de cette
demande, & lui répondit : qu'il avoit
été Gangès fils du Fleuve du même nom, Prince sage, vertueux &
doué de toutes les perfections; & il
ajouta en montrant un jeune homme
de la compagnie. Celui ci a été Pa-
lamede, & indigné de ce que Ulisse
qui passe pour sage, a tramé contre
lui une horrible perfidie, & de ce
qu'Homere n'a pas daigné faire de lui
la plus legere mémoire, il a pris en
haine la Philosophie, & ne demeure
avec nous que malgré lui.

Lorsqu'il fut question de manger,
la terre produisit des tables & des lits
de gazon pour la compagnie. Des
Echansons d'airain alloient puiser

l'eau & le vin dans de grands vases;
des mets excellents se servoient d'eux-
mêmes.

Miss FRANCISQUE.

Voilà des contes de Fée , ma *Bonne*,
c'est tout comme les mille & un jours
que j'ai lus la semaine passée, cela est
fort amusant.

Lady VIOLENTE.

Pour moi, je conclus que celui qui
les a débités le premier étoit un imposteur, & celui qui les a rapportés d'a-
près lui , un imbécille. Je n'imagine
pas que monsieur *Belesprit* ait la tête
assez foible pour croire de pareilles
reveries?

BELESPRIT.

Je n'ai jamais regardé Apollonius
que comme un habile imposteur : cependant je ne saurois le mépriser, son
but étoit de rendre les hommes aussi
bons qu'ils pouvoient l'être dans le
Paganisme. Il a pourtant fait des miracles, ce fourbe ; & j'en conclus qu'
on peut en faire pour soutenir une ré-

vélation fauſſe ; qu'on ne pourroit
ſans impiété attribuer ces miracles à
Dieu ; que par conſéquent on a tort
de vouloir me donner les miracles
comme une preuve de la miſſion de
Moïſe , & qu'il pouvoit être un impoſteur comme Apollonius.

Miſs DOROTHE'E.

Tout ceci va donc ſe réduire à quelques queſtions fort ſimples. Apollonius
a-t-il vraiment fait des miracles ? Ces
miracles ſont-ils de nature à ne pouvoir être attribués à l'art ou au Démon ? Ces miracles ſont-ils étayés par
des circonſtances pareilles à celles
dont les miracles de Moïſe ont été ac-
compagnés , comme des prophéties
multipliées & non ſuſpectes ? &c......

La BONNE.

Nous reprendrons l'examen de ces
trois queſtions , il faut laiſſer à Monſieur le temps de détailler l'hiſtoire
d'Apollonius , & le récit des miracles
qu'il a opérés.

BELESPRIT.

Voici le plus éclatant de ses miracles. Etant à Ephese, il prédit que
cette Ville seroit attaquée de la peste,
mais en termes énigmatiques, & comme on ne fit pas de sa prédiction
tout le cas qu'il eut souhaité, il fut à
Smyrne. La peste força ceux qui l'a-
voient méprisé à recourir à lui, & il
dit: partons. Aussitôt il se trouva dans
Ephese. Il en assembla les malheureux habitants, & les mena au théa-
tre. Ils y apperçurent un mendiant,
vieux, clignant les yeux d'une façon
particuliere, portant une besace où
il y avoit quelques morceaux de pain,
couvert de haillons, & hideux de
visage. Frappez cet ennemi des Dieux,
cria Apollonius. Les Ephésiens furent
choqués d'un ordre qui paroissoit si
contraire à l'humanité, d'autant plus
que le mendiant les supplioit en toute
humilité, & tâchoit de les émouvoir
à compassion. Apollonius insista, &
quelqu'uns ayant commencé à jetter
des pierres, cet homme qui avoit les
yeux fermés, les ouvrit en plein, & il

lança fur l'affemblée des regards étin-
cellants. Sur cet indice, les Ephé-
fiens jugerent que cet homme étoit le
Démon de la pefte, & ils lui jette-
rent tant de pierres qu'il s'en forma
comme une petite montagne. Après
un intervalle, Apollonius leur commanda d'ôter les pierres pour connoître quelle Bête ils avoient tuée. On
lui obéit, & au lieu du mendiant ils
trouverent un chien noir, grand comme un lion, & de la gueule duquel
il fortoit beaucoup d'écume. Que dites-vous de cet événement, Mefdames ? Il fut fuivi de la ceffation de la
pefte, & Apollonius pour en confa-
crer la mémoire & faire comme une
forte de talifman, fit dreffer en ce lieu
même une ftatue, qui repréfentoit ce
chien, & il la confacra à Hercule.
Mais ce ne fut pas le feul miracle
qu'ait fait ce Philofophe. Je vais continuer de vous les rapporter : celui là
vous a ftupéfaites, vous n'avez rien à y
répondre.

Mifs DOROTHE'E.

Je me hâte de prendre la parole.

Il est si aisé de vous répondre, Monsieur, que je veux épargner cette peine à ma *Bonne*, je m'en charge moi, qui ne suis qu'un enfant. Mais continuez, je vous prie : je réserve mes remarques pour la fin de votre romanesque histoire, & n'oubliez pas que malgré cette merveille, Apollonius reçut un affront sanglant chez les Athéniens immédiatement après.

BELESPRIT

Il est vrai que s'étant présenté dans Athenes pour être initié aux mysteres de Cérès Eléusine, celui qui présidoit à ses Fêtes, le réjetta, & lui dit qu'il ne vouloit point découvrir les Mysteres des Dieux à un Fourbe. Mais cet affront servit à relever la gloire d'Apollonius qui lui répondit : tu n'a pas marqué le plus grand de tous mes crimes, c'est que j'en sais plus que toi. Le Prêtre étourdi de cette réponse, & voyant d'ailleurs que sa conduite étoit improuvée de la multitude, il lui offrit l'initiation que le Philosophe refusa alors, en lui disant que son Successeur l'initieroit;

ce qui arriva quatre ans après. Ainsi voilà une prophétie accomplie. Un jour qu'il enseignoit aux peuples, un jeune homme osa rire, & en fut puni sur le champ; car il devint possédé du Démon. Apollonius le guérit, & il devint un de ses disciples. Mais, voici un fait bien autrement singulier.

Mennippe jeune homme attaché à Apollonius, reçut des avances d'une femme riche & belle, & se préparoit à l'épouser. Le Philosophe par ses lumieres supérieures, connut que cette prétendue femme étoit un Phantôme cruel & sanguinaire, qui engraissoit Mennippe pour le dévorer & se nourrir de sa chair. Le jour de la noce, il se transporte sur les lieux, & commanda aux Domestiques, aux vases d'or & d'argent, & même aux mets qui étoient sur la table, de se dépouiller des vaines apparences par lesquelles ils en imposoient aux yeux ; & comme toutes ces choses étoient phantastiques, elles disparurent. La femme se fit un peu plus presser, elle pleuroit & prioit le philosophe de ne la point forcer à se démasquer : Il tint bon, & elle avoua qu'elle étoit un Empufe, (*a*) & que fon deffein avoit été de fe nourrir de la chair & du fang de Mennipe après l'avoir époufé ; c'eft-à-dire, qu'elle lui auroit fucé le fang comme un Vampire.

La BONNE.

Chemin faifant, une petite remarque, s'il vous plaît. L'Hiftorien d'Apollonius qui fe nommoit Philoftrate, fe félicite d'avoir éclairci cet important événement à l'aide des mémoires de Damis, & il avertit qu'auparavant on n'en avoit qu'une idée vague & confufe. Continuez, Monfieur.

BELESPRIT.

Néron qui poffédoit alors l'Empire,

(*a*) On nommoit ainfi ces Phantômes formés par une imagination échauffée. Cette folie s'eft renouvellée en Boheme où l'on croit que certains morts fucent les vivants, les déffechent, & que par ce moyen ils fe confervent frais & vermeils dans le tombeau. On déterre ces Vampires ; on leur perce le cœur, & par là on s'en délivre.

excita la curiosité d'Apollonius qui vouloit voir, dit-il, quelle bête c'étoit qu'un Tyran. Arrivé à Rome, quelques paroles trop libres le firent accuser; mais lorsqu'il comparut, le Juge fut effrayé de ne trouver qu'un papier blanc quand il voulut tirer les griefs qu'on lui avoit donnés contre lui. Il l'élargit sans caution. Ce fut à Rome où il rencontra le convoi d'une jeune fille dont le visage avoit conservé une certaine moiteur, il fit poser à terre le cercueil, ou le lit sur lequel elle étoit, & la rappella à la vie par quelques paroles mystérieuses. Voilà une résurrection, Mesdames.

La BONNE.

Notez que Philocrate, tout hardi menteur qu'il est, n'ose pas assûrer que cette fille fut morte, & ajoute que les témoins eurent le même doute. Après, Monsieur.

BÉLESPRIT.

Un édit de Néron ayant chassé tous les Philosophes d'Italie, Apollonius se rendit à Cadix, c'est-à dire en un lieu qu'on regardoit alors comme les bornes du monde. J'avoue qu'Apollonius ou ſon Hiſtorien mentent un peu trop hardiment dans cet endroit ; car je ſuis de bonne foi, Meſdames. Ils nous aſſûrent qu'il n'y a nul crépuſcule à Cadix, que l'éclat de la lumiere ſuccede ſans milieu aux ténébres de la nuit, & vient frapper ſubitement les yeux comme un éclair. Il y vit deux arbres ſortants du tombeau de Géryon dont les feüilles dégoutent de ſang. Enſuite Apollonius continua ſon voyage & enfin ſe rendit à Alexandrie pour ſatisfaire Veſpaſien qui lui témoigna toute ſorte de reſpeɕt.

La BONNE.

Notez, s'il vous plait, que Philoſtrate plus inſtruit apparemment que Tacite, ne donne que ce motif au voyage de Veſpaſien à Alexandrie ; que ce grand Empereur y joue le rolle d'un imbécille, qu'Apollonius & deux autres Philoſophes ſes Acolytes, ſont conſultés par lui pour ſavoir s'il doit garder l'Empire, & mille autres choſes, dont Tacite & les autres ne difent pas un mot. Il y a même dans le récit de Philoftrate des événemens publics démontrés abfolument faux & fur lefquels je n'ai pas le temps de m'étendre , mais qui prouvent l'ignorance de l'Hiftorien.

Mifs DOROTHE'E.

Si vous le vouliez, ma *Bonne,* nous donnerions congé à Monfieur du refte de ces pauvretés ; car elles ennuyent. Je vais réfuter tout ce qu'il a dit en deux mots. Dabord Philoftrate a écrit plus de cent ans après la mort d'Apollonius. Sécondement, la plupart des faits qu'il allegue, fe font paffés dans des lieux éloignés de celui où il écrivoit , & ne pouvoient par conféquent être avérés ou conteftés par les témoins naturels , c'eft-à-dire, les habitants de ces lieux. Troifiéme-ment, il écrit fur la foi d'Apollonius lui même , ou fur les mémoires d'un homme qui étoit un imbécille s'il a cru de bonne foi ce qu'il avance, ou un impofteur mal-adroit s'il a voulu en impofer à la poftérité.

BELESPRIT.

Ne pourrois-je pas rétorquer cette difficulté & dire que Moïse étoit un Imposteur comme Damis, à la réserve qu'il étoit plus habile?

Miss DOROTHE'E.

Non, Monsieur, vous ne le pourriez pas à moins que vous n'eussiez fait vœu d'extravaguer. Moïse écrit en présence & pour un peuple nombreux, témoin des faits qu'il citoit. Moïse n'avance en second lieu rien d'absurde, au lieu que votre Damis fait suer par sa bêtise. De tous les prétendus miracles cités, il n'y a que la peste d'Ephese qui pourroit étonner. Mais quand on pense que celui qui rapporte ce fait, est celui qui nous dit sérieusement l'histoire prétendue de ce Phantôme Vampire, on est autorisé à nier toutes les circonstances qui paroissent miraculeuses dans le premier. Souvenez-vous que le prétendu Phénomêne du jour sans crépuscule à Cadix n'est point donné comme miraculeux, mais comme

un événement naturel & journalier.
Il est manifestement faux, c'est-à-dire,
l'auteur manifestement un fourbe.
Prouvez - moi un tel mensonge dans
Moïse, & dès lors je le mets au
rang d'Apollonius.

BELESPRIT.

N'est-on pas convenu que vos Historiens prétendus sacrés ont fait des
mensonges historiques, géographi-
ques, & physiques.

La BONNE.

Y pensez-vous, Monsieur? Il y a
bien de la différence entre suivre une
erreur établie qu'on croit sur l'autorité du plus grand nombre, & chercher à induire les autres en erreur, en
publiant comme véritable une chose
qu'on sait être fausse. Le plus honnête homme du monde peut faire la
premiere de ces choses, & ne voudroit pas au prix de sa vie faire la seconde. Je vous répete ici d'après
Saint Augustin, que dans les choses
de pure curiosité, Dieu a abandonné les Ecrivains sacrés à leur lumieres

naturelles, parceque son but n'étoit pas de faire des Savants, mais des Saints. Vous ne pouvez l'avoir oublié: c'est donc une mauvaise chicane que vous nous faites, d'autant mieux comme je vous l'ai encore dit, que la maniere de compter des Anciens & mille autres circonstances qui nous sont inconnues, peuvent nous faire croire les fautes que les Ecrivains sacrés ont faites en ce genre, beaucoup plus considérables qu'elles ne le sont en effet. Concluons, comme *Miss Dorothée*, que l'histoire d'Apollonius de Tyane étant pleine de faits manifestement faux, l'auteur ne peut être cru dans tout ce qu'il avance d'extraordinaire, & que vous auriez raison de vous révolter contre les Ecrivains sacrés, s'ils vous administroient de tels faits. Je m'étendrai davantage sur cette matiere en continuant l'histoire de Moïse & rapprocherai souvent les deux tableaux pour vous en faire remarquer les différences. Aujourd'hui il est temps de finir.

TROISIEME JOURNÉE.

Miss DOROTHÉE.

J'Ai beaucoup réfléchi, ma *Bonne*, sur ce que *Lady Méry* nous a dit la derniere fois, & je crois en conscience que je me suis donné les airs de faire un systême par rapport à l'ame des Bêtes. Ne trouvez-vous pas cela risible ? Une fille de mon âge faire un systême !

La BONNE.

Et toutes les femmes n'en font-elles pas, ma chere ? Systêmé de galanterie, systême de parure, systême de médisance, systême de perte de temps. Il n'y a aucune femme qui n'arrange dans sa tête des raisons bonnes ou mauvaises pour s'autoriser dans les penchants auxquels elle veut se livrer, & sur les moyens les plus courts & sujets à moins d'inconvéniants pour faire réussir ses vues. L'une se fait un systême sur la bonté de Dieu. Elle lui suppose une bonté
molle

molle qui n'a pas le courage de garder sa juste indignation contre le péché & le Pécheur, & de là elle
conclut avec les Libertins que les
peines de l'enfer ne peuvent être éternelles. L'autre se fait un systême de
conversion, de dévotion accommodée
à ses goûts. Vous en faites un sur
des sujets moins usités. Voilà tout,
& vous nous en ferez part. Voyons
auparavant quelle est l'opinion de
Monsieur *Belesprit* sur cette matiere?
Car il ne faudroit pas disputer sur
une chose où nous serions d'accord.

BELESPRIT.

A peu près celle de tout le monde. Il n'est pas ici question de s'élever
jusqu'au cieux ou de descendre dans
les abymes de la terre. Les Bêtes
vivant au milieu de nous, avec nous,
nous leur voyons produire des actes
qui supposent le jugement, la mémoire, des passions, une volonté;
par ces effets nous pouvons deviner
les causes, & nous sommes auto-
risés à leur supposer une ame, inférieure à la nôtre à la vérité; mais

Tom. II. second. Part.   K

pourtant de la même nature. Personne ne s'est avisé jusqu'à présent de
penser que l'ame des bêtes soit immortelle : On croit qu'une organisation plus parfaite que celle des corps
qui ne font que végéter, leur donne
la faculté de penser, de vouloir, &
de sentir ; d'où on conclut avec raifon, que ces trois puissances dans
l'homme, ne font nullement une preuve de l'immortalité de leur ame.

La BONNE.

J'aime quand on s'explique pleinement & sans voile. Monsieur ne
cherche pas à vous déguiser les conséquences du système de l'ame des bêtes.
Et bien, *Lady Louise*, croyez-vous
encore que cette matiere soit étrangere à l'étude de la religion ?

Lady LOUISE.

Non assûrément, ma *Bonne* : s'il
étoit vrai que tout le monde pensât
comme Monsieur nous l'assûre ; mais
je ne puis me le persuader, & je soupçonne qu'il attribue gratuitement aux
favants cette façon de penser si impie,

& qui détruit tout principe de morale.

Lady VIOLENTE.

Je suis caution que Monsieur ne nous trompe pas, Madame. Je viens de lire le commencement d'un livre très admiré ; il est intitulé *l'Esprit.* L'Auteur se tue à nous démontrer que nous ne différons des animaux que par une organisation plus parfaite. C'est sur ce fondement qu'il anéantit la morale & la religion. Ce qu'il y a de plus surprenant, c'est qu'à en juger par les apparences, l'Auteur n'a aucun intérêt à soutenir une telle cause : ses mœurs sont telles qu'elles le seroient, s'il croyoit l'ame immortelle.

Miss DOROTHÉE.

Et cet homme prétend que les animaux nous sont inférieurs ? Il se trompe lourdement. Je prétends prouver qu'ils l'emporteront infiniment sur nous

BELESPRIT.

On ne vous en demande pas tant, Mademoiselle. Contentez-vous de leur aſſigner une cauſe de leurs opé-rations, approchante de celle qui agit en nous.

Miſs DOROTHE'E.

Je vous entends, Monſieur , & je vais commenter vos paroles. Il ſuffit pour nier l'immortalité de l'ame , d'aſſûrer que les Bêtes en ont une matérielle : nous ne voulons pas al-ler plus loin ; notre orgueil ſe révol-teroit contre l'égalité, encore plus contre la ſupériorité. A quoi bon parler de preuves ? Il nous convient que les choſes ſoient telles que nous les avançons : nous décidons qu'elles ſont ainſi, qu'on reſpecte nos Arrêts. C'eſt à des hommes tels que nous qu'il appartient d'éclairer l'Univers : nous ne voulons pas d'appel : tout le bon ſens eſt renfermé dans notre tête par un privilege excluſif, & il n'y a que les Idiots & les femmes qui œfent penfer d'une autre maniere que nous.

BELESPRIT.

Que vous êtes méchante , *Mifs Dorothée* ! Nous ne parlons point ainfi ; mais nous croyons avoir droit de raifonner , & nous avons en horreur l'obéiffance aveugle qui ne convient qu'aux ftupides.

Mifs DOROTHE'E.

Je vais vous rendre le bien pour le mal. Vous dites que je fuis bien méchante , & moi je foutiens que vous êtes trop modefte : ce n'eft point à l'école des Bayles, des.... que vous avez appris ce langage ; ils veulent être crus fans examen , ou du moins qu'on examine à leur mode fans s'embarraffer des contradictions , des inconféquences. Ce n'eft pas là notre compte.

Lady VIOLENTE.

J'ai vu un petit ouvrage qui vous mettroit tous d'accord. L'auteur prétend que les corps des bêtes font ani-

més par des Démons, que Dieu a con-
damnés à cette humiliation, pour punir leur orgueil & leur superbe.

Miss MALY.

Oh si, Madame ! Je réjette absolument ce systême, je jetterois mon
joli chien par la fenêtre, si je pouvois
le soupçonner vrai.

La BONNE.

L'auteur ne l'a jamais donné comme
tel, & ce fut une plaisanterie dans
une conversation sur cette matiere, qui
lui en fit naître l'idée. Cependant on
lui en fit un crime, & les chagrins
qu'on lui donna à cet égard, lui cau-
serent la mort.

Miss BELOTTE.

Il avoit bien de la foiblesse d'être
sensible jusqu'à ce point. Ma Grand-
Maman qui étoit une femme de beaucoup d'esprit, avoit adopté le systême
de Pythagore, & croyoit dans le fond
de son ame que les ames des bêtes
étoient celles des hommes qui avoient
changé d'habitation. Elle n'osoit le

dire tout haut ; mais on la comprenoit, & ma *Bonne* perdit ses bonnes graces pour avoir osé soutenir que les bêtes étoient des machines : elle regarda ce sentiment comme une impiété.

Lady MÉRY.

Et moi je suis prête à adopter les divers systêmes de ces Dames, plutôt que celui de Monsieur. Une chose matérielle & qui pense ! une ame spirituelle & mortelle ! voilà deux extravagances auxquelles je ne souscrirai jamais, parce que cela est contraire à cette vérité primitive dont nous avons fait la base de nos connoissances. *Il y a un Dieu.*

La BONNE.

Procédons avec ordre, s'il vous plaît. Voilà, si je ne me trompe, cinq systêmes différents. Voyons quel sera celui que la foi & la raison nous permettront d'adopter ! Auquel vous fixez vous, Monsieur ?

B E L E S P R I T.

Je foutiens que les bêtes ont une ame, c'eft-à-dire, qu'elles fentent, qu'elles penfent ; que cette ame eft mortelle, & ne confifte que dans l'arrangement des parties de leur corps, & que par conféquent elle eft mortelle.

La B O N N E.

Et quel eft votre fyftême par rapport aux bêtes, *Mifs Dorothée* ? Vous nous avez annoncé que vous en avez fait un. Expofez le en peu de mots.

Mifs D O R O T H E'E.

C'eft que non feulement les bêtes ont une ame penfante & fenfitive, mais encore que cette ame eft infiniment fupérieure à la nôtre, foit que Monfieur la veuille matérielle ou fpirituelle, il choifira, cela m'importe peu.

La B O N N E.

Et vous, *Mifs Belotte*, que penfez-vous à ce fujet ?

Miſs BELOTTE.

Tout ce qu'on voudra, ma *Bonne*. Comme je n'avois pas cru juſqu'à préſent que cette queſtion fut fort importante, je n'ai jamais réfléchi aſſez attentivement ſur cette matiere pour prendre un parti en conſéquence de cauſe. Ma Grand-Mere croyoit la métempſycoſe : apparemment elle avoit ſes raiſons pour cela. Je ne les ai pas, ainſi je ne crois rien. Je me déciderai après que j'aurai entendu les preuves de tous les côtés : juſques là, je demeurerai dans une exacte neutralité, je ſerai mieux en état de juger.

Lady VIOLENTE.

Je prends le même parti, ma *Bonne*, & j'abandonne mes petits Diables, puiſqu'ils obligeroient *Miſs Maly* à jetter ſon chien par la fenêtre. J'en ſerois bien fâchée, je vous aſſûre. C'eſt une très jolie machine.

La BONNE.

Vous voulez paroître neutre, &

vous embraſſez l'opinion de *Lady Méry ;* je vous récuſe, Madame.

Lady M E'R Y.

Et moi je m'applaudis d'avoir un tel ſecours. Cependant, ſans être ni vaine, ni préſomptueuſe, j'oſe vous aſſûrer que je n'aurois pas eu peur quand même j'euſſe été ſeule de mon avis. Je vous l'ai déjà dit : mon opinion me paroît tellement une conſéquence de la vérité primitive dont nous ſommes convenues, qu'on ne ſauroit s'y méprendre quand on l'examine. Au reſte, Meſdames, ne croyez pas que mes idées à cet égard, ſoient de celles qu'on a ſucées avec le lait, & dont toute la force conſiſte dans la longue impreſſion qu'elles ont faites ſur le cerveau : j'ai crû juſqu'à neuf ans que les bêtes avoient une ame, qu'elles jouiſſoient de toutes mes facultés. La premiere fois qu'il me vint dans l'eſprit qu'elles étoient des machines, cette penſée me révolta ſi fort que je me levai de ma chaiſe avec autant de vivacité que ſi j'euſſe vû un ſerpent auprès de moi, & j'en effrayai ma Gouvernante. Mon second mouvement fut plus sage, & je me dis : si les bêtes ont une ame, l'examen que j'en veux faire, ne la leur ôtera pas, & je gagnerai une conviction contre un doute.

Miss SOPHIE.

Je vous admire, ma chere. Vous vous amusiez singuliérement à neuf ans. Comment à cet âge pouviez-vous même concevoir de tels doutes? Comment pouviez-vous vous croire capable d'un tel examen?

Lady MERY.

Que voulez-vous, ma chere? Je n'ai jamais eu l'esprit assez délié pour trouver à l'occuper de ma robe ou de mon bonnet; je suis à cet égard d'une stupidité qui surpasse l'imagination, & mes pensées sur mille autres choses de cette espece sont d'une stérilité assommante. Cependant il faut penser à quelque chose, on s'ennuyeroit trop sans cela. Mes pensées sont conséquentes à mes lectures: j'avois lu le livre de l'*Esprit*, & l'auteur en voulant me perſuader que nous ſommes des machines parceque les Bêtes le ſont, me détermina ſérieuſement à examiner ſi nous étions ſemblables à elles.

BELESPRIT.

Vous n'avez pas bien lu cet ouvrage, Madame. L'auteur n'a jamais prétendu prouver que les hommes ſont des machines, mais ſeulement que les bêtes n'en ſont pas. Voilà ſon deſſein.

Lady MERY.

Allons notre chemin, Monſieur, ſans nous embarraſſer du deſſein de l'auteur. Je prouverai *mon dire* en temps & lieu, & quand nous défnirons les mots, nous verrons qui de nous deux ſe trompe. Etabliſſez votre ſyſtême, voici le mien.

Une matiere penſante eſt une abſurdité qui implique contradiction. Une ame mortelle eſt une chimere contraire à toutes les notions raiſonnables que nous ne pouvons nous empêcher d'avoir de l'eſſence des êtres.

D'où je conclus de deux choses l'une. Si les bêtes ont une ame elle est spirituelle. Si elle est spirituelle, elle est immortelle. Ou bien, les bêtes n'ont ni pensées, ni sentiments, ni volonté & par conséquent sont de pures machines, dont la perfection indique la science de leur ouvrier.

La BONNE.

Dans l'ordre des choses, Monsieur, c'est à vous de commencer à nous administrer vos preuves.

BELESPRIT.

J'y consens, & je vous avertis d'avance que je les prendrai dans cet Auteur dont *Lady Méry* a si mauvaise opinion. C'est Monsieur Helvetius.

La BONNE.

Puisque vous le nommez, Monsieur, ajoutez donc, comme la justice l'exige, qu'il a prononcé anathême contre son ouvrage, & qu'il a rétracté tout ce qu'il y avoit annoncé contre la religion & les mœurs. Il est tel qu'on ne peut raisonnablement douter de sa sincérité dans cette démarche.

BELESPRIT.

Vous êtes bien charitable, Mademoiselle. On pourroit, je pense, l'être assez sans aller si loin; mais cela ne fait rien à notre sujet. Voici ce qu'il dit après avoir borné nos facultés à deux qu'il croit pouvoir regarder comme les causes productrices de nos pensées. Nous avons la faculté de recevoir les impressions différentes que font sur nous les objets extérieurs. Nous avons, en second lieu, la faculté de nous rappeller ces impressions, c'est-à-dire, une mémoire. Notre Auteur prétend que les Bêtes possedent ces deux facultés aussi bien que l'homme. Elles reçoivent l'impression des objets extérieurs. Elles les retiennent.

Lady MÉRY.

Dans l'ignorance où nous sommes de la plûpart des causes des objets que nous connoissons, nous sommes réduites à les deviner par leurs effets. On peut raisonnablement penser que deux causes sont pareilles , lorsqu'elles produisent des effets absolument semblables , & nous nous figurons des dissemblances dans les causes , à mesure que nous en trouvons dans les effets. Si dans l'homme & dans l'animal , les causes productrices sont semblables , les effets le doivent être aussi. Or vous savez , Monsieur , que l'expérience prouve le contraire.

Miss SOPHIE.

Je n'entends non plus cela que si vous parliez Allemand. Expliquez-vous , je vous prie , Madame , d'une maniere plus claire.

Lady MÉRY.

Les Medecins , ma chere , ne voyent pas dans notre corps pour y trouver les dérangements qui occasionnent une maladie ; mais par les effets que produisent ces dérangements , ils en assignent les causes. La rougeur des joues , une fiévre lente , une toux opiniâtre leur ap-

prennent qu'une humeur s'eſt jettée
ſur les poulmons & les abcedent.
Un grand dégoût accompagné d'a-
mertume annonce que la bille eſt a-
bondante ; des rapports aigres, qu'il y
a des acides dans l'eſtomac. Toutes
les fois qu'ils apperçoivent ces effets,
ils connoiſſent ces cauſes , & ſi dix
malades les ont d'une maniere égale,
ils décident que les cauſes ſont en
même dégré de force ; aulieu que
des ſymptomes différents les auto-
riſent à dire que ces dix maladies
ſont produites par des cauſes différentes. M'entendez-vous , à préſent,
Madame ?

Miſs SOPHIE.

Oui , ma chere, on ne peut pas
préſumer que les cauſes ſont ſemblables , quand les effets ſont différents.

BELESPRIT

Mais ſi on peut aſſigner les cauſes
de ces diſſemblances qui ſont entre
les hommes & les animaux, dans des
accidents attachés à la forme extérieure de leurs corps , n'avouerez-

vous pas qu'elles ne peuvent nuire à mon syftême?

Lady ME'R Y.

Oui, Monfieur, je l'avouerai. Voyons fi vous pourrez me prouver que toutes les différences qui fe trouvent entre l'homme & la bête, viennent de leurs formes.

BELESPRIT.

Si nos mains étoient terminées comme le pied du Cheval, nous fuffions démeurés comme ces animaux fans tous les arts qui s'exercent avec la main, fans habitation, fans armes pour nous défendre contre les autres animaux, le foin de chercher notre nourriture & de nous mettre à couvert des attaques des bêtes féroces, nous eut abfolument occupés. Nous manquerions de toutes les idées qui ne feroient pas conféquentes à ces deux points. Nous ferions reftés fort inférieurs à certaines nations fauvages qui pourtant n'ont pas deux cents idées, & encore manquent-ils de mots pour les exprimer.

Lady MÉRY.

Et si on demandoit à votre Auteur où l'on trouve cette nation si pauvre en idées & en expressions, ne seroit-il pas bien embarrassé à répondre ? Ne diroit-on pas à la hardiesse avec laquelle il annonce ce fait, que c'est une de ces choses si généralement connues, qu'on ne peut les révoquer en doute. Cependant ces nations que nous trouvions si stupides au premier abord, nous ont forcés d'avouer lorsqu'elles ont été mieux connues, qu'elles avoient une grande sagacité. La langue des Algonquins, qu'on croit la mere-langue des Américains septentrionaux, est très riche, très sonore & remplie de majesté. De combien d'autres n'en pourroit-on pas dire autant si on les connoissoit comme celle-là ?

La BONNE.

Permettez - moi, *Lady Méry*, de faire une remarque qui vous échappe. J'accorde à l'Auteur de l'*Esprit* qu'il y a des hommes tels qu'il les suppofe & qui n'ont que deux cents idées ; & j'en conclus contre lui que l'organifation extérieure n'influe en rien fur nos idées, puifqu'il y en auroit une fi grande difette chez des peuples organifés comme nous le fommes.

BELESPRIT.

Il a répondu à cette objection, Mademoifelle. Ce n'eft pas par le défaut d'organifation que les idées leur manquent ; c'eft que ne vivant point en fociété ils font privés de toutes les idées que nous avons relativement à cet objet.

Lady MÉRY.

Fort bien ! Mais ces idées que nous avons, & qui leur manquent, doivent être fuppléées par d'autres relatives à leur genre de vie, & que nous n'avons pas. Cela revient à la même fomme d'idées : feulement les objets en font différents.

BELESPRIT.

Vous le fuppofez gratuitement.

Madame. Parmi ces peuples fauvages, il y en a quelques-uns felon le
rapport des Voyageurs qui n'ont pas
l'ufage de la parole. Dampierre un
des plus célébres, nous affûre qu'il
trouva dans une Ifle des hommes
qui n'avoient d'autre langage qu'un
gloussement femblable à celui des
poulets-d'inde.

Lady MERY.

Tout ce que la charité peut me
suggérer par rapport à Dampierre,
c'eft de penfer qu'il le crut ainfi parce que fon oreille n'étoit pas accou-
tumée à entendre de pareilles fons.
Une autre plus méchante que moi
l'accuferoit de fe fervir du privilege
des Voyageurs.

La BONNE.

Savez-vous bien, Mefdames, que
les premiers mois que j'ai paffés en
Angleterre, j'aurois pu dire que
vous n'articuliez pas, & que vous
n'aviez qu'un fiflement? Il a fallu qu'-
une longue habitude m'ait familiari-
fée avec votre prononciation pour

me faire difcerner que réellement vous formiez des fyllabes. Or Dampierre n'a pu demeurer que quelques momens à la vue de ces fauvages : il y auroit eu trop de rifque à y refter plus long-temps ; & par conféquent il n'a pu juger fainement du langage de ces infulaires.

Lady LOUISE.

Encore un mot de réflexion , ma *Bonne*. Lorfqu'il eft queftion des livres facrés & en particulier de l'hiftoire de Moïfe, Meffieurs les beaux efprits font d'une difficulté qui impatiente ; ils arrêtent à chaque mot, doutent de tout. Eft-il queftion d'un fait propre à accréditer leurs idées , il faut le croire fur la parole d'un feul homme. Ils oublient en fa faveur le proverbe fi ufité. *A beau mentir qui vient de loin.* Ce proverbe eft pour nous , & non pour eux ; ils ont deux balances abfolument inégales.

BELESPRIT.

Je vous paffe votre incrédulité à

cet égard, revenons à notre sujet. Voici la seconde cause des diffemblances qui se trouvent entre les hommes & les animaux quoiqu'ils soient mus par une ame de la même nature. La vie des animaux en général étant plus courte que la nôtre, ils n'ont pas le temps de faire autant d'observations, & par conséquent d'avoir autant d'idées que l'homme.

Lady MÉRY.

Il en faut donc conclure que les idées du Corbeau, du Cerf, du Perroquet & de plusieurs autres animaux, doivent surpasser de beaucoup en nombre celles de l'homme, puisqu'ils vivent bien plus long-temps. Continuez, Monsieur.

BELESPRIT.

Troisieme différence, les animaux mieux armés, mieux vétus que nous par la nature, ont moins de besoins. Or le besoin produit des idées, la faim en fournit aux animaux.

Lady MÉRY.

Retenez bien cette différence, Monsieur, elle va me fournir des armes contre votre Auteur, qui se contredit sans pudeur dans la même page. J'adopte en plein ce qu'il vient d'avancer : *le besoin produit les idées*. Passons à la troisieme cause de la dissemblance entre l'homme & la bête.

BELESPRIT.

Les animaux ne forment qu'une société fugitive devant l'homme qui par le moyen des armes qu'il a forgées s'est rendu redoutable, même aux plus forts & aux plus féroces d'entre eux. Ce manque de société fait qu'ils ne peuvent augmenter leurs idées par la communication.

Lady MÉRY.

Le besoin produit les idées, c'est votre Auteur qui me le dit. Le besoin produit aussi l'industrie : c'est lui qui a fait naître chez les hommes l'idée de se forger des armes.

pour suppléer par là à l'infériorité de leurs forces comparées à celles des animaux. Même besoin chez les animaux que chez les hommes ; pourquoi n'a-t-il pas produit des idées semblables ? Pourquoi n'ont-ils point inventé des armes ?

BELESPRIT.

La raison en est toute simple. Pour forger des armes, il faut des mains, & ils n'en ont point.

Lady MÉRY.

Mais êtes-vous bien sûr qu'il faille des mains pour forger des armes ? La nature n'a-t-elle pas suppléé à ce défaut chez les animaux & n'en voyons-nous pas qui sans avoir des mains, font des ouvrages que l'homme ne pourroit imiter ? Examinez le Castor. Il vit en société , nulle République mieux policée que celle de ces paisibles animaux : la nature leur a fourni des dents si incisives qu'ils coupent des arbres ; cependant cet animal si pourvu de talents , ignore l'art de se défendre contre l'homme : on le prend

avec

avec la main fans craindre fes mor-
fures. Comment ? S'il a des idées, ne
lui eſt-il jamais venu dans l'eſprit d'employer fes dents contre l'homme fon
cruel ennemi ? Les Caſtors fe bâtiſſent
des maiſons à pluſieurs étages, & qui
font très folides ; ils parviennent à détourner le cours des Rivieres en faifant des digues fi fortes, qu'à peine a-
vec des mains & des outils en conſtrui-
roit-on de pareilles. Comment n'ont-
ils pas conçu l'idée de tendre des piéges
aux hommes ? N'auroient-ils pas pû
environner leurs demeures de chaſſes-
trappes, faire des chevaux de frife,
conclure une ligue offenfive & défen-
five avec les autres animaux, en leur
en démontrant la néceſſité, & la certitude du fuccès, fur-tout contre des peuples qui ignoroient l'uſage des armes
à feu, & dont les frêles demeures
n'auroient pas réſiſté un moment à
leurs efforts redoublés. Je dis donc
avec l'Auteur : le befoin produit l'in-
duſtrie & toutes les idées qui y font
conféquentes ; il ne fait pas le même effet chez l'animal qu'il fait chez
les hommes. Donc je conclus que ce

Tome II. fecond. Part. L

font deux Etres très diſſemblables , malgré la ſorte d'analogie que je crois remarquer en eux. Avez-vous quelque choſe à répondre à cela ?

BELESPRIT.

Vous vous expliquez ſinguliérement, Madame. Comment donc ? Vous ſemblez douter de l'analogie qui ſe trouve entre l'homme & la bête. Ce ſont des choſes de fait, qui tombent à chaque moment ſous nos yeux , & qui ne peuvent être révoqués en doute. On feroit des volumes de tous les actes des animaux , qui prouvent qu'ils raiſonnent & agiſſent avec réflexion.

Lady MÉRY.

Mes yeux me le diſent au premier moment. Je change d'avis au ſecond, & je ne vois plus dans les animaux qu'une machine néceſſitée à faire certains mouvements comme ma montre. Reprenons ce qui a été dit. L'Auteur de l'*Eſprit* n'a pû s'empêcher de reconnoître des différences totales entre l'homme & la bête. Les raiſons qu'il a données de la diſſemblance de leurs opérations, sont si foibles, qu'il a été facile de les mettre en poudre. Par exemple, le Singe qui de tous les animaux est celui qu'on pourroit le plus raisonnablement soupçonner de penser, le Singe, dis-je, a des mains, & pourroit par conséquent être capable d'ouvrages pareils à ceux que font les hommes. L'Auteur prévient cette objection & croit la résoudre en disant, que cet animal est dans une enfance perpétuelle; comme si les causes qui produisent la légéreté & l'enfance, ne disparoissoient pas chez le Singe avec les années, aussi bien que chez les hommes. On voit de vieux Singes tristes, mélancoliques; sont-ils devenus plus capables de travail? La vivacité du Singe est bien fixée par le desir d'être libre: (je parle votre langage, Monsieur, en lui supposant des desirs.) J'en ai vu un, fixé une heure d'horloge à défaire soixante nœuds qu'on avoit faits à sa corde, pour se procurer le plaisir de les lui voir délier. Il étoit jeune & très sémillant : cependant il ne fut point question de sauts & de gambades pendant cette heure.

L 2

BELESPRIT.

On diroit à vous entendre que l'Auteur de *l'Esprit* a prétendu établir une parfaite égalité entre l'homme & la bête : ce n'eſt point du tout là ſon intention. Il convient de la ſupériorité de notre eſpece ſur toutes les autres : ſeulement il ne l'attribue qu'à un méchaniſme plus parfait qui rend nos idées plus abondantes, plus claires, plus capables d'être étendues, en un mot, qui nous rend très ſupérieurs à l'animal.

Miſs DOROTHE'E.

Quelle erreur ! Je vais trouver entre l'homme & la bête des diſſemblances beaucoup plus marquées. Je vais prouver qu'elles ſont toutes en faveur de l'animal, & en tirer la conſéquence que l'animal eſt infiniment ſupérieur à l'homme. N'eſt-il pas vrai, Monſieur, que par rapport aux choſes dont les cauſes ſont cachées, nous ſommes réduites à ne porter de jugement, qu'en conſéquence de leurs effets ?

BELESPRIT.

Assûrément, Madame. C'est de ce principe que nous partons pour accorder une ame aux bêtes. Ils se comportent comme les hommes en mille occasions ; donc le principe de leurs actions est le même que dans l'homme. C'est une cause pensante.

Miss DOROTHE'E.

Je parts du même principe, Monsieur, & je dis : les bêtes en mille & mille occasions, agissent d'une maniere beaucoup plus parfaite que les hommes les plus savants. Donc ils ont une ame plus pensante que celle de l'homme, supérieure à celle de l'homme.

Miss CHAMPETRE.

La belle dispute ! qui a pour but de nous montrer que nous sommes des bêtes, ou même que nous leur sommes inférieures. Ah Messieurs les Philosophes ! Qu'est devenu votre superbe ? Il faut que vous ayez des motifs bien puissants pour vous résoudre à vous ravaler ainsi.

BELESPRIT.

Une vérité pour être désagréable & humiliante, n'en est pas moins une vérité. Cela devroit vous convaincre de la bonne foi des Philosophes, qui sacrifient pour la soutenir l'intérêt de leur orgueil ; mais laissons à *Miss Dorothée* le temps de nous fournir ses preuves. Son idée est originale.

Miss DOROTHE'E.

Je vais me servir de vos propres paroles, Monsieur. Que les bêtes sentent, pensent, & agissent avec réflexion, nous disiez-vous, il n'y a que quelques moments, c'est un fait qui se passe sous nos yeux, & qu'il n'est pas possible de nier. Je dis, moi, que les bêtes agissent beaucoup mieux que les hommes, c'est un fait que nous ne pouvons révoquer en doute, parce que nous en sommes les témoins.

Lady VIOLENTE.

Sur mon honneur, je crois que

Miss Dorothée a raison. La proposition m'avoit révoltée d'abord ; en y réfléchissant, je ne sais comment sa réflexion m'a échappé. L'agent-fourmi qui amasse pendant l'été une subsistance pour l'hiver, se comporte avec beaucoup plus de sagesse qu'une foule d'hommes qui se hâtent de dissiper dans leur jeunesse un patrimoine qui devoit être la ressource de leur hiver, c'est-à-dire, de la vieillesse.

Miss DOROTHÉE.

Le Bœuf, le Mouton, l'Oiseau qui ne prennent jamais de nourriture au-de-là de leur besoin, ne raisonnent-ils pas plus juste que le gourmand & l'ivrogne qui ne peuvent parvenir à remplir la moitié de leur carriére, parce que l'intempérance les assomme, pour ainsi dire? Le Castor est un plus habile Géometre que Newton ; car il suppute exactement la pluie & la neige, qui doivent tomber dans un hiver pour élever sa cabane à une telle hauteur que la crue des Rivieres ne la puisse submerger. Un Géometre qui pourroit calculer le produit de cette

neige & de cette pluié dans une Riviere, ne pourroit affûrément la prévoir avant qu'elle fut tombée, & la
prévoir fi jufte que la cabane fut dans
l'eau, & ni fut pas entiérement; car
voilà ce que font les Caftors.

Miſs SOPHIE.

Et ce que je n'entends point du
tout, faute de connoître ces animaux.
Apprenez-moi, s'il vous plaît, ce qu'ils
font.

Miſs DOROTHE'E.

Le Caftor eft un animal Amphi-
bie, gros à peu-près comme nos chiens
de chaffe, qu'on appelle baffets par
ce qu'ils ont les jambes courtes : ils
ont une queue plate & large, & comme je l'ai dit, des dents extrêmement tranchantes. Ils vivent en fociété, & cela leur eft abfolument
néceffaire pour exécuter leurs ouvrages. Ils choififfent pour bâtir leur
Ville, une prairie voifine d'une riviere.
Après l'avoir marquée pour le lieu de
leur emplacement, ils fe mettent plufieurs autour d'un arbre & le fcient

avec leurs dents; mais ce qui est admirable, c'est qu'ils dirigent tellement leur travail, que l'arbre tombe toujours du côté de l'eau, ce qui abrege le chemin qu'ils doivent faire pour l'y conduire. Lorsqu'il est tombé, ils le trainent vers la riviere & le placent en travers, & comme les travailleurs sont en bon nombre, il se trouve en même temps assez d'arbres pour faire la carcasse de leur digue. Alors ils y jettent une grande quantité de branchages, de terre, de pierres pour combler les intervalles de ces arbres, après quoi ils revetent tout l'ouvrage de briques.

Miss FRANCISQUE.

Et où prennent-ils les briques, ma chere? Je croyois qu'ils travailloient dans des lieux déserts.

Miss DOROTHE'E.

Et vous pensiez juste, ma chere: ils font ces briques, & voici comment. Ils trempent leur large queue dans l'eau, & viennent en imbiber une sorte de terre qu'ils connoissent propre à cet usage. Ils la façonnent avec leurs pieds ; après quoi ils la battent à grands coups de queue jusqu'à ce qu'elle soit durcie. Cette queue qui leur sert de truelle, de marteau, leur fournit aussi une voiture ; ils la chargent des matériaux qu'ils veulent transporter. Pendant qu'une troupe de Castors travaillent à cette digue, une autre pose les fondements de leur cabane qui sont à trois étages & ont la forme d'un four. Il y a à chaque étage des trous, parce que le Castor aime à tenir sa queue dans l'eau, & ce trou n'a que la largeur nécessaire pour être exactement bouché par cette queue. L'Edifice élevé, ils garnissent le dernier étage, c'est-à-dire le plus élevé, des sommités d'un arbre qu'on appelle *Tremble*, & dont ils se nourrissent pendant l'hiver. La digue en arrêtant les eaux fait déborder la rivière qui inonde la prairie & en fait un lac au milieu duquel sont les habitations. Après les premieres pluies, les eaux gagnent le premier étage : alors les Castors déménagent & ga-

gnent l'étage qui est au deſſus, qui eſt
abandonné à ſon tour pour le troiſieme, & les Caſtors ont ſupputé ſi juſte
que les eaux montent toujours aſſez
pour leur procurer l'agrément d'avoir
leur queue fraichement dans l'eau,
& point aſſez pour inonder la partie
de maiſon, où ils font leur réſidence
& où ils gardent leurs proviſions.

Miſs SOPHIE.

Cela ſent furieuſement l'Hyperbo-
le. Là, ma *Bonne*, dites-nous ſur
votre conſcience ſi on peut croire ce
que *Miſs Dorothée* vient de dire.

La BONNE.

Il eſt bien des faits rapportés par
les Voyageurs dont on peut douter
ſans crainte de paſſer pour trop in-
crédule; mais celui-ci, ma chere,
eſt hors de tout ſoupçon. Un ſi grand
nombre de témoins s'accordent dans
toutes les circonſtances que *Miſs
Dorothée* vient de vous raconter, que
le fait n'a jamais été ſoupçonné non
ſeulement d'être faux, mais même
d'être exagéré. Tous ceux qui ont

été dans l'Amérique septentrionale ont pu s'en instruire par leurs yeux & par le rapport des Sauvages qui n'étoient point menteurs avant d'avoir eu commerce avec les Européens. Messieurs les Philosophes bien loin de s'inscrire en faux contre ces récits, les ont reçus avec avidité & s'en servent comme d'une arme victorieuse pour nous prouver que les Bêtes ont des ames.

Miss SOPHIE.

Non seulement je suis de leurs avis, mais j'ajoute encore que j'adopte en plein l'opinion de *Miss Dorothée.* Oui, les bêtes ont une ame, & cette ame est infiniment supérieure à celle de l'homme, du moins pour l'aptitude à la Géométrie.

Miss DOROTHÉE.

Vous deviez ajouter encore pour la morale, comme je vous l'ai déjà prouvé par l'exemple de quelques animaux qui ignorent la gourmandise crapuleuse, qui abrege les jours d'une si grande multitude d'êtres à face humaine ; mais je n'ai pas fini mon parallele.

L'oiseau mâle l'emporte infiniment sur l'homme débauché & le pere dur, puisqu'il n'est occupé tout le temps où sa femelle couve ses œufs qu'à lui chercher de la nourriture, & qu'il la remplace même lorsqu'elle est forcée de les abandonner. Il ne s'avise point pendant ce temps de voler à de nouvelles amours, & ne viole jamais la fidélité conjugale tant que son bail dure. La Tourterelle l'emporte encore sur lui à cet égard, elle ne peut survivre à sa moitié, en cela bien supérieure à ces Epoux qui oublient en si peu de temps celles que la mort leur a enlevées, & auxquelles ils avoient juré une flamme éternelle. La Poule qui se désseche sur ses œufs, & qui se donne à peine le temps de prendre sa nourriture, n'est-elle pas plus estimable que ces meres dissipées qui courant depuis le matin jusqu'au soir, abandonnent le soin de leurs enfants à des mercenaires? Mais que dirons-nous du superbe Taureau, qui se contente dans la prairie de la portion d'herbe qu'il peut manger, & qui n'employe pas sa force pour ravir la substance du foible Agneau qui paît à ses côtés? Son ame n'est-elle pas plus noble que celle de ce Grand, de ce Puissant qui regorge de biens, & qui arrache au pauvre Artisan sa substance stricte, soit en envahissant le petit héritage de ses peres, soit en profitant de son besoin pour le faire travailler à vil prix, soit en lui retenant trop long temps son salaire, & en employant à ses plaisirs l'argent destiné à payer ses sueurs. Voilà des dissemblances bien marquées, Monsieur, & elles sont toutes à l'avantage de l'animal ; cependant, ce n'est pas tout. L'homme passe une jeunesse pénible pour acquérir les talents nécessaires à la société. Que n'en coûte-t-il pas pour devenir Géometre, Architecte, Medecin ? L'animal sans avoir fait aucun apprentissage, excelle dans ces sciences ; il sait tout sans avoir rien appris. Lorsque les Grecs encore barbares habitoient le creux des arbres & se nourrissoient de glands, les Hirondelles qui vivoient en Grece, bâ-

tiſſoient leur nid avec autant de facilité & d'adreſſe que le firent celles
qui vécurent au ſiecle des Periclès.

Avouez donc, Monſieur, que les
bêtes ont une ame, que cette ame
eſt infiniment ſupérieure à celle des
hommes ; ou renoncez à juger des
cauſes par leurs effets, & dites qu'u-
ne cauſe inférieure produit des effets
qui lui ſont infiniment ſupérieurs.

La BONNE.

Vous êtes preſſé de bien près,
Monſieur. Pouvez-vous nier ce que
Miſs Dorothée vient de vous dire ?
Vous déterminerez-vous à accorder
aux animaux une ame ſupérieure à
la vôtre, ou bien direz-vous que l'E-
tre ſuprême leur a aſſigné leurs fonc-
tions, comme un habile Machiniſte à
des figures qui ſe meuvent par reſſort, & dont aucune ne peut faire
un mouvement étranger à ce reſſort ?

BELÉSPRIT.

Je voudrois bien ne dire ni l'un ni
l'autre. Il eſt certain que ſi les animaux agiſſent librement, leur volonté

est plus saine que la nôtre; il faut chercher un milieu qui sauve de ces extrémités. Ne pourroient - ils point raisonner & sentir sans être libres?

La BONNE.

Et de quoi leur serviroit la faculté de penser, de percevoir, s'ils ne pouvoient agir en conséquence de leurs perceptions? Les idées seroient en eux un meuble inutile, si je puis m'exprimer ainsi. Or ils sont les ouvrages d'un être qui n'a rien fait d'inutile.

Miss SOPHIE.

Je sais, ma *Bonne*, que vous nous avez expliqué autrefois l'inutilité de la raison & de la volonté, si nous ne possédions que l'une des deux à l'exception de l'autre; mais je l'ai parfaitement oublié, ayez la bonté de le répéter.

La BONNE.

Vous avez dit la raison, & c'est l'entendement qu'il falloit dire, ma chere. Il nous sert à discerner les objets ; & par la différence de leurs qualités nous connoissons s'ils méritent d'être récherchés ou d'être fuis. On met devant moi un morceau de pain & un serpent. Je connois qu'il me sera utile de manger l'un, & que l'autre pourroit m'empoisonner. Pour que cette connoissance me soit utile, il faut que j'aye la liberté du choix ; car si j'étois nécessitée à prendre le serpent, la connoissance que j'ai du mal qu'il pourroit me faire, ne serviroit qu'à me rendre misérable. De même il me seroit inutile d'avoir la faculté de choisir entre plusieurs objets, si je manquois du moyen de les discerner.

BELESPRIT.

Je vais vous avouer une foiblesse dont je suis bien honteux. Je ne puis me refuser à ce que j'entends, je suis convaincu : cependant mon esprit se révolte contre la pensée de regarder les Bêtes comme des machines.

Lady MÉRY.

Et pourquoi, s'il vous plait, cette

répugnance ? Apparemment qu'elle eſt fondée ſur une raiſon : voudriez-vous nous la dire ?

BELESPRIT.

C'eſt que mes ſens cent fois par jour me diſent que les animaux raiſonnent, & j'ai peine à leur donner un démenti.

Lady MÉRY.

Mille pardon, Monſieur ! je vais vous dire une groſſe injure, c'eſt que vous ne raiſonnez gueres. En conſcience, pouvez-vous balancer entre le témoignage de vos ſens & celui de votre raiſon ? Combien de fois dans votre vie vos ſens vous ont-ils trompé ? Mais ce n'eſt pas tout. Vous êtes convaincu de l'exiſtence d'un Dieu : ſi je vous prouve que l'opinion du ſentiment & de la penſée dans les Bêtes eſt injurieuſe à la juſtice & à la bonté de Dieu, vous rendrez-vous?

BELESPRIT.

Vous avez bien mauvaiſe opinion

de moi , si vous pouvez en douter ;
mais il faut que les preuves soient
bien claires.

Lady ME'RY.

Commençons par bien définir
les mots dont nous voulons nous servir. Qu'entendez - vous par la justice ?

BÉLESPRIT.

J'entends une vertu qui fait haïr
& punir le mal, aimer & récompenser ce qui est juste & bon.

Lady ME'RY.

Diriez-vous qu'un homme est juste
s'il punissoit des innocents , & s'il
récompensoit des coupables ?

BÉLESPRIT.

Non , la justice est annéantie dès
que ces deux conditions sont violées.

Lady ME'RY.

Voilà la raison , Monsieur, qui a
été décisive à mon égard , pour me
faire croire que les Bêtes sont des

machines , & j'ai cette obligation à l'Auteur du livre de *l'Esprit.* J'avois toujours dit & entendu dire que les Bêtes agissent par instinct ; mais je ne m'étois jamais demandé ce que j'entendois par ce mot. Votre Auteur met en marge ce qu'il appelle un bon mot du Pere Malebranche. Ce savant Oratorien s'écrie : *les Chevaux ont-ils mangé du foin défendu ?* Ces mots porterent un trait de lumiere dans mon ame auquel , je vous l'avoue , je ne fis pas un fort bon accueil: la force de l'habitude me révolta contre cette lumiere & j'eus toutes les peines du monde à rappeller mon sens-froid. Enfin , je me dis à moi-même : si les animaux souffrent, ils sont donc coupables de quelques crimes ; car il seroit injurieux à la Bonté de Dieu de croire qu'il eut créé des Innocents , seulement pour les faire souffrir.

BELESPRIT.

Mais après tout , n'est-il pas le maître de ses créatures ? De quel droit lui demanderons-nous compte de ces œuvres, nous qui ne fommes que des atomes en fa préfence ? Il a pu avoir des raifons que nous ne connoiffons pas.

Lady VIOLENTE.

Le bon Apôtre pour prêcher la foumiffion aveugle aux décrets du Tout-puiffant ! Et fi on vous dit, Monfieur, qu'il nous a créées pour le fervir uniquement par la deftruction de nos penchants déréglés, vous trouverez bien *le pourquoi*, que vous regardez à ce moment comme téméraire, parce que vous avez intérêt qu'on ne le prononce pas pour pouvoir refter tout à votre aife dans la claffe des animaux : pour nous, à qui cette compagnie déplaît, nous prions *Lady Méry* de continuer à vous confondre.

La BONNE.

Elle le fera, ma chere, & ce fera avec politeffe & modération ; car dans la difpute quelque tort qu'ait notre adverfaire, il ne faut jamais s'écarter de ces regles. Je voudrois que ma chere *Lady Violente* eut la bonté de s'en souvenir. Continuez, *Lady Méry.*

Lady ME'RY.

Vous me demandez, Monsieur, si Dieu n'eſt pas le maître de ſes créatures : je réponds que oui ; mais j'ajoute qu'il eſt impoſſible qu'il ſoit injuſte, c'eſt-à-dire, qu'il frappe l'innocent, & qu'il récompenſe le coupable. Toutes les vertus ſont eſſentielles à la divinité, & il n'eſt pas le maître d'être méchant & injuſte, cela implique contradiction avec ſon Etre. Ma bonté n'eſt qu'un foible écoulement de la ſienne, un atome en comparaiſon de l'Univers, & cependant je ne pourrois jamais me réſoudre à faire ſouffrir des innocents. D'ailleurs, n'eſt-il pas vrai que Dieu a créé des créatures pour ſa gloire, qu'il veut être aimé d'elles? Pourquoi Dieu veut-il être aimé de ſes créatures? Parce qu'il eſt la ſouveraine beauté, la bonté immenſe, & que la juſtice oblige d'aimer ce qui eſt beau & bon : il veut tellement que nous accompliſſions cette juſtice, qu'il a mis en nous un penchant irréſiſtible à aimer ce qui eſt bon & beau, & une répugnance invincible à aimer ce qui eſt laid & méchant à notre égard, c'eſt-à-dire, tout ce qui nous peut cauſer la mort, ou ce qui nous paroît un mal. Si vous ſuppoſez que des bêtes innocentes ayent été créées pour ſouffrir ſans aucun fruit, il eſt impoſſible de ſuppoſer en même temps qu'elles puiſſent aimer l'auteur de leurs peines; il n'auroit pas été bon à leur égard.

BELESPRIT.

Attendez un peu.... La ſomme des biens que les Bêtes éprouvent ou plutôt dont elles jouiſſent, eſt peut-être ſupérieure à celle des maux auxquels elles ſont aſſujetties: ainſi toute déduction faite, elles ſont redevables à leur Auteur.

Lady ME'RY.

On croiroit à vous entendre que vous parlez du deſtin des Anciens ou de leur Jupiter qui avoit à ſes côtés deux tonneaux pleins des maux & des biens, dans lesquels il puiſoit des deux mains pour les diſtribuer aux créatures. Cette idée convient parfaitement à une puiſſance aveugle, bornée, néceſſitée, telle qu'on la ſuppoſoit dans les Dieux du Paganiſme : mais par rapport à notre Dieu où tout eſt infiniment parfait, elle ſeroit injurieuſe. Il n'a mis que des biens dans le monde : le ſeul péché y a introduit tous les maux. Par conſéquent par-tout où je vois la peine, je ſuppoſe le crime. Je ne vous dirai point, Monſieur, que la foi me l'apprend; car nous ſuppoſons que nous ne l'avons point encore ; mais je puis vous aſſûrer que je n'en ai point beſoin à cet égard, & que dès là que je ſuis aſſurée de l'exiſtence d'un Dieu infiniment parfait, ma raiſon ſuffit pour me découvrir cette vérité que je vous répete. Où il y a de la peine, il faut ſuppoſer le crime.

Miſs SOPHIE.

Que devient donc, Madame, toute cette belle doctrine que ma *Bonne* nous a établie les années paſſées?

paſſées ? Elle nous aſſûroit qu'il n'y avoit point de maux dans cette vie, que les ſouffrances, la pauvreté, les humiliations, la mort même n'étoient point des maux réels, qu'ils n'en a-voient que l'apparence : vous ſoutenez une theſe contradictoire avec la ſienne.

Lady MÉRY.

Point du tout, Madame, je recon-nois qu'il y a un mal réel qui eſt le péché, le déréglement, ou pour me ſervir des termes que nous employa-mes alors, qui eſt la négation, le néant du bien. Tout ce que l'on re-garde comme des maux, ſont les acceſſoires du péché, ſes ſuites natu-relles. C'eſt une racine empoiſonnée qui rend amer tous les fruits qu'on ente ſur elle ; mais ces maux phyſi-ques changent de nature pour des cré-atures qui eſpérent une autre vie. La bonté de Dieu ſe manifeſte en cette occaſion d'une maniere éblouiſſante. Ces déteſtables fruits d'une racine en-core plus déteſtable, deviennent le re-mede des maux qu'elle a produits, ſi

Tom. II. ſecond. Part.   M

nous voulons en faire un bon usage. Concluons que ce que l'on appelle les maux physiques, ne sont point des maux pour ceux qui en espérant une autre vie, peuvent les changer en biens réels ; & si on supposoit dans les bêtes une ame immortelle & susceptible de récompenses éternelles, je ne me scandaliserois pas de les voir souffrir, parce que je regarderois leurs souffrances comme des moyens précieux d'expier leurs fautes & de mériter le Ciel : voilà la seule hypothese dans laquelle je puisse accorder une ame aux bêtes.

Lady LOUISE.

Encore un mot sur l'objection de *Miss Sophie*, cet article m'intéresse. Je conviens que les maux physiques peuvent être la medecine du péché ; mais une medecine est un mal elle-même, & ma *Bonne* nous a dit qu'il n'y avoit pas de mal dans le monde.

Lady MÉRY.

Et qui plus est vous l'a prouvé, je m'en souviens fort bien. Ce n'est pas la pauvreté en elle-même qui est pénible. Un Sauvage de l'Amérique qui est nud, vit de racine, n'est pas pauvre ; car il est persuadé qu'il ne manque de rien. C'est la cupidité qui fait les pauvres, en forgeant des besoins imaginaires de choses dont on peut se passer. Or la cupidité est un déréglement. Ma *Bonne* ne vous a pas dit que l'orgueil ne fut pas un mal ; c'en est un bien réel de manquer d'humilité : mais les choses qui blessent l'orgueil, sont des maux imaginaires : voilà ce qu'elle vous a prouvé. On a mal parlé de moi dans vingt maisons la semaine passée. Cela ne m'a donné ni migraines, ni insomnies, ni coliques, ni chagrins ; car je l'ai ignoré. Ces paroles de médisances & de calomnies n'ont donc point été un mal pour moi ; mais elles l'ont été pour ceux qui les ont prononcées ou écoutées avec plaisir, parce qu'ils ont manqué de charité. Imaginez dix personnes dont les passions soient soumises à la raison, mettez les en société, elles ne connoîtront pas la peine ; leur demeure sera l'image du ciel.

M 2

Miss SOPHIE.

Donnez leur la goutte, la pierre, la gravelle, la colique, la migraine, & vous verrez si elles ne connoîtront pas la peine.

La BONNE,

Ce que je vais vous dire, vous paroîtra un compte, Mesdames ; mais avec tous ces maux, ces personnes vous diroient qu'elles ne connoîtroient pas la peine si elles étoient telles que *Lady Méry* les suppose. Elles vous assûreroient au contraire qu'elles sont heureuses de souffrir des bagatelles qui n'ont aucune proportion avec les péchés qu'elles ont à expier, avec la gloire qu'elles espèrent. Les sept années de service que fit Jacob pour obtenir Rachel, lui parurent comme sept jours : tant le prix de ses travaux lui étoit précieux !

Lady MÉRY.

Revenons, s'il vous plaît, à notre sujet. La peine est la fille du péché. Lors donc que je vois les animaux su-

jets à la peine, je ne puis m'empêcher
de me rappeller la question du Pere
malebranche, & de me demander si les
Chevaux ont mangé du foin défendu.

Miss CHAMPETRE.

Vous croyez donc, Madame, que
si Adam n'avoit point péché, il n'y auroit pas eu de peine dans cette vie.

Lady MÉRY.

N'avons-nous pas la preuve que le
péché, le déréglement sont la seule
cause des maux que nous éprouvons?
Otez la cause, l'effet ne peut plus
subsister.

BEL-ESPRIT.

Je ne puis être de votre avis, Madame. J'avoue qu'en ôtant le déréglement des passions, les peines les
plus sensibles de la vie disparoîtroient;
mais il en resteroit encore de bien
sensibles. La frêle machine de nos
corps est si aisée à se rompre, à se
détraquer. Ce corps est donc une occasion de douleur dont rien ne peut
nous garantir. La maladie, la mort

font des suites inévitables de notre maniere d'être.

Lady MÉRY.

Voilà comme raisonneroit un homme qui n'auroit pas l'idée d'un Dieu, d'un Etre infiniment puissant. Cette phrase, *rien ne pourroit nous en garantir*, ne peut raisonnablement sortir de la bouche de celui qui est convaincu de l'existence d'un Dieu dont la parole *est acte*, & qui n'a qu'à vouloir pour exécuter. D'ailleurs, Monsieur, il ne faut pas raisonner par rapport à nos corps sur l'état où ils sont aujourd'hui. Depuis six mille ans, l'espece a furieusement dégénéré par les excès. Les peres transmettent aux enfants des sucs viciés, dépravés, affoiblis, que ceux-ci donnent à leurs enfants avec un nouveau degré de corruption qu'ils y ont ajouté : il faut que la machine de nos corps, toute frêle qu'elle est, soit encore bien forte pour résister à tous les assauts que la débauche & le déreglement lui ont livrés. Que ne devoit-elle pas être dans son origine ? Cependant, mal-

gré l'état déplorable où elle est actuellement réduite, la medecine en
devinant par les effets les cause d'une
maladie, parvient à la détruire. Pouvons-nous douter que l'ouvrier de ces
ressorts n'eut eu des moyens de les
conserver dans l'ordre s'il l'eut voulu?
Oui, sans doute, il le pouvoit: il
n'avoit qu'à le vouloir. Douter qu'il le
put, c'est cesser de le regarder comme Tout-puissant, c'est anéantir la
croyance de son Etre dont vous dites
être convaincu. N'en doutons point,
Monsieur, le déréglement est la cause
principale de nos maladies, soit que
nous ayons été nous-mêmes déréglés,
soit que nos peres l'ayent été. Les animaux, en cela mille fois plus heureux
que les hommes, ne vont point au-
de-là du besoin: cependant dans votre hypothese, ils souffrent, ils meurent. Donc ils ont un crime à punir,
ils sont coupables.

BELESPRIT.

Mais, quel inconvénient y auroit-
il de dire que les animaux péchent?
Ne voyons-nous pas qu'ils se mettent

en colere, qu'ils sont jaloux, envieux, capricieux, qu'ils ont de la malice, qu'ils se vengent?

Lady MARY,

Monsieur *Belesprit* est comme ces grands Capitaines qui défendent le terrein pied à pied, & auquel on ne peut réprocher le manque de courage ou d'industrie. Il oublie que nous sommes convenus que les bêtes ne sont pas libres, & que la liberté seule fait le péché. D'ailleurs, si elles sont capables de péché, c'est-à-dire, si elles peuvent choisir le mal, il faut nécessairement qu'elles soient capables de choisir le bien, c'est-à dire, de faire des actions vertueuses. Donc il leur faut une récompense digne d'une ame capable de connoître & d'aimer.

BELESPRIT.

Je me souviens fort bien, Madame, que vous avez dit que les animaux ne sont pas libres; mais il me souvient aussi que je n'ai point acquiescé à cette proposition qui me paroît démentie par l'expérience. Les bêtes me paroissent agir librement: elles vont, viennent, se couchent, se levent selon leur caprice. De deux chiens freres l'un est vif & l'autre paresseux, l'un est adroit & capable d'être dressé, l'autre ne veut rien apprendre & se laisse rouer de coups.

Miss DOROTHÉE.

Grand merci, Monsieur *Belesprit!* vous appuyez mon système. Vous prouvez que les animaux sont libres & dès là vous ne pouvez me nier qu'ils ne fassent un meilleur usage de leur liberté que l'homme, & que par conséquent ils ne lui soient supérieurs.

BELESPRIT,

Je suis précisément entre deux feux & je ne puis m'éloigner de l'un sans m'exposer à essuyer toute la furie de l'autre. Qui pensoit à vous & à votre système, *Miss Dorothée ?* Que ne vous teniez-vous tranquille ? Elle est là comme en ambuscade où elle épie toutes mes paroles. Oh ! Cela est bien desagréable & bien gênant.

Lady ME'RY.

Certainement elle a tort de vous prouver que vous ne pouvez soutenir votre syftême qu'en tombant en contradiction avec vous même. Vous allez retomber de Caribde en Scilla ; car de quel poids peuvent être les preuves que vous alleguez de la liberté des bêtes, contre celles que je vous adminiftre : les animaux ne gâtent rien, ne perfectionnent rien & font abfolument uniformes dans les procédés qui conviennent à leur efpèce, c'eft une vérité de fait. Je vous le répete, l'Hirondelle n'a jamais perfectionné fon nid, elle ne s'avife de rien, non plus que les autres animaux qui font précifément ce qu'ont fait ceux qui les ont précédés, & qui feront imités par ceux qui les fuivront. S'ils font libres, cette uniformité eft un prodige : jugez-en par les procédés des hommes qui changent, remuent, perfectionnent, gâtent, difputent fur le bien, fur le mieux, & qui prouvent par là qu'ils font libres de faire le mal ou le bien.

BELESPRIT.

Je n'ai rien à répondre à ce raisonnement, vous me forcez. Non, les bêtes n'ont point d'ame, c'est-à-dire, qu'elles n'ont pas une ame comme la nôtre, j'abandonne l'analogie que l'Auteur de *l'Esprit* a cru voir entre l'homme & elles. Cependant en cent mille ans je ne pourrois me résoudre à les regarder comme des machines, & voici ce qui m'en empêche.

Dieu ne pourroit-il pas avoir créé des êtres mitoyens entre les hommes & les végétaux ? Ne pourroit-il pas avoir donné aux animaux une ame inférieure à celle de l'homme ; d'une autre nature, si vous voulez, & qui fut pensante & mortelle ?

Ne pourrions-nous pas dire que les bêtes pensent & ne souffrent pas..... Mais non, mon chien crie quand je le bats, donc il souffre. Tenez, si cela dure long-temps, je serai contraint d'admettre le systême de la grand-maman de *Miss Belotte* ; je ne puis éclaircir tout ceci qu'en me

M 6

déclarant pour la Métempsycose.

Lady ME'RY *levant les mains au Ciel.*

Je vous rends graces, ô mon Dieu, de ce que vous avez révélé ces choses aux petits, & aux foibles, pendant que vous les cachez aux grands & aux savants de la terre. Oui, Monsieur, je confesse hautement que vous avez plus d'esprit, plus de science que moi, & cependant vous ne savez où vous en êtes, parce que vous ne voulez pas plier sous la main du Toutpuissant. Le fameux Monsieur le Cat a imaginé une matiere supérieure aux élements, qui nous est absolument inconnue, mais qu'il croit deviner par ses effets : il prétend que Dieu par un seul acte de sa volonté lui a assigné la conservation, la propagation, les changements qui arrivent dans ce grand univers, c'est-à-dire, la faculté de les produire. C'est une cause aveugle qui ne peut se détourner ni à droite, ni à gauche, qui exécute & qui exécutera toujours à la lettre les volontés éternelles de son Auteur. Sans examiner si cette idée a des fondements légitimes., je l'ai trouvée si belle, si grande, si magnifique, si digne de Dieu, que je l'ai adoptée avec complaisance. J'aime à voir ce divin ouvrier se servir de ce fluide automate pour exécuter toutes les merveilles que nous admirons & dont nous ne connoissons que la moindre partie, & cela par un seul acte qui suffiroit pour le méchanisme d'un million de mondes s'ils existoient & qu'ils dussent exister des millions d'années. Quel inconvénient de croire que cet ouvrier, infiniment habile & magnifique, voulant donner aux hommes un échantillion de sa puissance, ait peuplé l'univers de machines organisées si propres à manifester son savoir? Que les animaux ayent une ame ou qu'ils soyent des machines, leur création ne lui a pas plus couté dans une hypothese que dans une autre. Quoi Vaucanson, homme foible & borné, aura pu produire des machines capables d'en imposer à mes sens; des figures qui par l'air qui sort de leurs poulmons artificiels & par le mouvement de leurs doigts, exécuteront vingt-deux airs de flute à deux parties avec une justesse admirable! Il aura pu former un Canard qui digere ce qu'il mange! Un Jésuite à Treves aura composé un Automate qui marchoit & parloit! Un autre aura fait voir à toute la cour un Saül faisant toutes les contorsions d'un homme agité par l'esprit malin, un David jouant de la harpe, ayant à ses côtés un Ange qui tournoit le feuillet du livre de musique au moment précis! Les hommes, dis-je, auront pu construire des machines si merveilleuses; & je trouverai difficile à croire que Dieu les ait infiniment surpassés s'il a voulu! Oh! mon doute à cet égard seroit une folie qui ne souffriroit point d'excuse.

BELESPRIT.

Eh! qui doute que Dieu n'ait pas eu le pouvoir de le faire? La question est de savoir s'il l'a voulu.

Lady MERY.

J'en reviendrai à la réflexion d'une

de ces Dames, vous n'y étiez pas, Monsieur, je vais la répéter. Croyez-vous le systême de Copernic ?

BELESPRIT.

Oui assurément, Madame, je le crois. Mais qu'est-ce que cela a de commun avec ce que nous disons?

Lady ME'RY.

Pourrois-je vous demander, Monsieur, si Dieu nous a révélé ce que Copernic veut nous persuader, où avez-vous eu un cheval ailé pour faire un voyage dans les astres, & vous assurer par vous même de la vérité de ce systême ? Car je ne vois pas ce qui pourroit vous déterminer à en croire Copernic plutôt que les autres qui n'ont pas eu le même sentiment que lui.

BELESPRIT.

Vous savez tout aussi bien que moi ce que vous feignez d'ignorer, mais, n'importe, je vais répondre. C'est qu'en suivant le systême de Copernic, je trouve le moyen de résoudre une

infinité de difficultés que je ne pourrois lever en suivant le syftême de
Ptolomée.

Lady ME'R Y.

Voilà précifément la raifon qui
m'a déterminée à fuivre le fyftême de
Defcartes. Les bêtes machines font
la folution d'un million de difficultés
qu'il me feroit abfolument impoffible
de réfoudre fans cela. Les voici.

Un Dieu bon, jufte & faint, ne
fait point fouffrir un innocent. Les
bêtes fouffrent : donc elles ont péché ; fi les bêtes ont péché, elles
ne peuvent par toutes les répa-
rations réparer leurs crimes : il leur
faudroit donc un réparateur qui en
fe revêtant de leur nature, expieroit
leur péché.

Si les bêtes fouffrent, elles ont
une ame fpirituelle ; car la matiere
ne fouffre pas, à moins qu'on ne dife que l'ame des bêtes eft tout à la
fois matérielle & fpirituelle, ce qui
feroit contradictoire & par conféquent abfurde.

Dire que Dieu a donné aux bêtes

une ame d'une autre nature que la
nôtre, c'est ne pas entendre les mots
dont on se sert. Une ame est capable de vouloir & de sentir, voilà son
essence. Il est vrai que tout ce qui
est capable de vouloir & de sentir
n'est point une ame ; car les Anges
qui sentent & pensent, n'ont point
d'ame ; mais il ne peut y en avoir
une qui ne soit capable de vouloir &
de sentir. Ces qualités essentielles se
trouvent dans toutes les ames, puisque
ce sont ces qualités qui constituent
leur être. L'ame qui animoit Des-
cartes, Newton, n'avoit que ces
deux qualités comme celle du Pay-
san le plus stupide : c'est le seul
étui de l'ame qui met de la différence dans leurs opérations ; l'organisation des corps a laissé à l'ame des
deux premiers la liberté de faire un
usage facile de ces deux facultés ; &
cette organisation a manqué au Pay-
san. Un accident, une maladie peuvent développer les organes du Pay-
san, & ensevelir & détruire celles des
autres. En un mot, je le répete,
ce qu'on appelle ame étant un être

simple , ne peut recevoir ni augmentation ni diminution. Nous sommes convenues de toutes ces choses au commencement de nos entretiens.

BELESPRIT.

Et que répondrez-vous à ceux qui voudroient aller contre cette définition ?

La BONNE.

Je le prierois de m'en donner une meilleure , & jusques là *Lady Méry* & moi nous nous tiendrons à cette définition. Voyez-vous , Monsieur ; il est des choses que l'on sent si distinctement qu'on est en droit d'en raisonner aussi bien que les savans , qui ne les contestent d'ailleurs , qu'en agissant contre ce qu'ils sentent eux - mêmes. J'en ai trouvé un assez grand nombre qui disoient : l'ame n'est point ceci , elle n'est point cela ; mais je n'en ai point encore trouvé qui voulussent entrer en preuve pour nier le définition de *Lady Méry*. Il falloit croire qu'elle étoit fausse sur leur seule parole , & ce dégré de docilité nous a manqué.

Nous soutenons ce que nous sentons,
& nous n'avons aucun motif de feindre, au lieu qu'on peut asserter, sans
craindre de faire un jugement téméraire, qu'ils ont des motifs secrets qui
les empêchent de convenir de ce qu'ils
sentent aussi bien que nous. Mais
j'ai interrompu *Lady Méry*; laissons
lui la liberté de finir ce qu'elle avoit
à nous dire.

Lady MÉRY.

J'ajouterai à ce que je viens de dire
en le répétant, qu'il ne peut y avoir
des ames de deux especes : une des
deux ne seroit point une ame. D'ailleurs une ame spirituelle dans les bêtes, entraîne des conséquences que les
savants ne voudroient point admettre;
leur but au contraire est de nous les
faire regarder comme matérielles,
parce que cette opinion entraîneroit
la certitude de la mortalité de la nôtre, conséquence qui fait horreur à
tous les honnêtes gens qui ne pourroient pourtant la nier, s'ils admet-
toient le principe de ces Messieurs.

B E L' E S P R I T.

Mais pourquoi les honnêtes gens se révolteroient-ils contre l'opinion d'une ame matérielle & spirituelle?

Lady M E' R Y.

C'est qu'une ame mortelle renverseroit toute religion, toute morale, Votre Monsieur Helvetius a tiré le rideau qui cachoit aux simples la liaison du systême de ces Messieurs : aussi le blâme-t-on dans le parti d'avoir laissé découvrir le but où l'on tendoit. A peine a-t-il cru avoir établi l'opinion de la mortalité de l'ame, qu'il s'efforce d'anéantir toute morale. Nous lui avons assûrément beaucoup d'obligation d'avoir dit le mot de l'énigme : son systême cesse d'être dangereux, aussitôt qu'on l'approfondit. Cette mortalité de l'ame est contraire à l'idée d'un Dieu juste. S'il n'y avoit point une autre vie, les éclats de son tonnerre écraseroient les méchants ; l'adversité, la maladie, tous les malheurs seroient leur partage : le juste vivroit heureux dans la jouissance des biens paſſagers qui ſeroient ſa ſeule récompenſe.

Voilà des difficultés ſans nombre qu'il eſt impoſſible d'éclaircir dans votre ſyſtême, comme il eſt impoſſible d'expliquer un grand nombre de phénomênes dans celui de Ptolomée que vous abandonnez pour cette ſeule raiſon. Elle doit donc être ſuffiſante pour me le faire réjetter. Dans mon ſyſtême au contraire toutes ces difficultés diſparoiſſent, & elles ſont tranchées d'un ſeul mot. Si les bêtes ſont organiſées par le ſage artiſan de l'univers pour être un motif aux hommes de louer ſa magnificence dans ce nombre infini de machines dont les reſſorts ne ſe détraquent jamais; ſi elles offrent à chaque inſtant à l'homme des raiſons d'exciter ſa reconnoiſſance à la vue de tant de merveilles créées pour ſon ſervice ou pour ſes plaiſirs, je trouve ces motifs dignes d'un Dieu qui veut être aimé de l'homme. Rien dans cette hypotheſe qui choque l'idée que j'ai de ſa bonté, de ſa ſageſſe, de ſa juſtice & de ſes autres perfections. J'adopte donc ce système parce qu'il résout toutes mes difficultés, comme vous adoptez celui de Copernic. Cela est raisonnable & ne choque que mes sens, dont je ne dois pas préférer les lueurs aux lumieres de ma raison.

La BONNE.

Cela est un peu long & pourroit paroître embrouillé, ma chere *Lady Méry* ; vous vous entendez, mais je ne sais si les autres vous entendent.

Miss DOROTHE'E.

Pour moi, je l'entends à merveille. Les bêtes machines n'ont rien qui choque l'idée que j'ai de Dieu, ni celle que ma raison m'a donnée de mon ame ; je l'adopte. Comme une ame matérielle & mortelle me paroît contraire à ces idées, & qu'elle renverse toute religion & toute morale ; je l'a rejette. N'est-ce pas cela ?

Lady LOUISE.

Je dirai du système de *Lady Méry*, ce qu'elle a dit de celui de Monſieur le Cat. Je ne vois rien de ſi magnifique & de ſi digne de Dieu que la création de cette foule innombrable de machines ſi bien organiſées qui exiſtent au ſeul acte de ſa volonté; acte qui leur a aſſigné des opérations dont elles ne s'écartent jamais; acte qui les conſerve avec autant de facilité qu'il les a tirées du néant. Ce ſpectacle me ravit, m'enchante & m'excite à la reconhoiſſance & à l'admiration. Lorſque je penſe à la ſcience divine qui a produit toutes ces merveilles, les lumieres des ſavants me paroiſſent d'épaiſſes ténébres; tous les ouvrages les plus finis de l'art, des ordures, des joujoux qui ne ſont pas dignes d'attirer un ſeul de mes regards.

Lady ME'RY.

Voilà la preuve la plus complette de la vérité de mon ſyſtême. Les ſentiments qu'ils excitent en vous me confirment que la bonté de Dieu l'a engagé à nous donner ce moyen de l'aimer & de l'admirer. Nous ſavons que c'eſt uniquement pour cela qu'il nous a créées & mis au monde. Or, qui veut la fin veut auffi les moyens.

Miſs CHAMPETRE.

Voici encore une difficulté qui vous a échappé. L'homme eſt créé à l'image de Dieu, parce qu'il eſt capable de connoître & d'aimer. Voilà je penſe pourquoi *Lady Méry* a avancé qu'on ne pouvoit ſans blaſphême accorder ces deux prérogatives aux animaux : s'ils les poſſédoient, on pourroit dire qu'ils ſont auffi faits à l'image de Dieu.

Miſs BELOTTE.

Je ſuis bien honteuſe de ce que je vais vous dire ; mais il ne faut pas qu'une mauvaiſe honte l'emporte ſur le deſir de m'inſtruire. Je n'ai pas compris bien des choſes qui viennent d'être dites. Par exemple, pourquoi faudroit-il qu'une ame matérielle fut mortelle ? *Lady Méry* a dit qu'on ne pouvoit croire ſans abſurdité l'ame matérielle dans les bêtes, & ſpirituelle dans les hommes. Je ne comprends pas du tout cette abſurdité.

La

La BONNE.

C'eſt que vous avez oublié certains principes dont nous avons parlé amplement autrefois. La répétition de ces principes ennuyera peut-être quelques unes de ces Dames ; mais nous ne devons rien laiſſer derriere nous, qui ne ſoit bien compris. *Lady Violente* ſe rappellera ſans doute ce que nous avons dit à cet égard. Comment pouvons-nous connoître un objet, ma chere ?

Lady VIOLENTE.

En le décompoſant, pour ainſi dire, pour connoître ſes qualités & les effets qu'elles produiſent. J'examine un arbre dans mon Jardin : il étoit petit il y a ſix ans, & préſentement il eſt beaucoup plus grand que moi. Je penſe qu'il n'a pu changer de volume que par l'addition de quelques parties qu'il a aujourd'hui, & qu'il n'avoit pas auparavant.

La BONNE.

Que concluez-vous de l'addition qui

a été faite à cet arbre, & qui a augmenté son volume ?

Lady VIOLENTE.

Que comme il est composé de diverses parties ajoutées les unes aux
autres, & qui lui donnent la forme
qu'il a aujourd'hui, il est susceptible
d'un changement de forme en désu-
nissant ces parties. D'où je conclus
que c'est un corps susceptible d'addition & de soustraction.

La BONNE.

Ce que vous dites de cet arbre,
pouvez-vous le dire de votre corps ?

Lady VIOLENTE.

Assûrément, ma Bonne. On peut
me couper un pied, un bras, une jam-
be, m'arracher un œil, m'ôter une
oreille.

La BONNE.

Mais pourquoi ne dites-vous pas
qu'on peut vous couper la tête, vous
arracher le cœur ? L'un est aussi possible que l'autre.

Lady VIOLENTE.

J'en conviens, ma *Bonne* ; mais la souſtraction de ces parties produiroit un effet tout différent de celle des premieres. Dans le premier cas mon corps ſeroit mutilé, mais il vivroit encore. Dans le ſecond, il ſeroit détruit, c'eſt-à-dire, qu'il ne tarderoit pas à perdre ſa maniere d'*être* pour en prendre une autre. Ma tête & mon corps conſtituent ma vie, ou ſi vous voulez, ſont néceſſaires à ma vie, au lieu que je puis me paſſer de mon bras, de mon pied, de mon œil.

La BONNE.

Voici ce que je comprends de votre diſcours : que ces deux corps, le vôtre & l'arbre, ſont eſſentiellement des compoſés de pluſieurs parties : qu'il y a quelques unes de ces parties qu'on peut retrancher ſans qu'ils ceſſent d'être ce qu'ils étoient auparavant ; mais qu'il y en a d'autres qui ſont ſi néceſſaires à leur exiſtence, qu'on ne peut les en ôter ſans qu'ils ceſſent d'être ce qu'ils étoient auparavant. Donnez un nom diſtinctif à ces deux ſortes de choſes.   N 2

Lady VIOLENTE.

On appelle qualités *essentielles*, celles qu'on ne peut ôter d'un corps sans le détruire, en sorte qu'il cesse d'être ce qu'il étoit auparavant. Voilà un pain de sucre : une qualité essentielle au sucre, c'est d'être doux. Au moment que le sucre cesseroit d'être doux, il cesseroit aussi d'être sucre, & deviendroit une cristalisation insipide. Donc la douceur est tellement essentielle au sucre qu'il ne peut subsister sans elle. Ce pain de sucre est fait en pyramide, il est congélé : cette forme, cette congélation sont des qualités qui ne lui sont qu'*accidentelles*, qui ne constituent pas son essence ; car cette forme pourroit être changée en une autre, cette figure solide devenir liquide, sans que le sucre perdît sa douceur, & par conséquent cessât d'être sucre.

La BONNE.

Dites moi, *Miss Sophie*, quelles sont les qualités de la matiere, c'est-à-dire, des corps composés de matiere?

Miſs SOPHIE.

Je crois que c'eſt l'étendue, la forme, la peſanteur, la diviſibilité.

La BONNE.

C'eſt fort bien répondu, ma chere.
Tout ce qui eſt matiere eſt étendu,
a une forme, eſt lourd, peut être di-
viſé, augmenté. La forme ronde,
quarrée, pointue, n'eſt point eſſentielle
à la matiere; mais ſeulement une forme quelconque : elle ne peut ſubſiſ-
ter ſans cela. Je puis changer cette
forme en la diviſant, en la coupant,
en y ajoutant d'autres parties; mais
toujours en aura t-elle une. Dès là que
l'étendue eſt eſſentielle à la matiere,
la diviſibilité lui eſt eſſentielle auſſi,
c'eſt-à-dire, qu'on ne peut, quoique
l'on faſſe, lui ôter la faculté d'être di-
viſible. Elle peut être long-temps ſans
être diviſée ; mais par ſa nature, il
faut qu'elle le ſoit un jour. Voici un
morceau de papier : je puis le couper
en cent mille parties ; tant qu'il reſtera
papier, il conſervera cette qualité de
pouvoir être coupé, quoiqu'il ne s'en

fuive pas qu'il le fera : je puis prendre
fantaifie de le conferver entier tel qu'il
eft à préfent, & il reftera tel très
long-temps fans pourtant perdre la
faculté d'être coupé. Ce que je dis de
ce papier, je puis le dire de ce diamant, de cette piece d'or. Mais je
n'en puis dire autant de cet arbre, de
ce fruit ; ils portent en eux des principes de divifibilité que je ne fuis pas
en état de fufpendre, non plus que
celles qui font dans mon corps. Il eft
vrai qu'un corps gelé fe conferveroit
des fiecles, mais au dégel il tombe-
roit en pourriture. Qu'eft-ce que cela
fignifie, *Mifs Dorothée* ?

Mifs D O R O T H E' E.

Que vous manquez de connoiffance & que vous ignorez les moyens
d'arrêter les caufes de la divifibilité
de ces corps, je dis, d'arrêter, de fufpendre ; car nulle puiffance ne peut
ôter à la matiere la poffibilité d'être
divifée,

La B O N N E.

Vous avez raifon, ma chere : nulle

science ne peut parvenir à anéantir
dans les objets matériels la possibilité
de la division ; mais l'on pourroit suspendre cette division des corps: c'est
en quoi consisteroit la perfection de
l'art, encore ne seroit-ce que pour un
temps. A présent, *Miss Sophie*, si on
pouvoit trouver quelque chose qui
n'eut ni parties, ni figure, qui par
conséquent ne put être brûlée, cassée,
brisée, coupée, que seroit cette chose
là? Pourroit-on dire qu'elle fut un
corps composé de matiere ?

Miss SOPHIE.

Non, vraiment, puisqu'un corps est
nécessairement divisible.

La BONNE.

Mais, pourquoi les corps sont-ils
essentiellement divisibles ?

Miss SOPHIE.

Parce qu'ils sont composés de plusieurs parties réunies, jointes ensemble. Et puisqu'il a été possible d'unir
ces différentes parties, il est possible
aussi de les désunir.

N 4

La B O N N E.

Pour qu'une chose ne fut pas capable d'être divisée, quelle devroit être sa nature ?

Miss S O P H I E.

Il faudroit qu'elle n'eut pas de parties ni de forme par conséquent. Où il n'y a point d'étendue, on ne peut rien couper, ôter. Mais j'ai beau chercher de tout côté, je ne vois point qu'il existe rien de pareil.

La B O N N E.

Mais en supposant qu'il fut possible de trouver une telle chose, diriez-vous qu'elle seroit de même nature que les corps, & qu'il n'y a aucune différence entre eux & elle ?

Miss S O P H I E.

Je serois une extravagante si je le disois. Cette chose & les corps ayant des qualités différentes & contraires, elles sont de nature opposée.

La BONNE.

Mais n'y auroit-il pas moyen de les rendre semblables, d'ôter à la matiere sa forme & sa divisibilité, & à cette chose son indivisibilité ?

Miss SOPHIE.

Cela ne seroit non plus possible, que d'ôter la douceur au sucre sans le détruire. Si vous ôtiez la possibilité d'être divisé aux corps, ils cesseroient d'être corps. Si vous ôtiez l'indivisibilité à cette chose supposée, il faudroit lui donner des parties, & la ranger dans la classe des corps.

La BONNE.

Pourriez-vous me dire, ma chere, quelle est la forme de votre entendement, de votre volonté, de vos pensées ? Concevez-vous qu'il fut possible de couper, de diviser ces choses, comme vous pouvez diviser ce morceau de papier ?

Miss SOPHIE.

Ma pensée, mon entendement,

ma volonté n'ont point de corps, ma *Bonne.* Comment voulez-vous que je vous en dise la forme ?

La B O N N E.

Ces trois choses font donc le contraire des corps, des objets matériels, & ne leur font contraires que parce qu'ils ont des qualités oppofées.

B E L E S P R I T.

Nous ne difconvenons pas que la penfée & la volonté ne foyent fpirituelles ; il eft feulement queftion de favoir fi ces chofes fpirituelles doivent leur origine à une caufe qui le foit, ou s'il faut les attribuer à l'organifation & au jeu de certains corps.

Lady V I O L E N T E.

En confcience, comment pouvez-vous faire une telle objection ? Quand vous voyez un veau, vous penfez tout naturellement qu'il a été produit par un Taureau. Quand vous rencontrez une piece de bled, il ne vous vient pas dans l'efprit qu'on ait femé du feigle dans cette piece. Pourquoi avez-vous ces opinions ? C'eſt que vous êtes fortement perſuadé que chaque choſe produit ſon ſemblable, & ne peut produire que cela, en ſorte que vous vous moqueriez de quelqu'un qui voudroit ſoutenir qu'un Veau pourroit auſſi bien naître d'une Chienne & d'un Ane, que d'une Vache. Vous traiteriez d'extravagant celui qui vous diroit que pour faire venir du bled, il n'eſt pas néceſſaire d'en ſemer, & qu'il en viendroit également quand on jetteroit en terre de l'orge, des pois, ou toute autre choſe. Chaque choſe produit ſon ſemblable, c'eſt une vérité dont tout le monde convient. Comment donc pouvez-vous dire que la matiere produit la penſée, puiſque ces deux choſes ſont abſolument contradictoires l'une à l'autre? En vérité je ne vous comprends pas.

BELESPRIT.

Nous pouvons raiſonner par principes ſur les choſes dont nous avons une expérience journaliere & qui n'a jamais été démentie ; mais ce ſecours nous manque lorfqu'il eft queftion des chofes fpirituelles, abftraites. Comme nous ne pourrons jamais en connoître clairement les caufes, il me paroît que nous devons avoir la liberté de les imaginer à notre gré

Miss DOROTHE'E.

Et fommes-nous les maîtres de fuppofer l'abfurde? Avez-vous oublié cet axiome? *On ne peut donner ce que l'on n'a pas.* La matiere telle que nous la connnoiffons, & nous la connoiffons par fes qualités effentielles; la matiere, dis-je, ne penfe ni ne veut; elle ne peut pas même fe mouvoir d'elle même & eft abfolument paffive; cependant vous ofez nous dire qu'elle donnera le pouvoir de penfer, de vouloir, de fe mouvoir. Vous voyez que c'eft abufer de notre patience de nous dire de telles fornettes.

BELESPRIT.

Vous pofez en fait ce qui eft en queftion. La matiere organifée d'une certaine façon ne penfe pas. Cela veut-il dire qu'elle foit incapable de penfer ? Ne pourroit-on pas dire que dans une organifation plus parfaite, la penfée & la volonté font des accidents de cette matiere ?

La BONNE.

Il faut que l'effet foit proportionné à la caufe, qu'il lui foit analogue. Vous fifleriez un homme qui vous diroit qu'on peut donner un tel arrangement à la matiere du feu, qu'il mouilleroit, rafraichiroit, ôteroit l'inflammation d'une plaie : ces accidents étant diamétralement oppofés à la caufe qu'on leur fuppoferoit, il faudroit un renverfement de toutes les loix phyfiques, pour qu'elle put les produire : il faudroit que la toute-puiffance de Dieu intervint par un miracle pour faire produire au feu des effets qui lui font fi contraires. N'y aura-t-il que lorfqu'il fera queftion de nous dégrader, que vous vous croirez en droit d'abandonner les principes généraux & de foutenir l'abfurde ? Ajoutez aux preuves que la nature des êtres vous fournit, celles que la certitude de l'exiſtence d'un Dieu fait naître ; ce deſir de l'immortalité qùi eſt en nous ; cette idée de l'immortalité qui ſe trouve chez les peuples les plus barbares ; cette néceſſité de l'immortalité pour juſtifier la juſtice & la bonté de Dieu qui ſemble abandonner les juſtes à la malignité des méchants. Ajoutez, dis-je ces preuves aux pre-mieres, & vous aurez une démonſ-tration complette de l'immortalité de l'ame à laquelle je vous défie de pouvoir réſiſter. Oui, Monſieur, ac-tuellement j'en appelle à votre bon ſens, à cette lumiere, à cette voix intérieure que vous ne cherchez à étouffer que parce qu'elle vous bleſſe. Répondez-moi. Croyez-vous l'ame immortelle.

BELESPRIT.

Il le faut bien, Mademoiſelle, & je le crois autant par la force de la conviction intérieure, par un inſtinct puiſſant & involontaire, qu'à cauſe des raiſons que vous m'avez alléguées.

Mais dans qu'elle claſſe mettrons-
nous les animaux ? J'avoue qu'il ſeroit naturel de nous en tenir à ce
que *Lady Méry* nous en a dit, parce que cela leve bien des difficultés:
je prévois cependant que ſon idée ne
fera pas fortune: nos ſens la contre-
diſent trop ouvertement & trop ſouvent, pour pouvoir adopter ſon ſyſtême.

Lady ME'RY.

Ne croyez pas, Monſieur, que ce
ſyſtême qui n'eſt pas le mien (car
j'ai oüi dire qu'il a été celui de pluſieurs grands hommes), ne croyez
pas, dis-je, que ce ſyſtême ait en
moi une Zélatrice outrée qui préten-
de que chacun fléchiſſe devant ſon
idole. Inventez-en un qui n'entraine pas de conſéquences abſurdes,
qui n'attaque pas l'immortalité de
mon ame, qui ne choque pas l'idée
que j'ai d'un Dieu infiniment parfait ; & vous me verrez docile à l'a-
dopter, s'il eſt plus vrai-ſemblable
que celui auquel je me tiendrai juſqu'à ce qu'on m'en offre un meil-

leur. En fait d'opinion, je ne me passionne que pour la vérité. Il est bien des choses sur lesquelles je suis peut-être dans l'erreur ; mais j'y suis de bonne foi, & dès le moment où l'on pourra me le prouver, j'abandonnerai mes sentiments quels qu'ils soient, sans aucune répugnance.

Miss DOROTHE'E.

J'abandonne aussi mon systême pour le vôtre, ma chere *Lady*. Je trouve les opérations des bêtes trop parfaites pour être le produit de leur volonté ; mais dès là que vous les attribuez à un ordre immuable de la volonté de leur Créateur, je n'ai plus rien à dire, & je ne suis non plus surprise de leur constante fidélité à suivre les loix que Dieu leur a prescrites, que je ne la suis du mouvement réglé du soleil & des astres, ces brillantes machines dont la formation n'a pas plus coûté à leur divin ouvrier que la construction d'un moucheron ou d'un insecte encore plus petit.

Lady VIOLENTE.

Oh mon Dieu *!* Vous m'avez donné une volonté avec la liberté d'en disposer. Il est bien sûr qu'elle est à moi, j'en veux donc faire le seul usage qui me soit avantageux, & le voici. C'est que j'y renonce une fois pour toute, je vous la donne, je ne veux plus en entendre parler, je ne veux plus qu'elle soit à moi. Faites de moi un de ces automates, dont vous avez rempli l'univers & qui ne peuvent vous désobeir

La BONNE.

Oh *!* La paresseuse qui voudroit sacrifier sa volonté en gros, pour s'épargner la peine de le faire en détail? C'est à chaque moment de la vie, ma chere, qu'il faut répéter cet acte si vous voulez que Dieu l'accepte. Tâchez d'aller au ciel; là, sans être automate votre volonté sera fixée dans le bien & vous n'éprouverez plus ses révoltes. Il faut tâcher d'y aller aussi, Monsieur, en la compagnie de nous autres pauvres simples femmes qui n'avons ni affez d'efprit, ni affez de courage, pour réfifter aux lumieres de la raifon.

BEL ESPRIT.

Heureufe fimplicité ! Ah ! Que ne donnerois-je pas pour l'avoir toujours eue ?

La BONNE.

Vous me faites fouvenir d'un bon mot de Mylord Chefter-Fields. Vous favez combien il a d'efprit & l'ufage qu'il en fait. Il me difoit un jour : vous êtes une bonne femme qui croyez fermement tout ce qu'on vous dit. Oui, Mylord, lui répondis-je. Vous autres beaux-efprits, vous en avez une telle furabondance, que vous pouvez en dépenfer une bonne portion en doute. La nature a été moins libérale à mon égard ; elle ne m'en a donné que la portion fuffi-fante pour croire avec connoiffance de caufe. Un foupir qui échappa à Mylord, prévint fa reponfe fans qu'il s'en apperçut peut-être : c'étoit un foupir qui fortoit comme l'exclamation que vous venez de faire d'un cœur oppreſſé par la vérité. Dans le fond vous avez raiſon, me dit-il. *Ce n'eſt pas la foi qui tourmente, c'eſt le doute.* Je n'ai jamais oublié cet oracle ſorti de la bouche d'un de nos Philoſophes modernes, & comme je vous l'ai dit, je l'ai regardé comme le produit d'un ſentiment retenu qui ſortoit de la priſon où l'on s'efforçoit de le retenir. Si les Savants étoient de bonne foi ils avoueroient qu'il leur en a couté infiniment pour dévenir incrédules, & que tous leurs efforts à cet égard n'ont produit qu'une écorce d'incrédulité, dont ils abuſent les autres & qui rarement parvient juſqu'à les abuſer eux-mêmes. *Miſs Dorothée* récapitulez toutes les vérités dont Monſieur *Beleſprit* a été forcé de convenir.

Miſs DOROTHE'E.

Je crains que ma mémoire ne me faſſe un affront, en tout cas, ma *Bonne*, vous m'aiderez.

Il y a un Dieu. C'eſt-à dire un être infiniment parfait.

Une conséquence de cette vérité eû égard au monde tel qu'il est, c'est l'immortalité de l'ame. Dieu blesseroit la justice, s'il laissoit la vertu sans récompense, & le vice sans châtiment. Il ne le fait pas en cette vie, donc il le fait dans l'autre

La même justice lui a fait créer des hommes pour en être aimé & glorifié; car il ne pouvoit les créer pour une autre fin que lui-même : cette même justice, dis-je, l'a engagé à se manifester à ces hommes, car on ne peut aimer ce que l'on ne connoit pas : on ne peut aimer qu'à proportion de la connoissance qu'-on a de l'objet que l'on doit aimer.

Dieu s'est manifesté aux hommes en plusieurs manieres.

D'abord par la beauté & la perfection de l'univers qui peut nous découvrir sa toute-puissance, sa sagesse, sa bonté, sa libéralité, & par conséquent qui doit nous exciter à l'admiration & à l'amour.

Secondement. Par ce sentiment

intérieur qu'il a gravé au fond de notre ame, qui nous porte à chercher le bonheur; bonheur que l'expérience nous apprend ne pouvoir être trouvé dans la créature : ce qui nous force, pour ainsi dire, à nous retourner vers lui.

Troisiémement. Par la connoissance beaucoup plus immédiate qu'il avoit donnée de lui au premier homme; connoissance qui s'est conservée parmi un petit nombre d'hommes, depuis Adam jusqu'à Noé, qui se perpétua jusqu'à Abraham, qui fut soutenue & renouvellée par les promesses que Dieu fit à ce Patriarche, & à ses enfants.

Quatriémement. Par une révélation encore plus expresse, dont Moïse fut le Ministre; révélation autorisée par les miracles qui l'accompagnèrent, par les prophéties qui l'avoient précédée, & par ceux qui continuèrent, & dont l'accomplissement vérifia la divinité pendant une longue suite d'années; révélation qui porte, pour ainsi dire, le cachet de Dieu, qui n'a pû être contrefaite par les plus habiles Légiſlateurs ; c'eſt - à - dire, qu'il n'y a aucun Legiſlateur qui nous ait donné des idées dignes de Dieu, & conformes à nos lumieres, (excepté Moïſe ;) qu'il n'y a aucun, dis-je, dont les loix ayent été dignes d'un Dieu.

La BONNE.

Vous aviez tort de vous défier de votre mémoire, ma chere, on ne peut avoir mieux reſſerré ce que nous avons dit. Nous en ſommes reſtées à la publication de cette loi, voyons dans les circonſtances qui l'accompagnent, & dans le reſte de la vie de Moïſe, des preuves de la divinité de cette loi ; elles ſeront ſurabondantes aprés celles que nous avons déja données ; mais il faut profiter de nos richeſſes. Nous y trouverons auſſi des preuves de la ſainteté de Moïſe qui forceront l'incrédulité juſques dans ces derniers retranchements. Voilà de quoi nous nous entretiendrons la premiere fois.

Fin du ſecond Tome.

APPROBATION.

J'ai lu par ordre de Monseigneur le Vice-Chancelier un Manuscrit intitulé *Les Américaines, ou la Preuve de la Religion Chrétienne par les lumieres naturelles*, par Madame Le Prince de Beaumont. On trouve dans cet Ouvrage des connoissances très-étendues sur l'Histoire Sacrée & Profane, une critique très-lumineuse, & une sagacité de jugement qui feroit honneur à l'esprit le plus juste. Tout y respire la sainteté des mœurs, la pureté de la doctrine, & la Divinité de la Religion Chrétienne. A Paris ce 18. du Mois de Novembre 1766.

GENET *Docteur de la Maison & Société de Sorbonne.*

V. JOUDON Chanoine
de la Cathédrale de Geneve,
Professeur de Théologie &
Censeur Royal.

PERMISSION.

EST permise l'Impression du
présent Ouvrage visé par Rd. JOUDON
Censeur. Anneci ce 27. Mars 1769.

J. B. GARNIER.

convenances qui vous engagent à croire ce Myſtere & les autres ; rappellez toutes les objections des Libertins & des Impies, pour procéder à l'examen de la révélation. Faites une bonne fois l'exercice de votre raiſon pour découvrir s'il eſt vrai que Dieu ait parlé, afin de lui en faire enſuite un ſacrifice parfait.

J'ai dit que la révélation, ſi elle eſt divine, doit avoir des caractères ſi clairs qu'il ne ſoit pas poſſible de s'y méprendre ; voyons ſi j'ai trop avancé : mais je le répete, Meſdames, ſi je parviens à vous prouver la vérité de la révélation, le doute ſur les vérités qu'elle vous préſentera à croire, ſeroit abſurde. Diſputez la révélation tant qu'il vous ſera poſſible, je me prêterai à toutes vos objections. Serez-vous forcées de les abandonner, & de vous ſoumettre ; faites le pleinement. Ne me dites plus alors. Mais que deviendront les notions les plus claires, les regles que les ſavants de nos jours veulent établir, & qu'ils ſemblent avoir fait vœu de répandre? Il en eſt une qui doit prévaloir ſur

Tome I. prem. Part. O

toutes les autres ; c'eſt que Dieu, le Tout-Puiſſant aura parlé ; celui qui eſt la vérité ſouveraine, ne peut ſe tromper : à ces mots, toute créature doit ſe rendre, à moins qu'elle ne veuille renoncer à la raiſon : à ces mots, la foi n'eſt plus un acte qu'il faille laiſſer aux femmes & aux ignorants ; car voilà ce que l'on prétend dans notre ſiecle. Nos Phyloſophes dédaignent tout ce qui eſt au deſſus de leur petite ſphere : cerveaux étroits, qui, ne pouvant me rendre raiſon de la dix-millieme partie des miracles qui ſont en eux-mêmes, ou qui les environnent, portent un œil audacieux ſur ce qui eſt plus éloigné d'eux que le Ciel ne l'eſt de la terre & qui en prononcent hardiment. Fixe le ſoleil, téméraire atome : ſoutiens la violence de ſes rayons ſans en être aveuglé ; ſuis l'éclair rapide dans ſa courſe, meſure l'étendue des mers, eſſaye à en déranger les bornes ; & tu apprendras bientôt que tes foibles yeux ne ſont pas conſtruits de maniere à ſoutenir une lumiere ſi vive ; tu dois les borner à meſurer un petit nombre de

surfaces sur lesquelles tu pourras faire
des conjectures, que tu chercheras à
approfondir ; & pour une vérité qui
sera le fruit de ton examen, mille erreurs m'avertiront de me tenir en garde contre ta fausse sagesse, & à rire
de tes présomptueuses décisions. Ap-
prends que l'exercice de la foi est l'e-
xercice nécessaire de tout ce qui raisonne conséquemment, & que si tes
lueurs sont réelles, elles t'engageront
à humilier ta superbe sous le joug de
la parole de Dieu, & qu'il est absurde de préférer l'étincelle au soleil.

Miss D O R O T H E'E.

Ma *Bonne* me divertit toujours
quand il est question de nos beaux
esprits, elle devient éloquente dans les
sorties qu'elle fait sur eux.

La B O N N E.

Je l'avoue, ma chere, j'ai souvent
trop de vivacité quand il est question
de ces beaux Messieurs ; ils ont tant
essayé de me faire partager leur aveugle manie, que je suis un peu excusa-
ble de sentir toute ma bile en mou-

vement quand je me rappelle leurs
sermons : continuons.

Lady Louise.

Mais, ma *Bonne*, pourquoi Dieu
n'a-t-il pas un peu plus étendu nos
lumieres, je ne dis pas pour comprendre ces Myfteres, mais du moins pour
en ôter les apparentes contrariétés?
Si nous pouvions les concevoir, par
exemple, comme les Saints le font
dans le Ciel, il n'y auroit plus d'Impies, de Matérialiftes, d'Hérétiques;
nous ferions tous d'accord, nous ferions tous Saints.

La Bonne.

Et que deviendroient les biens
ineftimables que nous procure l'exercice de la foi? Quoi! une miférable
créature qui, comme je vous le difois
tout à l'heure, n'eft pas capable de
connoître la cent millieme partie des
phénomenes qui fe paffent en elle,
qui ne peut m'expliquer pourquoi fon
doigt remue au moindre figne de fa
volonté, cette créature ignorante,
dis-je, demandera des raifons, des

preuves à fon Dieu, quand il aura daigné lui révéler fes Myfteres ? C'eft une impudence qui n'a pas de nom ; une fottife qui lui fait mériter à bon droit le nom d'*infenfé* que le Saint Efprit lui donne dans l'Ecriture. Nous aurons occafion de parler plus d'une fois fur la folie de Meffieurs les beaux efprits. En voilà affez pour aujourd'hui, je vous dois une hiftoire, & je n'ai qu'un trait d'hiftoire à vous rapporter. Il eft très conféquent à la matiere que nous traitons.

J'ignore, ou plutôt j'ai oublié quelle eft la maifon de la Dame dont je vais vous parler : elle fut appellée la Princeffe Palatine aprés fon mariage; je crois pourtant qu'elle étoit fille du Duc de Mantoue. Quoiqu'il en foit, elle vivoit fous le Regne de Louis XIV. Dans fa jeuneffe, elle eut beaucoup de piété ; mais s'étant éloignée de Dieu par dégrés, elle donna dans la galanterie, & enfuite dans les intrigues qui partagerent toute la Cour pendant la Régence d'Anne d'Autriche. Cette Dame avoit un efprit fupérieur, une grande ambition, beaucoup de genie pour les affaires, une fermeté à toute épreuve, & sur-tout une fidélité à sa parole qui la faisoit regarder comme le plus honnête homme du monde. Or vous sentez qu'entre un honnête homme, (selon l'idée qu'on attache à ce nom dans le monde) & une honnête femme, il y a une distance infinie. Celle-ci avoit des amants qui eussent scandalisé, si elle eût vécu cent ans plutôt; mais dans le siecle où elle vivoit, c'étoit presque une mode, & on n'y prenoit pas garde de si près.

Cependant les principes de religion que la Palatine avoit eu dans sa jeunesse, empoisonnoient ses plaisirs criminels; deux fois poursuivie par la grace, elle essaya de se réconcilier avec Dieu, & toujours la force de l'habitude la replongea dans l'état le plus malheureux. Lasse de luter contre sa conscience, elle essaya d'éteindre dans son ame le flambeau de la Foi; livres contre la religion, société avec les soi-disants Esprits forts, tout fut employé, & Dieu qui l'avoit long-temps poursuivie, l'abandonna enfin

aux defirs déréglés de fon cœur : elle
prit une fi grande horreur de la religion, qu'elle ne pouvoit en entendre
parler, fans laiffer échapper des railleries qui fcandalifoient même les Libertins. Elle n'avoit pourtant pas affi-
ché ce défordre fcandaleux qui exclut de la compagnie des honnêtes
gens ; & comme elle avoit rendu de
grands fervices à la Reine pendant
la minorité du Roi, elle vivoit à la
Cour avec éclat & confidération. Elle étoit née bienfaifante & avoit confervé cette inclination au milieu de
fes défordres ; les prieres des pauvres
qu'elle affiftoit, monterent jufqu'au
Trône de Dieu, folliciterent fa miféricorde, & en obtinrent un miracle.

La Princeffe Palatine vivoit tranquille dans l'état déplorable que je
viens de vous peindre, lorfqu'au milieu d'un fommeil paifible, & fans
qu'aucun événement précédent l'eut
frappée de maniere à laiffer des tra
ces dans fon cerveau conféquentes à
ce que je vais vous dire, elle eut le
fonge fuivant.

O 4

Elle crut être dans une épaisse fo-
rêt où elle s'étoit égarée : après avoir
marché fort long-temps pour en chercher l'issue, elle apperçut une cabane dont elle s'approcha pour se re-
poser ; car sa course l'avoit épuisée.
Cette cabane étoit habitée par un a-
veugle né, qui lui offrit quelques ra-
fraichissements. Pendant qu'elle prenoit un repas frugal, elle fit quelques
questions à son Hôte, & apprit de
lui qu'il étoit venu au monde tel
qu'elle le voyoit ; & pourquoi, lui de-
manda-t-elle , vous êtes-vous confiné
dans ce désert ? Pour éviter la persécution des hommes, lui répondit l'a-
veugle ; ceux avec lesquels j'ai vécu
avant ma retraite, n'ont rien oublié
pour me rendre le plus malheureux
de tous les hommes ; ils vouloient me
persuader qu'ils jouissoient d'un sens
dont je manque, & me vantoient un
soleil, une lune & quantité d'autres
objets qui n'existoient que dans leur
imagination ; ils me soutenoient qu'ils
pouvoient connoître tout ce qui les
environnoit, autrement que par le toucher, me parloient de couleurs & de

mille chofes très abfurdes , & ce qui m'étoit le plus infuportable , c'eft que des gens qui avoient d'ailleurs beaucoup d'efprit & de probité , étoient d'accord avec les autres pour foutenir ces menfonges. Pour me dérober à leurs importunités à cet égard, je me fuis féqueftré de tout commerce , & depuis dix ans que je vis dans cette folitude , vous êtes la premiere perfonne dont j'aye entendu la voix. J'efpere que vous ne ferez pas à mon égard auffi injufte que les autres , & que vous conviendrez avec moi qu'on vouloit me bercer de folles vifions.

Et le moyen d'en convenir, lui répondit la Palatine? Si une douzaine de perfonnes euffent voulu vous perfuader de l'exiftence de ce fens qui vous manque, vous auriez été excufable de douter de leur rapport ; mais comment pouvez - vous croire que tous les hommes fe foient accordés à vous tromper? Vous m'avez avoué que d'habiles & d'honnêtes gens vous avoient affuré qu'ils voyent ce que vous ne faites que toucher; ils vous affûrent qu'il y a un

Soleil, une Lune, des Etoiles, que les corps ont des couleurs, une forme qu'ils peuvent diftinguer fans les toucher ; & feulement à caufe que vous ne les appercevez pas, vous voulez anéantir leur témoignage. Ont-ils quelque intérêt à vous tromper ? Avouez de bonne foi, que refufer de vous en rapporter à l'unanimité de leur témoignage, eft une véritable folie.

Je crois que vous avez raifon, répondit l'aveugle ; mais avouez auffi que vous êtes plus extravagante que moi. Ce qu'il y a de plus honnêtes gens, les plus éclairés, les Auguftins, les Ambroifes, les Chryfoftomes & des millions d'autres vous certifient qu'ils fe font convaincus de la vérité de la révélation par l'examen le plus exact & le plus long : les Apôtres & une multitude de Martyrs ont été fi perfuadés de cette vérité, qu'ils l'ont fignée de leur fang, & cependant vous ofez penfer qu'ils fe font accordez pour vous tromper. Parce que vous vous êtes aveuglée volontairement, vous accufez tant de grands personnages d'être aveugles. Suffit-il donc de nier ces vérités pour les anéantir? Et parce que vous ne les voyez plus, croyez-vous être en droit de révoquer en doute des témoignages si nombreux & si désintéressés?

A ces mots, la Palatine se réveille couverte d'une sueur froide; elle reconnoit ses erreurs, & les suites affreuses qu'elle en devoit craindre pour l'éternité; elle se jette à genoux & passa le reste de la nuit dans la priere & dans les larmes. Le funeste voile étoit déchiré, sa raison reprit tous ses droits. Elle ne se contenta pas de se frapper infructueusement la poitrine, sa conversion fut entiere & publique. Ses engagements furent rompus sans aucun ménagement; une vie austere, pénitente, retirée, édifia autant le monde pendant plusieurs années, qu'elle l'avoit scandalisé auparavant, & elle persévéra jusqu'à la mort, dans le nouveau genre de vie qu'elle avoit embrassé.

Lady VIOLENTE.

Cette histoire nous fournit, ce me

semble, une nouvelle preuve de la vérité de la Religion, à l'usage & à la portée de tout le monde. Une multitude d'hommes éclairés & qui ont passé leur vie à l'étudier, sont persuadés qu'elle est divine, & ils nous en donnent une preuve sans réplique, en s'assujettissant à sa pratique exacte dans les choses qui paroissent les plus pénibles à la nature.

Miss SOPHIE.

Cette preuve ne peut-elle pas être alléguée en faveur de toutes les fausses Religions? La Grece a eu ses Socrates, ses Aristides, ses Phocions, ses Demosthenes, & grand nombre d'autres Savants que je ne me rapelle pas : Rome a eu ses Scipions, ses Paul Emiles, ses Cicérons, & sous le regne d'Auguste des savants dans tous les genres. Les Grecs & les Romains auroient-ils été reçus à dire : les plus savants & les plus honnêtes gens d'entre nous croyent ce que nous croyons sur la nature de nos Dieux? Donc ce que nous en croyons, est vrai.

Miss DOROTHE'E.

Non, Madame. Les Grecs & les Romains n'auroient pu poser ce principe, n'y en tirer cette conséquence, parce que leurs plus grands hommes loin d'avoir des sentiments uniformes sur la Religion, s'étoient fait à cet égard des systemes très différents : parce que loin de croire la Religion dominante, il n'étoit pas même possible qu'ils la crussent, parce que l'absurde ne peut entrer dans une tête qui raisonne, & ne peut être que le partage d'un vulgaire aveugle, qui n'a jamais comparé deux idées : non seulement ils ne croyoient point la Religion dominante, mais ils s'en mocquoient & leurs écrits font foi & de la contrariété de leurs sentiments, & du mépris qu'ils avoient pour les opinions reçues. Les Poëtes même sur les théatres, & les Ecrivains ne hazardoient rien en tournant en ridicule les fausses divinités ; les savants, les honnêtes gens du temps n'ont jamais essayé de réprimer leur audace ; ce qu'ils euffent fait fans doute , s'ils euffent cru aux Dieux qu'on outrageoit.

La BONNE.

Ajoutez qu'ils avoient un intérêt particulier à entretenir l'erreur du peuple à cet égard. La mort de Socrate avoit appris aux Philofophes le danger d'effayer de faire des Profélytes au fentiment de l'unité d'un Dieu ; on pouvoit bien penfer à cet égard tout ce qu'on vouloit, pourvu qu'on le penfat tout bas , du moins chez les Grecs. Chez les Romains, les grands hommes en état de comprendre les abfurdités de la Théologie païenne , la regardoient comme un frein capable de retenir le vulgaire , & avoient d'autant plus de crainte de le détromper, que ces grands hommes étoient à la tête du gouvernement qui ne pouvoit fe foutenir fans une religion qui, toute extravagante qu'elle étoit , leur laiffoit un moyen de contenir la multitude.

Miſs DOROTHE'E.

Ce que vous venez de dire, ma *Bonne*, me fait naître une idée. Je

m'apperçois que tous les Légiſlateurs
ont eu ſoin d'établir une religion *telle
quelle* : pourquoi l'ont-ils fait ? C'eſt
que le plus grand nombre des hommes ont beſoin de motifs religieux
pour mettre des bornes à leurs paſſions qui boulverſeroient la ſociété ,
& la rendroient impoſſible. Je m'apperçois en ſecond lieu qu'ils ont trouvé dans les hommes une docilité à cet
égard, qui a droit de ſurprendre , vû
les choſes qu'on leur propoſoit à croire , & le but qu'on avoit en les leur
propoſant, qui étoit de les contenir
dans des bornes plus étroites qu'ils
ne l'euſſent ſouhaité en mille occaſions.
Ces Légiſlateurs ſont parvenus à leur
but, malgré l'imperfection des moyens qu'ils employoient. Avec des motifs religieux, on engageoit les Romains à renoncer à ce qu'ils avoient
de plus précieux, à leur liberté ; le
reſpect pour le ſerment étoit pouſſé
chez eux juſqu'au ſcrupule. S'ils n'ont
pas été véritablement vertueux, c'é-
toit la faute de leur religion qui étoit
impuiſſante à produire cet heureux
effet : d'où venoit leur docilité ? Du

sentiment intime que chaque homme
a de la divinité , de l'obligation de
l'honorer, de lui obéir. Or voici comme je raisonne. Des hommes qui n'a-
voient qu'une bonté médiocre & des
lumieres bornées, ont cherché à faire
du bien à leurs semblables, à modérer leurs passions, à les civiliser, à
leur faire pratiquer quelques vertus,
à leur faire éviter certains vices , &
ils sont parvenus à leur but quoique
d'une maniere imparfaite.

Il faudroit donc supposer dans ces
Législateurs plus de lumieres , plus
d'amour pour l'ordre que dans le
Créateur de l'Univers, s'ils eussent
employé pour rendre les hommes
heureux, un moyen qu'il eut rejetté
quoiqu'il fut si efficace pour produire
cet heureux effet : aussi l'a-t-il mis en
œuvre en leur donnant une loi si parfaite, qu'elle porte, pour ainsi dire le
sceau, le cachet de son auteur. Ensorte que si quelqu'un s'avisoit de me
dire que cette loi n'est pas de Dieu,
je pourrois répondre hardiment, qu'-
elle est telle, du moins qu'il ne pouvoit en donner une plus sainte, plus
parfaite

parfaite, plus abregée, plus claire, moins sujette aux inconvénients qu'on remarque dans toutes les autres loix qui indiquent les bornes de l'esprit de leurs auteurs, en un mot, une plus digne de lui.

La BONNE.

Vous abregez beaucoup mon ouvrage, Mesdames, & vous me fournissez par vos réflexions de nouvelles preuves de la divinité, de la révélation, aussi bien que de sa nécessité ; je vais les récapituler.

Les hommes les plus éclairés, & qui ont blanchis dans l'étude de la religion, ont cru la révélation, & leur témoignage à cet égard, est uniforme.

Le moyen le plus efficace pour contenir les passions des hommes étant la religion, il seroit contraire à l'idée que nous avons d'un Dieu infiniment bon, de croire qu'il eut privé de ce moyen de vertu, des créatures qu'il a créées pour être vertueuses.

Ajoutez à la premiere de ces preuves, une circonstance que *Miss Do-*

rothée n'a point oubliée. C'est que cette révélation que ces hommes si savants reçoivent comme divine, les oblige à mener une vie pure au dépens des penchants vicieux les plus chers à la nature corrompue, & qu'ils y ont conformé leurs mœurs; ce qui nous offre une autre preuve de la vérité de la révélation, aussi forte que les autres.

La révélation des Chrétiens est si parfaite dans sa morale, qu'elle est digne du Dieu que notre raison nous a offert, & qu'il n'est pas possible d'en imaginer une plus parfaite; elle seule peut rendre l'homme estimable, heureux: elle seule fait, ou peut faire le repos, le bonheur, la sûreté de la société. Tous les maux dont nous nous plaignons, ont leur source dans le violement de cette loi; si elle étoit parfaitement observée, la terre deviendroit le séjour de la félicité.

Malgré ces beaux caracteres de la révélation, nous ne laisserons pas, Mesdames, d'en examiner l'histoire avec l'exactitude la plus scrupuleuse. Il nous faut des preuves plus claires que le jour pour ne pas confondre Moïse avec Osiris, Pytagore, Numa, Minos, Licurgue, Mahomet & une infinité d'autres hommes qui se sont faits auteurs des différentes religions qui ont été, & qui sont répandues dans l'Univers. *Miss Dorothée*, rappellez-vous l'histoire de Moïse, telle que nous la fit, il y a quelque temps, Mr. *Belesprit* notre voisin, qui prétendoit nous obliger à la révoquer en doute, ou qui vouloit nous faire regarder Moïse comme un imposteur. Je ne crois pas que l'incrédulité puisse s'armer de plus fortes armes, & par conséquent en réfutant ce mauvais roman, nous répondrons, je l'espere, aux objections les plus spécieuses que peuvent faire les Impies contre la divinité de l'Ancien Testament, qui est la base & le fondement de tout ce qui nous est révélé dans le Nouveau.

Fin du premier Tome.